人民的正义

余飞 著

人民东方出版传媒

东方出版社

一

　　站在"东川省十大法治人物表彰大会"横幅下的新任省政法委书记张友成恍然意识到，自己几十年"清廉到变态"、几近满分的职业生涯，在三分钟前被他那张带着惯性的嘴抹上了一个黑亮的污点。在新媒体时代，这样的污点势必会成为全社会发酵的焦点。这让他有些懊恼。

　　三分钟前，刚开完表彰大会的张友成和省公安厅厅长严正义、省检察院检察长袁宏伟、省高院院长陈长青等相关领导正与十位戴着大红花的"法治人物"准备握手留念，台下掌声雷动。而大会礼堂外的马路上，一个高擎着"高义大善法律良心"锦旗的老太太同样引发了小规模的骚动。

　　锦旗一角用小字绣着"赠：省检察院检察二部主任何树国"的字样。何树国本来也是"十大法治人物"的热门候选人，但他主动将获得荣誉的机会让给了橙州地区刑事执行检察院副检察长武强。现在有百姓自发地给何树国送锦旗，张友成认为这是一件树立典型、为"法治人物"造舆论的大好事，所以他马上让保安护着老太太进到礼堂广场中间，并准备亲自就此事发表即兴演讲。

　　记者们飞快地架起了镜头和麦克风。见着张友成伸过来的大手，老太太却是一脸木讷茫然。

　　"感谢对我们法治工作的支持，你们的认可正是我们工作的追求！"见惯了紧张群众的张友成热情地伸出了手，没想到老太太却侧身闪躲了过去。

"我要亲手交给何树国。"

"陈明忠！何树国在哪？让他赶紧过来！"张友成回头招呼着自己的秘书。

记者比画着手势，摄像机已经开机了。

"今天是我们省'十大法治人物'表彰大会。法治建设直接关系民生，法治制度建设得越完善，人民的幸福获得感就越强。所以，表彰大会，我们不仅要听法律人的声音，也要听一听人民的声音……"

张友成一边发表着演讲，眼角余光瞧见自己的秘书陈明忠正带着何树国准备上台，何树国却在刹那间停下了脚步。张友成盯着何树国，可何树国脸色苍白，目光落在了站在张友成身旁这个老太太身上。

"这份锦旗意义重大，它代表着我们主持了人民的正义！得到了人民的认可！这就是我们政法人最大的殊荣！"

张友成没有停下演讲，心里却咯噔了一下，他忽然意识到自己有可能哪里搞错了。他的大脑飞快地运转，从十几分钟前老太太出现之时开始搜寻蛛丝马迹，并准备一切可能扭转局面的预案。但事情发生得太突然了，那个一直显得木讷的老太太几乎是在何树国伸出手的同时，像川剧变脸一样把手中的锦旗翻了个面儿。所有人都看到了，锦旗的背面赫然绣着几个更大的黄字："贪赃枉法　狗吃良心。"

张友成抑扬顿挫的声音仍然飘在空中，下一句却怎么也说不出来了。台上台下陷入了前所未有的沉寂，时间停止了。何树国伸出去的手僵在空中，求助的目光瞥向旁边的领导们，领导们却全都没有任何动静。大家都被这一突发场面震住了。

片刻的静止瞬间被老太太一声凄厉的叫喊打破，老太太爆发了。

"还我儿子！"老太太身上的编织袋落在地上，手里的锦旗却被抛向了天空，整个人像丧尸一样扑到何树国身上。周围的干部群众总算被按了播放键，张友成和何树国身边的人伸手要把老太太和何树国拉开，老太太的号哭声顿时响彻天空。

"何树国这样的贪官，有一个算一个！能拿钱买的都买了，掏不出钱的就往死里整！我们穷人家没钱就没活路了！你还我儿子！还我儿子！还我儿子！"

台上几个大老爷们儿拉了老太太半天，不知道老太太哪里来的力气，死死抱住何树国不肯放手。何树国耳边嗡嗡作响，入眼的全是大大小小的各色镜头。再往远处看去，路过礼堂门口的百姓中有不少人正举着手机录个不停。

"事儿小不了了！"何树国心里一阵绝望，他实在无法摆脱老太太的纠缠，干脆横着抱起了老太太，朝礼堂大门口狂奔。

人群不断地闪开，何树国与老太太这一对奇特的组合，迅速奔上了台阶。戴着红花的刑侦总队队长边国立冲过来试图帮忙，忽然发现台阶沿途有血迹，大声惊叫道："有凶器，大家让开！"

人群顿时闪开，只留下边国立抓着近乎疯狂的老太太的手。边国立扭头冲着人群阴沉地看了一眼，人群中立即冒出两个精干的便衣，干净利落地在老太太的胳膊大关节和颈部穴位处下手，老太太顿时无力地松开了手。一枚带血的刀片掉在地上，顿时洒下斑斑血迹。

老太太瘫软在台阶上。她的左手手腕割开了一个小孩嘴一样的大口子，鲜血不断涌出。老太太两眼一翻白，腿一蹬，晕了过去。

一道闪光掠过，那是专业的单反相机的拍摄。脸色铁青的张友成扭头就要回礼堂，一帮领导干部急忙跟着走了进去。

"乱弹琴！这是什么情况啊？你们几位都在这儿，说说，这事儿让我这个政法委书记怎么干？我当着电视台的面说的那些话，算什么？人民的正义！人民的评价！人民的打脸！我们政法委的脸还往哪儿放？老袁！"张友成拍了桌子。

"老领导，您就别说了！我现在也恨不得找个地缝钻进去！"袁宏伟说的倒是实话，他刚刚从张友成手上接过省检察院检察长的位置，椅子还没坐热，现在就出了这么大的事儿。

"领导，是何树国何主任，他想进来汇报一下情况……"外面传来有些紧张的声音，那是秘书陈明忠，正在门口探头探脑。

"让他来！"

何树国紧张地站在屋子中间，看一眼张友成，这位刚刚调走的省检察院检察长——他的老领导；又看一眼他现在的顶头上司袁宏伟检察长，一副欲哭无泪的样子。

张友成板着脸不说话，袁宏伟也没什么好脸色："行了行了，你要是觉得你的解释能挽回今天的局面，那你就说话；要是挽回不了什么，就什么也别说了！"

"那我就不说了。"何树国也是个人物，梗着脖子嘀咕一句。

"你们打什么哑谜呢？啊？说，打什么哑谜？我张友成丢人栽面子无所谓，可要是有什么乱七八糟的事情瞒着我，那可就两说了！"

"张书记，这老太太叫胡雪娥，是沈广军的母亲。"何树国抬起头来说。

"'930杀人案'的事情？"

"是……"

张友成脸色阴沉，不说话了。

"930杀人案"，说起来并不复杂：保险调查员沈广军在一片橡树林里杀死了运输公司老板徐大发，作案手法残忍，一把沾满油污的改锥从徐大发眼睛扎进去，外面只留下一个肮脏的锥柄。

这个简单的案子之所以引起巨大的社会反响，主要还是因为沈广军杀人之后仓皇逃离现场，而他当时正在寻找离奇失踪的六岁侄女苗苗。孩子的失踪直接导致其兄嫂离婚，父亲去世。沈广军一步走错，眼睁睁地看着自己家破人亡。

可能是无法面对这个可怕的结果，沈广军从案发之后到整个诉讼完成，直到最终被送往位于橙州镇的省第一监狱服刑，一直坚持称自己没有与徐大发发生冲突，更不承认杀人。他坚称自己进入橡树林的时候人已经死亡，但又拿不出任何能支撑自己说法的证据。最终，法庭认可了警方的调查结果，采纳了公诉人何树国的意见，合议庭最终判处沈广军死刑、缓期两年执行。本来何树国是力主死刑立即执行的，但法庭认同沈广军所言，说徐大发与苗苗失踪可能有关系，沈广军也是因此与之冲突才导致杀人的，最终判了沈广军死缓。

入狱后，沈广军采取各种办法申诉，甚至拒绝配合监狱方面进行改造，拒绝积分。这也就意味着无法立功和减刑。这是真正受了冤屈的人才会有的破釜沉舟之举。但所有知道这个案子的人，没有一个人相信沈广军是冤枉的——除了他的母亲胡雪娥，这个靠自己衰老的肩膀撑着已经稀烂的家、一直为小儿子奔走的老太太。

现在，胡雪娥当着全省几乎所有重要的政法干部的面，以血相逼，让信息发酵到整个网络，形成全社会的话题，逼着已经讲出"人民的正义"的张友成躲无可躲，必须旧案再查。此案本来是张友成在担任省检察院检察长时亲自过问的，现在他刚刚履新省政法委书记，肩上的担子更重，所面对的挑战更严峻。在众多必须面对的严峻挑战面前，现在突然又增加了一件最难办的事情，张友成头大是必然的了。但他必须有所行动。此案再查，如果结果出现变化，说明张友成此前判断失误；如果结果没变，胡雪娥和沈广军也不会甘心，还会继续申诉上访，舆论必然还会无休止地发酵。新媒体时代，这么多镜头对着自己记录下了刚才的演讲，明天，不，很可能就是现在，网络上已经开始传播自己慷慨激昂的演讲画面，以及下方数以万计的"打脸"评论和转发。

安排省检察院检察长袁宏伟牵头、省公安厅厅长严正义、省高院院长陈长青及一干相关单位全力配合对"930杀人案"进行复查之后，张友成匆匆离开，他还得赶赴一个家乡父老前来祝贺他履新的饭局。临行前，他重点强调一件事情："930杀人案"复查清楚之前，沈广军绝对不能出现任何问题！

张友成带着妻子郑双雪和儿子张一苇在餐馆办了个简单的家宴招待老家波立市的政商界朋友。大家正在叙旧的时候，包间的门突然被打开，东川"首富"黄雨虹假借寻找张一苇的名义，直接闯入了宴席。张友成的脸顿时就黑了。

黄雨虹的爱人是波立市人，他十多年前在波立市搞房地产开发的时候，曾经出过一件人命关天的大事儿，当时担任波立市检察院检察长的张友成秉公执法帮他解了困。但张友成的脾气很硬，他认为那是自己应该做的，所以拒绝了黄雨虹各种物质的和精神的"感谢"，两人始终未走近。可是此一时彼一时，张友成调到省城海平市之后，郑双雪和张一苇各自在商场上打拼，黄雨虹也渐渐奋斗成了"首富"，郑双雪主打新能源产业的无双集团和张一苇主打人脸识别黑科技的电眼科技居然都和黄雨虹产生了或多或少的投资关系，这令张友成非常不高兴。

更令张友成不安的是，几年前，海平市渐渐传出了一个"平城四少"的名号，这四个人分别是黄雨虹之子黄四海、张友成之子张一苇、省军区原司令肖向群之子肖萌、歌唱家孙进江之子孙一笑。两年前，黄四海在平城 KTV888 号包间因为争风吃醋，失手杀了肖萌，被判了七年有期徒刑关进了省第一监狱。可怕的是，张一苇当时也在杀人现场，幸好案发时他到大厅去跳舞，没有被牵扯进去。但即使这样，张友成也吓出一身冷汗，多次严厉批评张一苇。

在这种情况下，黄雨虹突然闯进包间，谁都明白他醉翁之意不在酒，而在于接近新任政法委书记，为自己坐牢的儿子开后门儿！所以，张友成根本没客气，不光拒绝黄雨虹在包间里坐下，即使后来在郑双雪的劝说之下让他坐下了，也没给什么好脸色。更绝的是，黄雨虹假装说自己搞员工福利送来了一小推车珍贵的礼物放在包间里，结果被张友成直接让饭店工作人员作为摇奖节目礼品发掉了。

按一般情况来看，这就算把人给得罪了。回到家里之后，郑双雪对张友成的表现非常不满，因为她的无双集团与黄雨虹有战略合作，张友成在酒席上痛快了，郑双雪不痛快的日子可就来了。两人一吵起来，张友成就直接挑明观点：黄雨虹闯进来的目的就是为他的杀人犯儿子减刑！在这种原则问题上，张友成从来是一点儿都不让的，这是他做人的底线。

郑双雪也火了："那我倒想讨教讨教：为什么胡雪娥当众打你的脸，驳了你的面子，骂了你们政法系统，你马上就答应要给人家一个'人民的正义'……而黄雨虹端着酒，承诺给你老家人工作机会，带着大笔投资想资助我和一苇的公司，你的反应就完全反过来了，完全不接触人家，把人家当洪水猛兽来看？都是求你办事儿，你这是按什么逻辑来区别对待的？"

这话反击得有水平，张友成一时间居然愣住了，说不出话来。

"都是有求于你，你只帮穷人，不帮富人；只帮打脸的，不帮跪舔的……我怎么感觉你这个政法委书记有点政治不正确啊？你这是变相鼓励上访、闹事，变相歧视先富起来的人……要是这样的话，那我们发家致富奔小康图的是什么呀？就是图你这个区别对待吗？如今，我国社会主要矛盾已经转化为人民日益增长的美好生活需要和不平衡不充分的发展之间的矛盾，发家致富不就是对美好生活的追求吗？"郑双雪见张友成语塞，顿时得理不饶人。

张友成不再跟郑双雪纠缠，他非常严肃地强调自己一直以来的观点："只要你和张一苇还在海平市、东川省做生意，你就别想利用我的影响力去捞钱！尤其是黄雨虹这样屁股上有屎的人，你们千万别跟他搞在一起！我在这方面有洁癖！你给我好自为之！"

张友成实在不知道怎么解决这些问题，他给郑双雪摔了门，自己到院子里散步去了。

而张友成一直担心的儿子张一苇此时已经到了非常高档的云之顶会所——这是他在总裁班学习时的班长新运来新总组织的，就是给大伙儿创造一个社交机会。跟过去经历过的许多次聚会一样，这一次，他也遇到了一个可爱的小美女——网络作家乔逸。跟以前不一样的是，以前那些小姑娘空有一副好皮囊，但肚子里没东西。这一次这个网络作家乔逸，却非常风趣幽默，逗得张一苇不停地哈哈大笑。更令张一苇惊喜的是，组局的新运来新总介绍张一苇身份的时候，乔逸一直在那儿唱歌，并不知道他是什么人。也就是说，乔逸并不是为了张一苇的家庭和身份而与他交往的。另一个惊喜是，张一苇虽然网络小说看得很少，但确实看过乔逸写的小说《梨花碎雨》。

两人酒后回到乔逸的公寓，激情之下，就再也没有出来。

本来，这只是非常平常的一次艳遇，或者叫一夜情，或者叫一见钟情，甚至叫爱情。但第二天天亮的时候，事情却发生了本质的变化。

天亮时分，三峰片区管片民警张浩宇和三峰派出所治安警王赫神情严肃地快步向乔逸的公寓走过来，前面是一位中年男性——物业管理员老郑。

门开了，站在门口的是穿着短裤、光着上身的张一苇，他非常吃惊。

"对不起，先生，我们接到报警，说398公寓发生一起强奸案……"

二

在无比愤怒的情绪中，张一苇和乔逸被隔离在不同的房间里进行询问。更令张一苇恼火的是，他隐约听到，警察询问乔逸"他是不是你男朋友""发生性关系是否经过你同意"时，乔逸似乎并没有作出肯定的回答。

当然，他和乔逸还不能算男女朋友，但在这种时候你不承认这种关系、不承认是在同意的情况下发生关系的，那就很有可能误导警察！可女人见到煞有介事的陌生警察，肯定羞于承认啊！

张一苇一会儿觉得乔逸傻，一会儿又觉得警察坏，心里窝着火，对询问自己的警察根本就爱理不理的。

"我再强调一遍，现在是人家报案了！你必须配合，配合的作用是洗清自己，明白吗？我们不是来害你的！是来调查清楚事情的！知道吗？"片儿警张浩宇早被磨出了一副好脾气，他尽量站在对方的角度来说话。

"没什么可调查的……在这个门外的事情，不用说吧？首先，不是我强行把她弄进来的，这是她的家，外面有监控，我再愚蠢也不可能强行撬门或尾随进来；其次，我们不存在交易关系，我没给她钱，不算嫖娼。这两点说完了，剩下的就是屋里的事儿了，屋里的事儿，没任何好说的，我们就是做那件事情，以及与那件事情相关的事情……"

"那件事情你可以不讲，相关的事情你要讲，很可能存在对方不同意的情况，但你……"张浩宇耐心地解释。

"她让我来的，怎么会不同意？你们太逗了！你究竟懂不懂法呀！煞有介事的！"张一苇气得笑了起来。

因为张一苇根本不配合，不断地冷嘲热讽，两名警察只得把他带到了三峰派出所。乔逸也被带过来一起参与取证，但乔逸再也没有抬头看张一苇一眼，交谈当然更是不被允许的了。

当张一苇被按进审讯椅的时候，他的愤怒已经转化成一种荒唐的嘲弄。他搂着椅子两边的金属护栏看着对面的警察笑着说："这是要坐过山车吧？"

张浩宇和王赫两人都板着脸，对这种滚刀肉类型的嫌疑人，他们都是异常讨厌的。审讯在非常艰难的气氛中进行着。

"姓名？"

"张一苇。"

"职业？"

"程序员。"

"哪个公司的？"

"电眼科技。"

王赫看着电脑，这时凑到张浩宇耳边小声地说了句什么。

"我听到了，你还不如直接大声说。"张一苇冷笑着挑衅对方。

"张一苇，我告诉你，派出所是公安机关的派出机构，不是满地打滚撒娇的幼儿园，你在这里摆出一副对抗的姿态，对你没有任何好处！"

"法律并不是按姿态来量刑的，警察同志，你气成这样儿也对办案没有任何好处。并不是每一个有嫌疑的人都必须毕恭毕敬，我也从来没听说过评选'态度最佳犯罪嫌疑人'之类的奖项……就事论事不就完了吗？何必……"

王赫非常生气，张浩宇摁住了他，自己勉强挤出一点儿笑脸来说道："行了，张一苇，电脑里没有记录，请说明一下你的社会关系……"

"电脑里没记录，是因为我户口没上在父母那里……不过，我有事儿找我就行了，找我父母亲戚做什么？"

"张先生，虽然这个问题你不是非要回答不可，但考虑到你有可能出现一些需要通知家人的特殊情况，比如说因为情绪激动导致身体出现问题，或者你身份特殊需要采取不同程序对你进行询问……"

"放心，我的事儿我自己可以全权负责，我身体也不会出现任何问题，我好着呢。"

"其实，你父母、家人是谁、是做什么的，对于我们来说又不是什么秘密，我只要一个电话打到你户口所在地派出所，翻翻档案原件就什么都清楚了，这事儿你较什么劲呢？"

"听说你们新任的政法委书记姓张，是不是怕我跟他有关系？你们问清楚了好照顾一下？"

王赫气得都笑了起来，他瞪着张一苇，手都有点儿发抖了。

"跟张友成是本家就拿正眼看我了？我要是一郊区来走街串巷卖水果的，你们是不是当场就大刑伺候拿电棍电我了？"张一苇一脸嘲笑。

"张一苇，你仔细看看这是什么地方！没人有时间跟你逗闷子，知道吗？"

"你这不是逗闷子又是什么？我和女朋友好好躺在床上，你们冲进来说我强奸，就这点事儿，你们当场让我俩对质不就完了吗？还非得分开问，非得逼问出一点儿有利于你们诬陷的证据来……我说句不好听的话，要是我这案子成立的话，那你们全都是强奸生下来的！"

"老子大不了不干了！"急脾气的王赫站起来脱下警服就要揍张一苇。

张一苇瞪着墙上的摄像头一个劲儿地嚷嚷："动手可以啊，别忘了关摄像头。"张浩宇冲上来拼命抱住了王赫，王赫还在不停挣扎想过去，但张浩宇抱得紧，他始终过不去。

"至于吗？怒伤肝，天天这么冲动，小心肝啊！"张一苇面带微笑看着王赫扭曲的脸，摆出一副胜利者的姿态。

就在张一苇和派出所民警较劲的时候，他的父亲张友成正和省委书记宋志明等人一起召开政法系统关于扫黑除恶专项行动的会议。宋书记在会上没有太多发言，主要是让新任政法委书记传达上级精神，部署分配任务。但会议结束之后，宋志明把张友成请到了自己的办公室。表面上，宋志明是关心张友成办公室的问题——前任政法委书记杨克明调任北京，办公室还没清理出来——但实际上，张友成当然知道宋书记不是为谈这事儿。

"友成同志，组织部的同志对你的评价是很高的……我们经常强调，干部不能'带病'提拔、不能违规提拔，有的地方就违反了这样的原则，那是为什么？除了有人想搞以权谋私之外，还有一个原因是人才稀缺呀！所以，友成同志，我对你的期待还是很高的！尤其在深化扫黑除恶专项斗争中，你可是要挑大梁的！公安、检察院、法院在这次行动中是主力军啊……好干部要做到信念坚定、为民服务、勤政务实、敢于担当、清正廉洁……对于你来讲，前面四条都做得非常好，经得起考验。尤其是第四条，敢于担当，在橡树林谋杀案这件事情中，你的言行，真的是可圈可点。甚至突破了圈层，在网络上引起了热议，这是非常值得我们深思的现象……"

好干部的标准一共五条，宋志明说张友成前四条做得很好，潜台词就非常清楚了：第五条是有问题的。张友成心里有数了，他有些脸红地一边盘算下一步应对的办法，一边应答眼前的问题："宋书记，那不叫什么敢于担当，那本来就是应该做的。胡雪娥那是突发事件，我作为政法委书记，必须给老百姓一个交代……"

宋志明揶揄地说："你已经成网红了！你讲的'人民的正义'这句话，已经被网民们传开了，都做成表情包了，你知道这意味着什么吗？"

"请您指示。"

"咱们多少年共同战斗的感情了，谈什么指示？我只是有点儿担心，当时这个老太太突然出招，你出于本能，讲了大话，万一事后调查的结果与你期待的相反，这个是有可能伤害到你自己的声誉的，知道吗？"

"宋书记，我要的是真相，是公平正义，个人的声誉是小事。"

"好，敢于担当，这一点你确实是做了一个很好的榜样……我以茶代酒，敬你一杯！"

张友成急忙端起茶杯，和宋志明对饮。

喝完，张友成静静地看着宋志明开口了："请宋书记谈谈第五条吧……宋书记刚才讲的是总书记对好干部标准的指示，您说我前四条做得不错……第五条是清正廉洁，请宋书记指示……"

宋志明笑了笑，目光隐含深意地说："友成同志，这一条为什么我单独拿出来说呢？是因为你在这方面做得比前面几条要求还要高，已经高到了一定的境界……"

这是正话反说，张友成马上明白了。他诚恳地说："宋书记，这方面我要检讨自己……因为长时间忙于工作，疏于对家庭的照顾，这样我反而成了您说的'带病'提拔的干部……"

"接着说下去。"宋志明喝了一口茶，显得很满意。

"党的干部不可能是孤家寡人，如果家庭出现问题，即使自己再健康，但拖着一个'带病'的家庭，那也是对工作有巨大影响的！尤其是敢于担当的干部，越担当，离家庭可能就越远……这方面宋书记批评得对，我在工作和生活上的精力分配有点儿失衡，确实需要作出检讨……"

宋志明开心地哈哈大笑起来，他拿手指点了点张友成说："你呀，我话还没说出口呢，你就一套一套都来了。这样吧，我只提醒你一句：我听说咱们海平有一个'平城四少'的组合，四个人一个死了，一个进了监狱……"

张友成的脸色唰地变了。

"宋书记，我这个儿子确实不太争气，我一定会好好教育他的。我一直在说他，不要自称什么'平城四少'之类的，至少不吉利吧！再说咱们都是共产党的干部，都是公仆，爹都是公仆，儿子怎么可能是什么少爷？这个风气不可长……"

"友成同志，你不要太在意，我就是随便提一句。'平城四少'又不是张一苇自己封的，只要他行得正、坐得端，管他是什么'平城四少'还是'平城五美'，自己做好自己就行了，我希望他的人生是光明的。"

"是，是。"

张友成离开宋书记的办公室之后，脸上还带着笑，其实心里已经开始冒虚汗了。他马上掏出手机拨通张一苇的电话，他决定要好好跟这个臭小子谈一谈。

此时的张一苇已经艰难地做完了笔录，三峰派出所的两位民警已经把他放了，理由是被害人已经撤案了。张一苇如果直接走掉，其实什么事儿都没有了，但他不依不饶，非要留在派出所"维权"，逼着派出所交出报案诬陷他强奸的人。这个节骨眼儿上，张友成打来电话，张一苇非常不客气地给了他一句"您是想教训我吗？那另找时间吧，我现在没空"，就直接把电话挂了。

张友成快气疯了。

张一苇在派出所的闹剧直到深夜才结束，他一直要查出诬陷他的报案人，并让对方请示上级办这事儿，甚至在嚷嚷的过程中直接点出了刑侦总队队长边国立的名字。民警感觉这个张一苇有点儿来头，直接通过所长李长盛给边国立通了电话，这才知道他们抓的是张友成的公子。边国立马上通知郑双雪，两人一起到派出所，强行把"维权"的张一苇架走了。

半夜，三人一起坐在一家24小时饭馆的包间里面商量这事儿怎么处理，最后边国立和郑双雪都认为这事儿要瞒着张友成。不给领导添乱，这是大家的共同愿望。张一苇一边吃东西，一边冷笑，觉得成人世界充满了谎言。边国立也不想一直看这公子哥儿的脸色，匆匆吃完一碗面条就离开了。郑双雪当然忍不住又会跟张一苇提起那个永恒的话题。

"一苇呀，妈妈可太了解女人了！你呀，一天不成家，妈一天安不下心啊！"

"妈，你得了吧！幸亏我没成家！要是我已经成家，这事儿至少也算是个出轨吧？现在是单身，正好我没压力……"

"你可别开玩笑！你爸现在刚刚从省检察院检察长提升到政法委书记的位置上，这一步是一个巨大的跨越，如果没有意外，他很快就能进常委了！你现在老实点儿，他现在屁股还没坐稳，办公室都还没搬过去，你要是有这种事情传出去，那不是打你爸的脸吗？他还干不干了？"郑双雪是真有点儿急了，这个儿子她是一直护着的，但如果丈夫出了事情，她和儿子都不会有什么好果子吃，这点儿逻辑她还是非常清楚的。

两人的谈话被新运来打断了。张一苇这样的人物出了事儿，新运来肯定是胆战心惊，必须来表示表示的。

虽然是深夜，但这个头顶微秃的新运来进入包间，情绪却十分亢奋，一点儿也没有困意——因为他带来的消息实在是太令人震惊了。

"郑主席、张少，乔逸已经去医院检查身体了，据说还要做司法鉴定，要认定她被强奸了……"

郑双雪和张一苇两人脸色都变白了。

"本来没事儿了，不知道是什么人给她一鼓捣，结果她又铁了心了，说一定要告你强奸……张少，实在抱歉啊，我真不知道她是这样的人……"新运来说话都带上了哭腔。

张一苇愣在那儿，他也没想到，在派出所已经撤案的乔逸实际上是虚晃一枪。难道她真的是别人设的"仙人跳"？

郑双雪毕竟是无双集团的董事局主席、张友成的夫人，见过的世面多了去了。她仍然能保持平静，开始追问新运来："新总，我问你一句：这个乔小姐，是谁陪她去医院检查的？"

新运来讲出了两个名字：鲁春阳、白小莲。

这件事情的眉目就清楚了。

鲁春阳也是张一苇在总裁班的同学，是波动网的总裁，而波动网早已被黄雨虹的喜由网收购。而白小莲，是波动网的签约作家，是乔逸进入网络文学圈的老师。

郑双雪了解这些情况之后，就让新运来离开了。因为他们母子俩下面的谈话内容就不适合让外人知道了。

情况是很明确的：黄雨虹的儿子黄四海因为过失致人死亡罪在省第一监狱服刑，黄雨虹希望借助张友成的力量给儿子照顾，更直白点儿说，希望给黄四海减刑甚至假释！之前黄雨虹以商业机会接近郑双雪、张一苇肯定也有这个目的，直到在张友成与家乡父老的聚会上黄雨虹突然出现示好，结果被张友成怼了回去——现在张一苇遇上的事儿，应该就是黄雨虹的反击。

郑双雪并不怕黄雨虹，但她认为张一苇必须想办法切断黄雨虹陷害他的途径。办法也不难找到，就是张一苇必须找到女作家乔逸，让她配合自己，不要被黄雨虹当枪使。

"你真能搞定吗？"

"你们老觉得是个天大的事儿！这都是当官当怕了！对于我来讲，也就是一顿饭一枝花的事儿，实在不行，那就两顿！"张一苇相当有自信。

张一苇信心满满地离开之后，郑双雪给张友成的秘书陈明忠打了个电话，安排他马上想办法去接触一下黄雨虹手下的那个鲁春阳，打探一下对方想出什么牌。陈明忠是她推荐给张友成的，很多不方便张友成和她出面的事情，让小陈出面都能顺利解决。郑双雪的想法是，一方面让张一苇搞定乔逸，另一方面也要安抚黄雨虹以防狗急跳墙。郑双雪觉得自己操的心比政法委书记操的心还多。

三

怕什么来什么，张友成千叮咛万嘱咐的那个沈广军在监狱里出事儿了。

橙州的行政级别只是一个镇，这里离东川省省会海平市大约八十公里，必须通过高速公路才能到达。因为镇上体量最大的单位就是省第一监狱，所以镇上的产业基本上都是服务于它的。包括坐落在监狱斜对面的橙州地区刑事执行检察院（一般简称橙州检察院）也是为了监督监狱而设置的。说白了，这个检察院就是专门负责给监狱挑毛病的。

刑事执行检察院的驻监制度已经实行了很多年，一直都是往监狱里派驻检察室，直接监督狱警的工作和罪犯改造过程中的问题。驻监驻监，那就是真的要住到监狱里去。监狱里面设有检察室，里面常驻着检察官，负责监狱的日常监督工作。在监舍的走廊里都设有检察意见箱，服刑的罪犯如果受到了不公正对待，有案件线索甚或是狱警贪腐的线索等都可以通过检察意见箱反映问题。

当然，并不是所有人都相信这个意见箱真能解决问题。就拿橙州检察院和省第一监狱来说，检察院办公楼因为危楼重建不得不寄人篱下地借用了省第一监狱一半的办公楼。检察官们在监狱的办公楼里工作和生活，天天和狱警混在一起，吃饭、上厕所、办公都要用人家的东西，甚至连办公室的水和电都归人家管。一个屋檐下时间长了，大家自然熟得不能再熟，那还监督得了吗？还能不出问题？据说驻监检察室只要找了监狱的"碴儿"，监狱个别人挨了批评，回来检察室的空调就会坏掉，马桶就会堵塞，害得检察室没法办公。经过相当一段时间的磨合之后，驻监检察室和狱警很快就找到了和谐相处的临界点。到这时候，受到报复的弄不好就是那个往意见箱里反映情况的人。

上级也察觉到了"驻监模式"可能存在的弊病。随着橙州检察院新建的办公楼挂牌启用，检察系统也开始改革，监狱检察由过去单纯的驻监检察制度变成了巡回检察和驻监检察相结合，以免长时间的驻监检察导致两家单位互相包庇、滋生腐败。这样一来，检察意见箱极有可能成为升级版申冤的工具，两家单位的关系再次变得微妙起来。

消息传来，在省第一监狱服刑的老油条们却不为所动，因为传说中的巡回检察组还未来过这里，直接负责驻监检察工作的，还是过去的那几个老人：驻监检察室主任熊绍峰、副主任罗欣然。小道消息是熊绍峰已确认调任橙州检察院副检察长，副主任罗欣然升任主任。这种换汤不换药的改革，对于省第一监狱的检察生态并不会产生什么根本性的影响，除非有新人进来，这一潭死水才有可能被搅动。

因为熊绍峰调任橙州检察院副检察长，罗欣然又代替生病的武强去"十大法治人物"表彰大会领奖，驻监检察室只剩下一个刚毕业没几天的小年轻王鹏。按照墨菲定律，这种关节口儿正是监狱出事儿的时候。

沈广军就是在这时候出的事儿。

在监狱里负责看守沈广军的是二监区五分监区监区长郑锐。这个郑锐是个有故事的人。他的父亲冯森是东川省一个偏远县级市波立市的检察官，母亲郑玮丽是中学教师。十年前，郑玮丽死于一起离奇的车祸：在突然停电的地下车库，被一辆正在出库的汽车撞倒在防汛沙袋堆旁边，后续四辆车陆续从她身上碾过……这一案件由于是偶然事件引起的连锁反应，虽经过公安方面全力查办，但只能定性为偶发性交通意外，最终因为无法追责而不了了之。

郑玮丽死后遗体停在太平间，郑锐在太平间门口坐了三天，才等来那个做检察官的爹。这导致郑锐对冯森恨到了极点，甚至自作主张改随母姓，连姓也还给了亲爹。冯森想尽一切办法寻求他的原谅，他统统拒绝了。

此后，父子二人十年没有联系。郑锐坚信母亲的死绝非偶然，而是有人从中设计。他考上了警校，想尽办法来监狱工作，就是希望在各种罪犯身上查到与母亲之死有关的蛛丝马迹。但这么多年过去了，郑锐仍一无所获。

濒临绝望的郑锐每天都非常抑郁，对自己的工作也渐渐失去了耐心。本来就脾气火爆的他，情绪变得越来越差，所管理的罪犯们都对他畏惧三分。可在这种情况下，居然就有人敢在太岁头上动土，故意来惹他。

在二监区门口，郑锐看见两名狱警带着马国远、米振东、沈广军走过来。三名罪犯排成一列，马国远似乎与狱警说了一句什么，一名狱警就带着他往医务室方向走去了。

郑锐觉得蹊跷，快步上前。剩下那个狱警名叫刘铁，是郑锐的手下。

"马国远又闹什么幺蛾子了？"

"说是突然心脏难受，我让他去查个心电图……"刘铁急忙解释。

正说着，一旁的沈广军忽然大声嚷了起来："报告，我有个事儿向郑警官反映！"

"沈广军！刚才一路上你都不反映，现在突然反映什么？"

"我要单独向郑警官反映！"沈广军撇了撇嘴。

"你过来！"郑锐招手让沈广军走在前头，自己跟在他后头琢磨：这个沈广军整天到处嚷嚷说自己无辜受冤，看样子又要提供什么新证据来申诉了。郑锐也就没太在意，有些心不在焉地跟着沈广军往前走。

对沈广军这个特殊人物放松了警惕，令郑锐后悔了很长时间。监狱管理无小事，任何疏忽都可能造成巨大的恶果——监狱长陈咏经常这么强调，但真落实到具体事情上，还是会有问题，因为没有人能关注到所有细节。当时郑锐想的是，不管沈广军出什么幺蛾子，自己兵来将挡，水来土掩就行了。

一想到这里，郑锐唤住了闷头往前走的沈广军道："行了！就这儿！有什么事儿说吧！"

沈广军侧身低头很恭顺的样子贴上前，对郑锐轻声说道："郑警官，我 × 你娘！"

"沈广军，神神道道说什么呢？我告诉你，你妈妈胡雪娥在外面又闹事儿了！你可别再出什么幺蛾子！有什么事儿站好了大声报告！"郑锐其实听见了，但他完全不相信自己听到的话，所以本能地就按自己相信的方向去回应了。

"郑警官，我 × 你娘！"沈广军立正，但怪异地微笑着。

郑锐这次听清了。他因为母亲之死与父亲决裂，后来又报考警校希望能为母亲报仇——虽然这希望非常渺茫。因为受过刺激，情绪无法释放，所以把主要精力用在了格斗训练上，这让他成为东川省中量级散打比赛冠军。对母亲的泣血情感以及十多年的隐忍，郑锐完全不能容忍，一个自己管理的罪犯，居然敢用如此粗俗下流的语言侮辱自己的母亲。

"你说什么？"郑锐瞪大了眼睛，仿佛还是没听见。

"报告郑警官，我说我 × 你娘！"沈广军微微抬头看了看他，声音更小但是很清晰。

郑锐极为惊愕，竟一时说不出话来。

沈广军挑衅地看着郑锐。

"沈广军——"

"到！"

"你……你再说一遍？"

"我说我 × 你娘！× 你死去的亲娘！我把她摁在这地上使劲 ×！"沈广军微微抬头向摄像头那边看了看，向墙角退了一步，虽然声音很小，但是发着狠地一连串嚷嚷。

郑锐一瞬间脑子里一片空白，多年的仇恨顿时被这个主动挑衅者点燃了。他狂怒地举起手里的警棍大喊着："蹲下！蹲下！"他的声音颤抖，他都能感觉到自己即将发作，他自己都有点被这种即将到来的狂风暴雨吓着了。

可气的是，沈广军仍然挑衅地看着郑锐，嘴里还小声嘀咕，似乎还在骂那句让郑锐无法忍受的话。郑锐拼命控制着自己的情绪，但沈广军嘀咕到最后突然向他扑了过来。郑锐头脑一片空白，本能地挥起警棍向沈广军打去。沈广军被打倒在地，爬过了墙角。郑锐面目狰狞地追着打过去，沈广军一脸痛苦地朝远处疯狂呼救，喊"救命"都把嗓子喊劈了。

墙角另一边站着刘铁和犯人米振东。米振东是盗窃犯，刑期两年，因平时表现不错，有减刑甚至假释的机会，在监狱里状态是比较放松的。米振东被突发的情况惊呆了，他往前走了两步似乎想做点什么，但立即被刘铁呵斥住了。

刘铁心里是有杆秤的，狱警与罪犯发生矛盾，如果让罪犯上前调节，谁知道会出什么事儿？他制止了米振东之后，自己急忙上前，一把抱住了处于癫狂状态的郑锐，拼命把他摁到墙上。趴在地上的沈广军痛得满头大汗，夸张地嚎叫着。

看着刘铁和米振东一起把沈广军扶进二监区，郑锐在努力控制自己的手不再颤抖之后，走进二监区的走廊。此时，在办公室等候他的，除了刘铁带着的沈广军和米振东外，还有二监区监区长罗劲松、教导员常浩。罗、常二人对郑锐一直是不放心的，因为郑锐身上有私仇，心里有怨气，两人就怕他把犯人当自己的复仇对象整出事儿来。怕什么来什么，今天这事儿麻烦大了。

"你给老子闭嘴！"郑锐满脸怒气地跟着走进办公室，看到不停哀嚎的沈广军，抬起警棍指着沈广军。

"你他娘的才给老子闭嘴！"罗劲松大声喝止了郑锐。

郑锐愤怒地想要申辩，常浩在一边拉了拉他，冲他使了个眼色。郑锐只得忍住了怒气。

罗劲松骂完郑锐，又掉头打量着正在哀嚎的沈广军："嚎什么丧啊嚎？闭嘴！"

沈广军疼得浑身发抖，用右手捧着左臂，抖得说不出话来。

"你好好说，出什么事儿了？"常浩温和地上前碰了碰沈广军的胳膊。

沈广军夸张地叫了起来，浑身发抖，说不出囫囵话来。

"报告教导员，沈广军胳膊断了！"旁边扶他的服刑人员米振东忽然立正。

正站在一旁的罗劲松、常浩和郑锐三人顿时色变。

"米振东！你核实了吗？真的？"

米振东立正说："报告常教导员，是真的！骨头都出来了！"

常浩下意识地看了郑锐一眼。郑锐脸色已是苍白一片。作为执法人员，他太清楚这意味着什么了。如果沈广军的胳膊是他打断的，根据《人体损伤程度鉴定标准》相关规定，四肢长骨骨折不愈合，构成轻伤是肯定的。根据刑法，一旦构成轻伤，肯定是要负刑责的。也就是说，如果能证明胳膊是郑锐打断的，郑锐就得坐牢。

"一直警告你们，要安全生产安全生产！就这点破活儿，你怎么能把他胳膊整断！我看看！过来！"罗劲松气呼呼地指着一屋子人一边嚷嚷，一边走近查看沈广军的胳膊。沈广军的胳膊在小臂处真的骨折了，骨头茬子都快把皮肤顶破了。

"怎么可能……这怎么可能？"郑锐急忙冲了上来。

"小郑，沈广军可是你们五分监区的，说说，这怎么回事？是不是机床出问题了？"罗劲松几乎是怀着侥幸心理提出了这么一种可能。

常浩没有说话，只是小心观察着郑锐。

"报告监区长，沈广军的胳膊是郑警官打断的！"米振东立正站在原地，大声报告。

罗劲松愣住了，郑锐摸到了一旁的板凳椅背，一屁股坐了下去。

"先别说那个了，小郑，救人要紧，愣着干什么？赶紧送医院！"常浩突然开腔。

眼见着郑锐坐着犯愣，刘铁急忙过去张罗："快，跟我来！扶好了！赶紧送医院！"

刘铁一把揽过沈广军的胳膊，直奔医院去了。常浩向罗劲松使了个眼色，自己也赶紧跟着去了。

罗劲松瞪着郑锐，抬手直指郑锐的鼻子尖儿，就差直接摁上去了。搁过去，郑锐这火爆脾气根本不会允许别人这么对他，就算监狱长也不行，但今天这事儿确实太严重了，他眼睛盯着自己鼻尖儿处的手指，心里窝着火。

"我他娘的不管那些说法！你只说一句：你打他没有吧，先说这事儿！"

"我是打他了！他辱骂我亲妈，他还要冲过来袭警……"

"袭警？你身上有伤吗？"

"我能让他打着吗？"

"摄像头录下来没有？"

"那是个监控死角。"郑锐嘀咕着，"我刚才查了，沈广军这小子肯定是故意的。"

罗劲松的脸顿时黑了下来："那你就甭说了！你干什么工作的？没证据拿嘴说有用吗？袭警可不是小事儿！"

郑锐拧着脖子："得了，就当我吃个哑巴亏吧！可他骂人是确实存在的！"

"郑锐！你是第一天来上班啊？沈广军，他人都能杀！骂人还不正常吗？你作为管教干部，这点儿心理准备都没有吗？骂你两句就打人……你呀！这是嫌事儿不够多还是咋的？"罗劲松仍然不依不饶。

郑锐知道罗劲松的意思。因为张友成书记发表"人民的正义"讲话并引出胡雪娥事件，东川省整个政法系统都紧张起来了。就在两个小时之前，二监区两位负责人刚刚传达了监狱长陈咏的吹风会精神：沈广军的妈妈胡雪娥在外头大闹"十大法治人物"表彰大会现场，已经成了东川省的头条大新闻，成了全社会关注的热点！监狱一定要谨慎再谨慎、小心再小心，绝不能让沈广军出一点儿差错！

监狱长的话还在耳边，沈广军的胳膊就被郑锐打断了……这事儿确实非常敏感！不光是二监区领导，整个监狱都会受这件事情的牵连！监狱长不骂娘才怪呢！可对郑锐来说，他心里也无比委屈！他和沈广军之间并无任何过节，因为沈广军一直不配合改造，郑锐还下了挺大力气想尽各种办法去接近他、感化他，虽然没起到太大作用，但沈广军也是能看出郑锐的善意的……可为什么沈广军偏偏要激怒郑锐、陷害郑锐呢？郑锐实在咽不下这口气，他明明知道自己没使上多大劲儿，不可能打断沈广军的胳膊！可沈广军也不可能自己把胳膊弄断吧？这里面一定有阴谋！

"你个臭小子！就咱哥儿俩在这儿，你还瞎说！在这间屋子里，我得骂你！你个王八蛋！东川省散打冠军！你的力量有多大？你觉得没使多大的力气，可你是练家子，别人受得了吗？"罗劲松的话似乎非常合乎逻辑。

郑锐沉默着，他知道话说到这一步就没法解释了。事情发生后，刘铁带着沈广军和米振东离开了，他在事发现场查看了半天，发现那儿居然是摄像头的一处死角——沈广军显然也是知道这一点的，所以故意把郑锐引到了那儿。现在，没有监控证据，郑锐和沈广军只能各说各的，没有第三方证据了。郑锐一想到这个，就觉得自己阴沟里翻了船，心里一股邪火。

"郑锐你小子可气死我了！我们现在哥儿几个什么都好说！可这事儿咱们内部捂得住吗？等检察室上班进行日常检察，看到一个断胳膊的，怎么交代？上级下派的巡回检察组马上就到位！这一次搞得特别神秘，因为涉及'930杀人案'的重启调查，怕有相关人员从中捣鬼，巡回组是哪儿来的，负责人是谁，都没说！咱们捂得了吗？罗欣然敢跟咱们一起捂吗？"

检察室的情况确实很微妙。过去的主任熊绍峰跟大家都很熟，也"很会"办事儿，但他高升走了，留下的罗欣然很可能接替熊绍峰的位置当主任，这节骨眼儿上，她恐怕不敢替监狱方面冒什么风险……更可怕的是，现在驻监制改巡回制，即使罗欣然愿意帮忙，但这个不知道由什么人组成的巡回检察组随时会来！决定郑锐命运的人就变成了这个检察组的组长！这谁能控制得了啊？

很快，去"做工作"的常浩回来了，他带回了沈广军的要求，如果要把这事儿说成工伤，必须要求郑锐调离省第一监狱工作岗位。

"我不走，就算要走，也得把沈广军这件事情搞清楚再走……监区长、教导员，多谢你们，我先回去了。不管是狱侦还是狱政，不管是监狱管理局还是检察室，我郑锐随时准备接受他们的调查！我就不信一个管教狱警被罪犯冤枉了都说不清楚！"郑锐大怒，不顾一切地摔门走了。

罗劲松看着郑锐离开的背影，脑袋里乱成一团。郑锐要是真被沈广军这一嘴咬住了，不咬死也得撕下一大块肉来！大伙儿全都得跟着郑锐这个愣头青一起倒霉！

常浩却显得有些心神不定。他打开门朝外面看了一眼，又悄没声地关了门，凑到罗劲松面前。

"沈广军提这条件不是没有原因的，他说郑锐收了徐大发家属的黑钱，准备利用职务之便害死他……"

"胡扯！"罗劲松不以为然，"这么多双眼睛盯着，到处是摄像头，24 小时 360 度无死角，说害死就害死……"

"沈广军还说，郑锐的原话是：我保证让他的死纯属意外，没有任何疑点。"

罗劲松不说话了。老同事都知道，在监狱这个封闭系统里，郑锐作为一线管教干部，他真有能力做到这一点。

四

省检察院检察长袁宏伟经过周密考虑，拍板由张友成书记早年在基层检察院工作时的老战友冯森来担任"930 杀人案"巡回检察组组长。

这个冯森就是郑锐的父亲，也是这个世界上郑锐最恨的人。

之所以在如此关键的任务中启用冯森，是因为冯森在检察系统里是出了名的怪才。这位老哥不是按常理出牌的人，虽然他是穿着西装的检察官，但公检法系统，甚至安全部门的招数他全会，因此他会用自己独特的办法来完成任务，虽然有时候小小地犯一点儿"忌"，但分寸和尺度都拿捏得十分到位，不会真的掉进坑里去——这是他在多年的政法工作中养成的底线思维。

这个人是东川省检察系统公认的"奇兵"。省检察院多次想调他回来委以重任，但他不干，说是不想回到伤心地——他爱人郑玮丽车祸遇害的地方，就硬守在那个偏远的县级市里不出来。当然，他在那里确实非常舒服，因为那里没有人不"怕"他，他在那儿有足够的成就感，做什么都方便、痛快。

这一次，因为检察长袁宏伟力荐，加上张友成亲自打了电话，上面答应了冯森的许多"无理要求"，冯森这才松了口。冯森谁都没告诉，乔装打扮悄悄溜进了海平市。他的第一站就是人民医院胡雪娥的病房。

当冯森留着油腻的大背头、戴着黑框眼镜、拎着脏乎乎的皮包，作为神秘的监狱掮客出现在胡雪娥病房门口时，他发现自己绝不是第一个。胡雪娥的病房热闹得很。

"我们关注你儿子这个冤案已经很长时间了，放心，我们上头有人，想翻案不难！"

"行了行了，老太太没时间跟你瞎嚼舌头根子……"胡雪娥推搡着把两名夹着包的男子给赶了出去。

两名夹包男子结结实实吃了个闭门羹，只得快快掉头离开。

目送两名骗子离开，冯森正要亮相，却瞧见一个女检察官匆匆赶来，径直推门进了胡雪娥的病房。这个女检察官，就是橙州检察院驻省第一监狱检察室副主任罗欣然。冯森犹豫了片刻，又坐回到座位上等候。

安排罗欣然来医院和胡雪娥接触的人是张书记张友成。胡雪娥大闹礼堂现场，不仅丢了张书记的体面，同时也改变了罗欣然的命运。罗欣然这次来海平，明面上的任务是代表武强来领"十大法治人物"奖的，实际上她还有点儿小私心：借机和检察二部何树国主任接触上，以便为职务调整活动活动。

罗欣然已经三十岁了，如果能够如愿补上熊绍峰留下的驻监检察室主任这个空缺，行政级别就由科级升为副处，她的师兄熊绍峰就可以帮她运作借调到省检察院检察二部，担任何树国的副手，罗欣然也可以顺理成章地从鸟不拉屎的橙州回到海平市，跟她的未婚夫邓耀先结婚了。这对于研究生毕业就被分配到橙州的大龄未婚女青年来说，确实是人生大事。

邓耀先是海平市的著名律师，承接过很多有名的大案子，其中自然有不少是通过罗欣然周边的资源得到的。邓耀先对罗欣然的工作十分上心，经常找熊绍峰请教商量。可以说，他和熊绍峰就是罗欣然背后的高人。

罗欣然上学早，加上跳级，所以比同班同学都要小两三岁，因此参加工作之后，经历了一个从天真到成熟的过程。作为一个理想主义者，罗欣然被分配到橙州检察院的时候也没有什么怨言。她是有追求的，她想用自己的成绩展示自己的能力，但她很快发现检察院的情况并不像自己想象的那样。报到第一天，从长途车上下来，罗欣然就被老同志接进了橙州检察院的办公楼，并在借用监狱的两层办公楼里办公两年。检察院的同事从检察长到保安，所有人都和狱警亲如一家。在监狱办公楼的后院里，检察院的同事们甚至还利用监狱管辖下的大片荒地，种了很多农作物，每年都收获颇丰。罗欣然时常会产生错觉，好像检察院是监狱附属的一个生产队。转眼八年就过去了，眼看着自己的同学结婚的结婚、升职的升职，只有她一直待在省第一监狱的驻监检察室。

好在她曾经的顶头上司熊绍峰一直对她很是照顾。说起熊绍峰，这位大哥的心思也不在工作上，他年轻的时候就爱写东西，据说上高中的时候还写过长篇武侠小说，在当地小有名气。进入网络时代，熊绍峰从未落伍，不断地追赶时代潮流，自媒体刚开始流行，熊绍峰就把自己弄成了一个政法网红。微博、微信公众号、视频，他都进行尝试。公众对检察官的工作性质不太了解，熊绍峰抓住了这一点，普及检察常识。他口才确实不错，把各种案子讲得天花乱坠、曲折离奇、充满悬念，吸引了很多粉丝。

东川省"首富"黄雨虹旗下的波动网，是在全国都数得上的新媒体平台，熊绍峰在波动网上的账号叫"熊检V5"，居然拥有了惊人的两千多万个粉丝。有一个很有意思的巧合：在省第一监狱服刑的黄四海前不久因为从倒塌的围墙底下救人而立功得以减刑一年，这个减刑的手续还是罗欣然亲自办理、熊绍峰审核的。疑心重的人，可能会怀疑黄四海的减刑与熊绍峰成为网红之间有什么逻辑关系，但这种怀疑是不可能有任何证据的。

橙州检察院对熊绍峰的工作能力是有争议的。几次在检委会上讨论干部的前途问题，熊绍峰都因为业务上的短板被搁置。但是今年上级发话了，熊绍峰在宣传方面很有影响力，对检察系统的宣传作出了很大的贡献，省检察院的领导认为这样的人才要重用。省检察院宣传部门准备培养支持他，熊绍峰自然愿意，对于宣传这块他既有爱好，又有能力，现在又有上级领导支持和波动网主动提供平台，何乐而不为呢？

在"十大法治人物"表彰大会召开之前，熊绍峰终于挪窝了，从驻监检察室主任调任橙州检察院副检察长，除了此前熟悉的省第一监狱的业务之外，还主抓宣传工作。实际上武强和省检察院的领导都心知肚明，熊绍峰会把主要精力都用在宣传上。省第一监狱的驻监工作，就交给新提上来的罗欣然主持了。罗欣然经过检察院与监狱一口井里喝水、一口锅里吃饭的艰难处境，和顶头上司熊绍峰重宣传轻业务的工作作风的打磨，已经变得十分成熟和游刃有余。除了决不能触犯红线，不能知法犯法以外，对于大部分能睁一只眼闭一只眼的问题，绝不会睁着两只眼。简而言之，罗欣然已经被生活教育成了一个油腻剩女。如今她最大的心愿，就是赶紧调回省城，和邓律师结婚、生孩子。

"930杀人案"发生之后，何树国作为公诉人一直在跟进，罗欣然的一些想法和意见颇有见地，获得了何树国的欣赏，熊绍峰十分敏锐地发现了这一点并为罗欣然指明了方向。何树国因此成了决定罗欣然今后能否过上幸福生活的重要人物。如果何树国因为胡雪娥出了问题，罗欣然要借调回城的计划就将被无限期搁置了。因此，明眼人都看到了罗欣然在表彰大会出事后自告奋勇地跑前跑后，并主动要求照顾胡雪娥。世界上没有无缘无故的爱，也没有无缘无故的恨，更没有无缘无故的满世界张罗，这都是有因果关系的。

罗欣然上赶着帮忙张罗，也并不在意别人的看法，她要照顾胡雪娥的原因非常复杂，除了她与何树国的关系、她自己的职场计划、婚姻计划与此相关之外，还有一个非常直接的原因，也是一个拿得上台面的原因：胡雪娥是沈广军的母亲，沈广军是罗欣然的重点工作对象。有了这个理由，无论她怎么跟何主任打成一片都是合理的了。

"930 杀人案"审结之后，沈广军被判处死缓，在省第一监狱服刑，直接成为罗欣然的工作对象。沈广军在省第一监狱从来没有停止过申诉，检察意见箱每隔几天就能收到沈广军要求申冤的诉状。这导致罗欣然对沈广军、胡雪娥、沈广军的哥哥沈广顺、沈广顺的前妻宋丽敏，以及他们已经死去的父亲沈建国的情况都非常熟悉。罗欣然万万没有想到这一次胡雪娥用了这么残忍的手法，让省政法委书记张友成和几百位政法系统的干部当众下不来台。罗欣然隐隐约约地觉得自己的生活有可能也要被这个老太太影响了。

事实上，影响已经产生了，因为那个连儿子都可以气到与他断绝关系、把谁也不放在眼里的怪咖检察官冯森现在就站在胡雪娥的病房门外，耐心地等待罗欣然离开之后再施展他不可示人的手段。

冯森非常清楚体系的运作模式。如果他公开自己的身份，正在医院治病的武强很可能就会抱病出院，带着熊绍峰、罗欣然一起来配合冯森的工作。冯森的每一个动作都会被这些人盯着，万一有一丁点儿让他们觉得危险的动作，他们马上就会发动一切力量来上下左右做工作，直到把冯森的动作扼杀在摇篮之中。甚至不排除他们会让郑锐干出另外一些出格的事情，将冯森一军，让他左右为难，逼他按大家的既定行动规范来做事情——那样就会形成和过去一模一样的调查结果，他作为巡回检察组组长的工作就算完全失败了。

假装病人坐在医院走廊里，冯森一直盯着罗欣然在屋里跟胡雪娥做工作。胡雪娥似乎完全不买账，经常大声质问罗欣然的职业素养，认为她和何树国是一伙的，都是以官方身份来置沈广军于死地的帮凶。罗欣然耐心地再三告诉胡雪娥，检察官是代表国家起诉罪犯的，并无任何必要去陷害谁。胡雪娥根本不吃这一套。

罗欣然终于失去了耐心，因为她已经非常熟悉胡雪娥讲的那一套东西了。为了接近何树国，加上又直接监管沈广军，她已经把"930 杀人案"的每一个细节都了解透了，胡雪娥这么一个六十多岁的老太太，是不可能找到任何漏洞的，她能做的只有胡搅蛮缠。现在，胡雪娥正拿着一张快要褪色的超市小票，坚持认为这是证明沈广军当时不在杀人现场的证据。

罗欣然都快被气笑了。案发后，一百多人的公检法专案组调查两年多，到现在专案组还没撤销，难道就查不出沈广军当时是否在现场？

冯森在走廊里坐着，看到罗欣然出来打电话，从她的口气中，冯森能听出一股浓浓的轻蔑与傲慢，这令他非常不快。

眼看着罗欣然打着电话离开，冯森赶紧窜进胡雪娥的病房里"谈业务"。

"你要多少钱？"胡雪娥当头就不客气地发问了。

冯森抬起手，伸出一根手指。

"一年一万？我儿子可是死缓，那得花多少钱？"

"别人报的什么价？我还真想打听打听……"冯森来了兴趣。

"我没空跟你瞎耽误工夫，我还有事呢……你又不是'甩棍'！"胡雪娥斜着眼打量着冯森。

"'甩棍'？什么意思？"

"你连'甩棍'是谁都不知道，还假装要揽我这活儿呢？赶紧滚吧！"

冯森见胡雪娥不相信，干脆掏出手机："你看看，这是谁？"

手机屏幕上，冯森拎着手上这个皮包，正和何树国笑嘻嘻地站在一起。

"你跟这姓何的是一伙的？"胡雪娥咬牙切齿。

"老朋友了，关系没说的！你的事儿，只要拿出有效的证据来，其余的都交给我！"冯森诡异地一笑。

"证据？"

"证据，真正的证据！大婶儿啊，你要是真有证据，事儿好办；你要是没证据，只是想制造影响，让领导替你说话……那你得先给我交个底……我好心里有数……对不对？"

胡雪娥忽然把桌上摊开的盒饭扣到了冯森脸上。

冯森猝不及防，慌忙起身。

胡雪娥趁机拎起冯森的包，用力从窗户甩出去，嘴里还嘟囔着："狗王八蛋！何树国贪赃枉法，让你来替他讨价还价！拿我儿子的性命做生意，还是人吗？啊？"

胡雪娥拎起编织袋飞快地跑出病房，迅速消失在楼梯尽头。

一头饭粒和菜叶的冯森顾不上追老太太，连忙跑到楼下捡包。他的皮包里装满了各种文件卷宗，要是丢了可能会出大事情。冯森一边整理着包里散落出来的东西，一边盘算着下一步的行动。

没有人知道，冯森千般推托、万般无奈之下才接受的这个"930杀人案"巡回检察组组长之职，其实是他梦寐以求，也是非他莫属的一份工作。当真的接到袁宏伟检察长打来的电话之时，他激动得手都发抖了，差点儿哭出声来。

冯森的爱人郑玮丽十年前死于豪庭夜总会地下停车场离奇

的车祸，四辆车先后从郑玮丽身上碾过去，将她轧得面目全非，看不出人样儿来。冯森和郑锐都坚信，这件事情一定是有人设计来报复的，虽然父子俩根本不联系也不相认，但两人这十年都没闲着，都在拼命调查那起交通事故。通过十年的调查，冯森已经查到了所有相关线索，找郑玮丽索要停车费的豪庭夜总会保安、推走郑玮丽自行车的物业工作人员、修线路的电工、五辆相关车辆的当事司机，冯森全都面对面谈过并进行了深入调查，没有发现任何故意设计的迹象。但是，两年前的一个偶然机会，冯森在翻看自己做的调查记录时，忽然看到了一行自己过去完全忽略的话：前面那辆奔驰车刚走，灯就灭了——这句话让冯森警觉：后面四辆车都是因为突然停电出的车祸，但前面那辆奔驰会不会是知道要停电，才故意掐着时间点儿跑的？

两年前突然爆发的这个灵感令冯森陷入癫狂状态，他马上又找到撞倒郑玮丽的第一个司机，这人交代出了令他梦寐以求的新线索：这个戴大金链子的司机当时刚拔完牙，嘴里全是血沫，实在受不了，就朝窗外吐了一口。刚吐完这一口，后面一辆奔驰车开过来，里面有个男人冲他骂了一句非常恶毒的脏话："你妈来例假，怎么你吐血了？"他一下就火了，马上发动车去追奔驰车，结果刚加速追过去就停电了，他凭着最后的印象拐弯往地下停车场出口冲去，刚拐过去就撞上了人……

冯森经过非常仔细的研究，坚信那个开奔驰的人是故意引诱他人去撞郑玮丽的。顺着这条线索往下查时，冯森震惊地发现，奔驰车车主、外号"灯泡王"的男子已经移民美国，找不着了！

别人要是查到这儿可能就绝望了，但冯森反而感到惊喜。他认为，"灯泡王"之所以跑到美国，很可能是因为心里有鬼！

说不定就是为了逃避杀人的惩罚！这更坚定了冯森的判断，他从各方面打听"灯泡王"的情况，继续收集线索。有一段时间，每到周末，他都会坐长途车从工作单位来省城海平，专门在"灯泡王"生活过的地方潜伏打听，希望能找到相关消息。

功夫不负有心人，冯森在两个月前逮住了回国定居的"灯泡王"，并从他嘴里得到了新情报，"灯泡王"的奔驰车当年不是自己开的，他借给了"炮友"宋丽敏。这小妞借走这辆车之后，居然就变了心，跟一个叫沈广顺的家伙好上了，最后还嫁给了他。据说，当年在豪庭夜总会地下停车场开奔驰车并辱骂身后那个戴大金链子的男人的，就是这个沈广顺。

沈广顺就是"930杀人案"凶手沈广军的哥哥，他俩都是大闹"十大法治人物"表彰大会现场的胡雪娥之子。

冯森用了各种办法去向上级暗示自己绝不参与"930杀人案"的重新调查工作，在袁宏伟、张友成绞尽脑汁要找一个真正有能力的"奇兵"的时候，冯森的这种暗示反而起到了自荐的作用。作为冯森的老上级，张友成深知冯森的能力，在这关键时刻，他几乎没有犹豫，当场就决定让袁宏伟把冯森调过来，答应他的一切条件，必须尽快搞清"930杀人案"中的猫腻，给人民群众一个交代，让胡雪娥心服口服。

冯森相信自己只需要拿出百分之十的精力就能搞定"930杀人案"，甚至还可以连带着把刚才胡雪娥说的什么"甩棍"之流——与监狱、检察院、法院有关系的掮客或腐败官员——全部连根儿拽出来。剩下的时间和精力，他要用这个宝贵的机会，把沈广顺一家作为突破口，找出这十年来在他无数个噩梦中梦到的那个没有脸、没有形状、潜伏在郑玮丽血肉后面讥笑他的恶魔。

冯森现在就要去会一会沈广顺，敲山震虎。

五

广顺汽修的位置距离主干道不远，附近有加油站和生活小区。跟那些勉强维持生存的汽修店一样，沈广顺的汽修店也是半死不活地经营着。

一辆警车驶过来停下，穿着警服的福临派出所所长王志军下了车，冯森紧随其后也从车上下来。二人快步走进广顺汽修。汽修店门口停着的一辆面包车十分醒目，车的后门上赫然喷绘着一个小姑娘的大头照，还有"重奖寻找女儿苗苗"的醒目字样、手机号码和联系人"沈先生"，最底下是三个超级大的红字：六十万。

修车铺里有两辆车正在修理，一辆被卸了轮胎的车被千斤顶顶起来，一双脚露在外面。另外一辆车停在地上，有一个修理工正在调试汽车音响，里边不时断断续续地传来音乐声："你是……小苹果……小呀小苹果……"

"谁是沈广顺？"

很快，躺在车底的那个人爬了出来，他就是沈广顺。此人满身油泥，脸色很不好看。沈广顺发现对面站的是穿制服的人，马上就板起了脸："怎么了？我们犯法了吗？"

三个男人各怀心事地进了经理室的门。里面乱糟糟的，到处堆放着杂物。沈广顺一屁股坐在桌子后面的转椅上，态度十分冷淡："有什么话赶紧问，我还有活儿！"

"十年前，也就是 2009 年 9 月 28 日下午 6 点半左右，你在什么地方？"

"你什么来头啊？这么牛？问什么我都得说啊？"沈广顺站起来，梗着脖子看着冯森。

"我什么来头你先不用管，我只是想告诉你，十年前发生的那件事有可能涉嫌谋杀，你当时也在现场……如果你不好好配合，一旦我们查出你与案件有关，在量刑上就会从重从严……"

沈广顺蛮横地看着冯森，可对方对视而来的目光一点儿都不怕他。沈广顺终于扛不住了。

"当时我在豪庭夜总会地下停车场，开着车准备离开，在过道里看到一个戴大金链子的男人，他坐在自己车里直接冲窗外吐痰，我一时生气骂了他……然后就开车走了……那二逼好像急了，也回骂我，还把车发动了来追我……但我已经离开了……"

"后来呢？"

"在我的车刚要开到出口——还差一个拐弯就能到出口往上爬的时候，突然停电了……"

"停电之前你看到了什么？"

"说实话，我没注意看什么……因为我刚骂了那个'大金链子'，我怕他报复我，只想赶紧把车开出去……我不是怕他啊，我只是有重要事情要办，不想节外生枝……"

"很好，然后呢？"

"没了。"

"就这些？"

"就这些。"

"好……那辆车是你的吗？"

"是我女朋友帮我借的。我当时需要一辆车去办事……"

"你女朋友？就是你前妻宋丽敏吗？"

沈广顺点点头，不由自主地抬头看了面前这个问话的大背头一眼。

"你开车去干什么？那么着急。"

"去干一件大事，这是我一辈子干的最正确最重要的一件事情。"

"什么事？"

"我去买了一张彩票。"

"专门借一辆车去买彩票？"

"我买到的那张彩票中了五十万！"说到这里，沈广顺不由得有些得意。显然，这是他一生中最了不起的一次成功了。

"你是怎么知道要买哪张彩票的呢？"

"是大师帮我算的。"沈广顺面色严肃起来，"大师说，只要我开着一辆尾号带有两个8的奔驰轿车，6点半从豪庭夜总会出发，30分钟之内赶到海平大桥南头的好主妇连锁超市里边的彩票售卖点，在7点整买任意一张彩票就能中奖……我真的中奖了！五十万！"

"卖给你彩票的人你还记得吗？能找到她吗？"

"这都十年了，谁还找得着啊？"

"至少你记得她长什么样儿吧？"

沈广顺皱起眉头，像是从虚无的记忆中努力打捞着什么，"哦……她还挺漂亮的。长着一个锥子脸，就是现在说的网红脸，我买完彩票，她还对我说了一句：'大哥，祝你中奖，祝你好运！'"

"你还记得那张脸？如果再次看到你还能记起来吗？"冯森

急切地站了起来。

沈广顺哈哈大笑，先是对着屋顶笑，后来把胳膊肘支在自己腿上看着冯森笑。

冯森有点儿蒙了。

王志军站了起来："沈广顺！严肃点儿！你给我坐好了！"

沈广顺坐好了，抬起头，他已经笑出了眼泪。他看看王志军，又看看冯森，忽然提高了声音："你们这帮王八羔子也有遭报应的时候啊？我女儿失踪，我弟弟被冤枉，你们都干什么啦？"

"沈广顺，别说那些没用的……你到底能不能找到她？"冯森敲了敲桌子。

"我的女儿丢了！你们不管！假模假式地登记一下，一根人毛也没找回来……我的弟弟沈广军，被人冤枉成杀人犯……谁来管？啊？"

沈广顺激动起来，站起来拿起一把扳手在桌上敲击着："你他妈的是什么人？留着个大背头，看着也不像公安吧？那你是干啥的？王志军王大所长，你穿着一身皮，我认得你，这大背头是个什么玩意儿？我凭什么跟他废话？"

话说到这儿，王志军就只好和稀泥了。冯森不愿意暴露身份，他留着现在这个形象还有用呢，至少在胡雪娥面前是有用的。就这样，两人在沈广顺的嚷嚷声中讪讪地离开了。他俩不知道，胡雪娥在后院里把这一切都看了一遍。事情的奇妙之处在于，沈广顺是对冯森完全不感兴趣、不客气的，但胡雪娥经过医院里扣盒饭和刚才这一幕之后，对冯森的看法倒是有了微妙的变化。她决定悄悄地跟着这个混账王八蛋。

有时候，王八蛋倒是真能办事儿，无非就是收钱。有些人不是王八蛋，不要钱，但他能看着你死连眼睛都不带眨一下的。与其这样，世界上还不如多点王八蛋。

从修车店出来，冯森心里已经有底了，对沈广顺这样的人物，他可以说是手到擒来。他真正担心的是，沈广顺背后还有没有其他的人或事。如果没有，冯森相信自己很快就能为爱人报仇了。

冯森约了何树国在天平茶馆见面，他知道身后有一个跟踪技术非常落后的老太太在尾随着自己，但他假装没有察觉。他偶然回头的时候，胡雪娥会慌忙蹲下假装系鞋带或观察路边的橱窗。冯森不由得哑然失笑：这些都是电视上那些烂谍战剧里透露的跟踪技巧。

冯森来到茶馆的时候，何树国已经带来了"930 杀人案"的卷宗。按道理，这是违规的行为，但因为上面开了口，可以"特事特办"配合冯森的怪招——因为冯森不想在任何同行和案情相关人员面前暴露自己的身份。况且，冯森是给他何树国灭火，他何树国自然是有求必应，积极配合。

何树国把卷宗推到冯森面前，却没松手。这个案子当年是张友成亲手抓的，参与的人非常多，包括罪犯沈广军不服判决上诉，当时就有媒体炒作翻案，尤其是一些网络大 V，鸡蛋里挑骨头，质疑这个案件的认定，弄得影响很不好。张友成亲自组织了公检法一百多人的专案组进行复查，最终的结论就是没有任何漏洞！再怎么查，"930 杀人案"都是板上钉钉的铁案，冯森一旦翻开了就不能回头了。

冯森推开何树国的手，翻开卷宗，海量信息扑面而来，里面有改锥的照片，上面还沾着血迹；还有徐大发被捅死的照片，改锥从徐大发左眼插进去，改锥的金属部分几乎全部插进了徐大发脑袋中。

"沈广军当时开车寻找失踪的侄女苗苗，他在橡树林里遇到徐大发，因为怀疑徐大发拐走了苗苗，上前询问时与徐大发发生口角和肢体冲突，最终沈广军用车上工具箱里的改锥捅死了徐大发……"何树国在一旁简要介绍着案情。

"这是沈广军自己交代的？"

"他不承认我们推理的这个犯罪过程，他只承认自己去过树林里找苗苗，没找着就走了。徐大发是谁杀的，他根本不知道，也没见着徐大发的车……从我们掌握的情况来看，证据是很扎实的。当时橡树林里没有别人，沈广军杀人后惊恐之下开车逃离，从橡树林外的监控录像来看，除了徐大发和沈广军两人之外，再没有任何第三者进入橡树林……"

冯森看着卷宗里的照片，从改锥上采集到的指纹中，有沈广军的指纹，还有沈广顺、胡雪娥的指纹。这不难推测，改锥可能是修车铺或胡雪娥家里的，三人都有机会摸到。

"有没有可能有第三人在现场，偷偷拿着沈广军车上的改锥去杀了徐大发，嫁祸沈广军……并且这个第三人是早有预谋的，手上戴着手套，没留下指纹……"

"这种假设我们也提过，但是不能成立。橡树林没有地道，事发前后都没有第三个人进出过……公检法三家组成的专案组，边国立队长担任的组长，我们一百多人，全都详详细细地研究过了，橡树林里虽然没有监控，但是外面相关道路的监控录像我们都查了个遍，没有任何第三方进入的记录……"

冯森点点头，似乎已心中有数。

何树国并不相信冯森来了就能翻案，但还是说了一句："要是真翻了案，可是一竿子打倒一大片人，公检法系统全有啊！"

"这种事儿我老冯干过不少，又不是第一次了……"冯森抬头看了一眼何树国，意味深长地笑了起来。

何树国还真有点儿怵这个冯森，真要翻了案，张友成肯定脸上无光，何树国面子上也不好过，毕竟那是他当公诉人负责的案子。

"可要真弄错了，他们就是活该！老何，我要是帮你把这事儿办了，你怎么感谢我？"

"只要你帮我解决这个麻烦，你那个熊儿子的事儿，包在我身上！"何树国知道冯森的心病，但何树国非常遗憾地想，冯森这个老小子，怎么就不想想我的心病呢？

两人约会完毕之后从茶馆出来，惊讶地发现何树国的自行车不光被人把胎扎了，前轮都给卸下来了。如果是有小偷，把车拎走就得了，但这个人费半天劲祸害这个车，显然并不是想图财，就是要出气。何树国气坏了，他都想把车扔在这儿不要了，但冯森又嘲笑他："还挺大方的，还是省城的干部有钱啊！"他只好拎着那破车往回走。因为冯森要假装不认识他，所以也无法帮他。何树国憋了一肚子气，恨恨地回去了。

干这事儿的人是胡雪娥，她恨透了何树国，认定是何树国把沈广军送进监狱的。冯森有些恶作剧地笑着，坐上了开往橙州的930公交车，这辆车被人称为"探监专号"，乘坐者大部分都是去省第一监狱探监的。巧合的是，沈广军的杀人案正好发生在9月30日，并被命名为"930杀人案"。对胡雪娥来说，这路她经常乘坐的公交车，也是她心头的梦魇。

跟踪也是个花钱的活计，发现冯森在公交车上，胡雪娥也不能打车继续跟踪吧？她在公交车门口踌躇了半晌，还是从兜里摸出了零钱，磨磨蹭蹭上了车。一上车，胡雪娥就发现冯森正直勾勾地盯着自己——跟踪失败了。

冯森夹起公文包坐到了胡雪娥身边："大婶儿，想通了？"

眼见藏是没处藏了，胡雪娥干脆闭上眼打起了盹儿。她知道自己有求于这个王八蛋，但车上人多嘴杂，而且大部分都与省第一监狱的罪犯或管教人员有点儿关系，她还要点儿面子，不能当着这些人的面说儿子的事儿。

冯森又费了不少嘴皮子搭讪，可怎么都不管用，后来只好闭嘴了。他的注意力转到了车里的一个异类身上：那是一个专注地用 iPad 玩游戏的十几岁的小男孩。在这辆"探监专号"上出现一个未成年的小男孩，显得非常不合时宜。小男孩发现冯森在看自己，只是冷冷地翻了个白眼，连耳机都没摘下来，继续玩游戏。

不合时宜的人总是容易给人留下印象，冯森记住了这个小男孩。

六

作为新上任的橙州检察院副检察长，熊绍峰可谓春风得意：既在网络新媒体上成为著名的政法网红，没被时代抛下；又在相对保守、正统的官场上得到了认可和擢升，成了橙州检察院的副检察长。如果把网红身份与检察长身份相结合，两者还能相得益彰——一般人可玩不转这个，只能占一头，否则很容易翻车。现在，刚刚结束了波动网上一场直播的熊绍峰，怀着兴奋的心情开车接上罗欣然，两人一起返回橙州检察院。

罗欣然本来就是按照熊绍峰设计的套路在替何树国办事儿，现在因为张友成书记下了命令，橙州检察院作为沈广军所在的省第一监狱的监督单位，责无旁贷地要全面配合"930杀人案"的重启调查。虽然大家都不知道巡回检察组什么时候到，但自己该做的准备一点儿也不能落下。在发现胡雪娥已经逃离医院之后，两人首先赶去胡雪娥家进行初步调查，但没有任何结果，因为沈广顺完全不配合。熊绍峰也没太在意，在他看来，重启调查的核心人物是巡回检察组组长，他们现在没必要有什么实质性的进展，只要走个过场，说得过去就行了。毕竟，领导发话了，如果待着不动才是最傻的，只要在动，领导就不会怪罪。

回到橙州检察院，车还没停稳，两人就发现省第一监狱的监狱长陈咏过来迎接了。熊绍峰在车上就嘀咕："看来又出事儿了。"

"能有什么事儿？还不是减、假、暂审核，他们恨不得把我们搞定，我们连材料都不看就签字得了。"

罗欣然说的"减、假、暂"，是减刑、假释、暂予监外执行的简称，省第一监狱的服刑人员如果想得到这几种优待，必须满足足够的条件。而这些条件，都必须由监狱狱政科准备好证据和材料，报到检察室审核之后才能认定。监狱的管理者肯定有很多苦衷，也想什么都自己说了算，但国家的法治体系不可能让一家单位擅自做主，互相监督是必需的。具体到减、假、暂这种非常敏感的事情上，谁都不敢马虎。

一般来讲，熊绍峰这个级别要去监狱的话，那肯定是监狱里有什么问题，那边至少也得让政委或副监狱长来对接，让监狱长亲自对接也是常事。但是，如果监狱长在检察院门口守着，一看到人回来就迎出来，这就有点儿不一样了。

两人下了车，陈咏对熊绍峰一番过于夸张的客套之后，邀请他去监狱食堂的小包间里坐一坐，"请示一下工作方向"。罗欣然知趣地回到了自己办公室，准备和沈广军谈话。按熊绍峰的说法，这是一道程序，等巡回检察组来了，就可以说"我们已经找当事人谈过话了"。

陈咏和熊绍峰在小包间里吃饭，熊绍峰很快就明白对方的用意了：熊绍峰升任副检察长，罗欣然接替检察室主任，但接替完之后很快就要调进省检察院——陈咏关心罗欣然调走之后，谁来担任驻监检察室主任。这对他来讲可是大事儿，万一派一个油盐不进的家伙来，监狱的工作将会遇到巨大的阻碍，很可能最简单的一个程序都要遇到最大的刁难。

陈咏是个急性子，出什么事情都想马上有个结果，即使没有结果至少得有个说法。过去老监狱长王剑鸣为了他这个脾气，没少敲打他。他和武强面临的情况有点相似：武强上头也有一个老检察长关敏涛，他因为被罪犯报复受了重伤住进医院一直未苏醒过来，很可能变植物人了。武强为了尊重他，一直以副检察长的职务干着检察长的活儿。陈咏上头也有一个老监狱长王剑鸣，他也一直非常尊重王剑鸣，王剑鸣患了癌症住院之后，他一直拒绝升任监狱长。但陈咏和武强有一点不同的是，王剑鸣在三个月前陷入深度昏迷之后，组织上找陈咏谈了话，他就同意了组织上的意见，转正成了监狱长，但他当着全监狱干部都讲过：只要王剑鸣哪天醒来，这个位置一定还是他的。

正因为这些原因，陈咏在很多场合会显得不那么像"领导"的样子。陈咏在包间里直接把检察室主任人选的事儿撂出来之后，熊绍峰还没接过去，外面就传来急促的敲门声，闯进来的是狱侦科科长李正虎。

"监狱长，您……"李正虎一看到熊绍峰，马上就愣了一下，"出来一下，有个事儿想跟您汇报一下！"

"熊检察长不是外人，我们这儿有事儿，他也有监督指导的责任，说吧，到底出什么事儿了？"陈咏这样的老江湖当然不能让熊绍峰见外。

"这个……陈监狱长，您出来……"李正虎还是支支吾吾。

"我说了，熊检察长不是外人，就在这儿说！"

"是郑锐，他……他那个五分监区又出了点小事儿……服刑人员偶遇郑警官时，突然情绪激动，辱骂郑警官，郑警官为控制对方情绪不得不使用警械动了手……对方受了点儿伤……监区长和教导员这两天本来在协调这事儿，但一直没结果……"

"这个郑锐，原来练散打的，老是手痒痒，打人这毛病还就改不了了！"陈咏装作轻松的样子对熊绍峰笑笑，然后再问李正虎，"被打的是谁，没打出毛病来吧？"

"问题倒不是很大，现在在咱们监狱医院住着……"李正虎有些犹豫。

熊绍峰警觉起来，平时大家嘻嘻哈哈你好我好是可以的，但现在是非常时期，工作上的事儿不能打马虎眼，这点儿底线思维他还是有的。

"都住院了？严重吗？"熊绍峰站了起来。

"被打的服刑人员已经昏迷了，头部有伤口，左臂已经明显骨折。"李正虎看了一眼熊绍峰，欲言又止，最终还是说了。

熊绍峰顿时紧张起来，他放下了筷子："这下麻烦了……如果打成骨折的话，老陈，你是老政法了，骨折属于轻伤，是要入刑的。如果调查属实，双开是小事儿，弄不好三年啊……李科长，你就别拐弯抹角了，郑锐打的犯人叫啥名字？犯什么案子的？"

"沈广军！'930杀人案'的那家伙！"

"完了完了……"熊绍峰脸色大变。

"熊检察长，您这是什么意思？"陈咏瞧着熊绍峰脸色不对，便探了探口风。

"这个小郑真是往枪口上撞！沈广军他妈胡雪娥，前两天刚刚大闹'十大法治人物'表彰现场，张书记、袁检察长都被她逼得出丑了，当场讲了话要给她一个说法！网络上现在火得不得了！在这节骨眼儿上，上头马上还要派高手来调查，你们这个郑锐，这个时候把人家胳膊打断了！你们这不是明摆着撞枪口上了吗？"

陈咏脸都青了。

饭不吃了，三人急忙出了食堂往医院赶。罗欣然已经在那里和郑锐手下的民警刘铁谈话做笔录了，床上的沈广军却一直昏迷不醒。熊绍峰、陈咏、李正虎三人赶到病房之后查看了沈广军的伤势，看起来确实挺严重的，但沈广军一直没醒过来，三人也没法问什么。出了病房之后，陈咏心里的火马上就蹿上来了，也不管熊绍峰和罗欣然在身边，骂骂咧咧地就往外小跑出去。

一出医院，就看到郑锐和罗劲松、常浩迎面走了过来。陈咏顿时怒从心头起："郑锐，你他娘的搞什么鬼？现在是什么时候？！"

郑锐刚想分辩，陈咏怒喝一声："立正！"

郑锐立正站好，一脸的委屈和不服气。

很快，情况就了解完了。陈咏当着熊绍峰的面，没给郑锐面子，像审犯人一样严肃，也没给他更多的解释机会。显然，郑锐打断了沈广军胳膊的事实是成立的。这就够了，其他理由都没意义。

"郑锐！立即停职反省，从现在开始，你哪儿也别去，好好写检查！"

"是！"郑锐一脸悲愤，但还是认了。

"情况既然这样严重，看来我们只好立案调查了。"站在一旁的熊绍峰总算开了腔。

陈咏拉着熊绍峰进了医院旁边的一间办公室后，顿时露出一副可怜巴巴的样子。

"绍峰老弟——你怎么还不明白？刚才不是跟你说得很明白吗……奖状——奖金——明白了吧？过两天省监狱管理局要进行考核评比，等考核评比完，奖金大家都拿到手了，你再怎么样我都没意见，可是……大家辛苦干了一年，如果监狱评优泡汤，大伙儿的奖金拿不到手，那我这个主持工作的监狱长还不得让人骂死？"

"这倒也是个问题……老陈啊，对你的顾虑我很理解，真的，很理解，可是……"

"绍峰老弟，打你到了检察室，你说说，咱们处得怎么样？很好——非常好！是吧？我现在请求的事并没有违反任何一项原则和纪律。该立案你们就立案，把郑锐抓起来我都不替他说情。可是现在情况特殊，你们能不能晚几天立案，先让我们自己内部查一查，我们查清了再把情况向你们报告，你们再核实！另外，武强检察长不是在北京治病没回来吗？只要他没回来，这个情况就可以先缓一缓嘛，等他回来再报告，行不行？"

"老陈，你也应该把我的话听明白一点儿，好不好？我说了，我们是专门负责开展监狱检察的派出检察院，明明知道监狱出了问题，却装作不知道，那能行吗？"

"那你的意思是？"

"我的意思很明白，我们必须立即介入，绝不能不闻不问。但是，你明白，我们的调查也是需要时间的嘛！"

陈咏终于明白了，熊绍峰的意思是先立案，但并不做实质性工作，等监狱方面把事情落实好了，检察室再介入——这就算是给了天大的方便了。

这就是两家单位的默契之处：大家都不犯规，但该办的事儿也办了，该照顾的人也照顾了。

熊绍峰离开之后，郑锐苦着脸推门进来了。郑锐是陈咏亲自从警校招来的，情同师徒，甚至情同父子——因为郑锐说自己父亲死了，所以陈咏就在某种程度上代替了他父亲的位置。当着外人，陈咏还装装样子，私下里说的话就完全是恨铁不成钢了。

"即使沈广军有意挑衅你、骂你，那就应该把人家打成骨折吗？你再琢磨琢磨，是不是出手没控制住？"

郑锐眼圈发红，坐在那儿看着墙，他已经流泪了："陈监，我不服！要是你被他那样侮辱，你……"

陈咏觉得郑锐还是没搞明白情况："他怎么侮辱你了？咱们在这种地方工作，听到的污言秽语还少吗？几句话就受不了，这还是你的问题……"

"我17岁的时候，我妈就去世了……她是被罪犯报复杀害的！四辆汽车碾了四趟……"郑锐哽咽着，"我那个该死的爸爸直到三天后才回来……在火化前见了一面，当时我都恨死他了……是我……在太平间外的走廊里陪着我妈……陪了三天三夜……我妈太可怜了……可今天，沈广军这个王八蛋，他直接冲着我说：×你娘！×你娘！×你娘！×你死去的亲娘！一共骂了四遍！陈监！我能不揍他吗？"

陈咏愣住了，他已经听说过郑锐被沈广军辱骂的事儿了，以为就是普通的"国骂"之类的常规侮辱性语言，没想到沈广军这次是有备而来——这明摆着就是故意激怒郑锐，让他采取行动，以便留下口实。

陈咏忽地站起来："他娘的，太放肆了！郑锐，你家里的情况我都了解，如果沈广军真骂了你……他就是该打！真是该打！不过，打折胳膊……这件事情还是非常严重的……"

郑锐看到陈咏的态度，心里大是欣慰，委屈和愤怒已经减少了许多，职业本能让他的情绪稳定下来，他马上开始分析案情。

"胳膊不可能是我打断的，陈监，您原来管狱政的时候，我还在您手下帮过几天忙，我做事情什么分寸，您还不知道吗？沈广军胳膊折了肯定另有蹊跷，现在他完全不配合调查，您可别被他的行为给蒙蔽了，一定要查出真实的原因来。这种已经绝望的罪犯，说不定会干出行凶杀人、自残，甚至越狱这样的极端事情来。我现在被他给害了，上不了前线了，您可不能判断失误。"

话说到这里，陈咏心里已经比较清楚了。干了几十年的老政法，监狱工作也干了十年了，罪犯心里想什么，他只需要极少的信息就能分析出来。沈广军一直申诉未果，还发动母亲胡雪娥把事情搞大，他在监狱里与狱警故意发生冲突，这些事情肯定都是有因果关系的。

陈咏大概明白怎么回事了，但回办公室听了罗劲松的汇报后，又陷入了迷茫。

按罗劲松和常浩的说法，沈广军怀疑郑锐收黑钱来整死他。陈咏本来认为是胡说，但常浩详细讲了沈广军当时的说法和状态。三人一起分析之后，陈咏终于认为不可轻视。陈咏当即叫来狱侦科科长李正虎，让他和罗劲松、常浩一起配合，秘密调查沈广军的这个说法。

陈咏最担忧的，是郑锐心里头有个坎儿过不去——他母亲郑玮丽的死。如果郑玮丽的死和沈广军有关，那郑锐就真有可能会整死沈广军。当年陈咏把郑锐从警校招来的时候，郑锐就说过，自己干这一行的动力就是为母报仇。但是，这只是设想，从另一个角度来看，郑锐是自己人，也要给予信任，他认为沈广军有极端行动的可能，也不能忽视。

按陈咏的意见，李正虎、罗劲松和常浩三人得把这两个方向合并成一件事情来调查。说白了，就是对郑锐和沈广军都要防着点儿。

另外，不管出于什么目的，至少为了不打草惊蛇，陈咏提议让郑锐恢复正常工作，沈广军在检察室调查之后也可以外出就医，让一切都像往常一样，这样有助于秘密调查的进行。

四人合计完毕，心里都沉甸甸的。按照惯例，陈咏仍然吩咐一句："检察室那边，要绝对保密。没查出眉目来，不要让他们揭盖子。熊绍峰那边我已经打好招呼了，他会配合。"

罗、常、李三人当然同意。家丑不可外扬，如果必须外扬，那至少也在家里收拾得好看一点儿再扬出去。

七

橙州地处海边，按道理说应该是个浪漫之地，但这片海并无多大的旅游价值，海岸边全是悬崖和乱石，无法靠近，想象中的黄金海岸、比基尼美女根本与此地无缘。另外，这里常年风大浪急，远远看着大海都会心生畏惧，到了跟前马上就会看到当地渔民立的巨大警示牌，上面的文字有些触目惊心，有一个警示牌上面写的是"越过此线死全家"，下面还有一排小字解释：你要是淹死，你父母也活不长，全家完蛋——逻辑倒是自洽的。

在一家离海岸不远的鲅鱼水饺店角落里，不打不相识的冯森与胡雪娥终于坐到了一起。两人一边吃着水饺，一边小声地聊着天。通过胡雪娥絮絮叨叨的讲述，冯森弄明白了一件重要的事情：沈广顺并不赞同胡雪娥帮沈广军申冤。重大的分歧在于，沈广顺和前妻宋丽敏希望用自家房子作为悬赏去寻找失踪的女儿苗苗，而胡雪娥却想拿这个房子来运作沈广军的减刑，如果能证明沈广军无罪当然更好。

"您那个儿媳妇宋丽敏，除了因为找苗苗的事，还有什么原因恨沈广军吗？那样没道理吧。"

对于冯森这个诱导式的提问，胡雪娥也回答不清楚："……苗苗和广军的关系都不错啊！有一次苗苗生病了，广军半夜送孩子上医院，宋丽敏还感动得跟什么似的。那一年春节，她还专门在饭桌上讲了好长一段话，讲得都哭了，都是说广军这个小叔子对孩子多好，她在这个家庭里生活感到幸福、安全什么的……"

"对呀，怎么会变化这么大呢？"

胡雪娥无法回答，她用自己朴素的价值观来审视此事，只能认为宋丽敏想把房子卖了悬赏六十万元找女儿苗苗，此事与她卖房救儿子冲突了。

看到胡雪娥如此可怜，冯森其实是动了恻隐之心的，但他不能表露出来，他伪装的身份是一个帮人"平事儿"的掮客，他必须假装对胡雪娥的房子感兴趣。越是装出爱财的样子，再吹牛说自己多厉害，这样才越能显示冯森的人设。在冯森再三确认胡雪娥房子的价值的时候，胡雪娥终于决定带冯森亲自去家里看一看。

两人刚往 930 路车站方向走，汽车上玩游戏的小男孩忽然从身后冒出来，还摸出一把自制的弹弓，朝着胡雪娥的脑门就来了一发。

胡雪娥尖叫一声，捂住了头。

"你个臭小子，你站住！"冯森跳起来正要追上去，却被胡雪娥一把拉住。

"大婶儿，这小流氓拿弹弓子打你，要再往下偏一点眼睛就瞎了！"

"大兄弟，瞎就瞎吧，我的眼珠子留着也没啥用……"

"您这是什么路数？就您这任人欺负的想法，怎么给儿子申冤啊？"

"不瞒大兄弟说，我家广军出了事以后，报纸上也报了，电视台也报了，网上也报了，我这老婆子也被人那啥肉……啥肉了……"

"人肉。"冯森补充道。

"对，人肉，人肉……走到哪儿，都有人认出我是杀人犯的妈妈……我寻思啊，只要广军这冤屈一天没判出来，我就得一直忍，有人打我、骂我、拿臭鸡蛋砸我、拿弹弓子打我，我都得心甘情愿地受着……谁叫法院判了广军有罪呢？判了没改，那我们就得受着……法院要是改了，谁再敢打我老太婆，我上去把他鼻子咬下来！"

胡雪娥说着，眼睛都红了。

冯森掏出一张纸巾递给胡雪娥，胡雪娥摇头："眼泪哭干了，不用了。"

"让你擦擦头上的包。"

胡雪娥用纸巾擦擦头上的包，纸上是鲜红的血。

"这就不算什么了……你看看我脑袋……"

胡雪娥低下头，把自己的头发分开来让冯森看，那上面有一大片空白的头皮。胡雪娥低着头解释着："头发被徐大发他老妈薅掉一大把，连皮带肉薅下来。"

冯森总算弄明白了胡雪娥的想法，只要儿子申冤成功，她遭受的这一切委屈就都能说得清楚了。在此之前，这些都是她应该受的。

"行了，那你跟我走吧。"胡雪娥惨笑着看着冯森。

"去哪儿？"

一个半小时后，胡雪娥带着冯森下了公交车到了自己家里。按中介的说法，这个房子附近有所还算不错的学校，勉强算得上学区房，价值也估摸着有六十万元左右。

"我就这一套房子，你要觉得真值六十万元，事儿办好了，这房子就是你的。要是事儿没办就想要钱，那可没有……"

"事儿没办，保证不要您一分钱！"

两人正嘀嘀咕咕商量着这事儿，冯森透过阳台，忽然看到楼下沈广顺那辆贴着寻女广告的面包车回来了。

"大婶儿，那是您家老大的车吧？他回来了？"

胡雪娥点头。

一脸丧气相的沈广顺刚从电梯里走出来，一眼就瞧见了冯森和胡雪娥。看着胡雪娥的表情，沈广顺马上就明白了。

"我已经悬赏六十万，让人帮我找回苗苗……那六十万就是这房子……你别打这房子的主意。"

"房子是我的产权，我想做什么就做什么。"

"是你的产权，那可是我掏的钱买的啊！"沈广顺看着胡雪娥，眼中满是绝望。

"你掏的钱？你中奖五十万是全掏出来了！可你结婚花了四十万是老娘掏的！现在你弟弟出事儿了，你霸着这房子说是你买的？啊？"

"妈，苗苗丢了，宋丽敏也跟我离婚了，你还想把我住的房子卖了，你是我亲妈吗？"沈广顺的声音显得恶狠狠的。

"我还要问你，你是我亲儿子吗？你弟弟出了这么大的事情，你出了多大的力？帮了什么忙？你那个老婆跑了有什么可惜的？她说的那叫人话吗？说广军是活该！活该被枪毙！广军喜欢苗苗，平时抱一下，就被她指桑骂槐，说把孩子弄得跟个羊肉串一样满身骚气！还说广军是狐狸精！广军是有狐臭，外人嘲笑了就罢了，一家人也这么说话！那女人就不是个东西！你还把她稀罕得像个宝一样！"

沈广顺仇恨地瞪着胡雪娥，但看到胡雪娥像个疯子一样，就不敢说什么了。他突然转头瞪着冯森："你还不滚！信不信老子揍你！骗子！"

"大兄弟，你别走！我看他敢怎么样？！"胡雪娥挡在冯森面前。

沈广顺恶狠狠地瞪着冯森，转身去厨房里找刀，翻得一通乱响。

"你要杀这位大兄弟，你就先杀我！不管你跟他过去有什么仇，可他能帮我！"

"你找他会不得好死的！不得好死的！沈广军的案子板上钉钉！查不出东西来了！查不出东西来了！你为什么就不听我的劝？为什么！"沈广顺拿着刀出来，狠狠地用刀在桌上使劲儿剁个不停。

"不得好死就不得好死！我也活腻了！"

两人像斗鸡一样对峙着，冯森赶紧悄悄离开了。他站在走廊里，听到屋里马上传来摔东西、掀桌子的声音。等他走下楼，往小区门口走时，忽然看到一个黑影从旁边抄近道往自己这边过来，冯森站住了。

片刻之后，黑影跑到了冯森面前，果然就是沈广顺。

"我警告你，再来一次，小心我揍你……"

"动手没有意义。第一，你不是对手；第二，你会被法办。相信我。"

"你把王志军找来老子就怕了？你们他妈的警匪一家！警察和骗子是一家！老子怕你们这种玩意儿吗？"

显然，沈广顺把管片派出所所长王志军当成冯森的"帮凶"了。冯森倒是愿意给他留下这种印象，以便自己演戏。

"赶紧滚！老子不跟你废话，知道吗？老子反正已经妻离子散、家破人亡，你要再来，老子是敢杀人的！"沈广顺已经开始癫狂了。

"让我不找胡雪娥也很简单，你帮我找到那个卖你彩票的人，如果她真的死了，你帮我找到她的家人也行，我只想查出来，看看是谁让她卖给你那张彩票的。办好这件事情，我不光不找你麻烦，也能帮你解决沈广军的麻烦，甚至还能帮你找失踪的女儿，甚至我还能倒贴给你六十万……怎么样？"冯森干脆直接掏底。

"不可能。"

看着沈广顺眼中极度愤怒的光芒，冯森有些不解。按道理，自己提的条件可谓非常优越，只是让沈广顺找一个人而已，只要找到了，他就会帮忙解决沈广顺的女儿失踪问题——任何一个丢了孩子的人，怎么可能经受得了这种诱惑？

"那张彩票是有人贿赂你的，沈广顺，你明白吗？人家用卖彩票的方式贿赂了你五十万，你明白吗？"

"我一个修车的，人家贿赂我有屁用啊？啊？"

"既然你认为没有贿赂你，那为什么一提这件事情你就那么反感？为什么不敢面对？对你有好处你也不想提，为什么？"

沈广顺愣住了，这个他还真回答不了。

"很简单……你自己内心深处也认为，你在豪庭夜总会地下车库骂那个'大金链子'一句，导致了后面一连串的汽车从郑玮丽身上碾压过去……你是罪魁祸首！即使没有证据抓你入狱，你也会一直受到良心的惩罚！甚至会遭受老天爷的报应！"

沈广顺浑身颤抖，他几乎都站不住了，顺手扶住了旁边的一棵树。

"你弟弟、你女儿出事儿……是不是跟你拿了那不该要的五十万有关系？"十年的丧妻之痛、十年的父子分离，让冯森认为自己有理由去刺激沈广顺。

沈广顺忽然大叫一声，咬着牙从地上抄起一块板砖。

小区里附近散步的几个人听到动静，马上赶过来围观，大家都静静地站在一边，看着。

"来吧！往头上抡！你只要让砖头碰到我一根头发，你二十分钟之内就进派出所待着了……如果使劲儿大一点，只要构成轻伤，那恭喜你，你可以和你弟弟在监狱重逢了……"冯森把头凑到砖头边上。

沈广顺本来已经凑到跟前，但听到冯森的话，他犹豫了，他气得浑身发抖，牙齿打战。

"来呀！来呀！王志军已经在电话那头等着了！只要你一抡下来，他五分钟准到！怎么着？抡呀！"冯森微笑着把头往上凑。

沈广顺气得要命，但还是把砖头往上抬了抬，生怕冯森的头撞上。

"你个死骗子！告诉你，你想知道的事情，老子绝对不会告诉你一个字！你愿意耗着就耗着！反正你甭想从我们家捞到一分钱！别瞎耽误工夫了！"

"我不耽误工夫，反正闲着也是闲着。"

沈广顺狠狠地盯着冯森："我记住你了！下次再见你骗我们家老太太，我非抽你不可！"

沈广顺悻悻地离开之后，冯森背着包出来，到小区门口找保安打听宋丽敏的站台超市。保安刚刚说出站台超市的位置，却发现沈广顺已经扑上来扭住了冯森。

沈广顺状如疯虎，死缠着不放。冯森手上有功夫，情急之下施展擒拿，从背后用反关节方法锁住了沈广顺的双臂，让沈广顺疯狂挣扎但无法伤害到他。

"……各位邻居！各位邻居！这大背头是个骗子！就想骗我妈手上的这套房子！各位……我这房子是留着救我女儿苗苗的……苗苗被人贩子拐走了……我这房子是悬赏救苗苗的……这个死骗子……他想从我们家老太太手上把房子骗走……这种人……死有余辜！死有余辜！各位！求你们了……帮帮兄弟……帮帮兄弟……收拾收拾这个骗子……打伤了，我出医药费……我去坐牢……打死了……我去抵命！我沈广顺抵命……我谢谢各位邻居了……谢谢各位了……"围观的人越来越多，沈广顺越来越疯狂。

沈广顺被冯森控制住，一边骂一边说，声泪俱下。围观者中有不少人的情绪被鼓动起来："你先把我沈哥放了！打到咱家门口来了！你哪儿的呀？"

冯森终于放开了沈广顺，沈广顺马上就又扑上来要打。保安看到要引起混乱，冲上前拉架，冯森无奈之下，重新制住了沈广顺。沈广顺又狂叫起来，鼓动大家围攻冯森。

混乱中，人群中忽然传出一个撕裂的声音："住手——"

人群闪开，胡雪娥颤颤巍巍地进来了。

沈广顺顿时安静下来，冯森也放开了他。

胡雪娥走到沈广顺面前，忽然抬起手，一个耳光打在沈广顺脸上。

"妈——"

"你就想着让你弟弟被枪毙！是不是？啊？"

"我警告你，你给我妈洗了脑了，我妈什么都相信你，但我不会，你的话，我一句都不会信！你别让我再碰到！碰到了，不是你死，就是我亡！"沈广顺恶狠狠地瞪着冯森。

沈广顺说完，低头钻进自己印着"六十万悬赏寻女"广告的改装面包车里，快速开走，差点儿撞到围观的人。

人群慢慢散去，门口只留下冯森和胡雪娥。胡雪娥脸色憔悴，呆滞地看着沈广顺离开的方向。

"大婶儿……"

"我救我的孩子，他救他的孩子，他既然不关心我的广军受冤屈，我也顾不上他的苗苗了……"

冯森同情地看着一脸绝望的胡雪娥慢慢往自己家走，他沉默了大约五分钟，内心一直在交战，但最终还是没让同情这种廉价的情绪战胜理智。他决定进行下一步行动。

站台超市是一家很小的超市，不时有一两个顾客进出。超市的对面，是3路公共汽车的站台。冯森从出租车上下来，直接进了超市。

超市里都是些日常生活用品，玻璃柜台后面，坐着一个正在用平板电脑看电视剧的女人，乍一看颇有几分姿色，但细看就能看到脸上有非常不熟练的整容痕迹。她就是沈广顺的前妻宋丽敏。

冯森假装是沈广军以前的同事，和宋丽敏搭讪了几句。不久，宋丽敏的情绪迅速被引爆了。

"难听怎么啦？我就说话难听！沈广军他就不是个东西！他是杀人犯！他杀了别人，还害得我们家破人亡！他活该被枪毙！"宋丽敏的声音抬高了一个八度。

"他也是帮你们找苗苗才被人冤枉的——"

"别提苗苗。"宋丽敏尽量压抑着自己的声音。

"我看到沈广顺在到处打广告找苗苗，其实我今天来是想跟你说，我在公安内部有些关系，可以帮你们，钱不钱的先不用提，帮你们找到人了再说都行……"

宋丽敏低着头，身体有些颤抖。

"嫂子，你有没有兴趣？沈广顺对我有些误解，我觉得你应该能说通吧？我先托人帮你们找着，现在咱们国家有'天眼'工程，到处都是摄像头，只要愿意，很容易查到线索的……"

"不用了……"宋丽敏身体颤抖着，竭力控制着情绪。

"有线索也不用了？毕竟是你女儿的线索，只要有一丁点儿希望都——"

"不要提我女儿——不要！不要！不要——"宋丽敏忽然变得歇斯底里，大声尖叫起来，声音极其吓人，吓得冯森扔下方便面，急忙逃走了。

宋丽敏叫完，脸色惨白，两行清泪顿时流了下来。

她缓缓坐下，呜咽着。

冯森觉得宋丽敏非常不对劲儿，跟沈广顺一样不对劲儿。女儿丢了，有任何一点儿线索都会拼了命去找，可这夫妻俩不像要找女儿的样子。

晚上十点半，何树国紧急赶过来，仍然在天平茶馆见到了冯森。何树国是标准的上班族，十点半这个时间，已经是他准备上床睡觉的点儿了，但冯森这种人不按常理出牌，他又是张友成和袁宏伟钦点的"奇兵"，何树国只能配合。

当冯森讲了沈广顺、宋丽敏身上的疑点之后，作为一个老政法，何树国顿时也来了兴趣。

"你是说，他们夫妻俩悬赏找女儿是做给人看的，是为了掩盖某种见不得人的事情？"

这正是冯森的意思，他希望何树国配合他做个试验。冯森把自己手机打开，调出里面一张照片，正是沈广顺改装的面包车上找孩子的广告，上面有电话号码。

"我的手机号胡雪娥知道，没法再试，你用你的手机号打一下这个广告电话，就说你这儿有苗苗的线索，看看沈广顺怎么说？"

"这样不好，我这不是骗人吗？沈广顺本来丢了孩子就非常难过，我还打这种电话去骗他，于心不忍啊……"何树国有些犹豫。

"我现在认为，苗苗是否失踪，与沈广军的'930杀人案'有直接关联，这么重大的事情，我认为可以试一试。"冯森微笑了起来。

何树国也提起了兴趣，如果"930杀人案"真有新的线索，而且这线索还与沈广顺有关，那说不定会牵连出新的案子来。如果是这样，那真是最好的局面了，因为没有人再怪罪张友成这个新上任的政法委书记过去的工作失误，反而会认为在他的领导之下，政法系统再立新功——这真是一举多得的事情，值得熬夜。

何树国掏出手机按下免提，开始按冯森手机里照片上的号码拨过去。电话很快就打通了，对方在振铃。何树国和冯森两人静静地等着，电话响了好半天也没人接，最后自动断了。冯森不死心，让何树国再次拨通。这一次，沈广顺终于接了电话，但里面只有喘息声。

"……"

"是沈先生吧？"

"你谁呀？"

"是这样的，我知道您在找女儿苗苗。我呢，两年前拉货从那片橡树林路过，看到过一个……"

电话顿时被挂断，再次拨打的时候已经关机。

一对丢了孩子的父母，就算是骗子打电话来提供线索，也得先听听是真是假吧，可沈广顺和宋丽敏却完全没兴趣，连语气都没有任何变化，也打不起精神，这就是问题所在！

"我认为，苗苗在'930 杀人案'中已经死亡。案发当天，沈广军是因为找苗苗找到橡树林而发生的杀人案，法院最后定罪的时候，是没有苗苗死亡这个证据的。影响这么重大的案子，任何一个证据的变化，都会导致整个证据链崩溃，也就会导致整个案件出现完全不同的变化！这只能说明沈广顺、沈广军都在有意回避苗苗这件事情！为什么回避？那里面一定有不可告人之处！"冯森言之凿凿。

现在，何树国也相信沈广顺身上有猫腻了：苗苗的失踪另有隐情，而"930 杀人案"很可能与沈广军寻找侄女苗苗有关。冯森的初步设想得到认同，马上来了兴致，已经快夜里十二点了，他要何树国带着他一起去案发地——那片橡树林寻找"灵感"。何树国觉得冯森真是个疯子，但奇怪的是，他居然愿意配合这个疯子，而且还有一股久违的豪情。

一辆汽车驶进橡树林停下，冯森和何树国两人下了车。何树国锁上车，拿手电筒照着林子里。两人在树林里走着，何树国的手电筒随机地乱照着，忽然发现身边没人了，他站住了转过头，看到冯森正愣愣地看着某一个方向。

何树国把手电筒往那个方向照去，发现那边的一棵树上，吊着一个超级飞侠乐迪玩偶。

"这个……原来就有吗？"冯森来了兴趣。

"没有……应该是新挂上去的。"何树国摇了摇头。

"那是谁干的？这像是一种祭奠啊，难道有人认为孩子已经死了？如果这个人认为孩子死了，这孩子跟他有什么关系，为什么要他来给孩子祭奠呢？这只能说明孩子跟他有不一样的关系，比如说，这玩意儿就是沈广顺或者宋丽敏送的。"

这信息量太大，何树国脑子有点儿蒙，无法判断。

"老何啊，我根据你给我的卷宗资料得出了结论：'930杀人案'发生时，沈广军的车就停在这棵树旁边……我详细地查过，就是这棵树……"

冯森指着这棵树旁边两米开外的地方，那里是树林中的水泥路，路边有一个砖头划出来的红色三角形记号。那儿就是徐大发停车之处，也是他被杀之处。也就是说，祭奠孩子的玩具就放在凶杀现场。那是不是可以认为，孩子的失踪或者死亡与徐大发有关系？

当然，这些想法只能是推测，没有证据。

两人有一搭没一搭地闲聊几句之后，一个看着三角形，一个看着乐迪玩偶，陷入了沉思。

八

"检察长，这次行动的名字我都想好了，就叫'打蟹行动'！为什么叫打蟹呢？就是因为蟹身上有大钳子，掮客的掮（钳）嘛！"

熊绍峰、罗欣然正在跟远在北京治病的武强开视频会议。熊绍峰一直大谈着监狱周围越来越猖獗的张罗着给犯人减刑的掮客群体，并表示自己已经和公安、监狱方面协调好了，准备采取行动。

"这件事我已经跟监狱长陈咏，还有橙州镇派出所所长盛罗平商量好了。我打算以主持人的身份，在网络上全程直播这次行动。一方面，是向公众彰显我们检察院从严治理的决心，另一方面，也是向公众普法的一次契机……"对熊绍峰而言，这次"打蟹行动"既能继续炒红他网络大V的身份，又能给他刚刚提升的副检察长职务再添加一层光环，实在是一举多得。

"等一下！"屏幕对面的武强不得不打断熊绍峰的侃侃而谈，"我问你，沈广军被打的案子，你们查得怎么样了？"

"监狱医院我亲自去的，医生说左臂已经骨折。现在虽然还不能作出最终的诊断结果，但是沈广军的情况确实很严重，加上他现在正处在舆论旋涡之中，他在监狱出事儿很可能会引出更大的问题。"

"是，涉及胡雪娥制造舆论之后'930杀人案'重启调查，橙州检察院必须尽快行动起来，尤其是检察室，要马上针对相关人员展开调查。这才是你们的当务之急。"武强给跑偏的熊绍峰确定了接下来的行动方向。其实，武强虽然负责橙州检察院的全面工作，但其职务还是副检察长，检察长关敏涛在医院躺了半年还未苏醒。武强就一直坚持以副检察长身份履行职责。橙州检察院所有人都把武强当成检察长并直接以此职务称呼他，武强也没办法，只能默认了。

熊绍峰对武强也是很尊重的，武强的一番话让他陷入了沉默。这个所谓的"930杀人案"的复查主要是听巡回检察组的，他和罗欣然的工作只不过是走个过场，何苦较真？

"怎么了？"武强瞧出了熊绍峰的心思。

"武检，这个案子，上级不是有了……"

"不能因为上级要派人来管这事儿，我们就啥也不管了，我们是干啥吃的？干好这些事情是我们的本职工作，上级派人来是因为我们干得不好、干得不行、干得不到位！难道这种失职还变成一种赌气了？这是一个检察官、一个共产党员的想法吗？知耻而后勇，讷于言而敏于行，先干起来才是最重要的！"

见武强发了脾气，熊绍峰立马表态检讨，说自己刚刚走上副检察长的位置，还不太习惯以全局的视野来考虑问题云云。可熊绍峰的心里却嘀咕开了：这个武强是在讲场面话，实际上就算他自己回来了也根本不可能对"930杀人案"有什么建设性的意见嘛！便宜话谁不会说啊？

"我说前门楼子，他说胯骨轴子，根本就尿不到一个壶里去嘛！"熊绍峰一关电脑，就犟了起来，"本来大家私下里聊聊怎么应对沈广军一家人的无理取闹，这个武强非得装出一本正经的样子来摆官威，何必呢？要这样的话，大家以后就都公事公办呗！对！公事公办！"

不管武强怎么在电脑那一头指指点点，熊绍峰还是根本没想把精力放在沈广军案上。这个案子在熊绍峰看来没有丝毫前途，查好了是打张友成书记的脸，查不好是打自己的脸，何苦呢。熊绍峰打算让罗欣然自己主动想办法去应付这个两难的工作，他要把主要精力都放到"打蟹行动"上去。最近他刚买了一个手机稳定器，可以在直播过程中让手机拍出像斯坦尼康一样的效果，他得先试试。

领了熊绍峰的命令，罗欣然就带上检察室的小年轻王鹏直奔监狱。因为沈广军完全不配合，罗欣然准备提审事发现场跟着沈广军的罪犯米振东、马国远，希望从他们嘴里打开突破口。

先到的是米振东。他非常熟练地坐在审讯椅上，老老实实地看着罗欣然，一脸不卑不亢。这就是罗欣然比较怵的一种人——刑期很短，没有任何诉求。从另一个角度来说，就是这种人不求你，所以也根本没必要配合你，人家只要老老实实服完刑走人就得了。

"跟我说说郑锐和沈广军是怎么打起来的。"罗欣然开门见山。

"罗主任，这您可问错人了，我什么也没瞧见啊。"米振东直愣愣地看着罗欣然，面无表情。

碰着硬碴了，罗欣然心里犯起了嘀咕。她明白服刑人员的心理，多一事不如少一事嘛。万言万当，不如一默。啥也没说，就什么事儿也没有。检察室和监狱也不可能因为犯人不说话就加刑。但只要交代了什么事儿，谁知道无意中就把哪位爷给得罪了？

"你怕我跟人说你告密？这点你可以放心。我不会让任何人知道你说过什么，我会提审一大帮子人。提审的人多了，谁也不会知道谁说了什么。"

"罗主任，您要听实话吗？"

"当然！"

"我真没瞧见。你问的人再多，我也不能编吧！"

瞧着面前的人油盐不进，罗欣然只好让王鹏把电脑上的监控视频调出来对着米振东。

打人现场其实是监控死角，但米振东在离现场十多米的地方站着，他是能被摄像头拍到的。监控画面上，能清晰地看到米振东和刘铁一个站在墙角外侧，一个站在墙角内侧，米振东的脸正对着前方郑锐和沈广军所在的方向。这样一眼就能看出，刘铁无法看到打人现场，而米振东完全能看到。

米振东傻眼了。

"你还有什么可说的？"

罗欣然不小心碰倒了旁边的水杯，水洒了电脑键盘一片，电脑上的画面没了。

王鹏急忙上前断电、擦水。

"打脸了吧？"

"我承认，我当时确实是看着郑警官和沈广军所在的方向。"米振东中气十足，"但我眼光是发散的，没有聚焦在那里，所以并没有看见！"

这就有点儿扯了，罗欣然心生反感。

"随便你吧！你不想说，有的是人想说！我可告诉你，如果你不愿意配合，那我们会进一步查实证据。万一有新的证据证明你说了谎，后果如何，你应该清楚。"

"清楚。扣积分、关禁闭。后果严重的，加刑。"米振东几乎带着挑衅的微笑看着罗欣然。

罗欣然示意王鹏叫来刘铁，然后让刘铁把米振东带走了。王鹏小伙儿人不错，马上就张罗着要去找个电吹风来修电脑，毕竟这是人家监狱的财产。不过，他有一点想不明白：罗欣然在审讯室一向都是作风很严谨的,怎么会犯把水杯碰倒的这种低级错误?

罗欣然其实是耍了一个花招——打人现场监控摄像头是坏的,根本录不下画面。罗欣然找到了摄像头被损坏之前的视频备份,从里面找了一段米振东正好走到那附近的画面,以迷惑米振东。其实如果细心的话,是可以看到监控视频上的日期是几个月前的——这也是罗欣然假装不小心把水碰倒的原因,再往下多放一点儿就露馅了。

"我们手上有料——这一点米振东已经清楚了,剩下的事情就是他回去反省要不要死扛的事儿了……"罗欣然十分得意地介绍着自己的工作方法。

王鹏打心眼儿里佩服罗欣然。

两人在门口说话的工夫,刘铁押着另外一个服刑人员马国远过来了,马国远还没到跟前就开始朝罗欣然鞠躬,声音极尽温柔。

"罗主任,您好,我跟沈广军是一个监舍的,您需要问什么,我一定全力配合,知无不言,言无不尽。"

"进去吧。"罗欣然斜眼看着马国远讨好的样子,有些无聊地朝审讯室努努嘴。

"罗主任,我看这个姓马的态度挺好,应该能问出点儿啥。"王鹏的脸上露出了期待的表情。

"这种满嘴知无不言、言无不尽的家伙,一定不会告诉你一句有用的话,还让你觉得他挺忠心的……我们现在也就是走走过场,万一巡回检察组现在来了,知道我们在努力工作就成。"

罗欣然都快要打哈欠了。

果然,这个姓马的当时虽然跟着米振东和沈广军,但中途去了医院，完全没有看到当时发生的一切。马国远这种角色注定问不出来什么有效信息，罗欣然的心思还是在米振东身上。一般情况下，犯人经过一个晚上的发酵，思想很可能起变化。罗欣然等的就是那个变化。

沈广军挨打的案子还没有眉目，"打蟹行动"已经正式开始了，别人是拿着枪，熊绍峰是拿着带稳定器的摄像装置，大家一起秘密来到了行动现场。

橙州镇温泉洗浴中心里，有二十多名活跃在监狱周边的掮客在聚会。由橙州镇派出所牵头，橙州检察院、省第一监狱配合的"打蟹行动"，直接对这帮不法分子进行了抓捕。熊绍峰和王鹏也没闲着，一直追着逮捕现场做直播。眼瞧着大局已定，罗欣然也没了在前门掺和热闹的心思，就留守在洗浴中心后头，结果看到了一个熟面孔——郑锐。

"狱警倒还知道留个人守后门。"罗欣然正私下琢磨着，郑锐却在窗边左顾右盼，见附近没人，悄悄放走一个留着大背头的掮客和他的两个同伙。

"好家伙！沈广军说的难道是真的？郑锐就是个收黑钱干脏活儿的狱警？"震惊的罗欣然犹豫半天，还是没跳出来阻止，但她掏出手机拍下了这一幕。按规定，监狱民警是没有监外案件执法权、抓捕权的，这次行动是因为郑锐手上有别人没有的线索，熊绍峰才请他出来配合一下的，没想到这个家伙趁机干出了这样的勾当。

这次行动，派出所和检察院毫无悬念地大获全胜。男男女女几十号人被抓到派出所之后，以熊绍峰、罗欣然为代表的检察官，和以李正虎等人为代表的狱警，分别留下来参与审讯。

大部分掮客都很识相，很快就把自己的底细撂得干干净净，但这次行动最重要的目的其实是挖出内部的腐败分子、"保护伞"，因为这些掮客几乎众口一词地说他们听"甩棍"的。

"甩棍"这个外号在地下曾经流传过一段时间，公检法三方都知道，但始终没找到切实的证据证明这个人的存在。这一次行动感觉像是个总结大会，所有人都将自己违法乱纪的根子指向了这个神秘的"甩棍"。

神奇的变化出现在后半夜，候讯室里带出来一个叫郑天明的掮客，他在掮客群里异常活跃，看起来像是个意见领袖，被抓的时候据说还引经据典，说公安的行动无法可依云云。罗欣然在走廊里呼吸新鲜空气的时候看到这个人就来了精神——此人就是郑锐放走的那个大背头！

罗欣然琢磨了半晌，还是将熊绍峰叫了过来，把自己手机里存着的小视频给他看了看。视频上，能清晰地看到郑锐在抓捕过程中放走了大背头。

"唉，这个小郑……小罗，这回你可立了大功，咱们是摸到他七寸了！"熊绍峰嘴上叹气，脸上却是喜形于色。抓到一个内奸，他这个网红检察官以后又有的聊了。

"郑锐怎么办？陈监狱长那儿怎么交代？"

罗欣然这几年在熊绍峰的教导和带领之下，还是知道"顾全大局"的。此前陈咏已经专门找熊绍峰商量如何处理郑锐涉嫌虐待沈广军的案子，如果现在揭出这个大背头与郑锐里外勾结的话，陈咏那边肯定就得罪透了。

"先按正规程序审，把审讯过程弄精彩了。其他的问题，听我话头行事。这场审讯是整个'打蟹行动'中的焦点，务必办得漂亮！"熊绍峰胸有成竹。

两人重新回到审讯室的时候，现场的人实在不少。派出所的盛罗平所长坐在审讯桌后正中间，熊绍峰在左侧，右边是罗欣然。对面的审讯椅里，坐着的就是大背头郑天明。按照规定，审讯是不能由不同单位的人一起参与的。检察院是监督机构，公安局是侦查机构，检察官和派出所所长一起审案是不合规的。但现在是检察院方面提供的情报、公安方面牵头展开的行动，双方都参与了，审讯也就这么变成"联合"的了。

"现在宣读一下《犯罪嫌疑人诉讼权利义务告知书》，根据《中华人民共和国刑事诉讼法》的规定，在公安机关对案件进行侦查期间，犯罪嫌疑人有如下诉讼权利和义务：1. 有权用本民族语言文字进行诉讼。2. 对于公安机关及其侦查人员侵犯其诉讼权利和人身侮辱的行为，有权提出申诉或者控告……"盛罗平先来了一个规定动作。

"好，我还有事儿，就先读到这里吧。"令人惊讶的是，这个大背头在座位上大大方方，完全不见外。

盛罗平和熊绍峰、罗欣然诧异地看着大背头，又看看左右，以为自己听错了。

"时间不早了嘛，咱们尽快！"

"老实点儿！这是派出所，不是洗浴中心！"罗欣然手上有大背头和郑锐的秘密录像，她首先忍不住了，"别蹬鼻子上脸啊！老实点儿！你干的事儿我可是亲自见过！别作无谓的抵抗！"

大背头这厮居然做个鬼脸，冲着罗欣然怪笑。一般来讲，进了局子里，再厉害的人都会悠着点儿，没有人在这种地方开玩笑。虽然说现在审讯过程有监控，公检法人员都是依法办事，不会出现刑讯逼供的情况，但想让人难受有的是办法，进了人家的地盘，是龙也得盘起来啊。这位大背头为什么这么大胆？

"你把我的手机给我。"大背头扭头冲旁边的寸头警察说道。

门口守着的寸头警察疑惑地看着盛罗平，盛罗平点点头。

大背头打开手机里面的通话记录，然后递给盛罗平，盛罗平递给旁边的罗欣然看，罗欣然一看上面的通话记录前三位居然是"张友成、武强、何树国"，她的脸顿时僵住了。

"要是没猜错的话，你应该是罗欣然吧？新上任的检察室主任，对不对？"大背头笑眯眯地看着罗欣然。

罗欣然几乎是被催眠一样点了点头。

"我是省检察院派来的巡回检察组组长冯森，已经来这儿暗访一礼拜了。你们今晚的行动，就是我提供的线索。我手下还有两位组员在对一些线索继续落实，他们不久也会来到我们橙州检察院一起加入'930杀人案'专案组工作！"大背头晃着脑袋，一副领导的模样。

熊绍峰、罗欣然和盛罗平三人都目瞪口呆地看着冯森。

"这个人……什么情况？你们事先知道他的情况？"盛罗平有些奇怪。

冯森突然出现在这里，熊绍峰和罗欣然脸上有点儿挂不住。

"盛所长，政法委张书记和我们袁宏伟检察长确实制定了一个方案，派了一位秘密检察官潜入监狱周边进行调查……我们一直不知道这个秘密调查的人是谁，现在算是知道了……就是这位冯森检察官……"熊绍峰只好出来含含糊糊地给了个解释。

"那我明白了，这位冯森同志是你们的特勤，不是嫌疑人，对吧？"

"对，可以这么说。"

"既然是你们自己内部的事情，我就不参与了。等你们合计出了计划，我们派出所再配合你们。"盛罗平提起椅背上的衣服离开了。

"熊检，罗主任，现在，你们最好能对我动动粗，打一耳光什么的，让我重新回到留置室去，这样好取得那些家伙的信任……"瞧着盛罗平走远，冯森已经摆出一副获得了主动权的模样。

室内一片寂静，没人说话。

"怎么啦？是不是觉得不真实？或者是，没见过检察官卧底的？"冯森自顾自笑了起来。

"您还挺油嘴滑舌的，演得不错嘛，我也是头一回见到卧底检察官。"罗欣然本能地对这种油腻中年男没好感，她还挺在乎颜值的。

冯森让警察拿来了自己的证件，熊绍峰拿过证件，清了清喉咙，半晌才说："这个……我们确实知道上面派人来秘密调查，但一直没接到明确的通知，不知道调来的是谁。怎么证明您这个证件是真的？"

"我手机上有我和袁宏伟检察长、武强检察长、张书记的秘书陈明忠建的微信群，每天暗访的细节我都和他们直接沟通。"

罗欣然马上确认了，并递给熊绍峰看。熊绍峰打了个哈哈，起身过去，亲自替冯森解开了椅子上的扶手："哎呀，英雄啊！冯组长，您是我们的卧底英雄啊！佩服佩服！来来来，坐上面来！"

"打我。"冯森没有搭熊绍峰的腔，而是带着怪异的眼神盯着罗欣然。

"我倒真想打你，可我以后还要在你手下干活，我可不想以后天天穿你的小鞋！"

"那帮小子，要看到我啥事儿也没有就回去了，他们就不相信我了。如果能取得他们的信任，就有可能找到非常重要的线索——"

"什么线索？"

"抱歉，现在还不适合公开说明。"

"我们可从来不虐待嫌疑人，打您，那反而不像真的了。"罗欣然一脸认真。

"冯组长，我们还真下不了这手……"熊绍峰在一旁讪笑着。

冯森看向身后的寸头警察："兄弟，你来动手？"

寸头警察吓了一跳："不行不行……动手了你们检察院就要找我麻烦了……"

"得了！"冯森苦笑一声，"瞧你们，一个个年纪轻轻，思想这么僵化……得了！"

他忽然抬起胳膊，重重一拳打在自己鼻子上。两缕鲜血从他鼻下缓缓流出来。

熊绍峰、罗欣然和寸头警察都惊呆了。

"哎哟！冯组长您可真下得去手！纸呢？快给冯组长拿纸去！"熊绍峰瞧着冯森对自己下了狠手，心里"咯噔"一声响。这回来的巡回检察官不是善茬儿，以后可得十二分小心了。

对于罗欣然来说，冯森的这副尊容她也算头一回见。检察官的形象素来都是温和儒雅的，制服笔挺，检徽严肃，让人觉得沉稳神圣。但冯森这种做派还真是开天辟地头一回见到。罗欣然本能地觉得，冯森此人非我族类。她忍不住拿出自己偷录的视频想将冯森一军，没想到冯森看到郑锐放走自己的画面，只是非常平静地说："郑锐是我儿子，因为他恨我害死他妈，所以不跟我姓。"

这个答案把罗、熊二人都震住了。接下来的事情就都依着冯森的安排。寸头警察很快就把冯森送到候讯室与那帮掮客关在一起。因为身上有伤，看起来是被警察打过，冯森备受一帮掮客的尊敬。冯森也撸起了袖子跟这帮掮客套起近乎。

从下半夜到天亮之前，冯森的嘴皮子总算没白费。一个叫方小灵的卖春女到底是给冯森的演技打动了。冯森见有突破，便秘密通知熊绍峰和罗欣然，让他们故意把方小灵留到最后再审，以便给冯森和方小灵两人多留些单独相处的时间。

对于这种因为生活所迫不得不从事不正当职业的姑娘，冯森知道她们往往经历过巨大的心理落差，承受过常人无法面对的痛苦和尴尬，从这个角度来做工作，冯森很有经验，因为他自己十年的丧妻之痛无论以什么样的方式传递给他人，都会让人产生同情与共情。当冯森真心实意地哭诉着妻子被车撞死的惨剧时，方小灵跟他一起哭得稀里哗啦。冯森最终得知，方小灵是这几十位掮客中间唯一见过"甩棍"的人。不单如此，她还向冯森透露了用什么办法能再次找到"甩棍"。

眼瞅着天就要亮了。

熊绍峰和罗欣然正趴在办公桌上睡眼惺忪地整理着犯人的审讯记录，两人熬了一个通宵。那边冯森却兴冲冲地推开门，走了进来。

"事儿成了！我现在已经掌握了'甩棍'的信息。都打起精神来，咱们有活儿了！"

罗欣然打量着这个一晚上没睡、脑门油腻腻的大背头，心里怎么也生不出一丝好感。这个从天上掉下来的钦差，先跟戏台子搭戏似的耍了自己一通，现在又来指手画脚，仿佛世界都围着他转。

"亏了有冯组长，咱们检察工作有了方向。"罗欣然嘟囔了一嘴。

"罗欣然，一会儿你就去监狱会见室找沈广军最近与家人见面时的谈话录音，全听一遍。"

听到冯森这么要求，罗欣然"噌"的一下无名火起，火气在罗欣然肚子里转了几圈，到底还是没发泄出来。这也太欺负人了！

冯森根本没察觉到罗欣然的情绪，还在那儿侃侃而谈："我问你，米振东那边，你们已经审出结果了吧？"

"对不起，审了，没结果。"不等熊绍峰说话，罗欣然先怼为敬。

"那就再审呗！这多大个事儿？人我们关着，事情也是明摆着的，搞明白这事儿不是如探囊取物吗？"

"弄了半天，冯组长这卧底一周，就是为了给儿子洗白呀？我还以为真的是为了人民的正义呢，弄了半天，是为了儿子的正义……"既然已经开怼了，罗欣然干脆放飞自我。

冯森一愣。

其实，通过最近的卧底调查，冯森已经基本弄清了所谓的郑锐"虐待"沈广军的原委：胡雪娥先前有可能告诉沈广军，说"930杀人案"的死者徐大发的家属威胁要买通人弄死沈广军。自己母亲说的话，沈广军当然深信不疑。所以，极有可能就是沈广军率先举报郑锐，说郑锐受贿，希望郑锐因此被调查甚至被调离，以免加害自己。举报之后，检察室虽然在调查，但因为没有找到确凿的证据，郑锐并未被停职，也未被调离，监区里甚至有人传出郑锐要打击报复举报人的谣言。这样，沈广军在极度惊恐之下，很可能就自伤自残，以求保外就医，躲开郑锐的迫害。接下来，只要通过审查沈广军以及与沈广军走在一起的那个米振东，就一定能查出结果来。

这些都是冯森的推测，现在还不适合说出来。

"小罗，话不能这么说——"熊绍峰在边上劝解，可这个语气怎么听怎么像拱火儿。

"我说错了吗？冯组长和郑锐在'打蟹行动'的时候就互相配合，显然你们父子俩早就串通好了……现在您给我们安排任务，我看不出别的，只看到一个当爹的着急给儿子洗白。"

这个罗欣然毕竟是审犯人的检察官，嘴皮子就是利索，怼人也是一把好手。冯森脑袋里转了一圈想回怼的法子，到底还是没开口。自己初来乍到，就给人来了一个下马威。眼下正是团结队伍的时候，规矩必须定，但现在撕破了脸，也实在无益。冯森眼睛瞧着一旁的熊绍峰。这个姓熊的袖子一拢，一脸与己无关的模样，八成心底正偷着乐呢。

"好，罗欣然，既然你叫我一声冯组长，案子就得先按照我的想法来办。不管你说我是为了儿子，是为了张书记，还是为了胡雪娥，这都不重要！不管为什么，这件事情的首要问题都得解决！那就是沈广军胳膊被打断的真相！熊副检察长，对不对？"冯森说什么也要把这个姓熊的给拖下来。

"这话在理，在理。"熊绍峰点头说。

"那好，我现在代表省巡回检察组分配给你们检察室两个任务。第一，明天上班之后，先去听谈话录音，这是我刚才安排的；第二，必须突破米振东或者二监区五分监区二班的其他罪犯，查出沈广军胳膊骨折的秘密！你有这个能力吗？”

"冯组长，您自己说说，我一个人明天完成这两项任务，可能吗？会见室的录音，容量四个T的硬盘就有几十个，咱说听完就听完啊？我是不是得一边挂着耳机听录音找沈广军与他母亲的通话，听两人都说了什么，一边还捎着米振东，逼他说看到郑锐没打人……"罗欣然根本就是不依不饶。

"你这属于抬杠。小罗，你是老同志了，不是刚参加工作，录音是有四个T，可你需要每一个T都听吗？胡雪娥和沈广军见面一个月就那么一次，能有多少录音？如果这点儿事儿你都觉得为难，那就直接说出来，说自己能力不够，我可以接手。只要我接手了，分分钟就能解决……"

罗欣然不说话了，冯森讲得没错，听录音这事儿看起来麻烦，实际上一细想，还真不是那么回事儿。罗欣然那话是蒙外行的，冯森可是实打实的"老炮儿"。

一瞧对方退却的苗头，冯森立马穷追猛打，得理不饶人："这么说吧，要是我亲自上，三天之内，我一定能把断胳膊这事儿了结了！我希望你们也能有这样的干劲儿！"

"人心难测，他要不开口，我也不能保证三天完成。"

"三天之内没结果，我就接手了。"冯森定了规矩。

罗欣然摔摔打打地离开了审讯室，留下熊绍峰和冯森在一起。

"哎，冯组长，那个'甩棍'……给个信儿呗！"熊绍峰一脸好奇。

"等武强检察长回来了一起讨论吧。"

"还拿不拿豆包当干粮啊？我好歹也是个副检察长啊！"熊绍峰心里窝火，也有点儿急了。

这个冯森太他妈讨厌了。

九

冯森回到了橙州检察院临时给他准备的宿舍。这是检察院办公室主任冼友文特意安排的。就在冯森走后，罗欣然只休息了两个小时，就赌气地到监狱提审米振东了。让她惊讶的是，王鹏这个一脸懵懂的小年轻居然没有睡觉，直接去监狱会见室听沈广军与家人会见时候的谈话录音了。更令人震惊的是，王鹏并没有全部听完四个T的录音文件，而是只花了十五分钟就听到了冯森想要的东西。

"我只用了十五分钟就听到了冯组长说的内容，胡雪娥确实告诉沈广军，徐大发的太太和弟弟都说了，要托人把他害死在监狱里……并且暗示是直接管他的管教干部……你还别说，这个冯组长还真有两把刷子，提供的线索非常准确，又快又准，马上就给郑锐解了套了……"在监狱审讯室门口，王鹏一脸兴奋地向罗欣然汇报。

"这就叫解套了？还早着呢！这只能说沈广军有诬陷郑锐受贿、栽赃郑锐打断他胳膊的动机，但光有动机没用，得有证据！人证、物证、书证，总得有一样才行，而不是主观臆测！"

"罗主任，你说得对，我自己瞎猜的。"王鹏马上老实了。

二审米振东，罗欣然自认为上次审讯已经让米振东知道厉害了，这次应该能比较轻松地拿下，但真正开始之后，她才发现米振东这个家伙没那么简单。

"我是在现场，确实也能看见郑管教和沈广军的事儿，但我的眼光是发散的，我在发呆，没看他俩……"米振东继续堂而皇之地耍流氓。

罗欣然冷笑了一下，示意王鹏打开电脑，播放监控视频。米振东一脸心不在焉，看起来根本没当回事儿。

电脑屏幕上显示米振东站在监舍外走道上，面向画面；而刘铁站在米振东身侧的一个墙体拐角处，从他那儿只能看到米振东，无法看到画面左侧的郑锐和沈广军。郑锐跟着沈广军从米振东面前走向画面左侧并走出画面。

米振东一直看着画面。片刻之后，米振东忽然吃惊地看着前方，还扭过头往刘铁方向说着什么。刘铁从墙角里面出来，吃惊地往画面左侧看。两人同时往画面左侧奔去。很快，另一名狱警也带着马国远跑过来了。

视频播放暂停。

显然，这段监控视频能清楚地说明米振东当时并没有什么眼光发散，他看到了郑锐与沈广军的冲突，还去叫了刘铁过来。按道理，这是板上钉钉的事实，米振东应该无法再狡辩了。

"罗主任，这个监控视频不是上次我看到的——我上次说我眼光发散……"

"你上次看到的确实不是这个视频，我上次是试探你的，这次才是真正的实时监控录像。不过这不重要，你看到自己的动作了，你现在还坚持你眼光发散，啥也没看见吗？"

"证据齐全，这次不行了。"米振东居然笑了起来。

“你还有心情笑，我倒是很好奇，你是很喜欢扣分、加刑吗？”

“政府——我坦白，我想明白了，我交代！我欺骗政府了，我罪该万死！我甘愿接受处罚！”米振东中气十足，脸上丝毫没有惧意。

“这么说，你现在承认当时看见过殴打场面了？”

“我见过，那天我确实见过。”

“那你听到什么了？现场有没有骂人之类的？”

“没有，我耳朵不太好使，再说他们离我也挺远的，就算骂了我也不知道。”

“郑锐是怎么打沈广军的？这件事情你都了解些什么？”

“他被打的时候，我已经转过头向刘警官报告去了，没看见其他的……”

“不对吧？你转身去看刘警官只用了不到两秒钟的时间，马上又回过头去了，按道理你应该看到了整个殴打过程……怎么会什么也没有看到？”

“报告政府，那时候我吓坏了，气血上涌，眼睛发黑，加上刘警官跑到我前面挡住了，我真的是什么也没看见……”

“刘警官跑过去的时候，前面的事情都已经结束了！你要撒谎就撒谎，别撒这么弱智的谎好不好？”

“我没有撒谎，我说的全是真的，因为是我自身的感受，眼睛发黑什么的，这个确实没法拿出证据来，但我真没撒谎。”

罗欣然昨晚几乎通宵没睡，现在遇到米振东这么一个油盐不进的硬茬儿，她差点儿一口气上不来，眼前倒真有些发黑。米振东的思路很清晰，我是看见了，但我没听到沈广军骂人——如果是这样，郑锐辩解的“沈广军辱骂我母亲”的理由就很难证实了。加上米振东说只看到郑锐打沈广军的开头，后续怎么回事儿他没看到，这样的结果就是米振东什么也没交代，谁也没得罪、谁也没帮。从这个角度来看，米振东反应非常快，在罗欣然拿出新的监控视频的一瞬间，他马上就找到了角度来摘出自己，而且摘得干净利落不留痕迹。

"这就是你上次回去考虑的结果？"罗欣然这回真的是没辙了。

"我回去并没有考虑，我是看到新的监控视频之后才记起来的……录像上清清楚楚，我再怎么撒谎，那也没用是不是？所以我现在就全坦白了，该说的都说了。"

这个米振东看起来格外镇定，罗欣然问任何话他都能应对。即使明确证明他撒谎了，他也能平心静气地证明这个谎是合理的。罗欣然感觉自己的气场在他面前越来越弱，连王鹏在旁边都能看到她脖子上出了汗。

"那你把沈广军被打之前的情况前前后后详细地说一遍，不许撒谎！"罗欣然想着能不能从米振东的复述里再找出些漏洞来。

"是，我一定全说出来。那天，我和他一起去大棚劳动。因为沈广军是我和马国远的包夹对象，我俩就夹着沈广军去大棚……刘警官他们一直跟着我们的，他们可以作证。"

"别说刘警官的事儿，讲你自己的。"

"回来路过车间的时候，沈广军让我们陪他去车间看看，我因为突然肚子疼，上厕所了。"

"沈广军要去车间看什么？"

"他说好像什么东西落到车间了，去找，我们就陪他去了。"

"找到了吗？"

"不清楚，然后我们就回来了，在路上碰到了郑警官，就出了这档子事情……"

"监狱方面已经准备送他离开监狱到专科医院治疗了，你要知道，如果他是利用自伤身体来离开监狱，制造其他机会……那就是大事件，所有相关人员都要负连带责任，明白吗？"

"是，我都明白，所以经过深思熟虑之后，我今天说的完全是实话。虽然我对郑警官有好感，但我也不能捏造事实撒谎，只能实话实说。我相信政府，如果我说了实话，我就没有责任了。"

审讯最后不尴不尬地结束了，罗欣然出门的时候，眼前一直交替闪过米振东貌似配合的脸和冯森一脸嘲弄的笑容。王鹏又在旁边不知深浅地问这问那，这回罗欣然是没心情教导后进了。

眼瞅着自己走到了一条死胡同里头，这时熊绍峰又突然发来微信，说武强从北京飞了回来。

啧啧，这冯森面子够大的。他刚一出现在橙州，武强就第一时间赶回来了。这说明了什么？罗欣然预感到更大的压力即将来临。在回检察院的路上，她一直在思考，希望自己不要对钦差大臣冯森有太多成见，毕竟自己一直吃着不擅长与领导搞关系的亏，这次还是要尽量识点儿相。更重要的是，冯森这个人虽然讨厌，但人家并没有不讲原则，自己应该配合人家才是。万一冯森的判断是准确的呢？罗欣然想开了。

罗欣然干脆直接找到了熊绍峰："冯森这个人非常讨厌，但他分析的那些结论，我认为是有一定道理的，并不是故意给郑锐洗白。这也是我认为不应该给郑锐立案的原因，他很可能是被冤枉的。"

"哟，昨晚还针锋相对呢，这么快就选队站了？欣然，你可有点儿墙头草啊。"熊绍峰倒是有点儿意外。

"总得就事论事嘛！我昨天还怀疑郑锐包庇嫌疑人、放跑嫌疑人呢！但既然他和冯组长是父子关系，冯组长又是在执行卧底任务，那就得马上打消怀疑，换个角度思考问题，您说对不对？"

"你能保持检察官客观公正的操守，很好。不过，在我们当前的语境中，很多时候这种客观的态度是没用的，冯组长这样的人，一定会随时给你一记响亮的耳光。"熊绍峰警告罗欣然。

"我最近挨的耳光已经不少了，已经麻木了。"

两人进了武强的办公室。武强这个人虽然外表和善，但有一种说不出来的气场。熊绍峰这种玩新媒体的调性、罗欣然这种有点儿怨妇心态的脾气，在武强强大的正义气场面前都得收起藏好。两人只要出现在武强面前，就不由自主地严肃起来。

熊绍峰和罗欣然向武强汇报近期工作的时候，在武强办公室下面一层顶头的洗手间里，冯森正在恢复本来面目。镜子里的冯森脸上浓密的胡子已经消失，露出了带着青茬儿的皮肤。胡子剃完了，这半张脸顿时变得简洁起来，看起来至少年轻了十岁。他上身赤裸着，露出因为运动而显得非常结实和年轻的身体。冯森看着镜子里的自己，伸手到头上，把大背头假发小心地揪了下来，露出干练的圆寸。他摘下黑框眼镜，从旁边的小盒里取出隐形眼镜熟练地戴上，然后从旁边的行李箱里取出白衬衣和检察官西装制服穿上。

当冯森以一个崭新的形象来到武强办公室时，从未见过他的武强倒没觉得什么，可熊绍峰和罗欣然却被完全震惊了，以致在一边倒水的办公室主任冼友文故意咳嗽了几次，想让大家不要失态。尤其是罗欣然，当熊绍峰从冼主任的咳嗽声中恢复正常，想小声地跟她交流一下意见的时候，她居然还处于梦幻之中，完全没听见。这……这还是那个大背头冯森吗？

冯森简要汇报了自己卧底时发现的几条有关"930 杀人案"的重要情报。按冯森的看法，现在的目标仍然是主攻米振东。

"米振东还没拿下？"武强扭头看着罗欣然。

罗欣然脸红了，点了点头。

"冯组长说了，如果小罗拿不下来，冯组长亲自上，无论米振东多厉害，他都能拿下。"熊绍峰显然也不想让冯森好过。

"熊检，罗主任，我还有些工作安排要和武检单独聊聊，你们要不就行个方便？"

熊绍峰和罗欣然跟解脱似的急忙离开了办公室。随后，冯森的脸色顿时严肃起来。

"怎么了？什么事儿搞得这么神秘？"

"根据我掌握的情况，掮客集团的头子'甩棍'，可能是橙州检察院的人。"

"这怎么可能？我们只有监督职能，想在监狱的事务上做手脚是很困难的啊！我过去一直以为，'甩棍'是监狱系统的人……"武强的直觉是想否定掉冯森的这个猜测。

"我认为，很可能和熊绍峰副检察长有关。最直接的证据，就是熊绍峰在离任检察室主任之前，专门帮东川'首富'黄雨虹的儿子黄四海办妥了减刑手续。"冯森声音沉稳。

武强半晌没说话。

黄四海前不久被关押在一监区，但因为与同监舍服刑人员处不好关系——据说，他把大便塞在班长的枕头里导致监舍里打成一团——现在已经被转移到二监区，正好安排在沈广军、米振东、马国远等人所在的监舍里。这个黄四海是因为在一次围墙倒塌事件中救人立功被减刑的，立功事迹清楚、证据确凿、手续齐全，应该是能经得起考验的。

"据说，黄雨虹为这件事情给了熊绍峰一大笔钱。"

"熊绍峰虽然在网络上挺风光，但他穷得叮当响，这一点我可以保证……"冯森的话让武强很是吃惊。

冯森不再深谈，他深信挑明了这一点之后，武强肯定会对熊绍峰有所警惕，这就够了。作为巡回检察组组长，他就是一条鲶鱼，必须马上搅动这一池死水，不管是"甩棍"嫌疑人熊绍峰，还是沈广军、郑锐、黄四海、米振东……相关角色，所有线索全都得浮出水面！

冯森相信自己有这个能力。出了武强的办公室，已经是午饭时间，本来他是要马上叫上罗欣然去会一会米振东的，但没想到熊绍峰硬把他拉到了镇上的一个小饭馆里。小小的饭馆包间里，居然坐着满满一屋子省第一监狱的重要领导！包括监狱长陈咏、狱侦科科长李正虎、狱政科科长柴明楚、二监区监区长罗劲松、教导员常浩……

"哟！冯组长一表人才啊！简直可以称得上小鲜肉了！"大家纷纷大笑了起来，显得像是一场老友聚会。

冯森顿时就拉下脸来。橙州检察院与省第一监狱是监督与被监督的关系，这种关系怎么能在一起吃吃喝喝呢？包间里的人很快就感觉到了冯森的不快，大家都看着熊绍峰和陈咏，看这两位职务最高的大脑袋怎么应对。

但熊绍峰和陈咏一开口就被冯森怼了回去。

"行了，直接说什么事儿吧？咱们别玩儿虚的了。就当咱们开个办公会吧。"

"冯组长快人快语，你问得直接，那我也就直接回答你。我知道郑锐这个案子你们已经开展调查，但是还没有正式立案。我们监狱方面想请求你们先继续侦查，但暂缓几天正式立案。冯组长，就仅仅暂缓几天而已！"

"因为这件事涉及监狱评奖和干警的奖金问题？"冯森似笑非笑。

"是，省里监狱系统就要召开表彰大会了，等大会开过，监狱奖状到手，干警奖金到手，随你们怎样立案都行！"

"冯组长，这事儿我也认真琢磨过，也跟武强同志汇报过。我觉得，咱们虽然没有走手续，但事实上已经开展调查了。至于走立案的手续嘛，缓个一两天，也不会影响什么。"熊绍峰也在边上捧了一嘴。

"熊检察长，您这是在征求我的意见吗？"冯森扭过头看着熊绍峰。

熊绍峰没吭声。

"你要问我的态度，很明确——我不同意！我要求立即走立案手续，因为在法律的问题上来不得半点儿虚假，必须严格执行！"

"老冯啊，还有一点，你心里明白，我心里明白——我知道郑锐是谁！这可不单单是监狱的奖状、干警的奖金，这也是我们对一个狱警政治生命、法律职业生命的谨慎啊！"

陈咏见冯森软的不吃，就来硬的了。本来，陈咏是万万不想打出郑锐这张牌的，打不好，就闹得两头撕破了脸。可见冯森这副模样，再想交好，那无异于白日做梦。熊绍峰瞟着冯森，多少想着冯森能往后退一步，大家都好过。

"要是为了这个叫郑锐的警察，那我认为就更应该立案！"

陈咏和其他人都惊呆了。

冯森起身不客气地离开，熊绍峰赶紧向大伙儿道歉，转身追了出去。到了饭店外面的空场子上，熊绍峰非常无奈地追上了冯森。

"冯组长，您这个人也太……咳……太那什么了。"

"熊副检察长，我是来工作的，不是来吃请的。我向你汇报一下情况：我们抓获的那几个掮客，已经基本审讯完毕了。十多个人中，大部分不是干这事儿的，只是跟着起哄的闲人；有两个完全是骗子，只是以骗钱为目的，收取钱财后却并不真给人办事。其实，这两个人也真的没什么本事和门路为人办事。但是，另外两个人，秃头和老四，他俩却真是掮客，他们收取钱财后，真的曾经把正在服刑的犯人成功减刑三年。"

"昨天审讯的时候不是已经知道了吗？没有实证啊，只是另外几个小骗子检举揭发的……"熊绍峰皱起了眉头。

"刚才我又在汇集资料，看了他们交代的一监区那个叫黄四海的罪犯的减刑卷宗，现在已经基本确认，黄四海减刑的法律手续并不完整，有很大的漏洞。另外，黄四海过失杀人案很可能也有问题，掮客中间有个叫方小灵的女嫌疑人，她亲口说了，说黄四海那个杀人案并不是过失，而是故意杀人！"

"不太可能吧？全都有问题？那我们以前的工作不是白做了？黄四海杀人案我可是亲自查过，没发现有问题呀！当时他和张一苇、肖萌、孙一笑三个人一起在平城KTV888号包间消费，中间因为女人的事情打了起来……整个案子是非常清晰的，因为涉及'平城四少'，个个都有来头，调查过程中，包括公安方面都是非常谨慎的，整个案件是经得起推敲的，案卷我也看过，可以说是滴水不漏……"

"世界上就没有什么滴水不漏的事情。黄四海杀人案我们后面再慢慢讨论吧，现在先说黄四海不久前在省第一监狱违规减刑的猫腻，这个已经作为此次联合行动的成果之一报到省检察院了，很可能马上就会有人来调查。所以，我劝你不要和监狱方面的人一起吃喝，这个漏洞随时可能要我们的命！"

"这个……黄四海减刑真的有问题？"

"当然是真的！熊副检察长，这件事情您可真的要重视啊！黄四海和您有利益关系，您当时这么做，非常像是故意的！这很危险！检务督察或者纪检部门要是现在来查，一逮一个准儿！"

"冯森同志！请你不要拿我的政治生命开玩笑！我和这个黄四海素不相识，怎么可能有利益关系？"

"好，直说吧！据我的调查，省第一监狱服刑罪犯黄四海的父亲黄雨虹是咱们海平市最大的电商喜由网的董事长，喜由网去年刚刚并购了全国第三大短视频网站波动网。您除了在微信公众号上经常写文章搞宣传之外，是不是还在波动网上有一个经常被推到首页的视频账号？名字叫'熊检 V5'，对不对？"

冯森也没隐瞒，随即拿出手机，向熊绍峰展示一个短视频账号，上面头像是一个可爱的小熊，正蹲下去捡起一个有"V5"字样的图标。

"这是我的账号，可这个根本不能说明我和黄四海有什么利益关系啊……"

"你这个账号有两千多万粉丝，每一次播出你的短视频都会有上万人来留言点赞转发，正因为这些，才让你成了著名的网红检察官……"

"这是我凭自己的能力挣来的,有什么问题?"

"你仔细想一想,一个普通检察官的短视频,怎么可能会有这么多人群的关注?你再看看波动网上的其他账号,咱们海平市现在最红的大明星主持人李冰倩有一千九百万粉丝,但每次发短视频后留言点赞的人最多的一次也就五千多……你比她还火吗?扪心自问,你凭什么?多少人根本就不知道检察官是做什么的,怎么可能会对你的话题这么关注?我观察到了,'熊检V5'这个账号里面,每一段视频播放之前都会有一段广告,播放之后的字幕上也有赞助商的 LOGO,这种广告是可以与账户拥有者分成的,你从这里面拿到过多少钱?"

"没有啊!我这个纯粹是公益账号,不拿钱的!"熊绍峰像被踩了尾巴一样跳了起来。

"没拿钱就好。"冯森不再跟熊绍峰多说,转身就走了。

冯森走后,熊绍峰是真的有点儿心里没底了。他掏出了手机,打开微信找到与罗欣然的微信记录,把两人的对话记录一直翻到 2017 年 3 月才停下来。微信记录上显示的是一张关于黄四海申报立功的材料。

熊绍峰点开材料下面的一段语音,里面是罗欣然的声音:"熊主任,您还在北京吧?我的工作还得您遥控才行啊,我自己可不敢作主……今天监狱送来一监区犯人黄四海的立功材料,我仔细看了一下,觉得这功立得有点儿蹊跷,您要不要再审核一下?"

熊绍峰点开下一段他自己发的语音:"小罗,咱们和监狱是非常友好的单位,大家吃在一起住在一起,都在这么个小破镇上生活,有些事情不要过于认真了!我看这个黄四海犯的事儿真是值得推敲的！虽然说他判的是过失杀人，但实际上他根本没有主观上的故意或过失，只是与被害人肖萌撕扯中互殴，无意中抓到KTV包间的一把刀捅过去，杀了肖萌……他自己都不知道抓到的是一把刀……所以黄四海的减刑问题，我们不要太苛刻了……"

"这都说的什么屁话！屁话！唉！"熊绍峰长叹一口气，抽了自己一耳光，用颤抖的手指把自己说的这段话给删了。

他再点开下一段语音，又是罗欣然的话："熊主任，您说的这些人情世故我都懂，这个虽然合情，却不合理，也不合法，我不是太认同……不过，您是主任您说了算，我只是替您执行……"

熊绍峰把这一条也删了，他继续往下看，把所有与黄四海案子有关的讨论聊天记录全删了。

熊绍峰做完这一切之后，呆呆地坐在车里，陷入了沉思。半晌之后，他给罗欣然打电话，约她晚上单独见一面。虽然他相信罗欣然不会出卖自己，但毕竟罗欣然手机微信里还有刚才那两条聊天记录，万一被什么人发现了可就说不清楚了。

熊绍峰得说服罗欣然把相关的微信给删了，不仅如此，最好换个手机，彻底消除一切记录。

十

新任政法委书记张友成最近比较火。

这个火可以分为几个方面来说：第一，他因为说出了"人民的正义"这个带表情包的短语成了网红；第二，他因为刚刚履新，工作千头万绪，来找的人和事都比过去呈指数级增长；第三，他的烦恼也呈指数级增长，尤其是他儿子张一苇这颗地雷，让他经常忍不住发火。之前张一苇涉嫌强奸乔逸的事情，他就是最后一个知道的，之所以让他知道，还是因为实在瞒不住了——因为乔逸虽然撤案了，但后来又在她的老师白小莲和她签约的网络公司老总鲁春阳的陪伴下去做了司法鉴定。这可是埋了一个巨大的雷。

张友成大发脾气之后，还不得不想办法来解决这个问题。他虽然绝对不会利用自己的职权去影响司法，但这件事情明显是有人在背后使坏。为了不出现灾难性的后果，他还是同意了郑双雪的意见，准备请一些法律界的高手到家里来搞一个模拟法庭，共同讨论案情发展的可能性和应对措施。这些高手就包括冯森和罗欣然的未婚夫邓耀先。因为郑双雪需要律师帮助，熊绍峰就第一时间将海平最好的律师邓耀先推荐给了她。

模拟法庭开始之前，郑双雪把熊绍峰叫到了无双集团她自己的办公室。两人的关系说来话长，但最能反映两人关系的是张友成的秘书陈明忠是熊绍峰推荐给郑双雪、郑双雪又推荐给张友成的。在中国的人际关系和官场上，这种关系当然就非同一般了。郑双雪紧急叫来熊绍峰的原因，还是为了自己的宝贝儿子张一苇。

郑双雪此前已经通过陈明忠跟鲁春阳联系上了，她还带着邓耀先一起去了鲁春阳的波动网。鲁春阳不仅把乔逸的司法鉴定报告原件一把火烧掉，还当着她的面把白小莲和乔逸两人的手机销毁——里面有乔逸与张一苇约会的当晚向白小莲表示自己并不愿意和张一苇发生关系的相关微信对话（其实那是女孩子的自尊心作祟，不好意思向朋友说自己愿意一夜情，而且在后面附上了一个挤眼睛的表情包以示开玩笑——但白小莲仍然根据这条微信选择了报警），但鲁春阳同时也明确地暗示郑双雪，希望她利用张友成的力量在监狱里照顾一下黄四海，给他立功机会。郑双雪并没有马上答应，但心里知道如果不办这事儿，张一苇很可能会有更大的麻烦。

她让张一苇去搞定乔逸，但乔逸失踪了。这相当于一颗定时炸弹随时会爆炸。正因为这样，她才将实情告诉了张友成，并逼他组成了今晚这个模拟法庭，为儿子的事情出招儿。但在模拟法庭开始之前，她得再安排一下，以便向黄雨虹方面证明自己在做工作，就算是缓兵之计吧。

因为黄四海被关在省第一监狱，属于橙州检察院的监督范围，而熊绍峰是橙州检察院的副检察长，这个工作肯定得他来做了。

熊绍峰说到底还是个讲原则的人，只不过长期搞新媒体、做直播之类的事情让他显得有点"社会"，看起来不像个好人。郑双雪此前就在电话中暗示让他照顾黄四海，现在紧急召见，其实是想让这件事情马上落到实处。郑双雪提出要求之后，熊绍峰觉得非常为难，监狱里面情况非常复杂，检察院只是在里面起监督作用，并不能做什么实质性的事情——多少双眼睛盯着呢！

好在郑双雪也并不是那种不讲道理的官太太，她的意图只是让熊绍峰在职权范围内为黄四海做点顺水推舟的事情。她的目的只是想给张友成蹚平道路顺利履新、让张一苇别再被什么强奸案之类的事情困扰，毕竟黄雨虹这种能量极大的人物如果想在背后使坏的话，大家都不好过。郑双雪认为只要让张友成屁股坐稳、进了常委，黄雨虹再想做什么也就没那么容易了！

熊绍峰放下心来，但他提出了自己的担心：冯森完全不配合。

郑双雪当然知道冯森，她向熊绍峰介绍了这个可怕的家伙：这个人出了名的认死理儿、铁面无私，为了工作会不惜一切代价。他儿子都因为这个，十年跟他没联系了。他也无所谓，继续一心扑在工作上，他在他们那个波立市是个比市长还厉害的人物，官场商场上的人，全都对他又敬又怕。另外，他爱人被害之后，他就一直没有再婚，说是不找到凶手绝不再成家……他在波立市一直耗着，也是想找到那个杀他爱人的凶手……从这一点来看，他倒是个让人钦佩的正人君子……不过正是这样的人、这样的性格，才更可怕，他们不会因为任何原因改变自己做人做事的原则，这一点跟老张一样……讨厌极了……

熊绍峰真是有点儿害怕了，有这样一个人在面前挡着，他什么事儿都没法干。郑双雪也不能强行让他去对抗冯森，毕竟冯森是张友成钦点的。郑双雪最后只能说一些似是而非的话："这就是考验我们智慧的时候了，绍峰，大姐可真的要拜托你了！"

回家的时候，郑双雪是坐着邓耀先的保时捷走的。在车上，邓耀先又给郑双雪带来了一个坏消息：张一苇几年前交过的一个叫万彩媚的女朋友趁火打劫，拿着一些艳照过来要求张一苇支付一笔七位数的青春损失费，否则就要告他强奸。

郑双雪看到那些偷拍的下流照片，忍不住下车到路边呕吐了半天。她实在想不通，现在的女孩怎么下贱到这种程度了。邓耀先现在已经是她为张一苇请的御用律师，一切唯她马首是瞻。她吩咐邓耀先，这件事情先不要声张，先把模拟法庭弄好再说。至于黄雨虹那边，她让邓耀先代表她去安抚一下，表示已经让熊绍峰去想办法了，一定会给黄四海一个交代。邓耀先得知此事之后，又说出了一个令她震惊的消息：黄雨虹为了表示诚意，已经给熊绍峰支付了一千万。

这可真是把郑双雪吓坏了，她刚刚跟熊绍峰分开，而熊绍峰压根儿没提这事。她再三叮嘱邓耀先到家后不要跟任何人提这事儿。

一干人等到了张友成家里之后，邓耀先介绍了张一苇和乔逸的案情，并提出了自己的解决办法：因为这里面最关键的点是乔逸在两人亲热的过程中询问张一苇是否会娶她，而张一苇生气了，认为那时候问这种问题有点儿像要挟；而因为张一苇的生气，乔逸说过一句"我不想这么做了，你下去"。在这一句话之后，张一苇因为自尊或惯性，继续运动了两下。现在，大家要讨论的就是"两下"是否构成强奸。邓耀先的解决方案是：张一苇因为平时酷爱戴入耳式耳机听音乐，可以说自己当时戴着耳机，没有听清乔逸的话。

邓耀先作为辩护人讲完之后，作为模拟公诉人，冯森开始侃侃而谈："总的来说，案情是很清晰的：第一，双方肯定是发生了关系，这毋庸置疑；第二，对于是否强奸的认定，对方在询问笔录里有相互矛盾的描述，而我方完全不认同此事。至于邓律师刚才讲的过程中戴着耳机听音乐之类的，个人建议不用提了，一听就是捏造的谎言，属于小伎俩，不光没有太大的意义，还有可能弄巧成拙，失去法庭的信任，这种点子只有在低级的网络喷子互相掐架的时候才会用上……"

大家的目光都转向邓耀先，邓耀先有些脸红，但他强撑着微笑。

冯森说得兴起，在屋子里走来走去，高谈阔论。

"在本案中，乔小姐其实对前面部分的事实都是认同的、同意的，也就是说，从进入房间到发生关系，双方都没问题，甚至从在会所见面到两人回公寓，笔录上记载的都完全可以当成一篇爱情小说来看，两人的关系没毛病，如果不是后面有人报警，这完全可以是一次非常成功的恋爱……发生关系是这次一见钟情的完美结果……应该赞美和歌颂才对……本案最大的问题，就在于乔小姐在过程中对一苇有结婚的诉求，但一苇没同意，导致乔小姐不再同意继续下去，但一苇在这个时刻并没有尊重乔小姐的意愿，仍然继续了……继续了两下……焦点是不是在这里？"冯森竖起一个 V 字型手势。

所有人都点头，看着冯森的 V 字型手势。

"两下……这两下算个屁呀，你们还在这儿议论这么无聊的事情！亏你们还是搞法律工作的！丢人！"冯森哈哈笑了起来，看着邓耀先，"邓律师，我不是说你啊。"

"惭愧，惭愧，请冯组长赐教，请。"邓耀先的脸真的红了。

"好，两下，这个细节我认为是不重要的。因为在司法实践操作中，第一，女方如果报警了，那她一定不会承认前面的行为是自愿，会将整个过程都描述成非自愿，从而构成强奸；第二，如果女方如实陈述整个过程，当然，这种可能性是不大的……如果真的如实陈述了'两下'的情况，则本案有可能存在争议，一些办案人员会认为整个性行为是连贯的，既然已经同意插入，就意味着接受性行为，后期的拒绝会带给男方错误的认知，根据'有利于被告人'原则，应该按疑罪从无处理……大家听明白没有？"冯森怪笑地看着大家。

"冯组长的意思是，只要乔小姐没有全盘否认，一苇就没有危险，对不对？"邓耀先发问了。

"是，全盘否认的话，一苇就只能认了。但是，从此前的监控录像和派出所的询问笔录上看，乔小姐还是同意自己前期是自愿的……但不排除现在再问她会反悔，毕竟当时事发突然，作为一个女性突然被带到派出所询问具体性事的问题，她的情绪会影响她的表述……"

"您的意思是，人证不可靠？"

"乔小姐的证言当然重要，但她的言论不一定稳定，所以要防备她手上握有除了人证之外的其他证据，比如，物证、书证……因为强奸案不是民事诉讼，是刑事诉讼，属于公诉案件，不可能私了！从这个层面上讲，万一存在书证，只要有人提供这种证据证明张一苇真的有强奸事实，即使乔小姐亲自来证明她和一苇是全程自愿的，法官也可以认为她是受到了某种胁迫而更改证词的，法庭不一定采纳……"冯森继续解释着。

众人都扭头看着张一苇。

"这什么法律啊？我们俩自愿的也不行了？"张一苇脸上的表情充满了愤怒。

"小哥儿，全程下来，并不是所有时候都自愿啊！这一点是有和无的问题，不是多和少的问题，这是质变，你得摆正心态，接受现实……"冯森苦口婆心地普法。

张友成默默地看着冯森，脸色阴沉。

郑双雪忍不住发问了："冯组长，唯一可能作为书证的是手机，乔小姐在微信里提到了让白小莲报警的事情，这一点是最被动的。不过，据说两人的手机都已经销毁了，原始证据已经湮灭，也就相当于证据消失了……"

冯森走到郑双雪面前，撑着桌子凝视着她小声说道："郑主席，你低估了人的复杂性……虽然手机被毁了，但根据您刚才说到的情况，不排除有高手指导她们，让她们把手机里的相关证据事先公证，将电子证据固定下来，然后再把手机拿去让人毁掉——你们想想，有这个可能吧？"

所有人都愣住了，邓耀先嘴角闪过一丝让人不易察觉的微笑。

"所以，现在最紧要的事情，其实是张一苇去找到当事人乔逸和白小莲，看看有没有可能确认手机内的文件确实没有公证……另外，跟乔逸小姐把关系处理好，让她不会再做不利于你的事情……"

大家都看着张一苇。

"看我干吗？"张一苇一脸不爽。

"你不是一直夸口在女人方面战无不胜吗？现在，该你出手了。"张友成脸色缓和一些了，难得跟儿子用这种口气说话。

"出手就出手，新总已经帮我约好，明天白小莲有一个签名售书的推广活动，我直接过去见面。"

张一苇说到做到。第二天上午十点，张一苇就带着手下兄弟迟睿一起到了海平购物中心的知性茶馆门口。远处是购物中心里热闹的场景，茶馆闹中取静，很有情调。茶馆的门口，竖着四块制作精良的易拉宝，宣传的是网络作家大神"大风筝"（原名白小莲）继《石榴劫》之后的新作《蜈蚣案》推广会。

门口有一个负责登记的中年胖男人坐在一张小桌子前，桌子上放着登记本儿，他看到张一苇，直接招呼："哎，先生你是来参加粉丝见面会的吧？"

这人名叫常子龙，外号常胖子，是大风筝粉丝后援会的会长，现在是义务来帮忙张罗的。张一苇根本不理他这茬儿，带着迟睿直接闯进去了。

台下一位粉丝正在和白小莲互动："白老师，我是风筝粉，粉了您五年了，一直非常欣赏您的文笔，也非常敬佩您的生活态度，您在这么急功近利的风气中，能保持冷静的生活和创作姿态，一直创作着有良心的作品，我觉得您的生活本身就是一种行为艺术……"

白小莲一脸天真的样子，显得非常纯真，她打断了粉丝的话，面带微笑地回答她："小姑娘，你可别这么说，我其实也是个俗人，你这样说可是捧杀我了，我会骄傲的……"

大家全都笑了起来。

张一苇从后面挤到前面，白小莲看到了他，脸色有些红。张一苇从坐得满满当当的粉丝群后挤过，到了旁边茶馆的经理室那儿，推开门进去，找个沙发躺着睡上了。

不知道过了多久，迟睿带着白小莲进来并掩上了门。白小莲一副被吓坏了的样子，马上检讨自己那天晚上是因为担心乔逸出事儿才报的警。张一苇还没来得及插上话，白小莲就已经哭了起来。张一苇反复表示并不想报复她，只是想找到乔逸。但白小莲一直坚持说自己根本不知道乔逸在哪儿。

张一苇说了几句后，白小莲居然放声大哭起来。外面常胖子马上带着一帮粉丝过来敲门呐喊，张一苇烦躁地站起来，只好说了一句："行了行了，别哭了，不就是买了一千本你的《蜈蚣案》吗？应该高兴才是啊！"

白小莲站起来，一副感激的样子小声地说："多谢您的厚爱，多谢您！"

外面围观的粉丝们听到屋里这话，在常胖子的带领之下，顿时响起了雷鸣般的掌声。张一苇从屋里出来分开众人，怏怏地走出了茶馆大厅。

　　一小时之后，张一苇和迟睿两人跟踪白小莲到了锦绣地公寓小区，终于在里面一套房里逮住了白小莲和乔逸。两人不客气地把白小莲轰了出去，迟睿甚至追了出来跟着她。而公寓里面，张一苇迅速和乔逸冰释前嫌，弄清了事实原委：乔逸根本不想去检查身体，更不想躲起来，她觉得自己和张一苇的感情是认真的！她现在这样就是被白小莲吓唬的！

　　张一苇非常兴奋，和乔逸马上重归于好，两人就在公寓里当场亲热起来，迟睿回来敲门都被轰走了。

　　如胶似漆地过了一晚上，张一苇觉得一切都已经过去了。傍晚时分，他还给郑双雪发了一张照片，是自己和乔逸的合影大头贴。郑双雪也非常欣慰，连着发了几个大拇指表情包点赞。因为乔逸这里没问题了，郑双雪甚至给邓耀先打了电话，让他跟鲁春阳那边不要过多接触，以免产生不必要的麻烦。邓耀先再三询问情况，郑双雪表示乔逸已经搞定，张一苇没危险了，我们没必要再怕黄雨虹玩阴的了。至于那个万彩媚，郑双雪认为拿钱可以解决：你让她开个价吧，我来掏这个钱。邓耀先全都同意了。

　　第二天早晨，意外发生了。而且这个意外产生了另一个意外，导致事情发展到了不可收拾的地步。

　　第一个意外，是派出所接到报警，再次将张一苇抓了进去，罪名还是涉嫌强奸。乔逸当场就嚷嚷起来了："我们是男女朋友！我们是正当关系！"警察还是上次那两个警察：王赫和张浩宇。

王赫非常不情愿地告诉乔逸：这次强奸的不是你，是万彩媚。

到了派出所之后，所长李长盛亲自出面给张一苇播放了万彩媚提供的"强奸视频"，里面不光有张一苇强行与万彩媚发生关系的画面，还有张一苇在过程中嚷嚷的"我爸是政法委书记，你去告啊"这样的话。张一苇狂怒之下，矢口否认有这事儿，认为视频完全是伪造的。李长盛马上让人送去分局技术队鉴定。

郑双雪匆匆赶到派出所见到了乔逸。郑双雪坚决相信自己的儿子不会干出那种事情，非常自信地留下乔逸一起看那个视频。结果当视频真的播出的时候，她傻眼了。众目睽睽之下，她真的是脸面全无，只能当场宣布不认这个儿子。

李长盛不敢擅自决定如何处理，在张一苇大喊大叫的时候，他马上联了边国立。边国立让他通过陈明忠请示张友成。正在主持会议的张友成听到陈明忠跟他说的悄悄话之后，震怒之下只说了一句："一切按法律程序来办！"

郑双雪虽然说了气话，但出了派出所之后一直在车上等待着事情的转机。她认为李长盛这样的人，在跟张友成请示之后，一定会有办法来延宕危机，以便找出合适的解决办法。她的想法很好，但时机很快就错过了。

第二个意外，是在大家终于知道视频也可以伪造得完全跟真的一样的时候，被关在留置室里的张一苇犯下了致命的错误：他在留置室里被盗窃嫌疑犯吕文瑞挑衅的时候，失手打断了人家的鼻梁骨！

李长盛和郑双雪全都明白了：强奸案视频是假的，但那个盗窃犯是幕后主使真正的目的！人家就是要制造那么个场景，让张一苇在那里犯下故意伤害罪！打断鼻梁骨算轻伤，如果协商不成就得判三年以下有期徒刑！如果张一苇被判刑，张友成这个刚刚上任的政法委书记屁股还能坐得稳吗？

一切都掌握在人家手上了！这个吕文瑞就是黄雨虹的钥匙，可以直接打开张友成一家的生死门！

郑双雪如坠深渊，她最担心的几件事情同时发生了。当她恳求张友成哪怕给人打一个电话"暗示一下"时，盛怒之下的张友成摔了电话，根本不理她！

郑双雪完全绝望了，她只能靠自己了，这个丈夫已经被官场"异化"了，没有人味儿，根本靠不住。

十一

沈广军已经被送到外面的专业骨科医院就医，冯森和罗欣然只能先提审米振东。罗欣然并没有跟冯森通气告知米振东此人德性如何，盼着冯森自己能亲自感受一下滚刀肉的味道。果然，米振东和此前一样，面儿上态度挺好，可实际上完全不配合。不过，冯森好像也没指望能从米振东嘴里撬出个一二三。审讯结束，冯森根本不和米振东纠缠，而是马上和罗欣然一起离开橙州进城，去米振东入狱前的施工队调查。

冯森认为，釜底抽薪才是最佳办法。对米振东这种人，应该从他情感上的弱点下手。

冯森和罗欣然两人直奔米振东入狱前操办起来的振东施工队。那是一个位于城乡接合部的院子，三面由工棚和小平房合围而成，院子里堆着一些施工用具、没用完的水泥、砖头、木料、钢材等。有人在中间一棵大树底下阴凉处打牌，有人在旁边简易的小床上睡觉，大部分人都穿着印有"华泰"两个字的工服。每个人看起来都无所事事，但显然有组织有纪律，各自脸上的神情很有正气，一点儿也没有江湖混子的味道。看起来倒也是一派和睦气氛。

一个穿着运动服、显得很精神的中年妇女出来迎接冯森和罗欣然——她就是米振东的妻子童小娟。稍稍寒暄之后，童小娟带着两人往里走。

这个地方还真特别。冯森一边朝着里屋走，一边仔细观察着周围。冯森发现，自己所到之处，无论是环境布置还是一旁小伙子的精气神，都透着一股不卑不亢的气质。客厅里头瞧着更是震撼，在冯森的面前是一座一人多高的关公像，关公显得异常威武，面前供着水果和香火，香火袅袅不绝。关公像底下还有两排十多个蒲团。蒲团非常旧，上面有点脏，显然是每天都有人在上面跪拜导致的。

童小娟端着茶水过来，两个杯子都是搪瓷缸子，搪瓷缸子上面还印着"振东施工队"的字样。这几个字环绕着"忠义"两个字作弧形排列。

"看起来，咱们这个施工队是很有信仰的。"冯森接过水杯，看着上面的字。

"这都是振东一直坚持的，他这个人比较讲义气，我们大家都是跟他学的。这关公像或者水杯什么的都是一些表面现象……冯组长、罗主任，其实你们都知道，这些表面现象不一定代表实际情况，经常有人满嘴仁义道德，实际上男盗女娼……是不是真讲'忠义'二字，还得看这个人做事情的方式。"

"我看刚才外面站的那些小伙子也都特别讲究。他们既不卑躬屈膝，也不横眉冷对，不卑不亢，非常有教养。我怎么感觉有点儿像进了聚义厅，到了梁山泊呢？"

"冯组长您太逗了。我刚才已经说了，这只是个形式。您不用有压力，还是把我们当服刑人员家属看，该说什么就说什么。"

"好，现在我们特别希望你能配合一下，说服你的丈夫帮我们一个忙。"

"没问题，我们愿意配合，只要符合法律、符合道德、符合'忠义'二字。"

童小娟说着还用手敲了敲搪瓷缸子上的"忠义"二字。

"放心，保证符合这三条。"冯森也是底气十足，"我们监狱里有一个监管对象是'930杀人案'的当事人，他最近出了点事儿，胳膊在监狱里边断了。他自己说是被一个管教干部打断的，但是管教干部不承认。这件事情发生在一个监控的盲区，监控看不见，所以现在两人各执一词，谁也说服不了谁，我们也没法定案……"

"我明白。这件事情是需要振东来作证还是怎么着？"

"米振东就是陪着那个服刑人员一起经历这件事情的人，他应该是看到了事实的真相，但是……"冯森低头看着搪瓷缸子，用手敲了敲"忠义"二字，"但是，米振东可能有自己的道德准则，他不愿意出卖任何人，也就是说他不愿意配合我们说出真相，因为他说出真相，他同屋的某些服刑人员就有可能会加重刑罚，这可能超越了他的底线。"

"冯组长，罗主任，这件事情，我认为你们来找我，没有什么太大的用处。他这个人的脾气，一旦倔起来，九头牛也拉不回来……"童小娟看看冯森又看看罗欣然，一脸的无奈。

"童大姐，您还是想想办法吧。因为它事关好几个人的清白，甚至涉及人命，非常重要、非常关键。即使米振东不作证，最后我们肯定还是能查出真相的。到那时候，对米振东本人也不是太好。本来他是可以加分的，但现在很可能会因为这件事情减分……"罗欣然赶紧补了一句。

童小娟听着罗欣然的话，眼睛却盯着桌子上的一只苍蝇，她的手慢慢伸向苍蝇，忽然间往前挥出、握紧。

冯森和罗欣然正在发愣，童小娟展开手掌，那只苍蝇已经被她捏死了。

罗欣然非常吃惊："大姐，身手不错啊！练过啊？"

童小娟摇摇头，笑着说："练什么？没练过！这是振东教我的。他说做事情要讲究方法，要判断趋势，并不是我的手多快，而是我能判断苍蝇一旦被惊动会往哪个方向飞……刚才那个动作，只是让苍蝇直接飞到了我手里边，并不是手快……"

罗欣然道："佩服！大姐！"

冯森点了点头说："童女士，看来米振东确实是一个非常有个性的人……到你们这儿，我感触很深……这样吧，我不勉强你去劝米振东，只是毕竟我们来了一趟，也不能白跑，哪怕是我们能趁这个机会让你给米振东带点礼物带点东西也好……不一定是吃的喝的，是一种问候也好，或者是一种情感的表达也好。我能看出来，你们夫妻的感情还是很不错的，我们可以给你们这样一个机会、帮你实现，好吗？"

三人正说着，旁边的门突然打开了，一个七八岁的小姑娘出来了。她是米振东的女儿小米，站在客厅的中间看着冯森和罗欣然。

"你们能见到我爸爸？"小米一点儿也不认生。

"小米，快叫叔叔阿姨。"

"我可以给我爸爸带一件礼物吗？今年他的生日我不能陪他一起过了。我想给他提前送一份生日礼物，可以吗？"

"可以。你把礼物准备好，我们马上就给你带进去。"冯森很爽快地答应了小米的请求。

"可是我现在没法马上准备好，我要好长好长的时间。你们能等我吗？"

"小米，你想送什么礼物？"

"我刚刚学会怎么用纸折小猪，我想给我爸爸送四十八只小猪佩奇，他属猪的，今年就要四十八岁了，我想让爸爸像小猪佩奇一样可爱……"

"小米，你想叠四十八只小猪佩奇，那可要挺长时间的。要不这样吧，你让大家帮你一起叠好不好？这样就比较快。"罗欣然格外喜欢面前这个孩子。

童小娟一把搂过小米："冯组长、罗主任，要不这样吧，让孩子和大伙儿一起叠小猪，我给你们做顿饭。你们这么远过来了，也不能让你们饿着肚子走啊，是不是？要那样的话，关老爷也不答应啊！"

冯森和罗欣然看着高大威猛的关公像，只好点了点头。

院子里，小米和施工队的小伙子们一共十来个人，都在院子里叠着小猪。

院子角落传来鸡叫的声音，只见童小娟拽过一个木盆子，拿过一把尖刀，非常麻利地在鸡脖子上来回一拉，鲜红的鸡血马上就滴到下面的瓷碗里。鸡喉咙里发出"咯咯"的声音，它在不断地挣扎，但童小娟紧紧地抓住它，鸡血不断地流下来，很快装了大半碗。

"唉唉……太残忍了。"看到鸡被杀的场景，罗欣然一脸的不忍心。

童小娟一边放血一边抬头，表情平静地看着罗欣然，说道："每一条命有每一条命的用法，老天爷给鸡安排的就是这个命，就是让人吃、让人吃还叫都叫不出来……老天爷给米振东安排的就是要坐牢，坐牢还较劲不会讨好管教，这都是命……"

罗欣然看着一脸平静的童小娟，不说话了。

冯森站在客厅里，出神地看着上面的关公像，他的目光慢慢转向侧面，侧面是一个巨大的书架，书架里面摆满了书，包括《施剑翘复仇案》《金田一少年之事件簿——电脑山庄杀人事件》《三侠五义》《侠义英雄传》《金庸全集》《古龙全集》《三个火枪手》《基督山恩仇记》《水浒传》《蜀山剑侠传》《施公案》《彭公案》《小五义》《侠女十三妹》等，绝大部分是反映各种江湖行侠仗义之类的书，还有少量法律和罪案方面的书。这些书都很旧。

冯森走过去取出《施剑翘复仇案》翻开，看到书页都已经翻得很旧了，显然这些书都经常有人看——

该书的目录如下：

第一章　刺客与复仇——大众传媒时代的道德英雄主义和女性的自我想象

第二章　媒体炒作——公共正义与城市大众的同情

第三章　精英们的矛盾态度——对大众和女性化情感的畏惧

第四章　审判——法庭奇观和法治中的道德情操

其中，第二章、第五章还被人用笔在下面画了红线。

冯森又拿起《金田一少年之事件簿——电脑山庄杀人事件》翻看着，他的表情突然凝重起来。翻这本书的时候，他的手居然有些发抖。这本日本小说的序章里，讲的是一个年轻老师发现自己的女学生在外面卖身，就把她领回来公开教训，结果女学生回家三天后居然就死了。事后，有一帮决心报复老师的人设计了完美谋杀案，他们各自扮演自杀求助者、马路上刷油漆的工读生、咖啡店店长、脚踏车车主等不同的角色把老师诱骗到一家咖啡馆见面，那帮人每人都做了一件事情，每人都没有违法犯罪，但他们做的事情加起来就谋杀了这位老师！

冯森只看完了序章就呆在那儿，他的内心无比震惊。万万没有想到，在调查沈广军的胳膊被郑锐打断这件事情的时候，居然会发现与自己亡妻有关的线索！而且这线索还出现在与郑锐相关的案件证人家里！这是巧合？或者根本不是巧合？

这十年来，在无比的痛苦与绝望中思考过的东西，好像突然之间被整合到了一起。就像一个瞎子，突然之间开了天眼，什么都看见了！冯森眼前似乎一幕一幕地出现了爱人郑玮丽遇害的各个步骤——

郑玮丽与保安争论停车费的问题；

郑玮丽的自行车被推走，她尖叫着追过去；

突然停电，郑玮丽站在黑暗中，一辆车从她身边驶过；

郑玮丽被刚才的车吓一跳，急忙躲开，但另一辆车撞上了她；

防汛沙袋被撞倒，另一辆车在黑暗中快速驶来撞倒了她；

后续车辆继续驶来，有人开了车灯，看到面前的防汛沙袋，直接碾过去，但轧到了血泊中挣扎的郑玮丽……

冯森脸色惨白，手指发抖，他几乎站不住了。十年前的血案似乎很清楚了，收停车费的保安、推自行车的物业人员、电工……或者再加上某一辆肇事车的司机，这些人就像《金田一少年之事件簿——电脑山庄杀人事件》中的自杀求助者、马路上刷油漆的工读生、咖啡店店长、脚踏车车主……他们都出现在现场，都做了某一件事情，做的事情都不违法，但这些事情累加起来的结果就导致了郑玮丽的死亡！

这个米振东！这个太巧的巧合，居然解开了冯森十年的心结！他的灵感顿时涌现出来，郑玮丽的案子有望出头了！

这顿晚饭，冯森违反纪律了。他不光吃了服刑人员家里的鸡，还喝了人家家里的酒，明显违反了中央八项规定。更严重的是，他主动与那些人斗酒，最后自己居然喝醉了！

罗欣然多次暗示冯森，后来甚至直接夺他的酒杯，但冯森根本不让她管，一直拼到最后，把自己喝吐了。

两人从小院儿出来的时候，罗欣然几乎是拖着完全喝醉的冯森。后面是童小娟和她的女儿小米，还有十多个小伙子，整整齐齐站成一排，跟冯森和罗欣然挥手道别。罗欣然手上还拎着一个编织袋，里边装满了东西。

"请你们给振东带个好，告诉他我们都挺好的，我绝不会跟他离婚的！大伙儿也不会走的，我们的施工队永远都不会解散！我们都等着他出来！"童小娟大声地对着冯森和罗欣然喊了起来。

罗欣然和冯森到了车边，罗欣然打开了车门让冯森先上去。

"大姐，你们可以说说话，让我拍个视频带进去吗？"

"当然可以了。"

罗欣然拿着手机，打开了摄像照相机，开始拍视频。

童小娟拍了拍小米，小米忽然大声说："爸爸，你今年不能回来。我和妈妈、叔叔们一起预祝你生日快乐。爸爸，我爱你！"

童小娟和那些小伙子突然一起大声喊："生日快乐！振东（大哥），生日快乐，生日快乐。年年有今日，岁岁有今朝，我们爱你……"

罗欣然的视频里，每个人都满脸通红，眼含泪花用力地在鼓掌，都是非常真诚的。罗欣然拍着视频，有点儿感动，也有点儿眼泪汪汪的。

掌声停下来了，小米开始用童声唱生日歌："祝你生日快乐……"

罗欣然继续拍，到歌声结束的时候，她居然为一个服刑人员的生日流下了眼泪。

回到车上后，因为冯森醉酒，只能由罗欣然开车。可开着车的罗欣然同样满脸通红，施工队众人向米振东传达出的真挚情感，让她同样有了强烈的醉意。

"米振东，是个人物。你知道我今天为什么喝酒了？"冯森虽然已经醉了，可是他的眼睛却在发光。

"不知道。"

"我看到了日本作家天树征丸的《金田一少年之事件簿——

电脑山庄杀人事件》，我突然想通了！全想通了！我知道我爱人是怎么死的了！"

"是吗？怎么死的？"罗欣然诧异地看了冯森一眼。

《金田一少年之事件簿——电脑山庄杀人事件》前面有一个序章，不长，讲的是一个年轻的男老师因为打了一个女学生一巴掌，导致这个女学生死掉了……这件事情被曝光之后，有几个人一起设计了一个巧妙的计划，每人完成一件事情。每件事情都是合理合法，不会伤害到任何人的，但这几件事情加在一起，就正好杀死了那个年轻老师……"

"您的意思是说，您的爱人……是被人用这种方法害死的？"

"是的，我已经确认了。"冯森神情怪异。

"那……既然确认了，就赶紧报给公安，让他们赶紧查吧！"

"查不了，没有任何证据，又过了这么多年，怎么查？"

罗欣然张了张嘴，说不出话来了。

"感谢米振东！感谢'930杀人案'！让我知道了真相！"冯森显得很兴奋，"你有没有看出来，今天的那些小伙子和童小娟，他们是代表米振东的。米振东这个人的气场非常非常强，我在那个关公像底下，在和童小娟对话的过程中，经常感觉自己被那个远在监狱的米振东控制了、蛊惑了，好像想沿着他那条道路去走。小罗，你是知道的，我的爱人被人杀害了，我要报这个仇……我也找到了很多与此相关的嫌疑人，但是从法律上，我完全没法把他们怎么样……其实，我特别容易走向米振东他们那种所谓的忠义、所谓的替天行道……就是那种私人审判和地下审判的路径。因为那个太痛快了，有点儿像在聚义厅上，大碗喝酒，大块吃肉，快意恩仇！"

罗欣然愣住了。她从来都没想过,冯森的脑海里居然有过这样的念头。

"但那样其实十分危险,如果我那样想,我就不能穿这身衣服了,我就得直接去把我认为有嫌疑的那几个人全都抓在一起,一个一个严刑拷打,逼问他们。如果能那样的话,我一个小时之内就能让他们全部交代……小罗,我不能啊。所以刚才,我不是跟童小娟和这十几个小伙子拼酒,我是在和米振东拼酒,这是意志的较量,这是信仰的较量,是我的党性和他的'正义'在做无声的较量!我不能被他牵着走……"冯森重重地叹了一口气,"小罗,你看过电影《沉默的羔羊》吧?"

"当然看过。"

"安东尼·霍普金斯饰演的那个老头,你还记得吧?朱迪·福斯特饰演一个年轻女警察,老头是她的职业引导者,几乎是手把手地教她怎么去找到罪犯,但是如果女警察真的一直跟着他走下去,就很有可能走入黑暗的深渊。"

"冯组长,我非常庆幸能跟您合作……有您这么智慧勇敢冷静的前辈,我就跟着您走就行了,保证不会走入深渊,只会攀上高峰,成为……"罗欣然笑着揶揄起来。

罗欣然说到这里说不下去了。

"成为什么?你最后想成为什么?"

"能成为什么?最终也就是成为一个检察长嘛。"

两人哈哈大笑起来。冯森的想法虽然让罗欣然惊讶,但她也格外理解。法治并不单纯以善恶为导向,而是建立起公平正义的最佳手段。冯森能够遏制住自己的欲望,根本就是因为他能切实做到以法律为信仰,而这需要具有强大的理想主义精神。

回想过去，工作了这么多年，罗欣然似乎已经忘却了学生时代以法律为信仰的时光。可在和冯森交谈的过程中，罗欣然分明感受到，过去那个自己正在慢慢重生。

"冯组长，听您刚才说的，振东施工队涉黑涉恶了？"罗欣然忽然想起什么。

"不管是恶势力还是黑社会性质组织，中央都是出了严格的鉴定标准的！振东施工队是不是这种组织，需要深入调查，目前只是有一点点线索，还不足以说明问题……"

"一点点线索？线索在哪儿？"

"咱们进振东施工队院子之前，是不是看到他们平房顶上晾着工服？工服上印着'华泰'两个字？"

"是，洗干净晾在屋顶上，那也没什么啊。"

"前不久，监狱里是不是有个叫胡大军的服刑人员，他妈妈在华泰商场的电梯上摔断腿了？"

"对，有这事儿。胡大军和沈广军被关在同一个监舍，曾经是个牢头狱霸，在这里面拉帮结派，挺讨厌的。"

"公安方面已经调查过了，那件事是华泰商场经理杨洪涛指使人干的，只是没有直接证据，加上胡大军的家人不配合，所以抓不了他……"

"所以呢？"

"胡大军母亲断腿的事儿，应该是黄四海从一监区转到二监区之后第三天发生的，对不对？"

"是。"

"我听说，有人反映胡大军母亲断腿的事儿，有可能是黄四海在监狱中指使的，目的是报复胡大军给他下马威？对不对？"

冯森试探地瞥了一眼罗欣然。

"是有这说法。"

"如果有这说法，你们应该调查吧？是不是因为熊绍峰刚刚给黄四海减过刑，你就对这件事情睁一只眼闭一只眼了……"

好家伙！原来冯森绕这么大个弯，是想让自己出卖熊绍峰！罗欣然一下愣住了。

好在冯森没再继续追问，只是冷笑了两声："熊绍峰是你师兄吧？我告诉你，你这个师兄屁股上有屎。"

罗欣然沉默片刻，没有评论熊绍峰的事情，转回原来的话头："那……您还是说说华泰商场跟米振东这帮人有什么关系吧。"

"我猜测，胡大军母亲摔断腿的事情，是杨洪涛指使人干的，但具体实施很可能是振东施工队的人；华泰商场施工的工人就是振东施工队的工人，这是振东施工队的工服上印着'华泰'两个字的原因。另外还有一件诡异的事情——振东施工队的人，也在替胡大军他们家盖房子。很有可能，帮着建房子，是对胡大军母亲断腿事件的封口费！"

"你是说，振东施工队是华泰商场的手下？而华泰商场又是黄四海的手下？那黄四海要指使华泰商场，是不是要通过监狱里的掮客传递情报，比如'甩棍'？"

"看来你还有点儿脑子嘛！"冯森笑了起来，"华泰商场老板杨洪涛替黄四海报复胡大军，说明这个杨洪涛的背后是黄雨虹这个大老板，对不对？"

"对。"

"杨洪涛同时发活儿给振东施工队去干，很可能振东施工队不光是帮杨洪涛盖房子修房子，也不光是给胡大军家盖房子，说不定还有更多的活儿呢！你想想，几十号青壮年在这院子里拘着，还都挺讲规矩挺听招呼，一看就是有组织有纪律经过训练的……"

"你这么一说，我还真有点儿后怕。米振东进监狱已经挺长时间了，童小娟一个女人怎么驾驭施工队这帮人？她又从哪里找机会来给大家赚钱？你这么一说我全明白了！振东施工队很可能是杨洪涛的马仔！"罗欣然脸色沉重起来。

"以黄雨虹的实力，他完全可以在海平市培养十个甚至一百个振东施工队这样有组织、有训练的团队，关键时刻为他所用！摆平一切不利于他的事情！"

"要这么说，他还真是涉黑涉恶了啊！"罗欣然倒吸一口凉气。

"是啊，只不过他用互联网大佬的身份把自己藏了起来。"

"冯组长，您说了这么多，基本都是您个人的猜测。到底有没有证据？"

"你要看证据？咱们别回橙州了。"

"咱们去哪儿？"

"去华泰商场，我给你看一样东西。"

罗欣然当即掉转了车头。冯森的每次猜测，似乎总能得到验证。不知不觉间，罗欣然已经对冯森建立起了充分的信任，甚至可以说是依赖。

很快，二人就把车开到了华泰商场外面。华泰商场正在对外立面进行施工，冯森干脆拉上罗欣然从一旁的小门走了进去，直奔项目经理办公室。按冯森的说法，这回他们是来华泰查账的。

边国立亲自去找杨洪涛调查过胡大军母亲摔断腿的事儿，那个管外立面施工的项目经理已经被边国立发展成了"线人"，他把复印好的账本直接送到了冯森和罗欣然的手上。

"华泰商场改建工程的标的是三千二百万，这都是有发票有账单的。有什么问题吗？"

罗欣然一边翻着账本，一边询问冯森。

"合同里头人工费是多少？"

"一千万。"

"一千万……这是我找的监理帮我根据华泰商场改建工程核算的成本表。顶破天，这项工程可支出的人工费用不超过六百五十万！中间差了三百多万！这绝对有洗钱嫌疑！什么振东施工队施工质量高，安全有保障、有品牌效应，都是胡扯！这么高的比例，肯定有猫腻！"

罗欣然恍然大悟。既然已经确定了调查方向，两人就趁热打铁，通过华泰商场施工现场的相关人员拿到了一份振东施工队的人员名单。冯森看到这份名单上的某些名字时，脸色大变。胡大军母亲在电梯上摔断腿时，有三个振东施工队的人在电梯上，而这三个人的名字是——束立可、江向阳、彭会军。

冯森看到这三个名字被人圈出来之后，突然狂笑起来："这就说得通了！这就说得通了！"

罗欣然觉得冯森疯了，她急忙拉着冯森出来，到了外面的马路上。冯森居然蹲在马路牙子上哭了起来！

这让罗欣然彻底不明白了。这个假装大背头的老家伙，一瞬间就变成了寸头壮小伙，之后又逢人便怼，跟谁也不配合，但现在又在大庭广众之下失声痛哭……成年人的哭泣，外人实在不好安慰、插手。罗欣然尴尬地坐在旁边，等着冯森心情平复。

"小罗，我也不瞒你……当年我爱人在豪庭夜总会地下车库被车碾死，致死的原因是有人拦着她多收自行车停车费，另有第二个人把她的自行车推走导致她去追，还有第三个人把那儿的灯给关掉了……这三个原因凑在一起，才导致黑暗中我爱人被车撞了……"冯森平静之后，开始诉说自己的往事。

"是，您已经说过了《金田一少年之事件簿——电脑山庄杀人事件》这本书。不过，这跟刚才那三个人有什么关系？"

"我调查了十年，查出了当年豪庭夜总会收费的保安、推自行车的物业人员、关电灯的大厦电工三个人的详细信息……"大喜大悲之后，冯森的语气显得很平静。

"难道……"

"就是这么巧，这三个人的名字分别叫束立可、江向阳、彭会军，是弄断胡大军母亲腿的振东施工队人员。"

罗欣然非常震惊地愣在那儿，久久没有理清里面的逻辑。

十二

省第一监狱审讯室里，罗欣然、王鹏再一次提审米振东。冯森对米振东已经有了全新的认识，他要在宿舍做自己的功课，不参与这次审讯。对于罗欣然来讲，虽然有关郑玮丽的案子不会在这次审讯里提起，但她已知道米振东是个深藏不露的人物，他身上有任何秘密都是正常的。罗欣然现在无比放松，不管米振东交代不交代都无所谓，既然她的目的已经改变，那米振东再怎么耍花招她都不在乎了。

很快，米振东被狱警带了进来。熊绍峰也跟在后面进来了。

"熊检察长，您来了？咱俩约的不是晚上见吗？"罗欣然小声询问熊绍峰。

"我旁听一下，你审你的，不要管我。"熊绍峰脸色非常难看，显然是心不在焉。

罗欣然点点头，转头开始看向米振东，审讯开始了。

"米振东，这是第三次提审你了，关于沈广军到底怎么受的伤，这次可以说实话了吗？"

"报告政府，我说的一直都是实话啊，我绝对不敢欺骗政府！"

"第一次提审你说那天没朝沈广军那边看，第二次你说你朝那边看了，但因为眼光发散没看到……这两次到底哪次是实话？"

"我确实没见到他被打啊，我真的没有欺骗政府。"

"现在我不问你那天见没见到他被打，现在我问你另一个问题——米振东，你听好了，这次你最好慎重地回答。如果这次你不说实话，你就必须自己承担隐匿罪行的法律责任，承担欺骗司法机关的严重后果！你听明白了吗？"

"是，我明白了！"米振东一脸的不在乎。

"把我刚才郑重警告你的话重复一遍！"

"您说，我这次要是再不说实话，我就要承担欺骗司法机关的严重后果！"

"这个'再'是什么意思？我刚才说的是——如果这次你不说实话——你说的是——我这次要是再不说实话——多出来的这个'再'字，就已经充分暴露出了你非常明白自己的内心在有意欺骗司法机关！"

米振东看着罗欣然，愣了片刻，居然笑了起来。

"严肃点！"王鹏在旁边拍了桌子。

"是，我一定严肃……我认为罗主任把我打败了……"米振东收起了笑容。

"既然打败了，那就认输，把事实讲清楚。"

"报告政府，我以前确实没有完全说实话。我坦白，现在我彻底坦白……"

罗欣然和王鹏脸上都露出了欣慰的表情。

"沈广军被打时，我确实看到了一点儿，但我真的没有看全，因为眼光发散，后来刘警官又冲过去挡住我了……这都是真话……我向政府保证，我现在说的都是实话！如有半句假话，我愿接受政府的任何处罚！"

罗欣然毫不意外米振东的表现。和前两次不同的是，这次罗欣然有了撒手锏。

"米振东，你是因为盗窃罪被判刑两年的吧？"

"是。"

"米振东，在这次提审之前，我对你做了一些调查。你因盗窃罪被判刑两年，加上在看守所的时间，现在已经服刑五个月了，还有一年半左右你就可以出去了，是这样吧？"

"是。"

"入狱前，你经营着一个小工程队，效益还不错，出去后还接着干你的工程队吗？"

"不知道。那工程队入狱前就被我解散了，重新组织一个工程队是很不容易的。"

"但是你那个工程队并没有解散，而且现在发展得也很好！"

"那不可能，我当时怕自己进监狱后拖累大家，我亲自开大会宣布解散的。"

"我去过你那个工程队了。虽然当时你宣布了解散，但是大家并没有解散，工程队仍旧以你的名义由你朋友替你运营着，规模扩大了将近一倍，挣了不少钱，那些钱也都在你的名下。"

"真的？"

"真的。还有，你妻子和女儿一直在等着你。你们施工队里的关公像仍然香火旺盛，你的女儿小米非常可爱，她跟大伙一样，都非常想你……"

米振东低下了头。

罗欣然打开旁边的编织袋，拿出里面四十八只折叠的小猪佩奇展示在桌上。

"这是你女儿小米给你叠的四十八只小猪佩奇，因为你属猪，今年是四十八岁本命年，她希望你能长得跟佩奇一样可爱……"

米振东接过小猪佩奇，眼泪直流。

罗欣然静静地看着他，打开自己的手机，开始播放她录的童小娟、小米和工友们一起祝福米振东的视频。

米振东流着泪看着，当他看到小米为他唱《生日快乐》时，再也控制不住情绪，失声痛哭起来。

"领导啊，谢谢你给我带来的这些东西……谢谢……谢谢……"米振东到底是露出了些许真情。

"想想家人在外面等着你，我没别的话说，就希望你能配合改造，澄清真相……"

"谢谢罗主任……可是我不能瞎编啊！我真的就只看见郑管教打了沈广军一警棍，那之后的事我真没看着啊！"米振东一边抹着眼泪一边说着。

"我没问那个。"罗欣然有一种不妙的预感，但她尽可能保持平静。

米振东开始颤抖起来，他的心底生出了一丝不祥的预兆。

"我问的是——米振东，你现在听清楚了，接下来你的回答将记录在案。你有忠心耿耿的朋友为你坚守工程队，有痴心等待你归来的妻子，有望眼欲穿盼望你回去的女儿，但他们的命运都可能因为你接下来的回答而发生重大逆转！这一步迈出去，天地之差！你听清楚了吗？"

"听清楚了，领导你就问吧。"米振东的声音开始颤抖。

"我的问题是，沈广军的骨折，到底是怎样造成的？"

米振东神情变得颓然。

"回答问题！"

米振东像瘫痪了一样瘫在椅子里，什么也不回答。

"人生，总会有那么几次面临着非此即彼的抉择。面前的两条路，必须选择，这种选择，就构成了一个人特定的人生和命运。现在你就到了这样的当口，请你作出选择吧！"

米振东还是瘫着不回答。

"对这个问题你和我们都清楚——你知道！你知道他的骨折到底是怎样造成的！可你就是想刻意隐瞒真相！"

米振东陷于极度犹豫中，但仍是不回答。

长时间的沉默。

"我说！"米振东迷茫的眼睛突然亮了，他似乎突然之间有了主心骨。

"说吧。"

"报告政府，我真不知道沈广军的胳膊是怎样骨折的。我可以为我说的话负责。如果我撒谎，我甘愿接受政府的二次审判和加重处罚！"米振东的眼神变得无比坚定。

这个回答使罗欣然和王鹏都很意外。

"米振东！苦口婆心地跟你说了那么多，你自己不是也动了感情吗？你就这样来回答吗？"一旁的王鹏显然也怒了。

"米振东，你让我很意外！但是这样吧，今天你说的记录我们暂时不作为你的最后回答，我再给你点儿时间，你回去再好好想一想。如果你想说实话了，那可以立即申请约见检察官，好吗？"

罗欣然瞧见了米振东眼神的变化，就知道这回米振东是王八吃秤砣，铁了心了。

"领导，我说的真的全是实话。您可以放心，我以后说的，也不可能跟今天说的有什么区别。"米振东话语里没有丝毫迟疑。

王鹏对米振东已经完全绝望，而罗欣然仍显得很平静，她扭头看着审讯室铁栏杆一侧的侧门："警官，把这个犯人带回去！"

狱警进来把米振东带走了，罗欣然一直目送他走出审讯室。

"罗主任，也许他真的是不知道吧？"王鹏小声嘀咕。

"他知道！他一定会说出来！熊检察长，您说呢？"

"小王，你先整理一下审讯笔录，我和小罗要商量点事儿。"熊绍峰一脸的心不在焉。

熊绍峰和罗欣然来到审讯室外的空场子上，看看四周无人，熊绍峰才开口："黄四海上次减刑的事情，你还有印象吗？"

"有啊，当然有，当时我就对他的减刑提出了质疑，觉得他立功的事儿有点儿蹊跷……"

"然后呢？"

"然后我就向您汇报了啊！您当时在北京学习，我每天都跟您通微信和电话请示，按您当时的指示，最后就那么办了……让他过了。"

"这个冯森因为查掮客事件，把这个作为重点案子汇报上去了，听说纪检监察组的人就要来了，等着跟你谈话！"熊绍峰长叹一口气。

"谈话就谈话，我一没收钱，二没送人情，该请示的也请示了，该汇报的也汇报了，我有什么害怕的？"罗欣然大大咧咧，满不在乎。

"欣然，你这么说可就把我给害了！我得替你顶这个雷啊！"熊绍峰一拍大腿，整个人几乎要跳了起来。

"可这事儿不是检察长同意了，您才让我出的检察意见书，然后让办公室盖章，送给法院，又抄送监狱的吗？整个程序走下来，也不能让您一人背锅吧？"

"话是这么说。可我现在正在节骨眼儿上，万一出点儿啥差错，我可能又得换岗！"

"咳，这个简单，我就说是我自作主张，没跟您汇报就完了呗，反正我一个小科员出了点儿小疏忽，也没用这个谋利，也没用这个害人，能把我怎么样？"罗欣然直摆手。

"欣然，我没看错你！你可真是女中豪杰！"熊绍峰松了一口气，"还有一个事。咱们手机上关于黄四海事件的通信、通话记录，最好都删除掉，以免纪检方面的看到了，又生出事儿来……"

"您忘了，我新换了手机，原来那个手机早就送人了，里面的东西全都格式化了，没了。"

"好，这样好……手机送谁了？"

"我爸。"

"好，好，哪天我去看看叔叔。欣然，对不住了，你是不知道，高处不胜寒啊。大哥这一升官，才知道里头不好混啊……"

不等熊绍峰发表宦海沉浮的高见，两人的谈话就被打断了。刘铁从办公室里出来找到他们，说是陈咏有事找他们。两人急忙赶到陈咏的办公室，发现冯森居然已经先到了。

冯森对如何拿下米振东、马国远和沈广军有着自己的思考。他们三人在郑锐殴打服刑人员事件中是关键人物，他们一起去的会见室，又一起回的车间，再从车间回监舍，中间发生了郑锐殴打沈广军事件，可以说，这三个人中有一个人能被突破就是成功。眼下米振东和沈广军都是滚刀肉，那么唯一的突破口就是马国远。单靠审讯，还不足以逼出真相。要想得到最后的结果，还要在审讯室外同样对他们施加强大的精神压力，迫其就范。

果然，见着了冯森，罗欣然也没藏着掖着："米振东实在油盐不进，虽然已经痛哭流涕了，但结果还是什么也不交代。"

"我就知道会是这个结果。陈监狱长，咱们监狱最近的一批减刑假释的裁定，法院那边已经下来了，你们是不是准备召开一个大会，公开向罪犯宣告送达，同时针对一些严重违纪罪犯召开严管惩教的宽严大会？是不是这样？"冯森摩拳擦掌地走来走去，一副胸有成竹的模样。

"是啊，怎么了，有什么问题吗？"

"没什么问题。我是想，请你们帮我们一个忙，能不能在大会上把犯人米振东、马国远、沈广军也作为宽严大会的一个典型。"

"什么意思？"

"我想借你们这个宽严大会，对他们造成一种压迫的形势，然后顺势把他们拿下！"

"你们肯定米振东和马国远知道内情？有证据吗？"

"我敢肯定米振东确实知道内情，马国远还不能肯定。但是，现在没有证据。"

"那，我以什么理由来给他们严管惩教？"

"对米振东的第一次提审，他撒谎说那天没朝沈广军那边看；第二次虽然承认朝沈广军那边看了，但是说没看见沈广军被打……这两次他已经承认都是撒谎。今天已经痛哭流涕了，还矢口否认！这家伙，得给点儿颜色看看！"

"就这么几条，还不够严管惩教的条件吧？"陈咏冷冰冰地提出了质问。

"陈监狱长，我想要的效果是警示，而不是什么真的实体处罚。这是查案的手段。"

陈咏终于同意了，毕竟冯森是巡回检察组组长，只要提出的要求不违规，他没有理由不同意。只是，罗欣然弄不明白，开个宽严大会能把米振东审出来？就米振东那滚刀肉，怎么可能？

冯森却是一副非常自信的样子。

十三

一辆印有"检察"字样的小汽车驶过来停在三峰看守所门口，冯森从车上下来迅速进了大铁门。

这是一座文明程度很高的看守所，能看到院子里所有的地方都打扫得非常干净，收拾得非常整洁。所长刘顺平专门从里面迎了出来，领冯森去见一个特殊的人物：张一苇。

刘顺平知道冯森的性格，所以没有任何多余的话，直接把他带到了预审室。片刻之后，门打开，张一苇从号房里被提过来了。

这是一个非常狭窄的小房间。中间摆着一张桌子，桌子后面有两个凳子，前面有一把审讯椅。张一苇坐在审讯椅上，冯森坐在桌子后面，刘顺平后退着出去，把门关上了。

屋子里安静了，冯森脱了制服，露出里面的衬衣。

作为政法委书记的儿子，如今被人诬陷身陷囹圄，张一苇既沮丧又愤怒，但他又没法找出理由去指责自己的父亲。现在父亲的代理人来了，张一苇忍不住用挑衅的眼神看着冯森，语带嘲讽地说："行了，说吧！是不是让我老老实实按程序来伏法认罪啊？"

"一苇，官衣脱掉了，我现在是以一个认识你多年的叔叔身份来谈话，希望你不要瞎胡闹了。咱们说点正事儿，明白吗？"冯森叠好制服放在椅子上。

张一苇面无表情地听着。

"当年在波立市，我和你爸爸都是日夜奋战在一线，根本没有时间陪你们，你和郑锐都受苦了，在这里我代表你爸爸向你道个歉，我们让你们的童年缺失了父爱……"

"呵呵，连父爱这样感人的词都出来了，冯叔叔，看在这份儿上，您这个道歉我接受了，不过最好写个书面检查……这世道，都是空口无凭啊，要不我坐完牢出去，张友成又不认了……"张一苇非常不屑。

"一苇，你是个聪明的孩子，你和郑锐小时候都是吃着我爱人做的饭长大的……看在这个情分上，希望你现在不要太偏执，你要听冯叔叔一句劝，好不好？"

张一苇的脸色黯淡了下来，似乎在回忆着什么。

冯森静静地观察着。

片刻之后，张一苇抬起头，语气已经变得真挚起来："冯叔叔，丽丽阿姨对我的好，我一辈子都记得……我从十五岁开始，每天都吃她给我做的晚饭，吃了八年……整整八年！"

冯森动容地看着张一苇。

"丽丽阿姨遇害的时候，我二十三岁，现在我三十三岁，但是我永远忘不了丽丽阿姨的笑容，还有她的那句口头语……她老是怪我妈不管我，说我妈妈太讨厌了……不就是做点儿生意赚点儿钱吗？怎么能不管孩子呢……她每次唠叨完这些之后，总要说那句口头语：这个郑双雪，跟我姓的不是一个郑！"

冯森看着张一苇，眼眶红了。

"送走丽丽阿姨以后，我很长一段时间都没有好好吃晚饭……因为吃惯了八年的饭菜，实在是改不过来……阿姨做的菜不是什么高大上的东西……无非就是红烧肉、四喜丸子、红烧带鱼、海米冬瓜，还有一个普普通通的西红柿鸡蛋汤……所有菜都坚持不放味精……"

"是，不放味精。"冯森哽咽起来。

"我曾经走遍了海平市大大小小的餐馆，但是永远也没有那个熟悉的味道了……我就记得东安饭庄的海米冬瓜，做的味道很像丽丽阿姨做的……我曾经有半年，每天都去那儿吃晚饭……结果我和东安饭庄老板的女儿还谈了一场恋爱，不过谈了十天就分开了……她的目的是想让张友成把她叔叔捞出来，她叔叔是个贪污犯……"

"行了行了，一说起这套你就高兴了、来劲了！今天不是来跟你聊这个的，还有要紧事儿跟你说……"冯森擦掉眼泪，赶紧止住了张一苇的话头。

冯森向张一苇分析了当前严峻的形势：沈广军"930 杀人案"和黄四海 KTV 杀人案都已经查出了很多新情况，但是有很多问题导致案件无法往下落实，因为这两个案子的当事人都设置了很多很多的障碍，使案子无法越过去。现在张一苇已经走到这一步了，按照正常程序，他这样的案子可能得耗上三四个月才能审判结束，根据审判结果再无罪释放或者有罪再送到监狱服刑，但基于张一苇犯的事儿的严重性和身份的特殊性，他肯定很快就会成为新闻热点。包括那些陷害他的人，一定会推波助澜炒作这件事情，让他成为全社会、包括执法机关的关注重点，那就可能特事特办、走快速审判程序，很可能会很迅速地完成整个诉讼程序，直接送到监狱服刑……

冯森的意思是，希望张一苇到橙州省第一监狱服刑之后，能提供黄四海、沈广军等人的犯罪线索和其他相关信息。

没想到，张一苇一听这事儿，居然兴奋起来。年轻人总是喜欢刺激冒险的事情，张一苇也不例外。更重要的是，冯森还告诉他：如果表现好，他伤害吕文瑞的案子很可能还会迎来转机。

因为有前面的感情铺垫，张一苇已经没有逆反心理，当场就答应了。只是，他提出了一个小小的条件：帮他照顾一下乔逸。

张一苇一直低着头说这话，感觉不到动静时，他抬起了头，看到冯森正目光炯炯地看着他。

张一苇的脸一下子红了。

冯森认真地说："你爱上乔小姐了。"

"我爱不爱她，你别问。总之，你帮我保护好她就行了！"张一苇恢复了玩世不恭的笑容。

"乔小姐的事，交给我吧。"冯森答应了。

办完这件事情，冯森匆忙赶到医院，与监狱的陪同人员一起接走了刚刚治好胳膊的沈广军。沈广军的胳膊被石膏固定住，人显得格外笨重。冯森带着他一回到监狱，就找陈咏开始实施他的计划。

第二天一大早，宽严大会正式召开。冯森和罗欣然来到监狱门口准备进去参会时，冯森忽然看见了那个拿弹弓打胡雪娥的少年——他正在监狱对面的马路上徘徊。冯森此前已经让监狱相关狱警查过监控录像，并让他们调查少年的身份。现在再次看到少年，冯森又惦记起这事儿，便急忙让罗欣然一起进了会见室，找到当班狱警彭晓勇，让他汇报一下查询结果。

"跟那小孩儿有关的视频，包括监狱外围的，我全都找到了，有些离得比较近的，我还把面部截屏在内网上进行了比对，发现他的身份比较特殊……"彭晓勇晃了晃鼠标。

"怎么特殊？"

"他是'930杀人案'的死者徐大发的儿子徐小枫。"

"他们家可是整天嚷嚷着要弄死沈广军……这孩子来干吗？"冯森脸色一变，慢慢坐下。

"笑话！冯组长，我们这么多警察，还有武警，那都是荷枪实弹的，这孩子想冲进监狱杀沈广军？"

"你可别小看现在的孩子……他多大了？"

"快十四岁了，还有三天过生日。"

"我看看视频，都是些什么？"

视频上徐小枫在监狱外围四处张望，似乎在琢磨什么。此时，办公室外头正传来高音喇叭的声音，似乎是要开大会了。

"冯组长，宽严大会可就要开了，您不去？"

冯森没理会叫他的罗欣然，继续看着视频。忽然间，冯森暂停了画面，指着里面一个小黑点儿："彭警官，你能不能帮我把这个黑点儿放大？"

"这个……我没这技术。"

"王鹏，他当过黑客。"罗欣然提了个醒儿。

"马上让他来弄，把这黑点儿放大，查清是什么东西以后，马上告诉我……小罗，你跟我进去开会，路上再通知王鹏！"

监狱围墙内的露天操场上，服刑人员站成好多列方队正在开会。

台上监狱长陈咏的讲话抑扬顿挫："现在，让我们以热烈的掌声，欢迎本批被法院裁定减刑和假释的服刑人员上台，接受东川省海平市第一中级人民法院委托我监狱代为送达的减刑假释刑事裁定书。他们当中经法院裁定假释的人员，在今天宣告大会后，就可以与自己的家人团聚了！"

那些幸运儿一个一个走上台，脸上洋溢着幸福的笑容。台下的犯人都极为羡慕地鼓掌，同样鼓掌的米振东脸上也不免流露出羡慕的表情。

接下来，就是那些不幸的人要出场了。陈咏的讲话继续回荡在会场里："我们希望今天所有被减刑、假释人员，都要好好地珍惜；被减刑的人员要继续努力，认真接受监狱的教育改造；被假释的人要在今后的人生路上更加珍重，从此不走邪路，真正开始自己正确的人生。但是，一些不好好接受改造，以至于抗拒改造，违反监规纪律，有的违纪情况还相当严重的人，必然会受到更加严格的监管和改造！现在我念到名字的人，将被带上台来，按照监狱管理规定，送往监狱严管教育监区，接受严管教育！"

陈咏开始念一连串的名字："张畅游、王浩宇、蒋永学、马国远……"

马国远听到自己的名字被念到，全身一颤，那边两个狱警立刻架起了马国远的胳膊，往台上走。

陈咏继续念名字："于文文、王生、米振东、沈广军——"

没想到会在此时念到自己名字的米振东也愣在了当场。至于沈广军，因为胳膊打着石膏，没有上铐，直接被两名狱警扶着上了台。

露天操场一侧，冯森和罗欣然站在一起，两人观察着台上的一幕。台上的米振东和沈广军看起来格外镇定，可马国远的腿却抖个不停。

"米振东很镇定啊，冯组长，看不出他有什么问题。"罗欣然眯起眼上下打量着米振东。

冯森看着台上，嘴角露出一丝冷笑。

"这次宽严大会，就是要让大家知道，只有好好认罪悔罪，自觉接受和服从监管与改造，才是唯一正确的选择和出路……"

不等陈咏念完，冯森忽然一把抓住罗欣然的胳膊。

"你干什么？"罗欣然嚷嚷一句，却发现冯森的脸上露出了极其惊恐的表情。

"无人机！通知武警！开枪打下来！打下来！"冯森大吼着。

可是已经晚了，天空中的无人机迅速下降，直接朝沈广军冲去。

"卧倒——"冯森怒吼了起来。

会场所有人都惊呆了，冯森冲到了会场前头，一下扑倒了沈广军。沈广军因为胳膊受伤，大声惨叫起来。

米振东在一边呆呆地看着冯森，被吓住了。他的脸上露出钦佩而恐惧的神情。

现场一片混乱之中，无人机已经离冯森不足十米高度。

"趴下，趴下！"

现场的狱警大声呵斥，犯人们顿时趴倒一大片，但米振东仍然独立当地，看着远处的无人机。

"开枪！开枪！"围墙边的罗欣然拼命向岗楼上的武警大喊。

冯森看到无人机马上就要到眼前，眼看水泥地上什么也没有，他快速脱下自己的鞋子狠狠朝无人机砸去。几乎同时，一声枪响，无人机在离冯森头部不远处爆炸，炸出一个不小的带浓烟的火球。

"冯组长！冯组长！冯组长！"罗欣然从远处飞奔过来，急忙翻过冯森的脸。冯森的脸上全被黑火药熏黑了，部分皮肤出现了严重的红肿烧伤，脸显得非常吓人，神情也显得非常茫然，显然他被炸蒙了。

"冯组长，你没事儿吧？"罗欣然不敢想象这枚土炸弹要是在自己脸上爆炸的后果。按道理，她是冯森的手下，她应该冲在前面的。

"我……没事儿……小孩子干的事情……估计是从鞭炮里攒的火药……威力不大……"冯森走了两步，还是踉跄了一下，"陈监狱长，马上让彭晓勇带队抓捕徐小枫！他知道什么意思！"

大家有些慌乱地开始行动的时候，冯森突然指了指地上趴着的马国远，"马国远昏迷了，把他带到医院抢救……"

被点到的马国远趴在地上，听到冯森的声音以后他惊慌地抬起头看着，但马上被刘铁把头压了下去："老实点儿！趴下！

都趴好了！"

"他没事儿，受伤的是沈广军……"罗欣然以为冯森糊涂了，小声地提醒了一句。

"老子说是马国远，就是马国远！这是声东击西！知道吗？赶紧把他抬到医院抢救！"冯森不容置疑地小声吼着，这声音马上镇住了所有人，立刻有人把马国远架起来捂着嘴送走了。

冯森、罗欣然跟着狱警把马国远带走了。地上趴着一片人，冯森的鞋子还在刚才的地方，被炸烂了。

就在所有犯人都脸朝下趴在地上，既不让听也不让看的时候，脸被烧伤的冯森已经飞快地赶到了审讯室。在那里，站着刚刚被狱警带过去的、已经吓傻了的马国远。

"马国远！你他娘的现在还不老实交代，还想等武警给你一枪吗？"冯森顶着一张被烧伤的脸，屁股刚一落座就拍了桌子。

"我……我……交代啥？"

"米振东三次受审，你以为他什么都没说？啊？你和他是包夹沈广军的搭档，我们没有重点审你，其实重点全在你身上！我用的是声东击西之法！收拾他们就是为了把你拱出来！知道吗？现在，所有的信息都已经清楚了！就看你是想严管，还是想宽待！今天的大会，大会上的枪声和爆炸声，已经促使我们要下决心，对你们这种在监狱中还想为非作歹的家伙，一定要毫不留情！"

滴滴答答的声音传来，马国远尿裤子了。

"沈广军胳膊怎么断的？马上交代！你不交代，一会儿直接把你扔出去，就说你交代了！看你回去有没有好果子吃！"

冯森吼完这几句，突然晕倒在地。

陈咏等人一片慌乱，手忙脚乱地过来抬起冯森去医院急救。

"声东击西，是冯组长的计策！你是现在就交代呢，还是等冯组长醒了再交代？还是等米振东、沈广军这些人归队了再交代？啊？"罗欣然走到马国远面前，声音格外低沉。

　　"我交代！我交代！我有罪！我有罪……沈广军的胳膊，是我给整折的。可我不是有意的，是过失！我请求政府别给我加刑，我争取立功，争取宽大处理。我向政府检举，我们号里有坏人啊！有人偷着在外边捡烟头拿回去抽……"马国远带着哭腔——他当然是知情的，看到之前沈广军、米振东被多次提审，而自己就被草率地问过一次之后就没了下文，他的心一直都是吊着的。今天在大会上，严管名单里突然出现了自己的名字，他就知道坏事儿了。无人机杀人令所有人胆寒，冯森居然说发生的这一切都是为了声东击西，为了他马国远！这真把他给吓着了！

　　"说说你是怎样把沈广军的胳膊给整折的？"

　　"那天我、米振东从会见室回来和沈广军一起走，也不知道怎么回事儿，一路上沈广军什么也不说，问他话也不回答……到了车间门口之后，他停下来报告管教，说他那天去会见室耽误了好多事儿，车间里的电闸还没关，机床上还有没完成的任务，垃圾还没收拾，他想和我一起进去收拾一下……刘管教就同意了，带着我和沈广军一起回到车间……"

　　"你废什么话？刘管教跟你们在一起，怎么可能出事儿？"

　　"不不不，刘管教站在车间门口看着我们，离我们不到十米的距离。他没有跟着进来，因为他以为我们就是收拾垃圾、关电闸，就没太注意……不过，沈广军进去后假装收拾垃圾，最后找到了一个摄像头监视不到的位置，骗我说想用机床做一个勺子……我……我就信了他，到机床那头去按开关……没想到……他根本不是做勺子，他是把自己胳膊垫在机床下，一下轧断了……他……他还威胁我，要是我出卖他，他就说是我故意弄断的……我……我也是没办法了……后来我才知道，沈广军是听他妈说，说徐大发的老婆找了郑管教，送了五十万，让郑管教找机会整死他……所以他必须想办法，要么让郑管教出事调离二监区，要么自己出事离开监狱……所以，他才举报郑管教受贿，又把自己胳膊整折……"

"徐大发的老婆真的送了五十万给郑管教吗？"

"不知道……都是听他说的，不知道是不是真的……不过，我认为郑管教是被冤枉的……"

"行了！是不是冤枉的，不由你判定！"

"把他弄出去，让他跟那些人趴一起，别让别人以为是他交代的情况。"

"谢谢政府！谢谢政府！"马国远感激涕零。在监狱里如果当奸细出卖别人，下场是非常可怕的。

罗欣然审完马国远，心态有了巨大变化。她几乎是小跑着离开了审讯室，赶往监狱医院。在路上，她心跳得非常厉害，除了担心冯森的身体状况，还有一种获胜之后的喜悦，她非常想马上把这种喜悦分享给冯森。

已经很多年没有这种感受了，罗欣然自己都觉得亢奋。这个姓冯的家伙，一招之下，解决了多个问题。不得不说，他确实让人佩服。

罗欣然赶到冯森病房的时候，里面已经聚满了人。这是监狱医院的一个大套间病房，屋子很大。冯森靠在里屋的床上，脸上包着纱布，陈咏、武强、熊绍峰、柴明楚、冼友文等检察院、监狱的头头脑脑全都围在旁边关切地问长问短。

"怎么样？"冯森看到罗欣然过来，显然已经迫不及待。

"向各位领导汇报一下：关于郑锐殴打罪犯案、受贿案，全都和冯组长判断的一样，是因为犯人沈广军受其母误导，认为徐家买通了郑锐要迫害他，所以才想尽一切办法让自己能离开郑锐的控制……"罗欣然看着冯森，眼里充满了敬佩。

郑锐的冤屈被洗清了，可冯森却想起了那个叫徐小枫的小孩子。一个不到十四岁的小孩子，居然改装了无人机，利用无人机远程识别沈广军并准备炸死他……他还有三天就十四岁了！他就是要趁着自己十四岁之前不用负刑事责任的时候杀了沈广军，为父报仇！被仇恨洗脑的孩子太可怕了！冯森又想到了郑锐，心口微微一痛。

"监狱长啊，我前两天刚刚给你们提出了二十五条监狱安全隐患的检察建议，不是开玩笑的！你们监狱现在被无人机轰炸了，就别想什么先进不先进，奖金不奖金的了！赶紧制定方案，抓紧整改吧！"冯森认真地看着陈咏。

"冯组长，你提出的检察建议，我们一定马上落实！这一次幸亏是你，如果是别人……那后果不堪设想！"陈咏也真是被吓坏了，刚才的事如果不是冯森出手，真不知道会有什么后果。

熊绍峰在旁边打了个哈哈，脸色有些尴尬。

"报告！"外面忽然响起一个响亮的声音。

冯森蓦地坐直了，众人都不说话了，静静地看着他。

"进来。"

门开了，郑锐一身制服，站在冯森病床前半晌，忽然立正，敬礼。

"多谢冯组长还我清白，谢谢！"

冯森刚想说什么，郑锐忽然一个标准的转身，大步离开了。

众人都不知道该说什么好了。

冯森在一张纸上写了一行字，递给罗欣然："给那臭小子送去！"

郑锐突如其来的拜访，让冯森又惊喜又惊讶。冯森心里明白，郑锐此时并没有卸下对他的心防。爱人的死，郑锐的转变，归根结底还都是因为他冯森。如果不是冯森的工作原因，爱人不会被害。同样，如果不是冯森的工作原因，郑锐也不会变成现在的模样。但郑锐的到来，至少在冯森的心里燃起了一盏希望的明灯。过去的迷案必然会水落石出，过去的幸福生活，也终将回来。

"别装了！装什么装啊！站住！"病房门口，罗欣然追上了假装快步离开的郑锐。

"干吗？"

罗欣然把纸条塞给了郑锐。

郑锐低头一看，上面写着一行字："马国远已经配合，此人可作线人。"

郑锐默默地把纸条塞进口袋里。

"你真的不想再跟冯组长聊几句？他伤得可不轻。"

"我还有事儿……"郑锐想都不想就拒绝了。

"德性！"罗欣然重重地哼了一声。

随着一阵骚动，彭晓勇和几位狱警一起押着徐小枫进来了。冯森坐在病床上，众人围在旁边。大家看着徐小枫，静静地等待着。

"可惜，没炸着那个王八蛋！"

"是啊，炸着我这个王八蛋了。"冯森苦笑了一声。

"你倒是灵光，早就开始怀疑我了！"徐小枫扭头环顾一周，"你们这些人都是草包，太蠢了！我天天来监狱踩点，你们居然谁都不怀疑我。"

"你这么聪明，就没想过，沈广军有可能不是杀人凶手吗？"冯森冷不丁提了一嘴。

徐小枫一愣。

"不去追求真相，而是直接行使暴力手段进行地下审判，你这算聪明吗？这是愚蠢！"

"那又怎么样？我愿意！你们能把我怎么着！"

"还这么猖狂！给他上手段！"

两边的狱警迅速上前，给徐小枫戴上手铐。

徐小枫一下尿了，但仍然硬挺着。

"你知道你爸爸泉下有知，会对你多生气吗？"

"我为他报仇！我是为他报仇！"

"你没当过爸爸，不知道爸爸的心情！你只当过儿子，你懂个屁！"

病房外的走廊里，郑锐正靠着墙边站着，眼圈发红。他听了里面的声音后呆了半晌，然后才悄悄转身快步离开了。

十四

熊绍峰突然接到武强的电话，让他到办公室开会。这令他非常不安——因为刚才，办公室主任冼友文已经悄悄告诉他，省检察院纪检监察组来人了。

"绍峰，这两位是省检察纪检监察组的禹时进组长和庞伟同志，他们这次来主要是查一下冯组长报告中涉及检察室此前的一些问题，重点是黄四海立功减刑的问题，希望你能积极配合一下。"武强一脸严肃地向熊绍峰介绍情况。

"需要我把手上的工作交接一下吗？"熊绍峰心里不踏实，只好以退为进。

"那倒不用，你只是配合他们一下，在不影响你正常工作的情况下积极说明问题，把涉及你的事情搞清楚。"

"如果要接受调查，想不影响正常工作可能有点儿难度。"熊绍峰看起来很无奈。

"熊副检察长，如果你没有任何问题，就完全不用担心影响工作，我们不会冤枉你的……"禹时进讲话慢条斯理，可听起来却字字让熊绍峰心惊肉跳。

"但愿吧。"

"熊副检察长，禹组长对您评价还是比较高的，请您不要太抗拒……"庞伟在一边看着熊绍峰的态度，有点儿不高兴。

庞伟不警告还好，这一警告，熊绍峰立刻就炸了。

"我抗拒了吗？我老老实实来了，在这儿坐着，怎么叫抗拒？我现在就可以说清楚，从我到检察院工作的第一天开始，一直到现在，我问心无愧，没有什么要坦白交代的！"

"绍峰，你这个态度不对啊！"武强立马拉下脸色。

"是啊，熊副检察长，我们现在还只是请你配合我们把问题搞清楚，不是要您坦白交代什么。咱们的工作都是监督别人，希望您能理解我们。"禹时进还是那么温吞。

"那没问题，我理解！不过，你们想要调查的一监区犯人黄四海减刑一年的那件事情，找我没有用，当时是小罗负责的，我去北京学习了。"熊绍峰语速飞快，心脏却扑通扑通跳个不停。

"如果是这样，那就把小罗叫来谈谈，大家当面锣、对面鼓，一会儿就说清楚了。"

"我坚决反对！罗欣然本来能提主任的职务，并且要调到省检察院检察二部，结果因为空降冯组长，把对她的安排全都给耽搁了。即使这样，她现在也还在尽心尽力地调查狱警殴打罪犯的案件，并且已经查到了关键线索，如果现在要查她之前办的案子，她会受到太大的打击，而且会使她对检察官职业的信心有所动摇！"

熊绍峰从来都没想到自己的语速能这么快。

"绍峰，你这话有点儿过头了啊。我们纪检监察组的领导和同志是不讲道理的吗？是没有工作技巧的吗？只是跟小罗谈谈话，问一问案子的情况，这又怎么伤害到她了？"

"那也要等今天之后，她正在执行冯组长的命令，全力突破沈广军和米振东，预计今天就会有成果了！张书记和袁检察长不是专门指示过，必须尽快查清'930杀人案'的问题吗？这个沈广军就是'930杀人案'的主角，今天小罗的工作非常非常重要！千万不能耽误！"

"没关系，我们可以等，过两天也行，等沈广军的事情有结果了再说。真的假不了，假的真不了，不在乎这两天时间。"

"那我可以走了吗？"熊绍峰急不可耐地站了起来。

武强摆了摆手，熊绍峰如蒙获大赦一样急忙奔了出去。

其实，熊绍峰压根儿就没走远。他一直站在门口角落候着里头传来的动静。等纪检监察组的同志离开之后，偷偷躲在外面的熊绍峰马上溜回了武强办公室。

"检察长！到底什么情况！"熊绍峰急不可耐，就想打探出点儿什么消息。

"你刚才的态度是有问题的！跟纪检监察组的同志那样说话，不太合适。"

"检察长，您是知道的，我是有点儿虚名，但我绝对没有做什么违法乱纪的事情！上面突然这么查我，我感觉非常委屈！"熊绍峰急切地坐在武强对面的椅子上，无比渴望为自己辩白。

"先不说那些，我先问你，你自己经不经得住查？"武强上下打量着这个"网红"。坦白说，现在的熊绍峰除了身上穿的制服像检察官，其他哪儿都不像一个检察官了。

"你自己的事情，你心里没数吗？第一，黄四海减刑，第一手材料是省第一监狱一监区教导员范思良报上来的，如果黄四海有问题，那问题一定出在范思良身上，你找范思良了解情况没有？第二，纪检监察组的同志要找你谈，肯定怀疑你有贪腐问题，你有没有？自查了没有？尤其是你和黄四海的父亲黄雨虹有没有直接或间接的经济关系？你在波动网上那么火，波动网已经被黄雨虹的喜由网收购，你能说这个没有任何关联吗？"

"我其实已经查过了，所有的账号都查过了……贪腐问题，我是真的没有！"熊绍峰只觉得自己脑袋发蒙，似乎越辩解越模糊了。

"房管局查了吗？我们前年查的药监局局长的案子你忘了？别人送了他五套房子，他自己都不知道！"

"我马上查，再深入地查。"臊眉耷眼地走出来之后，熊绍峰怀着切齿之恨，马上就去寻找冯森。他知道，这个姓冯的选择性执法，专挑黄四海这种影响力最大的人物下手，连上级派来的主要任务——复查"930杀人案"——都心不在焉，不就是为了出风头，给自己捞政治资本吗？他马上就去扒了这个沽名钓誉的家伙的皮！

熊绍峰找到冯森的时候，冯森正在空荡荡的会议室里看着各种监控画面。

"冯森，你鸡蛋里挑骨头，我认为黄四海减刑只是一个尺度把握的问题，要严格来讲，可能确实有小的瑕疵；要本着治病救人的原则，不要过于苛刻，他的减刑确实是没问题！我看，我看你就是沽名钓誉！"没有什么前奏，熊绍峰就直接亮出了王炸。

冯森没有回答，走到墙边，啪一声打开了大灯，屋子里一下子变得雪亮。

"姓熊的！你给我听着！作为巡回检察组组长，我不可能就只管一件事情！只要从我眼前过去的事情，我都会管！我告诉你，这两年的案子我全都过了一遍！别的案子我没看出毛病，就黄四海的案子我一眼就看出问题了！"

熊绍峰哼了一声。

"咱们说说这个，你一直护着的、用所谓你认为对的方式护着的黄四海有什么问题……你看看，这些监控录像是什么？你知道吗？"冯森指着大屏幕。

熊绍峰看看大屏幕，没吭声。

"这是黄四海过失杀人案的KTV的监控视频！我实话告诉你吧，熊绍峰，我现在不光怀疑黄四海减刑有问题，还怀疑给黄四海判的这个过失杀人罪也有问题！"

熊绍峰震惊了，他慢慢坐下来。

"我有一个预感，黄四海很可能是故意杀人！有些证据被刻意隐瞒下来了！为什么黄雨虹手下活动这么猖獗？就是因为他们很可能知道黄四海犯的事情是什么性质！一旦被查出来，说不定会判死刑立即执行！因为其他判罚都是可以挽回的，只有死刑立即执行不可挽回！正因为如此，他们才要在事情败露之前不择手段地赶紧把黄四海转移到外面去！哪怕是假释、保外就医，什么都行！只要出去了，他们就能通过非法途径把他转移到国外，保他一条命！"

冯森越说越激动，而熊绍峰已经彻底被冯森的言论震惊了。

"但你还没有证明你的推论！"熊绍峰颤抖着，竭力想保持自尊。

"我一定会证明的！我现在还可以告诉你，熊副检察长！你越是害怕，越是想讨好黄家，就越是会被心怀叵测的人利用！除非你是个杠杠硬的检察官，那你反而不用怕了！因为与他们作斗争，时刻面临他们对你生命的威胁是一个检察官所应该具备的胆识和勇气！我就是一直这么过来的！我在波立市工作几十年，那里所有坏蛋看到我都吓得尿裤子！他们都想生吃了我，可他们没这口好牙！啃不动老子这颗铜豌豆！"冯森激动地在房间里走来走去，最后又凑近熊绍峰，诡异地笑着，"怎么样？怕了吧？"

"我……如果你能证明你的推论，我也不怕！"

"熊副检察长，如果你心里坦坦荡荡，就什么也别怕，但从你眼神中，我没有看到你说的'不怕'两个字……我告诉你，肉身都是一样的，如果你没有长满身的刺，你就是人人都可以抹黑甚至吃掉的小白兔！面对作奸犯科的时候，当刺猬还是当小白兔，是每一个执法者的两难选择！网红效应是太虚幻境，是不能代替血火交融、波谲云诡的一线斗争的！"

熊绍峰完全蒙了。

"课讲完了，请把门关上。"冯森按下遥控器，继续看起了监控视频。

熊绍峰悄悄退出去，把门关上了。

冯森的话极大地震慑了熊绍峰，他惊恐之下，马上就开车去海平市向郑双雪汇报情况。郑双雪因为张一苇的事情，最近情绪非常差，得到熊绍峰带来的消息之后，心情更是雪上加霜。

黄雨虹这个人能量很大，上头通着天，下头接着地痞流氓，既懂高科技，又涉黑，是个很难对付的角色。郑双雪即使不需要他的经济援助，也知道不能得罪他，一旦得罪了，张友成很可能面临更大的威胁，张一苇就更不用说了。现在张一苇已经是洗不白了，马上就会走快速流程进行审判，一旦判决书下来就会进省第一监狱服刑。到了那个鱼龙混杂的地方，黄四海先入为主，手下肯定已经掌握了很多或明或暗的力量，加上黄雨虹在外面呼应、张友成完全放手不管，张一苇的日子真的会很难过，说不定会有生命危险。郑双雪看着熊绍峰一副死了半截没埋的状态，心里忽然明白了。

"你是想退出，对吧？"郑双雪死死盯住熊绍峰的眼睛。

"退出……退到哪儿去？"

"是啊，退到哪儿去？"郑双雪轻叹了一声，目光却没有离开熊绍峰。

两人沉默片刻。

熊绍峰终于颤抖着开口了："郑主席……我……我可能管不了黄四海这个事情了……"

"橙州方面，我也没别的可靠的人了，只有你一个……你要不管，放任冯森去彻查黄四海的案子，那我们一家人会遇到什么事情，我是可以想象的……"郑双雪静静地看着熊绍峰。

熊绍峰都快哭了。

"现在就得靠关系！靠内线！靠自己人！靠愿意帮忙的自己人！熊绍峰，你现在必须表态，你帮不帮我？"

"郑主席，我是一直想帮啊……可有冯森在那儿，我帮不上啊……"

"你帮不上？你都收黄雨虹的钱了，还在我这儿装什么？啊？一千万都到手了你还装！"

"郑主席，我真没有！"熊绍峰哭了起来。

"我警告你！工作没有进展之前，你不要再私下来找我了！陈明忠也是你推荐的人，现在他起什么作用了？做什么事情了？全都没有！陈明忠，你介绍的好秘书啊！看起来跟我很贴心，实际上阳奉阴违，一见面想说点事儿就五迷三道、魂不守舍的！"

本来是想求安慰，结果被劈头盖脸一顿啐，熊绍峰心乱如麻，更加没有头绪了。纪检那边肯定不会这么简单放过自己，冯森那儿是釜底抽薪，武强也发了警告，郑双雪不但不帮忙还给自己增加新的压力，熊绍峰真恨不得找个高楼跳下去算了。

现在最大的考验，还是郑双雪说的那一千万，纪检调查可能也是听到了这个风声而展开的。以郑双雪的身份，得到这样的消息肯定也是有根据的，但熊绍峰死也想不明白：我哪儿收了一千万了？

　　熊绍峰决定彻底检查一下自己所有的财产。他先去房管局找了熟人，看看自己名下的房子——万一有人偷偷用他的名字买了房，那可就真说不清楚了。不过查完他就放心了，房子肯定是没有。他又到了银行，打印了最近一年的银行流水，还让人帮他查了什么理财、保险之类的账户，总之是把银行卡里的任何一笔钱、理财、保险之类的交易记录、余额单据等全都打印出来仔细检查，最后还是没有发现任何问题。

　　熊绍峰躺在车里发愁，最后想想冯森说的关于他在波动网上的账号"熊检 V5"广告费的事儿。虽然熊绍峰是一个网红，但他这个年龄，实际上并不太懂网络上的新生事物，什么社交账号、广告提成、电子货币之类的东西，他从来没有去了解过——作为国家公务员，他深知自己不能拿那些钱，所以根本就没去了解，也没兴趣了解。

　　熊绍峰找到了一家网咖，让老板娘介绍了一个小青年来帮自己好好查一下自己的那个账号。

　　"我有好多朋友都在波动网上发短视频呢，点击量达到十万以上的，就可以申请广告代理权。波动网会根据你的视频内容给你安排相应的广告，然后再根据点击量给你分广告费，这个现在可火了。"小伙子给熊绍峰扫盲。

　　"那你看看这个账号，里面有没有钱，在哪儿看……"

　　小伙子很快进入了"个人中心"里的"财富中心"，里面显示的是一串醒目的数字：100000 波币。

　　"呵！领导，您这个账户里一共有十万波币！"

　　"十万？我怎么不知道啊？"

"那多好啊，波动网给了您一个惊喜啊！说明您是网络大V啊！能有这个收入的人，全网没几个呀！您太厉害了……我看看这个账号，'熊检V5'，我倒要看看，您做什么视频能有这么高的收入？"

"这个……不是我的……我是帮别人调查的……"

"哈哈！领导您甭瞒我了，放心，我会保密的……"

"那……这也不算什么高收入啊？这不就十万块钱吗？我这账户也开了两年了，两年赚这点儿钱也不算什么吧？"熊绍峰脸有些发红。

"领导，您开玩笑的吧？波币不是人民币，不一样的！您想看看这十万波币能兑换多少人民币吗？"

"多少？"

小伙子点击"提现"按钮，几乎一瞬间的工夫，熊绍峰的手机传来短信提示音。

熊绍峰看到屏幕上一连串的零，呆住了。

"……个、十、百、千……我靠，一千万哪！"

熊绍峰差点瘫在椅子上，他赶紧关了账号，逃出了那家网咖。他的第一个想法，是马上返回去再找郑双雪，希望她能帮自己拿点儿主意。

"郑主席，我是替你办事的，我替你办事，是为了保护张书记……虽然张书记不知道我在做这些……但是外面的人把我当成了张书记的人，我……没有帮成黄四海，他们现在就拿我开刀了……郑主席，您一定要帮帮我……"

"我怎么帮你？这一千万不是今天才给你的吧？"

"不是。"

"不是今天，就是以前，早就给了你，你为什么一直不承认呢？在我面前都不承认，可见你在外面隐瞒的事情更多……"

"我不知道，我怎么承认……"熊绍峰很是绝望。

"谁会相信你说的话？你账户里打进一千万，你自己不知道？"

"郑主席，他们网络公司利用虚拟货币变相给我送钱，我根本不知道这种东西啊！要不是今天找人帮忙，我都不知道自己账户上有这么多钱……您说这种东西，我说得清楚吗？"

"贪官洗钱什么办法想不到啊？你这只不过是一个变相的藏钱、洗钱方法而已，你跟谁都说不清楚的……"

"郑主席……更多的事情，我可能也帮不上忙了，说不定我很快也要进去了……我最后跟您汇报一个情况吧……"熊绍峰感觉自己快要虚脱了。

郑双雪看着熊绍峰。

"冯森已经明确地讲了，他认为沈广军有可能不是凶手，'930杀人案'很可能出现新的反转……如果这件事情真的像他所说的那样，那张书记就被打脸了……张书记花那么多时间组建的专案组办的铁案就要土崩瓦解了……"

熊绍峰仍在说个不停，但郑双雪已经听不进去了。事已至此，她决定不再管熊绍峰，人赃俱在，她已经没有别的办法。郑双雪现在担心的是张友成的名誉问题、张一苇的生命安全问题。张一苇的事情已经让张友成脸上蒙羞了，一旦冯森全盘否定了张友成"930杀人案"的成绩，张友成很可能就在政法委书记的位置上坐不稳了。张友成要是坐不稳，树倒猢狲散，郑双雪的无双集团就是雪上加霜面临倒闭，张一苇在监狱里说不定会被人整死。这都是要命的问题。

熊绍峰一离开，郑双雪马上叫来陈明忠，告知了熊绍峰受贿一千万的事情。陈明忠顿时傻了，他知道，自己与熊绍峰的关系、与张友成的关系都太敏感，肯定脱不开关系。

按照郑双雪的看法，现在最重要的事情，首先是不能让"930杀人案"马上翻案，要翻也得等张一苇的事情挺过去、张友成的位置稳固了再翻。现在翻，张友成在媒体面前讲的"人民的正义"就是打自己的脸。要落实"人民的正义"，就得否定他过去的决策和功劳。张友成之所以提任政法委书记，"930杀人案"是加了分的，如果这个案翻了盘，他这个政法委书记的位置能不能保得住，都是个大问题。如果从这个位置上退下来，袁宏伟已经占住了检察长的位置，张友成退都没地方退了！说不定就此搁置，变成闲云野鹤，从此退出政治舞台。

"明忠，你知道我的想法。一苇已经这样了，老张要再出事儿，我可就真扛不住了，我们就会满盘皆输啊！"

"现在怎么办？"

"死了张屠夫，不吃带毛猪，少一个熊绍峰没什么。明忠，你赶紧通知咱们那些老朋友，不管他们用什么办法，必须行动起来，在整个官场形成话题，形成影响，一定要让高层注意到！一定要让这种声音与大形势结合起来！"

"您说的是——"

"摁住冯森这个家伙！摁住了他，沈广军'930杀人案'、黄四海KTV过失杀人案，就全都固定在原来的位置上！我们不是不替沈广军这些人申冤，也不是不想把黄四海这样的败类绳之以法，这是人民的正义，我举双手赞同！但是，请人民的正义给我们一点儿时间，别让替人民主持正义的人被人民给灭了！等老张屁股坐稳了，等一苇在监狱里情况稳定了，再把这些案子一个一个地收拾干净！"

"放心，郑主席，我一个一个去做工作，让老同志们马上行动起来！"陈明忠表了态。

"这些声音必须传到宋志明的耳朵里！你要拿出我们这些年积攒的所有人脉资源，一把全压上！你记住了：我们不是不讲人民的正义，只是想让提出这句口号的人能在官场活下来！活下来才有机会实现真正的人民的正义！否则就只剩下一句口号！好不容易出了一个张友成，既敢提，又敢干，还要被人活活整下去，我不甘心！我们做的这一切，其实是为了人民！为了人民的正义！"

就在郑双雪要在官场掀起一股"倒冯"风暴、以对冯森采取釜底抽薪的方式"帮助"张友成的时候，熊绍峰在返回橙州的路上被纪检监察组截获，直接带到了办案点留置。

这对熊绍峰来说还是头一次。熊绍峰环顾四周，乍一看像是一个高档酒店的房间，四周的墙壁都是软包装，床具等都不错。唯一不同的是，有两个黑衣小伙子寸步不离地跟在他的周围，距离始终保持在一米左右。就算熊绍峰洗澡、上厕所，两个小伙子都一直跟着。这让熊绍峰很快就崩溃了。

终于熬到有人带他去谈话，熊绍峰在见到纪检监察组的禹进组长和他的手下庞伟时，委屈又恐惧，眼泪差点儿都掉下来了。

谈话在非常压抑的气氛之中进行。关于黄四海减刑的问题，熊绍峰自信罗欣然不会出卖他，所以态度很坚决地否认自己有问题。在谈到波动网账户里的一千万这个问题时，熊绍峰也情绪激动地表示自己完全不知情。

"你主管的检察室刚刚给黄四海减完刑，你就在黄四海父亲的网站上转走一千万人民币，你真的不需要时间好好思考之后再谈吗？"

"我不用想！那些都是假的！都跟我没关系！黄四海的手续是罗欣然办的，网站的钱是广告费，是在我不知道的情况下打到我账户上的……"熊绍峰情绪有些激动。

"就这些？"

"啊……"

"你作为职业检察官，政法大学的博士生，对自己如此严重的问题就如此草率地回答，你是觉得自己不懂法呢，还是觉得我们是法盲？"

熊绍峰觉得自己被侮辱了，愤怒冲昏了他的头脑，他忽然说出了一句非常愚蠢的话："组长，您刚才提到我是政法大学的博士，认为我不懂法……那我想问一句：如果按法律来办事儿，我能请律师吗？"

"你的意思是，不愿意通过党的纪律机构来监督你，对不对？"

熊绍峰愣住了。

"可以，你先写个申请，申请退党！"

熊绍峰傻眼了。

十五

冯森经过离省第一监狱不远的一处街道时，发现偏僻的街道边一家餐厅正在做开业准备工作。一个略有姿色的中年妇女正在指挥着一帮工人装灯箱。冯森看到灯箱上的广告"傅不急海鲜城"几个字马上就笑了:"傅不急"谐音"副部级",这餐馆居然把中国的官场文化用成了谐音梗。冯森走过去跟那个中年妇女聊了起来。

令冯森没有想到的是,那个中年妇女的外号就叫"傅不急",真名叫傅明月。傅明月开这个海鲜城的目的并不是赚钱,而是要陪着自己的情人坐牢。她的逻辑是:虽然自己无法与情人见面(因为监狱会见有严格规定,她不可能以情人身份去会见服刑人员),但自己在这里开店陪伴坐牢的事情肯定会传进监狱里,她的情人一定会知道这件事情,这样就能让她的情人有动力好好改造。

冯森十分感动,但当他询问傅明月的情人名字之后,心情马上变得非常复杂——傅明月的情人正是米振东!他俩是货真价实的初恋情人关系!

冯森急忙赶回检察室,结果他看到了一份文件:米振东刚刚和童小娟在会见室的谈话录音文字记录,里面有非常重要的信息:米振东和童小娟要离婚了。

自从调查过振东施工队之后,冯森就一直密切关注米振东的情况。虽然他现在还没有找到郑玮丽案件的突破口,但他认为一定与米振东有某种关联。等他脸上的伤好些后,他就叮嘱监狱会见室的狱警彭晓勇,一有米振东的消息就马上通知他。

米振东离婚了。他的初恋情人来到监狱边开餐馆。这婚离得蹊跷,这餐馆也开得蹊跷啊!这是冯森的第一反应。

米振东犯的是盗窃罪,只判了两年,没多久就能出去。妻子和孩子都挺好，一门心思等着他回去，他在这时候离什么婚啊？

冯森和罗欣然分析着米振东和童小娟的谈话录音，两人一致认为：是因为冯森的出现，米振东就离婚了！——他在谈话里直接提到，因为冯森的出现，他可能出不去了！

这一点令冯森都觉得非常诡异！连冯森都还没弄明白自己与米振东之间有什么关系，米振东就已经开始作出安排了！这太诡异了！而且米振东说自己在监狱里还有什么重要的事情要完成……完全是一副要替天行道的口气！

"这个人不简单！真的不简单！小罗，一个判了两年的盗窃犯，会说出这种话来……而且，他明知道会见室的谈话都是有录音的，他也敢说！这相当于直接向我宣战了啊！——虽然我也不知道他是为什么！这搞得我很被动啊！"冯森很是唏嘘。

"据我所知，他在监狱虽然谈不上表现好，但也绝对不差啊！而且他判了两年，明年就应该出去了！要是表现好一点儿都可以假释了！他怎么一见到你就会有这种想法呢？"

"这个家伙提出了挑战！小罗，我得应战！我要是厌了，不把他查出个子丑寅卯来，那我这么多年检察官就白干了！"

冯森要应对的不光是米振东一个人，监狱里现在情况已经很复杂了，要处理的事儿非常多，目前最急切需要解决的是沈广军的问题。

因为无人机事件之后，沈广军举报郑锐打断胳膊的情况已经不存在了，现在变成了沈广军自伤身体、诬陷管教。作为一个死缓犯人，沈广军在服刑期间又有了新的违法行为，按道理是应该加刑处理的——这就意味着很可能被改判死刑立即执行。

沈广军这次玩砸了。

结果就在第二天晚上，沈广军在监舍里用一把手纸晾干凝固做成的纸刀准备割喉，又被同监舍的黄四海救了。因为这件事情，沈广军被作为严管对象关进了禁闭室，而黄四海因此居然又立了一功——这个东川"首富"的儿子，在一监区减刑完了转到二监区，到了二监区之后，先是同监舍的胡大军母亲断了腿，然后因沈广军自杀再次立功，一路辗转可以说"功勋卓著"。

　　冯森正准备去找沈广军时，张友成居然通过微信给了冯森一个公用电话号码，让他也找一个未被监听的电话打过去。冯森预感到有大事发生，急忙出去找了个酒店的公用电话打过去。

　　果然，张友成非常急切地在电话里传达了一个消息："冯森同志，组织上考虑到你的身体状况，宋书记亲自指示，让你今晚把工作向罗欣然同志交接一下，明天返回省城治病。当然，你明天一早交接也行，毕竟现在已经是下班时间了，交接不方便。"

　　"张书记！工作刚刚有点儿眉目，如果现在就离开橙州，前面的工作很可能就白干了！"冯森非常震惊，他知道自己来橙州的行为犯了很多人的大忌，但他还是不知道是谁在背后釜底抽薪，居然能直接影响省委书记宋志明的决定。

　　张友成非常无奈，以他的身份，他不能把话说得太明了。在电话里，他非常清晰地说了最后一句话："宋书记最后说的一句话是：'除非今晚案情出现重大进展。'"

　　响鼓不用重锤，老司机倒车哪里还用什么后视镜。冯森一刹那间明白了。

　　"既然两位书记吹响了冲锋号，我只有豁出老命去，拼了！"

　　冯森决定今晚连轴转，同时发动多次重大进攻，一定要鼓捣出几个重要结果来。第一次进攻，他要先去见沈广军，沈广军是所有问题之关键。

禁闭室里，沈广军被固定在一个奇怪的椅子上，四肢和身体都被牢牢控制，只有脖子能在小范围内转动。他的嘴里咬着一个橡胶球以免咬舌，鼻子里插着管子，刘铁正把一些流质食品打进去。

沈广军嘴里发出"唔唔"的声音，脖子在小范围内激烈转动，但这也不能阻止流食从鼻子进去。

"你何必呢，沈广军？这不是自己找罪受吗？再说现在还没把你送看守所，就说明你的事儿还有缓和的余地！你不就是因为害怕徐大发的家人杀你吗？现在这事儿已经破案了，不会有人威胁你的安全了！你现在要是好好配合我们认罪、好好改造，你的死缓明年就可以改无期了，明白吗？"

刘铁正劝着沈广军，冯森和罗欣然两人进来了，刘铁便离开了。因为空间狭小，冯森和罗欣然两人有点儿挤。

屋子里散发着浓郁的狐臭味，罗欣然忍不住皱了皱鼻子。

郑锐和刘铁在外面只能探进半个脑袋看着。

"沈广军，如果我说，我相信你没有杀人，你还会自杀吗？"冯森凑到沈广军耳边，小声地说着。

沈广军睁大了眼睛看着冯森，拼命摇头。

冯森解开沈广军嘴里的橡胶球。

"徐大发不是我杀的！真不是我杀的！政府救命！我不能让他们把我转到看守所！不能重新起诉我！重新起诉我罪加一等，我就死定了！"

冯森伸出食指放在自己嘴边："嘘——"

沈广军马上安静下来。

"我马上要查你的事情，现在只问你一句：关于'930 杀人案'，你究竟还有没有什么线索告诉我？"

"没有！没有任何新线索了！所有的事情都说完了！您要知道，我是保险公司的调查员，我对查案子也有一些了解，我已经提供了所有相关的证据，我确实没有杀徐大发！确实没有！绝对没有！"沈广军眼中闪过一丝迟疑，但很快就消失了。

冯森再次让沈广军安静，然后一条一条地解开了束缚他胳膊、腿、腰的皮带。

"这样绑住，身上的血液无法循环，时间一长就形成血栓，很可能会要了你的命……这样吧，我给你全解了，你就在禁闭室里自由活动，正常吃饭，等待我的消息，好吗？"

解除束缚之后，沈广军极度舒服地活动着被束缚已久、已经不太听使唤的胳膊、腿、腰、脖子。

"您会给我什么消息？"

"我查到什么，就给你什么。"

"您现在查到了什么？"

"我现在查到了一个很奇怪的巧合……"

"什么巧合？"

"我被张友成书记秘密从波立市调到这里来查你的案子，这是公事；同时，我还在办一件私事，就是我爱人郑玮丽在十年前因为车祸身亡的事情，我怀疑她是被人害死的……结果出现了什么情况？我以公事的名义来查'930 杀人案'遇到了你沈广军，以个人的名义去查十年前豪庭夜总会地下停车场的车祸时遇到了你的哥哥沈广顺……你说这是不是一个巧合啊？"

沈广军愣住了。

罗欣然也愣住了，她吃惊地看着冯森。

"可惜的是，沈广顺坚决不配合我，甚至还想杀了我！你知道这意味着什么吗？"

沈广军茫然地摇头。

"意味着你哥哥沈广顺知道我爱人被害的秘密！但他就是不说！很可能他也参与其中！"

"你……你是让我哥……认罪？"沈广军呆在那儿。

"罗检察官是自己人，我现在就把话撂在这儿了：我，冯森，已经想到办法洗清你的杀人冤案——如果你真的是冤枉的话！但是，我希望让你让你哥提供我爱人被害的线索！"

"我哥……哥……他……他本来就恨死我了……"

"我明天就去省检察院报到，这里的事情另有他人接手，如果你今天不跟我说点儿什么……"

沈广军下意识地抓住了冯森的手，颤抖起来。

"怎么着？"

"冯组长！我……我这条命就指望着您了……"

沈广军看样子似乎是想跪下来，但他被约束椅控制住了，无法完成这个动作。

"你还没答应我呢！"

"我……我答应你……您能不能让我见见我妈……我妈答应了，我哥他不敢不听的……"

"行。我跟监狱打个招呼，你明天就能见到你妈，到时候就看你的表现！"

"我一定好好表现！一定！"

"你还自杀吗？要不要再绑起来？"冯森指指那些约束带。

"不了不了……能活下去了……谢谢您，冯组长！只要您把我这案子洗清了，我一定把我哥的秘密掏出来！一定！"

"我丑话说在前头，一切全看真相，如果真相不利于你，我也可能是你真正的掘墓人！"

沈广军愣在那里。

离开二监区之后，罗欣然对冯森刚才的表现有些不解了。

"冯组长，按您刚才所说，沈广军要是不提供您爱人遇害的线索，您就不给他申冤？这是不是有交易之嫌？"

"搂草打兔子。不管沈广军是否配合我的私事儿，他的案子我都会使一样大的劲儿去查。"冯森瞥了罗欣然一眼，"走吧！干正事儿了！今晚我们要连轴转了，先去会一会黄四海！"

二监区五分监区二班监舍里，明亮的灯光下，罪犯们有的戴着眼罩睡着了，有的还在看书。

"起立！"刘铁进来。

罪犯们条件反射般地全都起床，马上站在自己床前。只有刚进监狱不久的张一苇反应慢，他坐起来，看着大家的动作，也慢慢学着站了起来，站在床前。

"黄四海！出来！"

黄四海脸色一变，向前一步："是！"

"穿好衣服，马上出来！"

"是！"

黄四海很快穿好了衣服，刘铁和郑锐上来就一左一右抓住他的胳膊。

"管教，我犯什么事儿了，你们这样抓我？我自己会走……"

"少废话！你的案子出现了新的证据，现在对你进行重审！"

黄四海顿时脸色煞白，这种煞白的脸色很快就出现在监狱大会议室前巨大的投影屏幕上。

十六

会议室大会议桌左侧是检察院和公安方面的人——武强、冼友文、王鹏、边国立及一名女警察；右侧是监狱方面的人——陈咏、柴明楚、罗劲松、常浩。所有人都看着大屏幕上的审讯过程。

在审讯室里，冯森和罗欣然坐在桌后，对面是一把审讯椅，上面有固定罪犯的铁圈。

两架摄像机从不同角度对着现场。

会议室里，武强拿起遥控器按了一下，前方的大投影屏幕上，忽然出现了张友成——张友成坐在办公室里，身后是国旗和党旗。

"张书记，一切都准备好了，是否开始审讯？"武强看着大屏幕。

"请冯组长开始吧！这一次审讯以检察院牵头，公安、监狱方面的同志请配合冯森同志，打好这一仗！各位都清楚了吧？"张友成点头。

武强、陈咏、边国立依次对着张友成说："清楚了。"

大屏幕分成了三部分，一部分为张友成，另外两部分为审讯室里的镜头，其中有一个是黄四海的特写。

"罪犯黄四海，你应该知道，我们向来不打无准备之仗，如果你能认清形势，及早交代自己在上次立功减刑问题上弄虚作假的问题，我们可以对你网开一面，从宽处理……"冯森率先开口。

黄四海已经渐渐平缓下来，他悄悄做着深呼吸，让自己平静。

"如果继续抗拒，隐瞒事实，一旦我们拿出证据，你将后悔莫及……"

黄四海已经平静下来了，脸上露出了一丝微笑。

"罪犯黄四海，听明白了吗？"

"明白了。"

"那你有什么要交代的吗？关于上次立功减刑的事情，你在一监区服刑时，遇到一堵倒塌的围墙，你从围墙底下救出了两名同监舍的狱友，还有一监区另一名狱友……这件事情你有什么要交代的吗？"

"没有，那都是真的。"

"涉事驻监检察官熊绍峰已经因为这件事情被纪检监察组控制，至今未归，你还能说这件事情没猫腻吗？"

"我是冒着生命危险救人，我不认为那个立功有问题。如果您真觉得有问题，请您拿出证据。"

"证据？行啊！我马上就拿出来！"

冯森把桌上的电脑转过去，上面是一上一下两张图片。这两张图片显示的都是黄四海与肖萌斗殴的过程，一张是黄四海从旁边桌上抓起一把水果刀；另一张是黄四海用水果刀挥向肖萌，刀尖正好掠过肖萌的颈动脉，动脉里的血液正好喷溅出来——黄四海表情极其愤怒，肖萌的表情极其震惊，整个画面非常惊心动魄。

所有人都看着面前这两张放大到一人高的照片，静静地等待着。

"这个证据如何？"

"冯组长，您放错了幻灯片，这个不是我立功减刑的照片。"黄四海保持着平静。

冯森走到桌前，在黄四海面前慢慢踱着步，冷笑着："小子，叔叔就是要放这个幻灯片，刚才说减刑的事，是故意迷惑你的……怎么样？你在平城KTV888号包间蓄意谋杀肖萌、事后又伪装成过失杀人的事情，是不是该交代了？"

"冯组长，您是开玩笑的吧？"

罗欣然看着黄四海的手，那指关节更白了。她的目光下移，看到黄四海的腿在轻轻发抖。

"小邓，请你们把罪犯扶起来！"

狱警小邓马上过来把黄四海从圈椅里解开扶起来，黄四海就站在椅子前，腿控制不住地发抖，整个人都跟着晃动。

"现在开始讲吧？"冯森坐了回去。

"那就是过失杀人……我……我不小心的……"

"怎么不小心？"

"当时包间里没别人，都被我们轰出去了……我……我和肖萌就在那儿谈判，结果我被他气急了，他……他还想动手打我……他先打的我……我被打蒙了，就随手在桌上抓了个东西一挥过去……谁知道那是把水果刀啊……就这么误伤了他……"

"你确定？"

"确定，绝对是这样，不可能有别的情况……如果我说谎，您枪毙我好了。"

冯森一跃而起，指着电脑屏幕里上面那张两人揪着衣领的照片里背景处的一只小狗："看一下，这儿是不是有只狗？"

"是。"

"黄四海，是不是？"

"是……我和肖萌是为了一个姑娘打起来的……这小狗就是那姑娘带到包间里的……"

"好。你们看，这是黄四海和肖萌两人揪着衣领纠缠在一起的状态，这只狗是什么形态？很显然，它正在吃一块面包，但因为打斗的声音吓着了它，它嘴里的面包掉下去了……大家看到了没有？你们再看看这儿！"冯森指着下面那张照片的背景处。

下面的照片，是黄四海挥刀割到肖萌颈动脉的一瞬间，背景处同样的地方，还是那只小狗。

"看到没有？同样一只小狗，在同样的位置……"

罗欣然看看画面，再看看冯森，十分不解。

"你们看到没有？第二张照片里的小狗，也是嘴里的面包掉下去了！我已经请省检察院技术鉴定中心作了精确的鉴定，确认两张照片中面包与小狗嘴之间的距离是完全一样的！都是10.5厘米！"

罗欣然脸上露出极其钦佩的神情。

"这两张照片是从监控视频上截图下来的，两者间隔的时间为5秒钟，也就是说，在相隔5秒的两个时间点，前面两人的运动状态已经发生了天翻地覆的变化，但后面背景中的小狗状态却一直保持着嘴里面包掉下了10.5厘米的状态！这可能吗？我个人认为，这两张照片唯一能说明的是，其中有一张是假的！也就是说，这个监控视频被人以高科技手段动过手脚了！改成了有利于黄四海的证据！"

黄四海忽然瘫软在地。

"这两张照片是从当年的监控视频中截取的，我们从这两张照片可以推断出，监控视频被人修改过了，但因为修改得不够彻底，不同场景下出现了同样一个不可能重复的小狗的状态，露了馅……由此可以认定，当时根本不是什么过失杀人……很可能黄四海根本不是无意识中从桌上抓的水果刀，而是从怀里掏出早就准备好的水果刀；或者根本不是随便一挥误伤的人，而是对准肖萌的颈动脉故意划过去的……修改视频改掉了里面的重要元素，这足以让黄四海的案子得出新的结论……"

黄四海在地上都已经坐不住了，小邓过来拎着他，把他拎到椅子上坐下。

"罪犯黄四海，我们将重新对你提起公诉！你还有什么要讲的吗？"

"我……我是被冤枉的！"

"你有权获得律师辩护，你可以自己聘请律师。如果你没钱聘请律师的话，我们可以为你指派法律援助律师……"

"我有钱！我有钱！！"

"你就是因为太有钱了，才有了今天！带下去！"

小邓押着黄四海往外走，走廊里传来黄四海的咆哮声。

"武检察长，那我还是要明天离职吗？黄四海的案子还用不用我跟进了？"

眼下要争分夺秒，能给自己争取多少时间就争取多少时间，冯森试着向武强发问。

"还按计划办，明天早上你把工作和罗欣然交接一下，就回省检察院报到！"武强笑着拍了拍冯森的肩膀。

"知道了。"

大家分头散开，冯森悄悄拉了拉罗欣然的衣袖，罗欣然站住了，看着大家走远了。"行动继续，你敢不敢跟我去上演一部《鬼吹灯》？"冯森在罗欣然耳边嘀咕。

"成！"

罗欣然豪情万丈。现在，这个姓冯的老小子要干什么事儿她都愿意跟着了。

两人连夜开车离开橙州镇，直奔海平市区。当他俩到达发生"930杀人案"的橡树林时，天已经微亮，丰田越野车雪亮的灯光划破了黑暗，车停在了橡树林边上，熄火。

冯森和罗欣然两人拿着手电筒下了车，深一脚浅一脚地往橡树林里走去。在手电光的照耀下，两人来到了凶杀现场。

这里是穿过树林的两条土路的交会之地，呈十字形。

"小罗，你参与过这个案子，你给我讲一讲当时的情况。"

"好。当时，徐大发的汽车就停在这里，这条南北向土路的西侧，沈广军的车呢，在那条东西走向的土路的北侧，两辆车的直线距离应该有 50 米左右……"

此时天快要亮了。

冯森把一张张与"930杀人案"有关的照片摆在地上，一会儿就摆了几个大大的照片方阵。

"就是那里，对吧？"冯森站在照片方阵中，指着远处。

"对，就是那里。"

"中间隔着 50 米左右的橡树林，双方应该都听不到、看不到对方……"

"是，据我们分析，当时沈广军应该是在追查他小侄女苗苗的下落，开着车来到了橡树林里……橡树林里只有徐大发开着一辆车在这里，所以我们怀疑沈广军要到徐大发的车上查看，徐大发不让，两人发生口角导致误杀了人……就是这么简单的一个事儿。"

"沈广军拒绝承认……是吧？这个确实太简单了。"

"但沈广军也没提供任何有用的证据啊！橡树林里没别人，就他们两个人两辆车，一个人死了，凶器还是在另一个人车里发现的，并且上面有他的指纹……这不让人怀疑都不行！"

"我记得卷宗里写着，是有人告诉沈广军，苗苗被人骗到车上，车开到了远处的橡树林里，对吧？"

"是。"

"是谁告诉沈广军的，这一点没有记载。"

"问过他，他不记得了……冯组长，你还没把案卷吃透啊，里面是有记载的。"

"我要全吃透了，可能就走不出误区了……我必须保证新鲜感，让自己有破案的灵感……"

"那您现在有灵感了吗？"

"我在等太阳出来……我现在感觉，好像是有人专门设好了套儿让沈广军往里钻！"

"谁？谁能设套儿？这连个人影儿都没有。"

"你也知道，沈广军的哥哥、嫂子对沈广军非常冷淡，他嫂子甚至希望他被枪毙！"

"这是什么家庭！"

"奇怪的家庭，一定有奇怪的前史……"

冯森眯起眼睛看向东方，一条银线逐渐从地平线上升腾了起来。

“太阳出来了！”

太阳正在冉冉升起，六辆汽车从太阳升起的方向鱼贯驶了过来。

“这也太夸张了吧？六辆车……”

“检察院两辆、监狱两辆、公安两辆，标配。冯组长，咱们这工作交接可是太与众不同了。”

武强、冼友文带着检察院人员，陈咏、郑锐带着监狱人员，边国立带着刑侦总队人员浩浩荡荡下了车。

“冯组长，有什么行动，跟我们说下嘛，我们都很担心你和小罗的安全。”

“多谢武检察长关心，我们出发前也跟冼主任打了招呼，不是什么大事儿，也没跟您说……”

“查出什么东西了吗？”武强靠近冯森低声问。

冯森咧嘴一笑。

“冯组长，听说‘930杀人案’有了新进展，我非常好奇！我是当时的专案组长，我自认为我们的工作没有问题，如果你有新的发现，我非常想知道……请吧，给我们讲一讲！”边国立的声音瓮声瓮气的。

“既然大家都来了，我们就做一个游戏！线索就在照片之中，看看谁能先找到！”

大家都一脸不悦，武强刚想开口说什么，冯森已经走进了树林。

橡树林里，数百张照片摆成几个方阵铺在土路上。

冯森来到南北向马路上，用石头在地上画出了当时徐大发停车的位置——那也是徐大发被杀的位置，并写上“徐大发”三个字，又拐弯跑到 50 米外，在另一处地上画出沈广军停车的位置，并写上"沈广军"三个字。

"照片就摆在那里，各位发现问题了吗？"冯森来到照片方阵之间。

所有人都看着照片，又看着现场，谁都不知道冯森究竟发现了什么。

"冯组长，来的都是公检法系统的领导，有什么情况就直说！"武强低声嘱咐冯森。

"冯组长，一会儿八点了，可就正式上班了，你就得给我交班了！再不说没机会了！"一旁的罗欣然也指着手表，笑着搭腔。

"大家看一看，这张照片是两年之前拍摄的现场……你们看有什么疑点没有？"冯森拿起了一张照片。

所有人都看着照片，那是两辆车之间的一个全景，站在一个奇怪的角度，正好把不在一条直线上的两辆车都拍了下来，中间是大量刚刚种上的橡树苗。

"有没有疑点？大家再看看现场！"

所有人看看照片，又看看现场，区别就是现场有比过去长高了一些的橡树，没有任何奇怪的地方。

冯森来到了一棵显得格外高大的橡树旁，立定。

"大家有没有看到，这棵树显得与旁边几棵格外不同……"

大家都看着这棵树，发现它确实比两边的同排的树都高大不少。

"大家再看看照片，找找这棵树。"

大家看着照片，发现在照片里对应的地方，现实中的这棵树两年前是一棵非常矮细的小树，比旁边的树要矮小多了。

"大家有没有发现问题？"

"两年之前，这棵树很矮很细，现在又高又壮。"罗欣然率先开口。

"原因是什么？"

"原因很多啊，有可能是原来的树苗死了，又种了一棵新的。"

"还有呢？"

"也有可能这棵树有潜质，过去没发挥出来。"

"还有呢？"

"也有可能是肥料施得好，它后来居上了。"

"好！我已经向林业部门的同志打听过了，这些树苗都是两年之前种下的，没有换过树苗。剩下的选项，就是肥料施得好了，可是，我也打听过了，林业部门的同志说了，这些树苗没人施肥，就是靠天收，在这里育点儿树苗而已！"

"冯森，你究竟想说什么？"

冯森不知从哪里找来一把铁锹，开始在这棵树下挖土。

众人围在那里看着。

随着铁锹挖土那种令人揪心的摩擦声，众人全都变得异常平静，没有任何人说话，都在静静地等待着。

片刻之后，冯森的铁锹挖出了一个塑料儿童玩具。

边国立拨开众人，冲到了前面，脸色变得苍白。

"我来！"

边国立夺下了冯森的铁锹，极其小心地开始往下挖。

慢慢地，地里露出一绺头发。

所有人的脸色都变得极其沉重。

"现在我怀疑，沈广军没有杀徐大发，但是杀了自己的侄女苗苗。"

所有人都震惊地看着冯森。

"老边，让痕迹鉴定和法医就位，下一步就看你们的了！"

"马上按冯组长的意思办！通知技术支队！痕检、法医、后勤三个组全到啊！一个别落下！相关卷宗、档案让三组全带上！"边国立立刻朝身后的警察下了命令。

"现场警戒，任何人不得超过警戒线，请大家退后！退后！最好退出橡树林，这里每一片土地、每一棵树都有可能跟当时的案情有关，请大家退后！"边国立吆喝不停。

所有人开始退出橡树林。

橡树林外，冯森快步追上武强："武检察长，有点儿事情向您请示。"

武强没说话，从他的表情可以看出，他似乎已经猜到了冯森接下来会说什么。

"按照程序，我现在正式向您提出申请——因为涉及沈广军的'930杀人案'、涉及黄四海的平城KTV888包间过失杀人案都出现了全新的进展，我希望继续以巡回检察组的名义留在橙州检察院驻省第一监狱检察室和罗主任一起工作，以便配合'930杀人案'专案组彻底查出真相，请您请示上级领导，答应我的请求！"

"好，我电话请示袁检察长，回院之后马上让冼主任打报告。不过你要想好了，你的决定，很可能会影响很多人的前途……"武强看了一眼站在不远处的罗欣然，"包括小罗。"

"我只想查出真相，别的都不在乎。"

"我现在就打电话。"

"谢谢。"

冯森转过身，迅速赶到橡树林外另一处，罗欣然也走了过来。

"下一步，我们要提取宋丽敏和沈广顺的 DNA，看看那具儿童尸体是不是他们的女儿苗苗。一旦确定是苗苗，后面我们就会有大量的工作要做，整个案子将会发生天翻地覆的变化。"

"冯组长，我算是彻底服了你了！你安排吧！是想让我去单挑宋丽敏，还是沈广顺？我豁出去了！"

"单挑倒不用。沈广顺最近几天带着胡雪娥住在橙州超舒适酒店，他们现在正在监狱会见室会见沈广军。你和王鹏可以去酒店床上直接提取沈广顺的头发或皮屑残留物，实在不行拿他喝水的杯子或者他摸过的开关……取证后交给边队长。"

"明白了，我现在就去……你呢？"

"技术支队到达现场还有段时间，我先去会一会宋丽敏。老朋友再见，她不会不欢迎。"

十七

在冯森的安排下，监狱破例安排沈广军会见家人。会见室里，胳膊打着石膏的沈广军一出现，胡雪娥的眼泪就止不住往下流。

沈广顺拿起电话话筒和沈广军闲聊了几句之后，擦干眼泪的胡雪娥就忍不住马上抢过了话筒对儿子问长问短，无非是讲徐大发的儿子想害沈广军和胡雪娥、沈广军误会了郑管教之类的话题。呆了半晌，沈广顺在一边都不耐烦了——监狱通知他们到这里来紧急会见，肯定不是让他们一家人聊闲天的吧？他决定出去抽支烟。哥哥一出去，沈广军的脸色就变了。胡雪娥恍然意识到，沈广军有私事儿想躲开哥哥跟自己说。

"广军，你哥出去了，你有啥想说的，就说吧！"

"我能不能活，就看我哥的了。"沈广军眼泪汪汪地看着胡雪娥。

"儿啊，你就这么一说，我怎么让你哥帮忙？你究竟是出什么新情况了，你得告诉妈啊！"

沈广军这才告诉胡雪娥，冯森的爱人郑玮丽十年前死于一次车祸，沈广顺跟那次车祸有关，只要沈广顺愿意配合冯森调查郑玮丽的死因，冯森就有办法帮沈广军解决问题。

胡雪娥完全不相信有这么巧合的事情。

"他爱人的死，跟你哥有啥关系？"

"真跟我哥有关系！跟他中的那五十万彩票有关系！"

胡雪娥愣住了。她一直觉得沈广顺中的五十万彩票非常蹊跷，这件事情她担心了十年，瞧瞧，怕什么来什么。沈广军话一出口，胡雪娥马上瘫在了椅子上，哭了起来。

"我早说过……"

沈广军在电话里恳求胡雪娥，希望她让沈广顺把秘密告诉冯森。至于是什么秘密，他可不敢在电话里说，这都是有录音的。沈广军希望用哥哥的秘密，先保住自己一条命。

"你是说……想让妈……用你哥换你出来？"胡雪娥眼泪刷刷地往下流。

"妈，我没别的，我只要一个公平，一个正义！张书记不是讲'人民的正义'吗？这还是你上访的时候逼他讲出来的！咱们家里头，妈，就靠你帮我主持正义了！"

胡雪娥绝望地哭着，看着沈广军。她想站起来，身子却忽然摇晃了两下。在外面抽烟的沈广顺急忙跑过来扶住胡雪娥，冲着沈广军瞪眼大喊："你又怎么气着妈了？"

隔着玻璃，沈广军听不见，他木然地看着外面自由世界的哥哥，直到哥哥和母亲慢慢离开会见室。胡雪娥一直没有再回头，沈广军眼巴巴地一直看着，看到两人身影消失在外面，他的眼泪终于忍不住流了下来。

在沈广军和胡雪娥见面的时候，罗欣然和王鹏已经顺利地到酒店提取到了胡雪娥、沈广顺的 DNA 样本，并火速送往刑侦总队，亲手交给边国立。按照现在的科技水平，两三个小时就能鉴定出橡树林的儿童尸体与沈广顺是否有血缘关系。

做完这一切之后，罗欣然迅速赶到宋丽敏开的站台超市对面的咖啡馆，冯森已经在那里守着了，准备迎接即将到来的暴风雨。

罗欣然进屋之后四周一打量，马上就明白了——咖啡馆里或坐或站的十多人，是公安派来的便衣。

"如果橡树林里的儿童尸体真的是沈广顺的女儿苗苗，你觉得我们应该怎么去跟宋丽敏和沈广顺说？"

罗欣然还没说完，冯森的电话响了，上面显示边国立三个字。电话里边国立想表达的意思很明确——那具孩子的尸体就是沈广顺和宋丽敏的女儿苗苗。不仅如此，边国立还给冯森发来了相关技术证据——一份带有图片的 PDF 文件。

图片里是一个从土里挖出来的、红蓝白相间的编织袋，图片的下面是技术支队的鉴定文字。

编织袋上，用绿色笔画出了一个圆圈，并做了一个证据编号：15。

冯森放大了仔细看，发现编织袋的纺织缝隙之间夹杂着三枚完整的小小的指甲。

冯森把图片往上滚动，看着下面的文字，脸色渐渐变得极其愤怒。

罗欣然看着图片，脸色同样变得愤怒，眼泪渐渐充满了眼眶，最后夺眶而出。

"畜生！"罗欣然到底没忍住拍了桌子。

咖啡馆里所有的人都扭过头来看着他们俩。罗欣然扭过头去看着窗外，眼泪一连串地流了下来。

冯森和罗欣然再也等不了了，二人起身就往外走。前面一阵急促的喇叭声连续响起，冯森和罗欣然看到沈广顺开着面包车正快速地从前面冲过来。

冯森看着车上的沈广顺和胡雪娥。沈广顺也发现了他，扭头用仇恨的眼光瞪着冯森和罗欣然。

"怎么办？"罗欣然犯起了嘀咕。

"怎么办？别说这里全是我们的人，就算只有我一个，那也得上啊。青天白日，朗朗乾坤，我还能怕了？"

边国立也赶到了，王鹏也跟着一起来了。边立国会同冯森、罗欣然走到站台超市门口，还没来得及进门，就看到卷帘门"呼啦"一下从上到下拉下来，锁上了。

"开门开门！警察办案！开门，请你们协助调查！"他们身后的王鹏快步冲了上去。

里边没有任何动静，边国立一把推开了王鹏，自己蹲下去，抠住底下的门缝往上一提，卷帘门被掀上去了。

屋里，胡雪娥坐在正中间，沈广顺和宋丽敏一人一边坐在那儿，俨然是一副审判席的模样。

冯森看着，哈哈一笑，迈步走进去。

边国立和罗欣然、王鹏也跟着走了进去，卷帘门从内部"呼啦"一声往下拉上了。

站台超市内，冯森、罗欣然、边国立三人坐下，屋子里没有多余的凳子了，王鹏尴尬地站在一边看着。

胡雪娥、沈广顺、宋丽敏警惕地看着他们。

胡雪娥问："冯组长，你们这是什么阵势啊？要干什么？"

"大婶儿，我们要谈点儿事情，你先回家。"

"你们谈什么我都要在这儿！我要听。"

"这是另一个案子，跟您没有直接关系，您需要回避。"

"怎么可能跟我没关系？我不回避。"

"胡雪娥女士，我现在非常郑重地告诉你，这是我们检察院和公安机关组成的专案组联合办案。我们要对沈广顺和宋丽敏进行单独询问，请你回避。如果后面有与你相关的事情，我们自然会请你进来。"冯森表情严肃。

胡雪娥被镇住了，迟疑地看着所有人，最终目光又回到了冯森脸上："冯组长，你就让我听听吧，我知道是跟广军有关的事情，我们今天刚刚见过广军了……我知道广军这孩子不太懂事，说了一些对不起你的话，可你不是答应过了，你要帮他申冤的吗？那你现在是不是有线索了？"

"胡雪娥！请你不要再胡搅蛮缠了！请你马上回避，不要影响我们办案！"边国立有些不耐烦了。

"你凶个啥？这是人家冯组长破出来的案子！你好意思吗？冤枉我儿……"

"胡雪娥，你自己多次上访，什么事情都要闹大……我相信你在这个过程中对我们政法系统办案的流程和常识有一定的了解，在这种情况下，你必须回避，讲别的都没用，明白吗？"冯森脸色沉了下来。

胡雪娥不说话了。

"王鹏，把她带走！看着她！"

王鹏点点头，一把拉开了卷帘门，过去扶着胡雪娥往外走。

"冯组长，我们家广军可全靠你了……"胡雪娥颤颤巍巍地往前走着，嘴里念叨个不停。

"我会给你一个真相。"

"好！我就要真相。他真杀了人，就让他去死。该死就让他死，早死早托生……"

胡雪娥一走，卷帘门拉上，屋里光线一暗，五个人重新回到原来的气氛中。

"请你们控制一下情绪，我要宣布一个最新发现的线索。"

沈广顺和宋丽敏呆呆地看着冯森。

"今天早上 7：38，我们专案组在橡树林挖出一具儿童的尸体。经省公安厅技术部门鉴定，已经证实那具尸体就是你们的女儿苗苗。苗苗的死亡时间和徐大发的死亡时间接近，橡树林为凶杀案第一现场。"

冯森、边国立、罗欣然三人观察着沈广顺和宋丽敏。

沈广顺和宋丽敏两人并没有特别出格的举动和表情，他们只是静静地看着冯森，泪水在两人的眼眶中慢慢地盈满，然后滑落。

除此之外，他们俩再也没有别的举动。

冯森和边国立、罗欣然交换了个眼神，罗欣然拿过纸巾递给宋丽敏。

"不用。"

宋丽敏轻轻摇了摇头。

"看来，你们已经知道苗苗没了？"

沈广顺垂下了眼帘，不说话。

"是。我们早有心理准备，知道孩子肯定是没了。"

宋丽敏也是沉默了良久。

"所以你听到刚才这个消息，没有任何意外，也没有心存侥幸？"

"是。"

冯森打开皮包，从包里拿出一张胡雪娥家里的照片，上面显示是新买的变形金刚之类的儿童玩具。

冯森再拿出一张照片，照片上是一棵橡树上挂着的一个超级飞侠乐迪玩偶。

沈广顺木然地看着这些照片。

"沈广顺，我们在你家里发现了你给孩子买的玩具——在孩子已经遇害之后，你仍然坚持给孩子买的玩具……你不觉得这不正常吗？"

"有什么不正常，我想孩子，就愿意给她买，她不在了我也想给她买，有什么不正常？"

"买玩具很正常，我理解。可你买的这个超级飞侠乐迪玩偶

180

挂在一棵橡树上面，这棵橡树正好就是苗苗的埋骨之地！你觉得这是巧合吗？"

"姓冯的！我们家已经够惨的啦。我请你不要再害我们了，行吗？你不能因为你的老婆死了，就把怨气全都撒在我们家身上！"

"沈广顺、宋丽敏！请你们两位好好配合！你们为什么这么抗拒，还非要扯上我爱人的死干什么？这两件事情有关系吗？"

"有没有关系？你心里还不知道吗？你在外面散布了我们家多少谣言，说了多少龌龊话，干了多少龌龊事！我告诉你，我妈已经得了脑瘤，她经不起任何刺激了。如果她出了什么意外，我绝不会放过你们！"

"沈广顺！给我老实点儿！现在是专案组联合办案，请你就事论事，不要节外生枝！"

沈广顺看了一眼边国立，不说话了。

"既然话都说到这份儿上了，我们也就不再隐瞒了。我们确实早就知道苗苗已经死了，我们也知道她的遗体被埋在那棵大橡树下面……"宋丽敏在一旁补充了一句。

"那你们为什么还要悬赏六十万寻找失踪的孩子呢？"

"这一切都是做给我婆婆看的。"

"胡雪娥？"

"嗯。苗苗失踪，沈广军被判死缓，我公公受不了这个打击，没多久就去世了，就剩下我婆婆整天到处喊冤……在这种情况下，如果我们说苗苗已经死了，还把苗苗的遗体找出来，我们觉得老人家受不了这个打击……"

宋丽敏说着，眼圈红了。另外一边，沈广顺已经扭过头去看着后面，身体剧烈地抖动着。

冯森等三人很震惊，罗欣然的眼圈也红了。

冯森咳嗽了一声："这件事情我能理解！你们隐瞒得好，保护了胡大婶儿。"

"你们可以走了吗？我不想再见到你们，让我们过点儿平静的日子吧。"沈广顺喃喃自语，根本没看任何人。

冯森看着沈广顺，缓缓地说："树欲静而风不止，沈广顺，不是我们不让你平静，是有太多的疑团有待我们去解开……我们不可能因为你想过平静的日子就放任有这么多疑点的案子悬在空中……"

沈广顺的眼光又恢复了绝望。

"我想问你一件事情，作为常识，请你帮我判断一下：你认为沈广军有可能在橡树林同时杀害徐大发和你们的女儿苗苗吗？"

沈广顺的脸色变得极其苍白，宋丽敏也开始浑身颤抖。

"这只是一个最普通的问题，请你回答我。"

"我不想回答这个问题，又不是我干的事情。"沈广顺眼神阴沉而决绝。

"好。那我替你回答！'930 杀人案'的背景是——沈广军得知苗苗被人拐卖，急忙开着车去寻找，找到橡树林之后，发生了谋杀案。沈广军强调，他在寻找孩子的过程中，看到徐大发被人杀了，他害怕之下，跑了，孩子也忘了找了。但这一点未被法庭采信，法庭最终认定沈广军进入橡树林之后杀了徐大发。这一点证据确凿，包括凶器上也有沈广军的指纹，已经不容置疑。"

沈广顺眼光阴鸷，看着地面，嘴角露出不屑的冷笑。

"沈广顺……你觉得我说得不对吗？"

"边队长，刚才冯组长讲的这点儿事，都有你们公安的实证吗？"沈广顺根本没看冯森，而是看向边国立。

"不错，是我们负责侦破的。"

"牛掰。"

"涉及你弟弟的性命，你居然无动于衷，只想着跟我们斗气？"

"那又怎么样？"

"行了，既然你不配合，那我们换一种思路，不说徐大发了。小罗，你们当时审讯沈广军的时候，他有没有提苗苗在哪儿？"冯森制止了边国立，看着沈广顺。

"沈广军从来没有说孩子就在橡树林里，他就说自己来找孩子，结果看到了被杀的徐大发。从这个角度来讲，其实是沈广军刻意误导警方，故意让人无法找到苗苗的遗体。沈广顺，你们家苗苗的事情，看来是跟沈广军脱不了干系的。"

沈广顺和宋丽敏两人一个低头看地，一个扭头看窗，对此根本不发表任何看法。

"无论沈广军是不是杀害徐大发的凶手，他都没有任何必要隐瞒苗苗的死，也没必要把苗苗埋在树下。除非……"

"什么情况？"一旁听着的边国立倒糊涂了。

"除非，沈广军和苗苗之间，有什么事情。这件事情的可怕程度，甚至超过了谋杀徐大发。所以，沈广军就算背了一个杀人的罪名被判了死缓，他也决不交代与苗苗相关的事，以证明他没有杀徐大发。这就是两害相权取其轻。所以，沈广军只盼着我们能在没有任何证据支撑的情况下强行硬破'930杀人案'。其实，他要提供与苗苗相关的事情，说不定很容易就能证明他在徐大发谋杀案上是无辜的。只是，他与苗苗的死可能就脱不开干系了。"

冯森一边发表着自己的看法，一边密切关注着沈广顺和宋丽敏的脸色。听到沈广军和苗苗的死似乎有联系，两个人果然脸色骤变，身子都坐不直了。

综合沈广军在监狱的表现，尤其是他强烈的申诉，一直不承认自己杀了人，也对参与积分立功减刑之类的活动完全不感兴趣，即使在被判死缓的情况下，也不惜诬陷管教干部，不惜自伤身体，制造假象，冒着加刑甚至死刑的危险也一定要表达自己的冤屈，冯森猜测沈广军真的没有杀徐大发，徐大发的谋杀者另有其人。而事情的关键就在于，沈广军和苗苗之间到底有什么秘密？沈广顺和宋丽敏二人讳莫如深地隐藏着这件事情，目的何在？

"我再把话说得更直白一点儿吧！我认为沈广军到橡树林，很可能是有比谋杀徐大发更难以启齿的事情，所以他宁可背上一个谋杀的罪名，也不愿意说出那件事！你们早就知道了这件事情，也一起默契地帮他隐瞒！这也是'930杀人案'无法找到真相的原因！你们一起欺骗了胡雪娥，让她老人家蒙在鼓里天天找政府申冤，其实这冤情是你们三个自己制造的！"冯森当即下了结论。

"哗啦"一声，沈广顺居然把椅子坐塌了。

宋丽敏尖叫一声，忽然哭出声来。

忽然，超市后面的货架发出"嘎嘎"的响声。

冯森等人急忙站了起来，退到安全的地方。

货架倾斜得越来越厉害，上面的各种杂货纷纷往下掉。"轰隆"一声，货架完全倒塌，上面的东西全都砸在了地上。

倒塌的货架后面，站着浑身颤抖、面如金纸的胡雪娥——她假装上厕所避开了王鹏，自己悄悄从超市后门进来，已经在仓库里偷听半天了，什么都听到了！

"妈……"沈广顺和宋丽敏哭喊了起来。

胡雪娥眼神空洞，她抬腿直接踩在货架的桁架和窟窿上，深一脚浅一脚地从里边走过来，不停地磕碰，但她好像一点儿感觉都没有。

"冯组长，请你告诉我老婆子，沈广军做了什么不可告人的事，比杀了徐大发还严重？"

"一切都只是推测。这个真相他们兄弟俩和宋丽敏应该都知道，只是瞒着你而已。"

"老大呀，你们都知道了，你早就知道了？"胡雪娥看着沈广顺，声音凄厉。

"妈，我知道什么呀？"

"你知道苗苗早就死了，你还一直假装要卖了房子去找她……为什么？"

"妈……"

"你不许我花这笔钱去救你弟弟，是不是认定了你弟弟不该救？"

沈广顺看着胡雪娥，忽然"扑通"一声跪下了。

"妈，我求你不要再说了！什么都不要再说了！就让事情到此为止吧！"

"不行，绝对不行！我老婆子非得主持这个正义不可。老大，不管那话多难听，给我说出来！现在就说！"

沈广顺只是跪在地上，不停磕头。

"妈，我真的不能说，我什么也不知道啊。你就当我没有这张嘴好不好？我没有嘴，我不会说……我是个哑巴，行吗？"

"我养了你这么多年，难道我不知道你是不是哑巴吗？"

沈广顺看着胡雪娥，又扭头看着冯森，在极度绝望之下，他过去搂住胡雪娥哀声嚎叫了七八个"妈"。胡雪娥在他这种绝望的呼喊之声中泪如雨下，浑身颤抖。

忽然，沈广顺使劲地扬起头，大张着嘴，然后使劲地把头磕下去，下巴直接磕到了旁边的冰柜上面，上下牙猛地咬合在一起。

沈广顺嘴里喷出了鲜血。

冯森急忙扑过去，一把捏住沈广顺的两颊。

"快叫救护车！他咬舌头了！"

宋丽敏嚎啕大哭起来，扑下去搂着沈广顺。

"广顺……广顺……你怎么这么傻呢？怎么这么傻呢？"

沈广顺疼得浑身颤抖，他躺在宋丽敏的怀里，两眼闪着绝望的光，嘴里不断地吐出血沫。

冯森死死地捏着沈广顺的脸颊，用一种复杂的眼神看着沈广顺，沈广顺则生无可恋，绝望的眼神发散地看着地上。

沈广顺、宋丽敏两人就这样搂在一起，瘫在地上。

十八

手术室门口，两个护士推着担架车快速过来，把沈广顺直接推进了手术室。

冯森看着椅子上脸色难看的胡雪娥，鼻子为之一酸。

"大婶儿，您别在这儿等了，这个手术需要很长时间。"

"放心，冯组长，我死不了。"

"您现在身体不太好，可以先找个地方休息，等这边情况稳定了，我们再通知你。"

"不用了，冯组长，我就剩下这最后一口气了。我不能走，我要是找个地方躺下，可能就再也起不来了……冯组长，我求求你，你还是接着审案子吧。你审案子就是在救我这个老婆子的命了。"

"大婶儿，沈广顺已经进去了，现在没法审了。"

"你还能审！你回监狱去审沈广军，或者，或者就在这里审相关人员……"

冯森、罗欣然转过头，眼光慢慢转向了宋丽敏。宋丽敏的脸色顿时又变得苍白。

"儿媳妇！你毕竟当了我这么多年的儿媳妇，你就听妈一句话，好好配合专案组，该说什么就说什么……妈不需要别的……妈这个人较真儿了一辈子，就想知道谁干了什么，谁没干什么！干了的，让他付出该付的代价；没干的，该还他清白就还他清白，可别搞张冠李戴那一套了……"胡雪娥紧紧攥住宋丽敏的胳膊。

"妈，我不想说这个……我要往下说了这个……沈广顺会杀了我的……"宋丽敏也哭了起来。

"你要不说，我老太婆也会杀了你的！"

"妈，你别为难我好吗？你为什么要让我说这些事情？说出来也救不回苗苗了……还会害了广军……妈，你何苦这么逼我！"宋丽敏泪流不止。

"我就是想弄个明白！"胡雪娥全身颤抖了起来，好像站都站不稳了，冯森急忙伸出手扶住。"冯组长，我算是看清楚了，从你当初假扮骗子来骗我，到现在为止……我看出来了，你是一个真正有水平的检察官，我信你，我信你！我不像那两个糊涂的孩子。他们，他们鬼迷了心窍，钻进自己的想法里出不来了……"

"沈广顺是对我有一些误解。"

"你爱人出了那么惨的事情……十年了……老婆子我和你投缘。其实，你跟我是一样的人，都是爱较真儿的人……可我们家这几个不争气的，却在拼命拖你后腿……我们对不起你，冯组长……"

胡雪娥说到这儿，忽然深深地向冯森弯腰鞠了一躬。

冯森突然间控制不住自己的情感，眼泪一下子流了出来，他慌忙弯下腰，哽咽着扶着胡雪娥，说道："大婶儿……你别这样！你已经够遭罪的了……你家里都成啥样儿了！你还跟我道什么歉！我是检察官！我替沈广军申冤，我去找到真相，那是我应该做的事情……政府发给我工资就是让我干这个的……你、你们家人不存在什么道歉的事情……你们没有义务帮我查我爱人的车祸……真的……你们能帮我当然好……可你们没有任何义务！"

"那冯组长，咱们话都说到这份儿上了，我就不说别的了……我想请你让宋丽敏讲真话，讲实话……"

"好。不过真相总是残忍的。"

"老婆子什么没见过？还能有什么更惨的事情吗？"

"好。你手机里应该有苗苗的照片和视频吧？"

"有……里面都装满了，全是她的……我的好孙女啊……"

冯森、边国立、罗欣然、王鹏带着胡雪娥进入医院一间办公室。王鹏把胡雪娥的手机接到后面一台电脑上，电脑屏幕上的画面马上就投影到了前面的大屏幕上。

王鹏调出相册点开，里面是照片和视频文件。

黑暗中，所有人都看着屏幕上可爱的苗苗。

屋子里充满了苗苗的欢声笑语，宋丽敏却在默默地流着泪。

"可以了。"

罗欣然掏出了手机，点开那张痕迹鉴定部门传过来的图片。

那是编织袋上镶嵌着三块完整的指甲的照片。

"宋大姐你看看，这是我们技术部门做的鉴定。"

宋丽敏抹着眼泪，看着手机。

"我现在要非常非常抱歉地告诉你，苗苗被装进编织袋埋到地里的时候，并没有真的死亡。你看看这张照片，孩子的指甲抠到编织袋的缝隙里去了，这说明苗苗在死亡之前拼命地挣扎过。"

宋丽敏全身僵硬，整个人忽地站了起来，所有人都吃惊地看着她。

灯光下，宋丽敏大张着嘴作仰天长啸状，但并没有声音。

"丽敏……你怎么啦？"胡雪娥看着有些害怕。

宋丽敏看着天，忽然发出狼一样长长的悲鸣，瘫倒在地。所有人都吓坏了。

宋丽敏一边嚎啕大哭，一边四肢着地地往前爬着，蠕动着，她已经完全变调的嗓子里边在喊着："苗苗……我的苗苗……苗苗……"

众人过去七手八脚地扶起她，发现她的口鼻已经磕破了。

众人把宋丽敏搀扶到椅子上，她斜靠着坐着，还在喊着："苗苗……苗苗啊……"

冯森看着罗欣然一把抱起宋丽敏，但宋丽敏完全失去了意识，整个身体直往下滑。

王鹏急忙过去帮着罗欣然一起扶着宋丽敏，正往外走的时候，宋丽敏忽然间尖声大叫："停下！"

"姓冯的！我什么也不管了，我他妈谁也不顾了！我现在就告诉你，沈广军这个畜生，是他把我们家苗苗害死的……"

"你的儿子！你的儿子沈广军！他扑在苗苗身上，又啃又咬，又掐又摸……这个畜生！他自己找不到女人，就欺负我们家苗苗……这个伤天害理、天打雷劈的畜生！"宋丽敏目光极其凶狠，她冲到胡雪娥面前，死死地瞪着胡雪娥。

"丽敏……你不要胡说！"

"胡雪娥！你生出的好东西！他是没有杀徐大发！但他杀了我女儿，活埋了她！他把苗苗活埋了！他死一万次我都不解恨，你们全家死一万次我都不解恨！胡雪娥……让你们沈家全都去死吧！"

房间里陷入了前所未有的静寂，片刻后，老太太的声嘶力竭打破了沉默。

"老天爷啊，我是上辈子造了什么孽啊？！"

半小时之后，一辆印有"公安"字样的公务车和一辆印有"检察"字样的小汽车开过来停在站台超市门口，边国立、王鹏带着宋丽敏和胡雪娥从公务车上下来，冯森、罗欣然从小汽车上下来。宋丽敏、胡雪娥两人都像大病了一场，表情凝重，目光呆滞。

宋丽敏绕到收银台里边，在底下摸索了半天，终于找出一部智能手机递给了冯森。手机界面上几乎所有能删的 App 都删了，上面只有一个手机相册，相册里存着一个视频。

　　这是一段远距离拍摄的小视频，先是扫过一辆车（徐大发被杀时开的那辆车），从车窗窗口能看到徐大发靠在座椅上，已经死去，眼睛里插着改锥。镜头很快扫过去，对准了沈广军的车，隐约看到车窗里，一个男人正在忙碌着。镜头不断地晃动着往前靠近，终于看清了，车里是沈广军的侧面，他正在俯下身去亲吻在车座上躺着的苗苗。视频继续播放，能看到沈广军亲吻苗苗几下以后，开始用手在苗苗的胸部摸索。然后沈广军似乎要扭头往外看，镜头一晃，落在了一片草地上。

　　黑屏了。

　　视频结束了。

　　"没了？"胡雪娥忽然哑声道。

　　"你还想看什么？"宋丽敏阴沉着脸问。

　　"广军干什么呢？就这么一小段，这一小段之后他后面干什么了？"

　　"你还没看够啊？老太太！"

　　"他是在救苗苗！急救人的时候，不就是嘴对嘴吹气吗？不就是按胸按压心脏吗？"

　　"为什么我不想拿出这个东西？我就知道你会这么说！你儿子找不到媳妇，你就什么都惯着他……你忘了苗苗四岁的时候，沈广军对她……对她……"

　　"你诬蔑广军！孩子半夜要撒尿，你们都不在家，广军替她把尿怎么啦？你们自己不要脸，就以为别人也这么不要脸！宋丽敏！你以前在什么 KTV 上班，自己不干不净，就以为别人跟你一样……"胡雪娥完全被逼急了。

宋丽敏脸色发青，显然愤怒到了极点。

"胡雪娥！你儿子是你生的，你疼他，可苗苗是我生的！我也疼她！你儿子还活着，我的苗苗没了！我看在沈广顺的面子上一直忍着没说，就是想让你多活几年。看你现在这个德性，还想反咬一口，还想污蔑我的清白！你以为你跟隔壁那个瘸腿老头儿的事情别人不知道吗？死老太婆！你就早点儿去死吧！"宋丽敏说到最后，完全是大喊起来。

胡雪娥忽然一挥手，重重地打了宋丽敏一个耳光。

"你打我？我打死你个老东西！"

冯森、罗欣然等人急忙把她们俩分开。边国立和王鹏强行把胡雪娥从超市里抱出来放到公务车上，然后边国立下了车，把车门拉上。王鹏留在车上看着胡雪娥。边国立匆匆进了超市。

超市里，冯森亢奋地转悠着，罗欣然有些奇怪地看着冯森。宋丽敏看到冯森的反常举动，也有些傻了。

"冯组长，这是怎么了？"

边国立摇了摇头。

"小罗！把胡雪娥带进来！"

罗欣然迟疑地看着边国立，边国立小声地说："冯组长，胡雪娥现在状态不太好，就不让她进来了吧？"

冯森转过头，亢奋地对边国立说："老边，必须让她来！'930 杀人案'，是她上访才得以重审！我的新发现，她有权在第一时间知道！"

冯森在超市里来回走着，脑海里不断闪回着手机里照片和视频的诸多细节。沈广军奸杀了苗苗，问题似乎解决了，但似乎又没有解决。中间存在一个巨大的疑问——这个视频是谁拍的？

当时还有另外一个人在现场！

"冯组长……你想通了？"胡雪娥看到冯森脸色有变化，试探地问了起来。

冯森把自己的疑问抛了出来，所有人都陷入了深思。

"我赞同冯组长的提法，还有另外一个人在现场……"罗欣然率先作出了判断。

"我们再往下推理，手机为什么在宋丽敏这里？而不是沈广军那里，也不在我们专案组手里？"冯森进一步猜想。

"沈广军当时交代说手机搞丢了，因为当时看到徐大发的尸体，太过惊慌，手机丢在哪里也忘了……"

"宋丽敏，你回答我——沈广军的手机怎么在你这里？"

"有人拿给我的。"

"谁？"

"不知道。苗苗出事之后，我们印了好多寻女传单。有一天，我和广顺在外面发传单，回家的时候，就发现这个手机在我的包包里……"

"这就说明，有人专门把手机悄悄塞到了你的包里，对不对？"

"是。"

"这个人为什么要把手机塞到你包里？"

"可能是……好心吧。"

"这个给你手机的人，目的就是让你看到那段沈广军疑似猥亵苗苗的视频！其实，胡雪娥大婶儿说得对，这一段短短的视频，并不能认定沈广军是在猥亵苗苗。苗苗躺在车座上一动没动，整个过程都没有任何反应。按照一般规律，沈广军如果出于猥亵或性侵的目的，应该要脱掉苗苗的裤子……"

所有人都表情复杂地看着冯森。

"刚才我们已经看到了，苗苗的裤子并没有脱下……所以，沈广军猥亵苗苗的可能性不大……如果沈广军真的猥亵苗苗，这个拍摄视频的人完全可以等到沈广军在真正性侵的时候再拍，那样更有效果……但他并没有拍那个过程，这就说明，很可能没有那个过程……他只是截头去尾，留下了一段可以让人误会的过程……"

"他为什么要让我看这个？"

"为了把沈广军打入十八层地狱，永世不得翻身！"

大家都震惊地看着冯森。

"那个人，先是设置了陷阱，让沈广军背上了谋杀徐大发的罪名，其实很有可能是这个人先杀了徐大发再让沈广军去现场的；然后，又用手机录下了沈广军疑似猥亵苗苗的视频……这样，如果有人替沈广军洗清了杀人罪，你和沈广顺也不会放过沈广军，因为你们认为沈广军猥亵苗苗并杀了她……这件事情对于沈广军来讲，比杀了徐大发还要严重！"

"但这里还存在一个问题：即使橡树林里存在第四个人，这个人要是拍视频的话，应该也是用自己的手机拍的，那这段视频怎么会在沈广军的手机里？"边国立问了一嘴。

"边队，我看问题喜欢看细节，看一些别人看不到的地方……我们再来看一下刚才的视频……"

冯森说着，再次播放手机视频，并使用截屏功能将画面截了下来。冯森把截屏的图片调出来，放大，再放大，并把图片往手机右上方推动，最后让整个屏幕都显示着图片的左下方部位。

"看到没有？看到没有？"

大家都仔细看着，上面依稀是一道黑边，还有一个不规则的椭圆状的东西压在黑边上。

"这应该是一部手机的边框……对不对？"

"对，一部 iPhone7 手机的边框。"

"也就是说，真正拍下沈广军和苗苗这个视频的人，用的是 iPhone7，而不是沈广军的这部华为 Mate9 手机……另外，你们看看图片上显示的这个椭圆形的黑影，仔细看看……像什么？"

大家仔细看着，边国立轻声地回答："大拇指。"

"对，这是一个人的大拇指……这个人拿着自己的 iPhone7 拍下视频之后，再拿到了沈广军的华为手机，用华为手机对着 iPhone7 掐头去尾录下了上面的视频，用来误导宋丽敏和沈广顺，让他们以为是沈广军对苗苗干了伤天害理的事情……"

"冯组长……你这么替沈广军说话……那我问你，沈广军如果没有对苗苗做什么见不得人的事情……那他为什么不跟你们专案组说呢？他为什么隐瞒了苗苗的事情？"

宋丽敏很是不服。

"这个问题提得好！这个问题的答案，我们相信在沈广军那里很快就能找到！但是，通过当前的线索，我认为，沈广军谋杀徐大发、猥亵苗苗，这两件事情都是证据不足的……除非有新的证据！所以，宋丽敏，你和沈广顺暂时不用对沈广军有那么大的仇恨了……胡雪娥，你也可以放心了，沈广军现在的这两个可怕罪名很快就会洗清，下一步，是要找到那第四个人……"

胡雪娥喜极而泣，但转而又目眦欲裂："是谁——哪个王八羔子干的？"

"就是送手机给宋丽敏的这个人。"冯森下了结论。

大家全都看着冯森。

"通过这部手机，我现在已经可以推断，橡树林谋杀案现场，除了沈广军、徐大发、苗苗之外，还有第四个人，这是个隐身人……"冯森在超市里来回走着，"现在，我们马上对这部手机进行技术鉴定，首先是鉴定刚才那段视频的真假，其次是在手机里寻找当时沈广军的社交记录，看看有没有线索！"

大家还是没反应过来。

"边队，现在球踢到你这儿了，让技术支队马上鉴定手机！有了鉴定结果，就会有新的线索，有了新线索，我们就可以根据这些线索去重审沈广军，并找到真正的凶手！"

大家都露出了欢喜的神情，只有边国立神情凝重。

冯森长舒一口气，大步走到了超市外面，边国立、罗欣然、王鹏跟在后面也走了出来，每个人心情都异常复杂。

忽然一阵撕心裂肺的声音传出来："站住——"

大家都站住了，旁边许多围观的群众都靠拢过来。

冯森转过身站住了，看到胡雪娥忽然跌跌撞撞地从超市出来了。

冯森还没反应过来，胡雪娥忽然冲到他面前，"扑通"一声就跪下了，俯身便拜："冯组长……我的青天大老爷啊……你替我儿申了冤啊……青天大老爷啊……"

胡雪娥哭喊得极其动情，冯森的眼泪夺眶而出。

围观者窃窃私语，没人敢高声说话。

十九

连续作战之后，冯森终于冲破郑双雪、陈明忠以及黄雨虹集团努力设下的障碍，得以继续留在巡回检察组担任组长，继续主导"930杀人案"和黄四海杀人案的调查工作。因为极其疲劳，冯森和罗欣然两人直接在胡雪娥家附近的街道上找了一家按摩店放松一下。刚躺在按摩床上，冯森就鼾声如雷。罗欣然虽然也很累，但毕竟年轻，压力也没那么大，加上按摩技师的手法老让她痒痒得想笑——她自己从来没做过按摩，过去未婚夫邓耀先想带她做，被她拒绝了——今天这种情况，她心目中的英雄和战友冯森同志想放松一下，她当然得奉陪了！

因为想起自己过去拒绝邓耀先的经历，罗欣然心里忽然有点儿跟冯森"出轨"的感觉。怀着这种"愧疚"心理，罗欣然给邓耀先打了个电话。电话里，邓耀先一副很忙碌的样子，说他刚刚从律所出来，正准备去吃点儿东西。罗欣然听出邓耀先似乎很着急，看样子是饿坏了，闲聊两句就很快挂了电话。迷迷糊糊睡了一会儿，罗欣然再次被痒醒，她忽然想看看邓耀先在吃什么。这家伙比较喜欢装，本来是农村出来的，还经常煞有介事地带罗欣然去西餐厅。罗欣然拿起手机拨打了视频电话，奇怪的是，响了好半天才接通。罗欣然看到的视频里，是神情有一点儿紧张的邓耀先。

邓耀先告诉了罗欣然一个她不太熟悉的餐馆名字，但邓耀先并不在餐桌上，而是在一面什么特点也没有的砖墙下面站着。凭着女性和检察官的本能，罗欣然觉得邓耀先在撒谎。她并没有揭穿他，而是敷衍几句之后挂了电话。罗欣然记得自己曾经在邓耀先手机里装过一个定位软件，现在，这个 App 派上用场了。

果然，App 启动之后，罗欣然马上就发现邓耀先并不在海平市里，而是在距离橙州不远的一个温泉度假村里！

这家伙！果然在撒谎！

罗欣然判断邓耀先有很大的可能是跟人在这里约会。这个马上就要跟自己结婚的金牌律师，居然就在离自己单位几公里之外的地方与人偷偷约会！罗欣然无法容忍，她马上就离开了按摩房，按照 App 上的指示开车火速赶到了那个度假村。

宽敞明亮的大堂内，客人来来往往。大堂中间竖着一个易拉宝，上面写着海平市先声律师事务所闭门酒会的消息。酒会入口的安检措施非常严密，但罗欣然是什么人？除了执法人员的专业训练给她的底气外，易拉宝上写的先声律师事务所执行合伙人可是她的未婚夫邓耀先！她装作是邓耀先的情人，很容易就骗过了把门的人，混入了酒会会场。

那是一个巨大的、豪华的会议室。房间正中摆着一张巨大的长条桌，桌子上摆着鲜花、水果，两侧坐满了西装革履的男男女女，都是一副精英模样，大家都在低声地议论着什么。罗欣然低着头进来，偷偷打量着这些人，发现所有人脸上都有一种亢奋的神情。罗欣然走到桌子尽头的一个空位坐下，两旁的中年男士都在兴奋地与他们自己身边的律师聊着什么。罗欣然隐约听到左侧的男人说着："黄少的事情其实没那么麻烦，法律提供了足够多的可能性……"

右侧的男士也在说着："一监狱现在非常混乱，张友成其实已经失控了，听说宋书记对他意见很大……"

右侧的男士兴奋地继续说着："张一苇已经入狱了！这可太牛了！围魏救赵的经典啊！不得不说，邓律师确实是高手啊！不负金牌律师这块金牌啊！"

罗欣然震惊地听着议论。

正在这时，前面的大门打开了，邓耀先从外面进来，他意气风发，刚吹的头发非常有型。他刚去了洗手间，手还是湿的，正用一块手帕在擦着。

邓耀先当仁不让地站到了长条桌的上首，微笑地看着大家。

会场顿时安静下来，罗欣然连忙低下头，靠在椅背上，胳膊肘支在椅子扶手上，用手遮住自己的一大半脸。

好在距离很远，中间又隔着不少人，邓耀先根本没看向她这边，罗欣然静静地观察着。

邓耀先坐下后，开始大声地演讲："各位朋友！非常高兴我们又相聚在温泉村！我可以负责任地说，我们制订的计划正在顺利推进，刚才我听到有人在议论张一苇的事情……那我就给大家露个底：张一苇已经因为故意伤害罪被送往省第一监狱服刑，所在的监舍正好就是黄少的二班，相信大家不会以为这是个巧合吧……"

底下的律师们笑了起来。

邓耀先也笑了："我知道你们笑什么……当然不会是巧合，只是未来还会有更多的'巧合'。如果我们的目的没有达到，张一苇在二班的日子将会非常难过，那是后话了，今天先不讲了……上次我们安排吕文瑞在三峰派出所做成轻伤二级事件，取得了圆满的成功，老板非常满意！现在，更重大的考验要来了！据可靠消息，冯森冯组长，这个剑走偏锋的检察官，张友成的秘密武器，昨晚提出了黄少过失杀人案的最新证据，就是这个——"

邓耀先一挥手，身后的大屏幕上出现了昨晚冯森提供的一模一样的两张照片。

"大家看看这两张照片，冯森认为，黄少在照片上面处于不同的时间，是两个不同的动作，但是背景中的小狗和小狗嘴里掉出来的面包，它们的位置是完全没变化的……不得不说，冯森理解问题的角度非常刁，他提出的这个视频上的漏洞，完全可以证明视频造假了……所以，这是我们今天第一个重要的问题：如何解决视频造假导致的问题——黄少有可能因此被改判故意杀人……我们说的，只是有可能……这个可能性会不会实现，就看诸位怎么从各个渠道寻找支持了……"

大家都默默地看着邓耀先。

"第二个重大问题，就是张一苇的问题。张一苇已经进了监狱，按道理我们已经大获全胜了，为什么还有他的问题？很简单，因为张友成并未妥协，虽然他身边的人，从张一苇到熊绍峰，甚至郑双雪，都不同程度地付出了代价。但是，张友成并未理睬，并没有像我们想象的那样，在任何一件事情上作出哪怕小小的妥协！另外，本来答应好的，要把冯森调离橙州，让他回省检察院去上班，结果也因为'930杀人案'取得了新的进展而未能成行！冯森这个外号是'九转肥肠'的老家伙，继续留在橙州了！他是个天不怕地不怕的家伙，我们不可能对他采取暴力手段。所以——在座的各位都是我们海平的精英——以我们的能力，只能向别的方向施压，以获取官方的妥协——也就是让张友成认尿！"

众人安静地听着邓耀先发言。

"张一苇这个人，是有人性弱点的。首先，他现在有一个女朋友，就是网络作家乔逸，这个人我们已经制定了一系列的方案，会对她进行重点打击，主要是用舆论把她炒黑，炒成一个抄袭者！让她名誉扫地！"

底下开始窃窃私语。

"乔逸的遭遇，会传到监狱里面，张一苇非常恨他父亲，他在意的人只有母亲郑双雪和女朋友乔逸。如果乔逸受到伤害，他在监舍里就会情绪不稳……然后，我们再和郑双雪的无双集团做点儿'大生意'。无双集团不是做新能源吗？现在这个时期，搞垮新能源太容易了！国家对新能源的补贴也不如过去，无双集团的补贴甚至可能被取消。如果这样，我们就可以让喜由网与无双集团进行一系列看似极有前途的合作，但最后结果大家是知道的……那绝对不会是什么双赢……"

大家哄笑起来。

"上面这些方案，我们会在近期一个一个实施……这些方案实施的结果，必然会对张一苇和郑双雪、乔逸都造成巨大的影响。到了那个时期，张友成张大书记可真是走上了一条三难选择的绝路啊……他不是大清官吗？不是永远坚持原则吗？那好，面对他老婆、儿子、儿子女朋友的名誉和未来，他会不会打个电话，以行政手段干涉司法？让监狱给照顾照顾？早点儿立功减刑？让网信办删帖，保住乔逸的名声？让喜由网捞点儿钱，挽无双集团于既倒？我个人认为，他完全有这个能力！有这个权力！有这个面子！但是，只要他打了这个电话，他就是徇私枉法了！就是否定了自己一直以来坚持的原则！"

罗欣然极度震惊地听着邓耀先的话。

"如果张友成因此打出了第一个这样的电话！那以后一切都好办了！腐败与渎职，就跟吸毒和偷情一样，只要做了第一次，必然会有第二次、第三次、第一百次、第一千次！我们的张大书记可能马上要有人生第一次了！"

大家全都哄笑起来。

"好，言归正传。今天我们开会的任务，就是讨论刚才的两个议题。另外，为了鼓舞士气，我要提前公布一个好消息：喜由网董事会日前已经作出决策，准备出资十亿，成立一个涉及全球的包括审计、法务方面的工作的事务所，这十个亿，会分期分批地全部消化到事务所中间，由我们大家来支配！"

会场上顿时响起了雷鸣般的掌声，邓耀先非常亢奋，他也跟着大家一起鼓掌，并随着有些亢奋的欢呼，也举手欢呼起来。

就在这时，门忽然开了，一个穿着皮夹克的中年男子不顾门口保安的阻拦闯了进来。邓耀先脸色也变了，急忙迎过去说："放开放开！老唐，你怎么来了？"

老唐名叫唐人杰，是先声律师事务所另一名合伙人。他挣开保安，整整衣服指着邓耀先大声地说："好家伙！你们这是干吗？是要分家，还是要干什么？我这个合伙人有权知道你们要做什么！"

所有人都回避唐人杰的眼光。

"老唐，这件事情是我负责的，跟大家没关系……"

"你负责的？那也代表整个先声事务所！我不允许我们的专业知识被人利用，变成某些人的帮凶！我们学了法律，不是来帮权贵擦屁股的！邓耀先，你已经忘了自己是干什么的了吧？"

邓耀先十分尴尬，一会儿看看唐人杰，一会儿看看大家，忽然间，他发现了罗欣然——罗欣然因为起身看唐人杰，忘了掩饰自己。邓耀先与罗欣然眼神相交，邓耀先的脸色顿时变得苍白。罗欣然迅速站起来，一把打开后面的那个门的门锁，拉开门跑了出去。邓耀先也迅速起来，从前面的门往外追出去。

会场里所有人都愣住了。

罗欣然冲出度假村大楼，驾驶汽车飞驰而去。邓耀先脸色苍白，急忙开了自己的保时捷追上去。很快，两辆车开始在郊区的土路上追逐。邓耀先一边开车一边还给罗欣然打电话，罗欣然毫不犹豫地挂断了，她马上给冯森拨电话。

可惜的是，冯森在按摩房里睡得很死，电话响了半天都没吵醒他。按摩小姐终于受不了了，直接把冯森弄醒了，但此时罗欣然的电话已经断了——在罗欣然和邓耀先的车后面，出现了两辆丰田霸道越野车。

在极度危险的追逐中，罗欣然疯狂地踩着油门，一只手紧抓着方向盘，另外一只手掏出手机，尽可能保持情绪不会过于激动。冯森的电话打来了，罗欣然急忙放在免提上，迅速向冯森汇报了自己听到的一切阴谋。最后，罗欣然告诉冯森："他们要杀我！"

四辆车上了高速公路，罗欣然不断地打着方向盘，试图从保时捷和丰田之间的空隙中往左切过去，但是那两辆车咬得很紧，不给罗欣然一点缝隙，罗欣然任何一个动作的偏差都会导致碰撞。

罗欣然开着车进了隧道，后面的车也带着雷霆之势，一起跟着进了隧道。四辆车在隧道里一直追逐，罗欣然的车被逼得速度越来越慢，越来越慢，终于停在了隧道里。

邓耀先迅速下车，跑到后面丰田车一侧敲门，车窗摇下，里面是戴着口罩的常胖子常子龙。邓耀先急切地恳求对方："给我十分钟，就十分钟。"

常胖子看了邓耀先片刻，终于把车窗摇上，不说话了。

邓耀先冲到罗欣然车旁，不停地敲着窗户玻璃，用乞求的眼神看着罗欣然大声喊道："欣然！欣然！你开开门！开开门！"

罗欣然终于摇下了窗玻璃，冷冷地看着邓耀先说："你想说什么？你是要求婚吗？"

邓耀先说了什么罗欣然已经不记得了，只知道他受了极大的惊吓，让罗欣然绝对不能把刚才的事情说出去。但这一切很快就消失了，因为那两辆丰田车不知道什么时候开走了，而隧道的入口处，一辆十轮的大卡车正疯狂驶来。在罗欣然的惊叫声中，大卡车带着排山倒海的力量撞向罗欣然的车和邓耀先。

一切都陷入了黑暗中。

隧道里散落着各种零件、水果以及其他莫名其妙的碎片，到处都是血和肉，不知道是谁的。那个开丰田车的常胖子过来了，在旁边少量围观者的注视之下，他把罗欣然从车里拖了出来，假装对她实施心肺复苏。奄奄一息的罗欣然看着这个胖子凶狠地击打着自己的胸部，甚至还伸手捂住了自己的嘴……罗欣然知道，这个胖子要灭口。

"哎！那个胖子！你干吗呢？"终于有人发现不对劲儿了，常胖子最后又给了罗欣然两拳，这才悻悻地离开了。

等冯森赶到时，一片狼藉的隧道里，救护车已经赶到，罗欣然正在被抬上担架。惨烈的车祸现场，让冯森一下子回到了十年前他爱人郑玮丽被害的场景，他发狂地呼喊着，等他冲到车祸现场时，已经分不清现在是什么时候了！他扑在罗欣然身上大喊着："玮丽！玮丽！"

被医生劝阻之后，冯森扑到了肇事司机面前。那是一个叫杜鹏的年轻男子，他正一脸惊恐地看着冯森。冯森发狂地揪住他，大吼着："你是不是要去买彩票？啊？是不是要去买彩票？"

杜鹏吓得大喊："我不是！我不是，我是去送货的……"

冯森喃喃地说着："你是要去买能中五十万的彩票……我知道……这设计高明啊……他们的车堵在路中间，你的刹车失灵，撞死人就白撞死了……扔给保险公司就什么事儿都没有了……高明……高明……"

冯森的癫狂一直持续到医院手术室门口才停止，他呆呆地坐在门口，一直看着手术室上面的灯箱，那里一直亮着"手术中"。

袁宏伟、武强、王鹏、冼友文等检察院的同事和边国立等公安方面的人，还有罗欣然的父母都来了，所有人都表情凝重。张友成身后跟着陈明忠，两人从外面进来了，所有人马上都站了起来。

张友成简单安慰了一下罗欣然的父母之后，马上暗示冯森到外面相见。两人到了外面，上了张友成的红旗车。沉默片刻之后，冯森发话了。

"敌人已经发动了全面进攻！已经从舆论攻势直接转为暴力手段了，后面的情况很可能更复杂。老张，我们必须准备收网了！"

冯森向张友成汇报了罗欣然发现的秘密："……这个邓耀先是黄雨虹请来专门策划对付你的，他负责组织了一个公关团队，专门商量怎样在不违反法律的情况下对你和你的家人设计进行陷害，包括张一苇三次被控告强奸和最后在留置室内的斗殴事件，全都是邓耀先亲自设计的……郑双雪还请他当了张一苇的律师，你想想，他要害张一苇不是太容易了吗？"

张友成手脚冰冷，全身发抖。

"郑主席也没什么大错，只是女人常规的习惯而已。现在是黄雨虹方面要逼你就范，救出黄四海……因为我已经找到了黄四海故意杀人的线索，只要这个线索被确认为有效证据，黄四海难逃一死！所以，他们现在一定是红了眼了！召集团队开会策划，就是他们发起总攻的号角！"

"好！图穷匕见，看来是要决一死战了！"张友成下了决心。

"刚才这些情况，全都是罗欣然冒险告诉我的……但现在邓耀先已经死了，死无对证，就罗欣然一个人证无法说明什么……所以，我们还是无法从法律上或行政上采取什么手段……"冯森说出了他的担忧。

两人商议良久，分析完全盘形势之后，决定立即行动，并且既要出奇计，又要出奇兵。奇计，会把冯森和张友成都当作棋子来用；奇兵，是要启用在监狱服刑的张一苇。

令人欣慰的是，罗欣然被抢救过来了。她没有落下残疾，也没有破相，仍然美丽和坚强。她最重的伤是断了两根肋骨，在这么严重的车祸中只受了这点儿伤，已经算是万幸了。

二十

刑侦总队技术支队全部人马加班加点，已经恢复了沈广军手机里的部分微信记录。尤其幸运的是，他们找到了"930杀人案"当天沈广军与一个 ID 为"888"的人的六条对话：

888——我在老地方，你赶紧过来吧。

沈广军——什么事？

888——少废话，赶紧过来。

沈广军——我现在不太方便，大哥。我有点儿事，脱不
开身。

888——马上过来。否则我收拾你。

沈广军——好的，大哥，我马上过去。

　　大家一致认定，这个"888"就是徐大发。也就是说，徐大
发与沈广军应该是熟人，发生杀人案的当天，沈广军是被徐大
发叫到橡树林里去的。这是一个非常重大的发现，冯森当即赶
回监狱提审沈广军。

　　沈广军像上次一样，又在禁闭室被固定在一个铁架子上面，
连脖子都不能动，嘴里面还塞着一个橡胶球。这让冯森觉得奇怪。

　　解开沈广军的束缚之后，冯森发现沈广军之所以再次寻死，
是因为他前不久自伤身体、诬陷管教狱警的事情已经被检察室
上报走程序了。如果没有人帮他对"930 杀人案"翻案，再加上
他新犯的这些错误，他很可能会被判死刑立即执行。他没有别
的办法，只能以寻死来抗议——所以他又被关到禁闭室里，全身
被固定住了。

　　冯森非常愤怒，因为"930 杀人案"马上迎来重大转机，沈
广军自伤身体、诬陷管教狱警那都算是小事儿，也应该被归于
"930 杀人案"的相关事件之中。现在有人单独把不利于沈广军

的这两件事情上报走程序，显然是不公平的。

得知是王鹏奉武强之命干的这件事情，冯森直接去找了武强。令他意外的是，武强态度很好，但给出的答案却让他完全无法应对。

武强表示，之所以给沈广军走程序，第一是因为郑双雪打了招呼，因为她希望沈广军的"930杀人案"不要太快翻过来，以免对张友成的仕途造成影响；第二是因为受害人郑锐强烈要求。

郑双雪是张友成的爱人，而张友成是冯森的直接汇报人；郑锐，是冯森的儿子。所以，武强的回答真是令冯森无语。

"冯组长，做人很难的，尤其是有家人、有朋友、有牵绊，就更难。"

武强说完，微笑着拍了拍冯森的肩。冯森默默地承受着武强无形之中的嘲讽，心底暗自下定了决心。冯森要马上返回监狱，再次对沈广军进行提审。

让事实来教育这些官僚吧。

郑锐和刘铁领着沈广军进了审讯室，把沈广军扣在审讯椅上，扭头就准备离开。

"郑管教，你留下看着，我怕沈广军这家伙撒野。"

郑锐没说话，默默地站在沈广军身后，眼睛也没看冯森。

屋里非常寂静，冯森、王鹏、郑锐全都没说话，倒是沈广军自己沉不住气了，颤声地问："冯组长，有消息了？"

"已经打听清楚了。你的事情是走正常程序，而且不是郑管教故意针对你，是二监区教导员常浩上报的材料。这都是例行公事。"

"可是这个程序走上去，会不会判我死刑呢？"

"如果橡树林谋杀案出现转机，就不可能判你死刑。即使真要判死刑，还得上最高院复核，这是个很漫长的过程，我们有足够的时间来解决你的问题！"

"谢谢冯组长，谢谢冯组长！"

"现在轮到你说实话的时候了！"

沈广军一愣。

"你为什么要隐瞒重大案情？"

"我没有啊！"

"苗苗的遗骨我们已经找到了！"

沈广军顿时脸色苍白，浑身颤抖。

冯森打开档案袋，从里边拿出几份鉴定材料，走到沈广军面前。

沈广军泪眼蒙眬地抬起头。

"别装了，把眼泪擦干，有东西给你看。"

"冯组长，郑警官，我看不懂啊，这是什么意思？这个编织袋是什么意思？"

"这是苗苗的手指甲抠进了编织袋的缝里头，这说明苗苗当时根本没有死。被你埋进地里之后，孩子在里边又挣扎了半天，指甲都抠掉了，是活活憋死的。"

"你们开玩笑，对吧？你们开玩笑。"

"没有人跟你开玩笑。这是你最喜欢的侄女，多可爱的一个小姑娘，所有的人包括你哥哥嫂子，都嫌弃你有狐臭，只有苗苗把你当正常人看待，只有她会毫不犹豫地在你一回家就扑进你怀里，根本不在乎你有什么狐臭。"

沈广军直直地看着冯森，整个人像冻住了一样。

"就是这样一个可爱的小姑娘，因为信任你，把自己的一切都交给你来安排。一个天真活泼可爱的孩子上了你的车，你就把她直接拉下了坟场，而且是你亲手把她活埋！你想一想，六岁的小苗苗在漆黑一片的地底下听到你用泥土掩埋她的声音，她再也没办法叫一声'亲爱的叔叔，让我给你唱生日快乐歌'……"

沈广军直直地看着冯森。

"你还记得吗？苗苗五岁的时候，拿着一个馒头做的蛋糕，插着一支白色的蜡烛，走到你的房间里边，给你唱了一首生日快乐歌。你这辈子都没有任何一个异性为你做过这件事情吧？我看过她妈妈给她录的这段视频，我看到当时的你眼中含着泪花，我不知道你当时是什么心情？你现在又是什么心情？你在橡树林埋掉这个可爱的小侄女的时候，又是什么心情？我只想问你，你为什么要把心中那个恶魔的秘密隐藏起来？我现在可以想象你每天在监狱里躺着的时候，耳边是不是都会回响起小苗苗给你唱的生日歌——'祝你生日快乐，祝你生日快乐……祝我叔叔生日快乐，祝我亲爱的叔叔生日快乐'……"

沈广军看着冯森，忽然发出狼一样的大叫声，并持续地狂叫着。

郑锐扑上来，他以为沈广军要动武，但对方并没有。

冯森后退一步，不再唱了。

沈广军忽然疯狂地用双拳捶着审讯椅，捶了几下之后马上开始直接打自己的脸，拳头直接砸在他的嘴上、鼻子上、眼睛上、耳朵上。

郑锐跟冯森、王鹏一起把沈广军按住，刘铁也冲进来一起帮忙。混乱之中，王鹏被沈广军一拳打在鼻子上，顿时满脸花。

四个人满头大汗地制服了沈广军，郑锐重新把沈广军铐住。

冯森直接坐在桌子上，喘着粗气看着沈广军。

沈广军看着天花板，剧烈地喘着气，大张着嘴，脸上是比绝望更痛苦的神情。

"我有罪！我认罪！我认罪！"

"好，沈广军，我给你一个小提示。他给你发的微信，你们俩一共说了六句话，你说很不方便，不想去，结果他还是要求你去，你就去了。你们说的这个老地方，应该就是橡树林，对吧？"

沈广军慢慢地坐直了，他看着冯森，眼光绝望而亢奋。

"如果说这个世界上有因果轮回，那我就是遭到报应了……我和徐大发……原来就认识……您说得对，徐大发给我发微信的时候，我正带着苗苗在外面玩，本来是要马上把她送回去的，但徐大发坚持要求我马上到老地方，因为我们的特殊关系，我不敢违抗他的命令，所以我就带着苗苗去了……没想到一到地方就看到他已经被人捅死在那儿……我一看到那场面，完全吓蒙了，吓傻了，吓得没命了、糊涂了……我扭头就往外跑啊，一直跑一直跑，脑子里一片空白，一直跑到福临苑……跑回我家里……我……我妈正在做饭，我直接就扑在她身上哭了……我真的尿了……真的……我以前还觉得自己胆子挺大，可看到徐大发被杀的那样子，我真是尿了……"沈广军抽咽着，时而哭泣，时而停顿。

"苗苗呢？"

"我……我忘了……我把苗苗忘在车里了……"

"从你进树林发现徐大发被杀……到你重新回树林去找苗

苗，这中间有多长时间？"

"不知道多长时间……我傻了……至少两三个小时吧……大概……"

沈广军眼神空洞，好像还没有从"930杀人案"现场回过神来。

"沈广军！你讲的这一切我们都已经知道了。你已经重复过很多次了，现在请你交代最关键的问题。"

"关键问题？什么关键问题？"

"你和徐大发在一起都干了什么事情？他的话你必须听，你们是什么特殊关系？"

"冯组长，您能不能答应我？一定抓到杀徐大发的这个王八蛋。冯组长，只要您答应，把那个王八蛋找出来，我什么都配合您……"

"沈广军！事到如今，你还在跟我谈条件！我问你，你有什么资格跟我谈条件？就是你这种斤斤计较的性格，才导致了你巨大的人生悲剧！我问你，你是不是贪图徐大发的钱财，才掉进他的陷阱里边？"

沈广军浑身一震，已经苍白的面色变得更苍白了。

"我告诉你，你说不说并不重要。我有能力查出你和徐大发一起干了什么伤天害理的事情。你现在之所以还能坐在我们面前，只有一个原因，就是要给你一个立功赎罪的机会。"

"我不相信您只有这一个目的！您的最终目的其实是想让我告诉您——谁是那个卖彩票的人！"沈广军说。

冯森愣了一下，郑锐和王鹏也不解地看着冯森。

"你也可以这样说！的确，那个卖彩票的人是杀害我爱人的唯一线索，你掌握了这条线索，但是你却不愿意告诉我……"

郑锐眼中快要喷出火来："沈广军！你自作孽害了全家人。现在我们想尽一切办法救你，你居然还在跟我们谈条件？"

"是，郑警官。以我现在的身份、我现在的处境，我必须谈条件。我想问一句，在我说出下面的事情之前，你们能不能答应我，给我一个最基本的底线……"

郑锐呼的一声站了起来："沈广军！咱俩打交道可不是一天两天了，包括这一次，你给我们惹了那么大的麻烦，我们并不跟你计较，你不但不知感恩，还反过来要挟我们！你他娘的还有良心吗？"

"我有没有良心已经不重要了。我现在一无是处，无钱无势，名声尽毁，家破人亡，随时可能被判死刑……"沈广军无所顾忌地尖声大笑起来。

"沈广军，你不要危言耸听。我们已经说了，徐大发不是你杀的，这个可能性非常大。我们愿意相信你说的，其他的事情再怎么严重，也罪不至死。只要把徐大发的事情讲清楚了，其他事情的后果都是远远小于这件事情的，所以请你保持理智和我们进行沟通！"

"冯组长，大人不计小人过，我这种人就跟一只蚂蚁一样，不，连蚂蚁都不如。蚂蚁还有很多高贵的品质，蚂蚁还有很大的力气，能搬动比自己重几十倍的东西，我算个屁呀。"

沈广军看着冯森，情绪慢慢稳定下来，脸上露出艰涩的笑容。

"行了行了。别自己恶心自己了！赶紧交代实质性的问题。你交代的问题并不是帮助我们，是帮助你自己！只要我冯森站起来走出这道门，你就完蛋了。你想一想，有几个人会愿意给张书记已经确定过的案子翻案，即使想翻案，又有几个人有这个能力？你如果再不识时务，再耍你那套永远让你人生失败的小聪明，你的死期就真的不远了！"

沈广军连连点头，看着冯森："冯组长，您教训的是！可我还是不能说……我要说了，肯定就是一个死……"

"为什么？"

"我知道你们这些人，为了破案什么都可以不顾的，先骗我讲，讲出来之后，案子破了，你们才不会愿意帮我去翻案呢！冯组长，您是不是想让我交代出别的事儿，累加到徐大发的事儿上，正好来个死刑立即执行？"

"你要这么想，我也没办法。你应该知道，我是检察官，我的目的是纠正冤假错案……"

"从现在开始，我什么也不说了。除非你们给徐大发的事儿翻了案，我的死缓撤销了，那时候我再配合你们说别的事情……"

"好！你要记住了，你自己说出来的，和我们查出来的，性质是完全不一样的！"

沈广军绝望而执着地紧紧闭着嘴，看着旁边的墙。

冯森让王鹏接通了监狱特别申请的电脑视频会议，里面露出靠在病床上的罗欣然的上半身。罗欣然在视频里把面前的资料摊开，看着审讯室铁栏杆里的沈广军说道："沈广军，刑侦总队技术支队刚刚给我送来了你的手机破解资料和其他相关资料，我们已经掌握了足够多的情况。我们分析了你和徐大发的关系，从徐大发运输公司的财务资料里能看到，这十多年来，他们一共出过约五十起交通事故，其中有二十三起是你作为保险公司调查员进行处理的……"

沈广军看着罗欣然，神情越来越紧张，脸色苍白至极。

"我刚刚查到，沈广军处理这二十三起案子，并不是以同一个保险公司的身份……他在五家不同的保险公司里工作过，处理过很多的案子，但只有给徐大发处理的这二十三起案子，全部是保险公司承担全部责任，直接赔钱的……"视频里的罗欣然在翻看着手上的资料。

"你的机会不多了，我说过，如果是我们调查出来的，跟你说出来的，是有本质区别的。"

"我说……我自己说……"

罗欣然不再翻资料了："请讲！"

沈广军沙哑着嗓子："能……能给我喝点儿水吗？"

冯森："可以！"

王鹏去拿水，郑锐捅了捅冯森，自己起身往外走。

郑锐和冯森来到了二监区审讯室门口，郑锐站住了，看着冯森，表情复杂。

冯森也看着郑锐："审讯不宜中断过久，你要说什么？"

郑锐眼睛红红的："你说的……那个卖彩票的人，真的是我妈被害的线索？"

冯森点头："是，唯一线索。"

郑锐接着问："那……能不能想办法让沈广军说出来？现在是最后的机会了……"

冯森摇摇头："我不能强迫，这是私事儿。"

郑锐低吼着："我不管他妈的什么公事私事！我妈死了十年了！我要给她一个交代！"

冯森冷冷地："小子，你是警察！别忘了你自己的身份！"冯森说完，转身进了审讯室。

冯森、王鹏坐回审讯桌后，郑锐作为狱警站在沈广军身后。

沈广军擦着冷汗："罗主任猜对了……我……我和徐大发一共干过二十三件坏事，都是经济问题。"

"徐大发开运输公司，你是保险调查员，你们合起伙来骗过保险公司的钱，对不对？"

沈广军点点头。

"可这不是什么大案子啊，二十三个骗保案，标的能有多大？"

"都不算太小。二十三个案子，保险公司共赔了五百多万。"

"你分了多少？"

"一百三十万。"

"好。你能全都说出来，就是进步，但是你还有隐瞒未报的事情。"

"没有隐瞒的了，我说的钱数和案子的数量完全是对得上号的，我都有详细的记录。我处理的单子，我都留着资料，所有的资料我都留着，就等着这一天……"

"不，还有别的事情。"

"真的没有了。"

"你是不见棺材不掉泪。沈广军！骗保一百三十万，和杀死徐大发这两件事情给你带来的后果能相提并论吗？"

沈广军茫然地看着冯森。

"绝对是不可相提并论的！一百三十万，不会致命。但是'930杀人案'，是要你的命啊。所以，你和徐大发之间根本不是一百三十万的事。如果只是这件事，你早就交代了，你只要说你认识徐大发，你们私下里还干过这些非法的事情，就能很容易洗清你在'930 杀人案'里的嫌疑……"

"冯组长，我们就这点事儿……我之前没说，是怕你们说我和徐大发分赃不均，发生纠纷，最后打起来才发生凶杀案的。我觉得一般人都会这么想，所以我才不敢说……"

"一般人？我冯森可不是一般人！我告诉你沈广军，你之所以有今天，你应该知道'930 杀人案'中的第四人——那个隐身人为什么要将你置于死地？难道仅仅因为你骗了一百三十万吗？不！钱是保险公司掏的，谁也不会在意……"

"那……"

"你别装了！一定还有更加可怕的事情隐藏在你们俩干的龌龊事情中间，所以那个隐身人才会处心积虑地设计，将你推向求生不得求死不能的境地！你不是自杀过几次了吗？你连自己的性命都可以不要，为什么还会这么痛苦？因为你现在面临的境况比死还难受！所以我请你好好回忆回忆，你和徐大发干的肮脏事情里边，还有什么更可怕的秘密！它很可能就是你和你全家遭此横祸的关键原因！"

沈广军整个人像泥塑的一样愣住了，郑锐和王鹏都用敬佩的眼光看着冯森。

"是不是有人命啊？"

沈广军顿时从梦中惊醒，惊恐地看着冯森。

"我说得没错吧？讲一讲，死了几个人？姓甚名谁？"冯森带着轻松的表情看着沈广军。

沈广军嘴唇发抖，坐在审讯椅里手足无措。他拼命地咽着口水，嗓子里发出气体流动的声音，但是声带却无法振动。

冯森朝郑锐示意了一下。

之前给的水已经喝完了，郑锐又拿了一瓶矿泉水递给沈广军。

沈广军飞快地拧开，咕嘟嘟喝了大半瓶，然后喘着气看着冯森。

"冯组长，我真的服了您了。我和徐大发十二年前第一次合作，那是 2007 年……那件事情我一直在心里过不去。虽然我没有参与，但是我知道，我知道，那是一条人命……"

"行了，故事都讲到这儿了，就别停了。"

"那是一个叫白继发的司机，在出车的过程中发生了重大车祸，人死了。我到现场调查的时候，发现有人破坏了刹车系统，虽然手法非常隐秘，很难看出来，但是毕竟我干这一行干得久了，加上有我哥哥帮我指点，我还是有点儿专业知识的，能看出来那个刹车是事先被弄坏的。这确实是我掌握的一条重要的线索、重要的证据……"

"那你为什么不向事故科报告情况？"

"我是准备要报告的，但是徐大发跟我称兄道弟，请我喝酒，给我塞红包，叫我沈老师。这个称呼我可是从来没听到过……他开始并不能肯定我发现了什么，但是我为了炫耀自己的水平，透露了一点儿消息……没想到当天我就收到了他二十万元的现金，装在一个月饼盒子里面，我从来没有拿到过这么多钱……当时我是挺害怕的，我还偷偷去这个白继发家里走访了一下，结果发现他的爱人是一个孤儿院的院长，非常跋扈，很不好惹……如果是白继发有理、是受害者的话，他这个老婆肯定闹起来没完没了……既然她没闹，说明事情没被发现……所以，有了徐大发的暗示和行贿，我最后在鉴定书上把责任全都推到了司机白继发身上，证明是他的失误，导致运输公司承受了巨大的损失，损失了一辆大货车，包括承运的物品也大部分损坏了，保险公司拒绝赔偿……"

"这个司机的详细信息，你全部告诉我们，我马上进行调查。按照你的说法，他的爱人、家人或亲戚有可能会是'930杀人案'中栽赃陷害你的第四个人。沈广军你救了你自己，这件事情你早就可以做的。因为你的算计，因为你的小聪明，因为你的自私，这才导致你一直被折磨到今天。"

沈广军低着头，沉默不语。

"沈广军，别磨叽了！赶紧说，名字！地址！"

"司机白继发，他的爱人姓李……但叫什么名字我忘了……当年他们家住在波立市开发区钥匙胡同365号，那是那个姓李的女人私人办的一所孤儿院……有关的情况，您可以去找姓李的那个女人核实去……"

"波立市？钥匙胡同的孤儿院？"

"是。"

"晚了，核实不了了。"

"为什么？"

"那个女人叫李美娟，十年前就死了。"

"死了？"

"李美娟那个孤儿院是私搭乱盖的违章建筑，政府组织拆迁时她躺到围墙下面，本来她是想用这种方法碰瓷，受点儿小伤，讹拆迁办一把。结果没操作好，她被推土机推倒的围墙砸死了。当时我就在波立市检察院，担任这个案子的公诉人。"

"李美娟也死了，白继发也死了，徐大发也死了……都死了，证据都消失了……我怀疑白继发的死是徐大发设计的，可现在相关的人都死了，没法落实了……"

"那就不是你该管的事儿了！剩下那二十二起案子，还有这样的事情吗？"

"那我就不知道了，我只是帮徐大发处理保险方面的手续，背后的事情，我全都没参与。白继发的案子是我的猜测，其他的案子我也有许多猜测，但我只是收了钱，没有具体去追究。"

"好了，今天就先到这里吧。"冯森合上面前的笔记本，站了起来。

"冯组长……我的事儿……究竟是什么结论？"

"现在哪有结论？要想得出结论，还得做大量的工作。今天，我只是知道你除了有杀徐大发的嫌疑之外，还有勾结徐大发一起骗保的问题，金额多达一百三十万，对吧？"

"这个我老实交代，确实有骗保的行为。可我没杀徐大发！苗苗的事情也是意外……"

"苗苗先是被你锁在空调车里窒息，然后又被你误判死亡而活埋，这个情况，起码也够得上过失致人死亡；另外，骗保金额达五百多万，你个人分赃一百三十万，这个数额也不小。数罪并罚，也够你喝一壶的！"

"冯组长！我说了这一切，全是因为你能帮我解除'930杀人案'的杀人嫌疑！我是想拿我的配合来交换'930杀人案'的清白！您不能说话不算数啊……冯组长，您要是说话不算数，那就真是把我逼上死路了啊……"

"我谢谢你讲了这些东西，但这些并不能证明你没有杀徐大发。只能证明你和那个隐身的第四人各有一半概率杀徐大发。"

"就是他杀的！"沈广军嗓子全哑了，用一种奇怪的声音嚷嚷着。

"没找到他或者新的证据之前，还不能这么认定。沈广军，根据你提供的线索，我们只能走到这里了。"

冯森起身往外走，王鹏和郑锐也跟着往外走去。

"冯组长……您不管我了吗？您这是个人恩怨！您故意不管我的……您脑子那么好使，怎么可能没办法？冯组长……冯组长……"沈广军绝望地大声喊着。

二十一

冯森拉开门走到外面，郑锐也跟着追出来，在冯森后头大声咳嗽。

"说吧，郑警官，什么事？"冯森站住了。

"沈广军知道线索，知道谁是卖彩票的人，以你的能力，无论从哪一个方面讲，你都可以轻松地让他说出来，为什么不解决这个问题？"

"郑警官，以你的能力，以你现在所处的位置，也能轻松地让沈广军开口，把证据弄出来，你能那样做吗？我们的头上都顶着国徽呢！你可别忘了！"

"这话说得对。我们头上顶着国徽，是为了替人民主持正义。可是沈广军这种人，明明知道我妈被害的线索，就是不说出来，他有什么权利要我们帮他？"

"他有，我们是执法者，他是普通老百姓。"

"我妈也是普通老百姓，也是人民的一员，谁来替她主持正义？"

"你问得好！既然你提出了问题，那你就好好地想想答案吧。这道题不是专门出给我做的，也是给你，也是给王鹏，是给所有的执法人员做的。咱们不妨都各自回去考虑考虑，看这张试卷该怎么答。"

"你是要完全消灭个人情感，把自己完全奉献给职业，对不对？"

"我有个人情感！但有些事情，需要用智慧的方式去做，如果草率冲动，很有可能一觉醒来，自己就是阶下囚！沈广军弄断胳膊、举报你受贿，不是差点儿就让你栽了吗？原因是什么？不就是因为辱骂你的母亲，你就受不了了！你到现在还不吸取教训？还想公事私事混为一谈？"

郑锐眼中重新出现仇恨，他恶狠狠地瞪着冯森。

"怎么？想跟我动手？"

郑锐气得直咬牙，拳头攥得嘎巴响。

"冯组长！冯组长！"

冯森转过头去，看到被刘铁和王鹏以及另一位狱警一起看押着的沈广军正朝这边疯狂呼喊挥手。

冯森转身往那边走去，郑锐快步跟上。两人来到狂躁的沈广军面前。

"怎么？又有什么事儿想说了？"

"冯组长……我明白了……你们父子俩，合谋串通好了，逼着我又多交代了这么多事儿……就是把我往死路上逼啊……冯组长，您不救我……我真的就完了……这一次是真的……"

"我不这么认为，但你爱这么理解，我也没办法……说完了吗？那我走了。"

"我要再说一句……您有动力去帮我吗？您要放弃我了……我就真的不活了……我实在受不了……我真不想死……真的……我真的冤枉啊……"

冯森看着沈广军，不说话。

"宋丽敏。"

冯森顿时愣住了。

"你说什么？"

"宋丽敏，卖彩票的人。"沈广军惨笑着。

听到答案的冯森转过身，快步往前走，他的眼睛里已经有泪水溢出。郑锐吃惊地看着冯森的身影，慢慢跟了过去。冯森的泪眼盯着郑锐，其中闪着骇人的光。郑锐受不了冯森的目光，躲闪着。

"你跟着我干什么？"

"我……我想知道……沈广军刚才交代的宋丽敏这三个字，还有卖彩票的人，你说这是我妈被害的线索……这……这究竟是什么意思？宋丽敏不是他嫂子的名字吗？"

"你想知道？"

"是。"

"那我请你叫一声'爸爸'，这是条件。"

郑锐恼怒地瞪着冯森，拧着脖子。

"去你妈的！你爱叫不叫。"冯森拔腿就走。

郑锐站在那儿瞪着冯森的背影，咬着牙。

冯森快步往前走，忽然背后传来一个生涩、不自然的声音："爸……"

冯森顿时热泪夺眶而出，他站在那里，抑制不住地浑身发抖，最后居然失声大哭起来。

郑锐站在那里，看着眼前这个痛哭的老男人，他的眼泪也忍不住流了下来。

"爸……你告诉我吧，宋丽敏，意味着什么？"

"这十年来，我一直在查你妈妈的死因，现在总算找到最关键的线索了。你妈妈十年前 9 月 28 日那天，下了班之后去地下车库推自行车，结果陷入了一个人家设计好的大阴谋里面……首先，是停车场出口的保安故意找她多收费，导致她跟保安争吵；争吵的过程中，有人推走了她的车；她去追车的时候，有人趁机拉掉了电闸；电闸拉掉的一瞬间，有一个被奔驰车司机激怒的人正开着车往前追赶，因为看不见，所以就撞倒了你妈妈……"

"您是说……这一切都是有人故意设计的？"

"我不能肯定，但我推测是有可能的。你知道是谁最终启发了我吗？"

"不知道。"

"前不久，我和罗欣然一起去米振东的施工队，本意是为了让米振东的家属说服他，让他配合我们说出沈广军弄断胳膊的真实情况，也是为了给你洗清冤屈。"

"这我都知道。"

"结果在米振东的家里，我看到了那本日本作家天树征丸的推理小说《金田一少年之事件簿——电脑山庄杀人事件》。"

"那本书我看过，你是说——"

"是，我怀疑有人用了那本小说里面的逻辑，他把停车场保安、推车人、电工、奔驰车司机都设计进去了，这些人每个人做一件事情，这些事情看起来都是合情合理的，完全不会违法犯罪的事。比如保安严格按规定收费，合情合理；推车人，本来以为他是偷车的，其实不是，他是看到停车场通道里有人随便停着自行车，所以才推走了，合情合理；电工，本来就是要修理电闸，因为听到外面你妈妈在大声喊，一紧张之下误把电闸关掉了，合情合理；奔驰车司机看到前面一辆车里有人往外吐痰，忍不住骂了他一句，结果激怒了对方，对方开着车去追奔驰车，合情合理，这一切就这么合情合理地发生了！"

"那……宋丽敏和这件事情有什么关系呢？"

"我查了十年！十年哪！原来我一直在怀疑那几个轧了你妈妈的司机，但方向偏了。那些人都是因为看不见才轧上去的，我把这些人的祖宗八代都翻了个底朝天，但没有任何突破，直到前不久，我总算通过一个外号'灯泡王'的人查到了奔驰车司机的身份……就是沈广顺！"

"沈广顺？沈广军的哥哥？"

"是！沈广顺当时是开着借来的奔驰车去买彩票，因为一个算命大师给他设计了一套程序，说只要按这个程序去买，肯定能中奖，他就真的信了！就是他，在离开停车场之前，骂了那个吐痰的司机，然后他在停电的一瞬间，把车开走了，他自己既没有撞到人，也没有出别的事情。最诡异的是，他开车到了大师指定的地点，还真的买到了一张彩票，中了五十万！"

"他胡扯的！他就是收了人家五十万，专门来完成任务的！他就是害我妈的直接嫌疑人！"

"没有证据！没有证据！这一切都是我们的推理！推理而已！法庭不会采信的！"

"那……宋丽敏跟这个有什么关系呢？"

"宋丽敏是卖给沈广顺彩票的人！如果这张彩票是有人设计来给沈广顺作为他办事儿的奖励的话，宋丽敏一定知道这张彩票是谁给的！"

"我明白了！"

"你明白了就好，我现在连夜去宋丽敏家，我要马上拿到第一手证据。"

"我跟你去！"

"我会叫上公安的同志一起去的，你的身份不宜去做这件事情。另外，你在上班，不要离岗，要重点关注二班的动向，那里藏龙卧虎，随时可能会出问题！"

"那……我在这边等您消息。"

冯森点头，拍拍郑锐的肩。

冯森转身离开，走出十来米远，郑锐忽然追上来："爸！"

冯森站住了。

"注意安全！"

"好。"

冯森转身离开，眼中泪光闪烁。

漆黑的夜晚，微弱的路灯光，站台超市的卷帘门虽然已经关了，但能看到超市里面还亮着灯，里面有微弱的电视声音传出来。

一辆印着"检察"字样的车和一辆印着"公安"字样的车开过来停在马路对面，冯森、王志军和一个年轻警察分别从两辆车里下来。

"老冯，怎么着？要我们怎么配合？"

"我先去找宋丽敏谈谈，你们在外面守着就行了，如果需要，我再叫你。对了，你的执法记录仪，我用一下！"

"行，随时听命！"王志军解下了执法记录仪。

冯森戴上记录仪走到超市门口，轻轻地敲着卷帘门。

里面没有动静，只是传来电视的声音。

冯森弯下腰往上拉卷帘门，但拉不动。

"宋女士，在吗？"

里面没人回答。

"我从后面绕过去看看，你在这儿守着。"

冯森叮嘱王志军之后，悄悄绕到超市后面，重重敲门，但里面还是没有人回应。

冯森看到一扇半开着的窗户，他爬上去拽掉外面的纱窗，费劲地钻到了里面。超市里面已经被收拾好了，头顶上雪亮的白色灯管亮着，一台小小的平板电视挂在墙上，播放着综艺节目。

"宋丽敏，你在吗？"仍然没有人回应，冯森走到里间，推开了门。

冯森在里面已经很久了，站台超市门口的王志军和年轻警察一直在心神不定地抽烟。年轻警察有些怀疑，忍不住问王志军："冯组长进去这么久了，怎么没动静？"

王志军也觉得有些不对劲儿了，他甩掉了烟屁股："走！进去看看！"

王志军和年轻警察一起进去，他们看到里面灯光雪亮，但没人。王志军悄悄往里屋走去，看到那里的门虚掩着。王志军悄悄把门推开一点儿，从门缝里看进去，顿时愣住了。从门缝里，能看到冯森正骑在宋丽敏身上。

"住手！"

王志军和年轻警察一起冲了进去，看到冯森正慌乱地从宋丽敏身上下来，他脸色苍白，手脚颤抖，有些慌乱地看着王志军，"你们……你们怎么进来了……我……我正在……"

王志军过去试宋丽敏颈动脉，动脉已经停了。

"快！叫救护车！快！老冯，你他妈的干什么呢？"

"志军，这是我最后一条线索……我必须拿到……"

"那你也不能动手啊？"

"我没动手！宋丽敏上吊自杀了！我这是在救她……"

"老冯，我可是把你当哥儿们的，你可别把我给坑进去了！有他妈这么巧的事儿吗？你一进来，她就自杀？"

"真是自杀！我还要从她嘴里套出话来呢，怎么可能杀她？"

"你是要套话！套着套着不就把人给套死了吗？我靠，早知道，我跟你进来就好了！现在黄泥巴掉裤裆里，不是屎也是屎了！执法记录仪呢？我看看！"

王志军伸手去拿执法记录仪，冯森闪身躲开："我忘了开。"

"你开什么玩笑！"

"兄弟！你听我一句！我干了二十五年检察官，唯一要干的事情，是找到杀害我老婆的凶手。你理解吗？"冯森哽咽起来，"不找到凶手，我没法活下去啊！志军，你将心比心，想一想！"

王志军沉默着。

冯森可怜巴巴地看着王志军。

王志军恨恨地转过身，走了。

"谢谢志军兄弟，谢谢！"

说完这句话，冯森跌跌撞撞地往外走去。王志军心情复杂地看着外面，年轻警察碰了碰他说："所长，这事儿太悬了！"

"少废话！没你事儿！"

年轻警察不说话了，两人一前一后往外走去。

很快，外面传来警笛声和救护车的声音。拎着工作箱的痕检、法医都来了，大家张罗着装备按程序入场勘察。冯森、王志军这些人自觉地在外面等候着。

天色微明，站台超市门口来了多辆警车，外围拉着警戒线，特勤人员在外面警戒，不时劝离好奇的围观群众。冯森靠在车边，静静地看着人来人往。

又一辆警车过来停下了，边国立刚从车上下来就嚷嚷开了。

"怎么回事儿？宋丽敏怎么会自杀？是因为孩子的事儿？还是丈夫的事儿？她没必要啊！"

"是啊，我也纳闷儿，一进去就看见她吊在天花板上，把我真给吓着了！"

"志军，过来过来……"

"边队，您来了？"

"怎么说？"

"基本可以确定是上吊自杀。"

冯森假装看着别处，咳嗽了两声："你们都在，我就不留了，我先回橙州了！"

二十二

冯森的车并没有驶向橙州，而是驶向了距离这里不远的福临苑——沈广顺和胡雪娥的家。

"冯组长，这么早，您怎么来了？"

胡雪娥很惊讶。

"有两件重要事情，我来跟你们交流一下。沈广顺在吧？"

"在在，进来吧！"

冯森一进屋就攥住了胡雪娥的手。

"大婶儿，请您把沈广顺叫出来，我们三个人一起谈件事！"

"广军的事，还是广顺的事？"

"广军的事，但是想把沈广军的事情说清楚，就要先把我的事情弄清楚，要把我的事情弄清楚，就必须沈广顺说实话。"

"冯组长，您唱的这是哪一出啊？老婆子我搞不明白。"

"我想见见他！"

沈广顺的房间非常凌乱，地上撒着一些饭菜和打碎的瓷碗。沈广顺神情呆滞，一动不动地靠在床上，面前放着一台很笨重的、旧的笔记本电脑，上面正在播放古装电视连续剧。

"冯组长，老大在这儿呢，您想说什么就说吧。"

"沈广顺，你能不能把电脑先关一下，我们谈一谈。"

沈广顺整个人好像凝固了一样，一动不动地继续看着电脑屏幕。

冯森伸手把笔记本合上，声音顿时停止了。

冯森把电脑挪开放在床头，自己坐在床上，沈广顺仍然一动不动，仿佛已经死了。

"冯组长，他从医院回来就一直这样，一句话也不说。"

"他手术成功吗？舌头恢复得怎么样？"

"医生说，不影响吃饭，也不影响说话。如果他愿意说的话……"

"好，大婶儿，就先不管他的事了，我跟你讲一下情况。目前，根据上次我们找到的'930 杀人案'证据，我们可以得出一个结论，很可能是那个第四人杀的徐大发。另外，从视频上能看出沈广军当时并没有对苗苗进行猥亵。如果你带着主观意识去看的话，有可能会认为沈广军是在猥亵苗苗，但如果从一个旁观者的角度客观地去看的话，有极大的可能是沈广军正在救苗苗。也就是说，苗苗有可能因为某种原因受伤了，昏迷了，沈广军正在实施救助！"

"冯组长，广军没有杀人，也没有欺负苗苗。有您这两句话，我就心安了，其他的不管什么情况，我也都不害怕，不担心了。"

"大婶儿，我不是说沈广军没杀人，我只是说他杀人的嫌疑大大降低了。不过，我要继续查下去，还沈广军以清白的话，我必须要你们帮我一个忙。"

"什么忙？"

"沈广顺，你知道我要问你什么！十年前我爱人郑玮丽车祸的事情，你是始作俑者之一。没有你，那一系列惨剧就不会发生，就不会有那么多人共同参与谋杀我的爱人。"

沈广顺还是呆呆地坐着，一动不动。

"冯组长，您说的这些都是真的？"

"大概是命运的巧合，这几件事情全都赶到我一个人身上了。我负责的是沈广军的案子，我爱人的死又跟沈广顺有关系。沈广顺，我已经问过沈广军了，他已经说了……"

一直一动不动的沈广顺听到这里忽然浑身一震，抬头看着冯森。

"如果你现在不交代，我就要直接去找宋丽敏。"

沈广顺顿时变得无比惊恐，他一下子爬了起来，他只穿着一条秋裤直接跪下了。

"冯组长……"

他的舌头并没有完全好，说起话来，嘴里像含着东西。

"冯组长，您要我们做什么都行，求求您不要去找宋丽敏了。"

"不去找她也行，我只想知道，宋丽敏卖给你的那张中了五十万的彩票，是谁给她的？"

"不知道，我真的不知道，宋丽敏也不知道！"

"她怎么会不知道？难道那张彩票是自己走过去的吗？有人让宋丽敏把能中奖的彩票转卖给你，这就相当于用五十万收买你！宋丽敏和你的关系就是买凶杀人的关系！"

"你真的干了这件事吗？"胡雪娥喃喃问着沈广顺。

"我，我什么都不知道！"

"我告诉过你，这个女人真不是个好东西！在夜总会当小姐，能是什么好东西？她不就是看中你的五十万了吗？现在有什么下场？苗苗死了，你弟弟被抓了，我老婆子得了癌症，你自己舌头都咬断了，是不是都跟你们做的孽有关？"胡雪娥愤怒地斥责着沈广顺。

"我不知道，我什么都不知道。我就没有过过一天好日子。我这两年就没有一天好日子，没有一件顺心的事情。全都是王八蛋，什么事都让我担着，全都是王八蛋！"沈广顺癫狂起来。

"我的爱人被四辆车碾压而死，这个冤，我不能不申！沈广顺，凶手就藏在宋丽敏的背后，你必须告诉我，是谁让她这么干的！"

沈广顺绝望地看着冯森。

胡雪娥哭了起来，慢慢地陪着沈广顺跪在床边，抬头看着冯森："冯组长，我求求您啦，救救我们家广军吧！我们全靠您了。真的，您要是不管，我们家广军就真的是死路一条了。"

冯森强硬地问道："沈广顺，你告诉我，是谁给宋丽敏的那张彩票？你因为彩票而跟她结婚，又跟她夫妻这么多年，不可能不知道这背后的秘密！"

沈广顺发着抖，无力地靠到胡雪娥身上说："妈，我太为难了，我想死啊！可是现在我想死都不行啊！妈，宋丽敏是个好女人，她是爱我的，她对我很好……她是因为恨广军，以为广军欺负了苗苗，所以才跟我们分开的。她不能跟一个害死了苗苗的人有任何瓜葛，她受不了。她帮我们家保守住了这个秘密，她是怕我们沈家出丑啊！"

胡雪娥满脸痛苦。

"妈，我们谁也不知道真相是什么！我现在只知道一件事情，广军在监狱里边死不了，但我的老婆宋丽敏已经为我们沈家付出太多太多太多了。我一定要保护她，绝不会害她……"沈广顺说着，扭头看着冯森，"冯组长，您爱您的爱人，我也爱我的老婆！如果您拿沈广军来要挟我，我也没办法！您就把他毙了吧。"

冯森愣住了，正在这时，外面响起了急促的敲门声，三个人都紧张起来。

"开门开门，我们是警察，是派出所的！马上开门！"

很快，边国立、王志军和另外两个年轻警察全都冲了进来。

边国立语速极快："冯森在这儿吗？"

胡雪娥指了指沈广顺的卧室。

边国立、王志军等人，急忙冲进了沈广顺的卧室——沈广顺还跪在地上，但是身子已经立起来了。

冯森坐在他对面，脸上露出沮丧的神情。显然，一出好戏被王志军给搅和了。

"出什么事了？"沈广顺很惊讶。

"很抱歉，沈广顺！要通知你一个不好的消息。宋丽敏自杀了！"

沈广顺看着王志军愣了片刻，忽然间一头栽倒在地。

"王所长，你刚才说什么？"胡雪娥在极度震惊之下没听清。

"宋丽敏上吊自杀了。"

"这是怎么回事？这是怎么回事？冯森！你早就知道宋丽敏死了，你刚才是来诈我们的！你想从我们家老大嘴里套话，是不是？"

"是！"冯森根本不否认。

胡雪娥一巴掌挥过去，一记响亮的耳光打在冯森脸上。

冯森吃了一个耳光，却仍然面不改色，指着一旁的沈广顺："我爱人出事儿的时候，我比他还惨。"

冯森转身离开，心情沉重地返回了橙州。

这次行动失败得很彻底。宋丽敏死得突然，断了自己调查的线索不说，自己身处现场，也陷入了极被动的境地。未来如何发展还是未知数，但冯森知道，眼下留给自己的时间不多了。

郑锐的电话来了："爸，宋丽敏撂了没有？"

"这事一会儿再说……你有什么事？"

"您昨天不是跟我讲了沈广顺买彩票的事儿吗？我仔细查了2009年海平旅游彩票开奖的时间，发现9月27日是开奖日期！而我妈遇害的日子是9月28日，沈广顺也是9月28日去买的彩票！"

"这条线索我查过，当年的旅游彩票是每周日开一次奖，沈广顺28日买的彩票，而28日是周一，沈广顺是29日去领的奖！这就说明沈广顺买的是一张已经在27日开过奖的彩票，宋丽敏是拿一张已经获奖的彩票低价卖给沈广顺的！这就是买凶杀人嘛！"

"爸！您有这个证据，宋丽敏就根本抵不了赖了！沈广顺也抵不了赖了！"

"不错！"

"爸，那宋丽敏都撂了啥？"

"她死了，我跟她没对上话。"

郑锐在电话那头愣住了。

这边，边国立、王志军和其他几名警察陪着胡雪娥、沈广顺再次回到了站台超市。

"我家儿媳妇呢？儿媳妇呢？"

"大婶儿，宋丽敏遗体已经拉到法医中心去了……他们得做尸检……"

"既然说是上吊自杀，那为啥还要做尸检？大刀子把人全劐拉开，那不是更添堵吗？"

"大婶儿，办案是非常严谨的事情，上吊自杀是我们初步的推测，要确定最终结果，还得经过法医鉴定！"

"两位警察，我想知道，是谁发现我老婆自杀的？你们公安不是最讲证据的吗？有没有证人在一边啊？"沈广顺看向两边的警察问道。

"是冯组长头一个发现，因为当时超市卷帘门关着，冯组长从后面绕过去，才瞧见的。"

"他为什么要找我老婆？你们不知道吗？他找我老婆多少次了？哪一次安了好心了？"

"沈广顺，话不能这么说！冯组长作为我们专案组的成员之一，他找宋丽敏询问情况也是很正常的事情！"

"询问情况很正常，可我老婆死了就不正常了！冯森这个王八蛋，几次三番想诬陷我和我老婆跟他们家郑玮丽的死有关系！他这就是公报私仇！我们不提供线索给他，他就杀了我老婆！杀了我老婆还假装没事儿一样，跑到我家里来骗我！"

"沈广顺，请你控制一下情绪！你老婆死了，冯森在现场，你认为他有嫌疑；冯森的爱人死了，你在现场，你却不愿意作任何配合！你老婆是人，冯森的爱人就不是人了？"边国立骂骂咧咧起来。

"你们当警察的说出这种话来，我都替你们脸红！我是一个修车的，我老婆死了我当然要找你们这些执法人员！你们执法人员的老婆死了，凭什么找我？关我屁事！"

"有没有线索是一回事，愿不愿意配合是一回事……你那么强烈地反对配合，不正好说明自己心里有鬼吗？"王志军顶了回去。

眼见两边吵得不可开交，胡雪娥开腔了。

"我斗胆问一句，冯森是第一个看到宋丽敏自杀的人，对吧？"

"是。"

"你们肩膀上不都挂着这么一个东西吗？这东西能录像，干了什么事情一看就知道了……对不对？"

"是。"

"冯组长当时有没有戴上这个东西？"

"有……但他没开。"

"对你们有利就全都录了，对你们不利就是没开，或者是坏了……谁信哪？边队长，你信吗？"

"我不信。"边国立尴尬而恼怒。

"边大队长，本来，我还指望这个姓冯的帮帮我们家广军，可现在我发现，他也有他的小算盘。边大队长，我们老百姓没靠山啊，你是警察的头儿，我能指望你吗？"

胡雪娥绕到边国立面前，无比卑微地乞求着。

"放心，大婶儿，宋丽敏这件事情，我一定给你个交代！"

二十三

在边国立即将对冯森展开调查之际，心急如焚的郑锐在罗欣然的病房中找到了正在商谈案情的冯森。

"宋丽敏死了！为什么？"

"你问我？"

"那还能问谁？你说过，宋丽敏是找到杀害我妈凶手的唯一线索，你居然让这条线索断了？是这么回事儿吧？"

"宋丽敏上吊自杀，我去晚了一步。"

"怎么可能这么巧！我不相信！"

"你不相信有什么用？我自己查了十年才查出来的线索，现在突然中断了，你觉得我心里好受吗？"

"你心里不好受？那为什么当时不让我跟你一起去？有我在现场，就不可能出现这种情况！"

"小子！说话注意点儿！你想报仇，那你这十年都干什么了？查出什么线索没有？别的本事没有，批评人的本事倒不小……"

郑锐恨恨地看着冯森，感觉快要气炸了。

"好了好了，你们俩好不容易能互相说句话了，怎么又夹枪带棒的！"

郑锐梗着脖子，眼泪都下来了："我……我以为这次……我妈的仇能报了……谁知道……谁知道……"

冯森看着郑锐流泪，沉默了。这十年来，冯森感觉自己从没有像这一次这么窝囊。冯森直觉背后有什么人操控着这一切。面对这个人，冯森有种深深的无力感。在先前和罗欣然商谈的过程中，冯森似乎找到了一点儿思路。沈广顺和郑玮丽之死有关系，而沈广顺很可能是因为做了某种见不得人的事情而接连触了霉运，导致他的女儿苗苗夭折、弟弟沈广军被判死缓入狱。从这个角度来讲，查出陷害沈广军的人，很可能会找到与郑玮丽事件相关的人。

冯森还没厘清头绪，罗欣然突然开口了。

"冯组长、郑管教，我研究徐大发开运输公司以来各种文件资料，发现司机白继发的家庭才是有意思的地方！他和妻子李美娟前前后后收养过很多孤儿，其中一个孤儿的名字是你们想不到的！"

冯森和郑锐期待地看着罗欣然。

"米振东!"

冯森和郑锐完全惊呆了。

冯森突然意识到,米振东和沈广军现在待在同一个监舍并不是巧合。而自己因公调查的"930杀人案",和自己念念不忘的郑玮丽被杀的案子中间的密切关联,似乎也不是巧合!站在悬崖边上,冯森知道自己的处境相当于在大海里捕捉鲨鱼,越到收网的时候,猎物越是疯狂反抗,自己面临的考验就越大。眼下,冯森的第一种敌人是黄四海,他的背后是黄雨虹。黄雨虹能量极大,上至张友成书记,下至胡大军这样的服刑人员,都受到了他的巨大影响。黄四海案虽然已经开始补充侦查,但结果很难预料。这是明面上的敌人,虽然势力很强,但总算可以见招拆招。

冯森最担心的,是第二种敌人。这第二种,并没有黄四海那样的社会能量,但他是静水流深,隐藏得很深,手法极其隐秘,很可能你当面看到他、确认了是他,也无法做任何事情。"930杀人案"和郑玮丽被杀案中间关联的米振东,似乎就在扮演着这样的角色。

冯森把自己的想法说了出来。

"冯组长,那你自己推测,米振东在'930杀人案'中究竟扮演什么角色?"

"以他的个性,他非常像是为了养父白继发报仇的那种人。如果徐大发和沈广军联手害死了白继发,米振东申冤无门,就有可能搞地下审判,决定自己去报仇!"

"还有什么?"

"我第一次有这种感觉。我都不敢往下说，不敢说出我自己的推理……"

"这个姓米的再可怕，不也在我手下关着吗？"郑锐也开始鼓励这个陌生的爸爸了。

"等我讲完了，你就不会觉得，你关着他是什么好事儿了。"

郑锐不解地看着冯森。

"十二年前，沈广军和徐大发联手害死了米振东的养父白继发；十年前，我和黄雨虹联手'害死'了米振东的养母李美娟。"

"什么？"

"我说的第二个'害死'是打了引号的。十年前，我在波立市检察院公诉处工作，当时黄雨虹负责老城区拆迁改造，李美娟圈了一块地违章改建的孤儿院必须限时拆除。那块地本来就是李美娟非法霸占的，国家已经给了她非常优惠的拆迁条件，她就是不搬，还要索要更高的价码。当时，门口停着几辆推土机，数十名拆迁工人拿着工具等在门口，但李美娟带着十多名孤儿以及孤儿院的工作人员当人肉盾牌。他们一个个激动万分，手里拿着铁棍、铁锹之类的东西作为武器守在门口。我相信那些人中间就有米振东！"

冯森回忆起当时的情景。

十二年前，拆迁队与孤儿院双方对峙，李美娟站在最前面，披头散发，声泪俱下。当时负责拆迁的人是事业处于起步阶段的黄雨虹。黄雨虹因为工期被严重耽误，已经焦头烂额。他下了决心，孤儿院的房子非拆不可。黄雨虹的主张到现在看来也有理有据——政府已经承诺由福利院接收孤儿院的所有孩子，条件只会更好，不会更差。再者，李美娟私自开的孤儿院并没有获得相关手续和合法资质，从法律上来说是违法的。甚至，李美娟圈出建设孤儿院的荒地也并不属于李美娟。当然，黄雨虹还有一个私人的理由：项目的长期拖延已经使公司成本严重超支，再耽误下去，公司就得破产。

然而，任凭黄雨虹有多少拆迁理由，李美娟就是不依不饶。

"我给政府找麻烦？我找什么麻烦！这些孩子都把我当亲妈！他们都是我一个一个收养的，我一把屎一把尿地把他们养大……这么多年你们都没想过来接收他们，现在要拆迁，你们要完成任务，就要把我的孩子全都抢走？没门儿！"

这是李美娟在拆迁现场反复念叨的一段话。

双方僵持到了半夜后，黄雨虹实在无法再坚持了。半夜时分，黄雨虹一怒之下亲自开铲车去推平围墙，可李美娟故意去碰瓷躺在围墙下面。本来她躺的地方离铲车比较远，她只是想碰瓷，等事后假装受伤索赔，谁知道围墙被铲之后引起连锁反应，李美娟被铲倒的围墙埋住，窒息而死。

"这就出了命案了。这个案子是我担任的公诉人，张友成当时是公诉处处长，我是副处长，我是奉张友成之命接的案子。我经过走访调查取证之后，认定李美娟是碰瓷，黄雨虹做的一切合理合法，最后法庭宣布黄雨虹无罪释放。如果李美娟是米振东的养母的话，我相信，他是要找我和黄雨虹报仇的。"

冯森将当年的情景娓娓道来。

罗欣然和郑锐完全惊呆了，张着嘴看着冯森。

"米振东很可能是设下了妙计，把他所有的仇人都引进这个圈套，让他们在里面自相残杀。而他，坐在监狱里面，静静地享受着仇人的痛苦。断了胳膊的沈广军，已经陷入绝望的黄四海，被诬陷殴打罪犯还要整天被仇恨折磨的郑锐，承受丧妻之痛还要与黄雨虹斗得不可开交的我，对于他来讲，都是最极致的享受，是一道美丽的风景线。"

罗欣然还沉浸在震惊之中。

"我弄不死他——！"郑锐咆哮了起来。

"郑锐！我们没有证据！如果你冲动行事，那你就是另一个米振东。虽然快意恩仇，但为法律所不容。我们不能开历史的倒车，不能回到江湖仇杀的年代，明白吗？"

郑锐梗着脖子看着前方，一言不发。

离开罗欣然病房之后，郑锐开着车载冯森回橙州。冯森坐在副驾驶座上，靠着座椅，他脸色苍白至极，显得非常疲倦。

"你让我送你，是不是还有什么话要说？"

"郑锐，你听我说。你妈妈的案子极其复杂，稍有不慎，就会把你和我都牵连进去……如果我们被牵连进去，这个真相就永远都无法查清楚！"

"大不了一命抵一命，我去把米振东这个王八蛋直接干掉！"

"停车！"

郑锐气呼呼地开着车，没理他。

"停车！给老子停下！"

郑锐把车驶向路肩，停下了车。两人就这么在高速公路边上待着。

"儿子！"

郑锐赌气地看着另一个方向。

"上阵父子兵，现在真的是这样了，我可以相信的人并不多，如果你现在都还不认我这个爸爸，我们怎么上阵打仗？十年了，你不认我是爸爸，这次我来橙州，无论你有多恨我，但在你妈妈的事情上，我们是完全一致的，明白吗？"

"我明白。"

"我们现在没有任何证据，而且如果米振东已经抱定顽抗至死的决心，我们有证据也没有意义。现在这种情况下，我们必须讲究策略，小心从事，利用仅存的线索把米振东的秘密全挖出来！宋丽敏的事情，多则两天，少则一天，我就有可能失去自由。"

"什么意思？宋丽敏是你……"

"你不要多问！你也是执法人员，如果你知情不报，那也是包庇，是犯罪！你要听我的安排！"

郑锐犹豫片刻，终于用力地点了点头。

"好！"

"回到橙州后，你负责拿专业照相机去拍下米振东的两个大拇指指甲盖的照片，传给边国立，让他鉴定一下。"

"鉴定什么？"

"沈广军的手机里有一个'930杀人案'现场的视频，你让他们比对一下，米振东的指甲盖和沈广军手机视频里的指甲盖是不是同一个！如果技术鉴定这个大拇指指甲盖就是米振东的，那就能确定米振东是橡树林里第四个人的身份！"

"好，我马上去给米振东照相！马上！"

"全都弄好之后，让边国立那边的技术支队马上出结果！结果一出来，务必先通知我！我们商量提审米振东的具体计划再行动！"

"好！"

冯森熟知郑锐的秉性，嘱咐了半天心里还是觉得不踏实。

"千万小心！米振东能设计出那么多可怕的阴谋，现在又已经断绝了一切念想，显然是已经做好了一切准备！你给他照相的时候，千万不能出差错！"

"放心！他再狡猾，也不可能知道我们要干什么！我会找一个妥当的理由，你放心！"

冯森没有接话。

郑锐扭头一看，疲惫至极的冯森已经靠在座椅上睡着了。郑锐瞥了一眼冯森，继续开车。过了一会儿，郑锐又瞥了一眼。

睡着的冯森大张着嘴，似乎已经是一具尸体。

郑锐轻声喃喃："爸……"

睡梦中的冯森仍然一动不动，并没有听到这声深情的呼唤。

车行至橙州，郑锐把车停在监狱外面的停车场，又瞧了一眼正在副驾驶座上沉睡的冯森，便把车窗摇下一条缝，再轻轻关好车门离去。

审讯室里，郑锐正调试着一部单反相机，刘铁领着米振东进来了。

"郑管教。"米振东不卑不亢。

郑锐拧亮了桌上的台灯，雪亮的灯光照在桌上。

"米振东，把手放在灯光下，一只一只放上来。"

"这是要——？"米振东很不解。

"少废话！让你做就赶紧做！"

米振东把左手摊开放在灯光下。

"翻过来！手背朝上。"

米振东翻过左手。

郑锐咔咔咔连续拍下了三张照片。

"换右手。"

米振东换了右手，又重复了一遍。

"行了，回去吧——怎么，让你回去没听见啊？"

"是！"

目送米振东离开后，郑锐立刻把刚才收集到的米振东拇指照片发给了边国立，等待鉴定结果出来。

刑侦总队现在也鸟枪换炮，引进了最新的生物特征识别鉴定系统，将两张照片进行比对非常容易。如果样本提供的信息量大，准确度高，那检测结果的准确度也就高。现在郑锐提供的照片非常清晰，从沈广军手机上截屏取得的大拇指照片上生物特征信息相对较少一些，但即使这样，准确率也至少是95%。

郑锐等待了不到半小时，就收到了边国立发来的一份鉴定报告 PDF 文件，里面证明两组照片中的大拇指有95%的可能性出自同一人。

"成了！"

郑锐顿时热血沸腾。

米振东立刻被提到了审讯室，郑锐看着面前被拷住的米振东，似乎一切尽在掌握。

"我先打个电话，马上回来。"郑锐决定叫上冯森。

"哟，都快三十的人了，这点小事儿还得叫爸爸来啊？"

米振东在边上阴阳怪气。

郑锐脸色变得铁青。

"郑管教是想叫冯组长过来……是不是？"

郑锐慢慢走过来，坐到了审讯桌后。

刘铁回到郑锐身边，凑到郑锐耳边小声地问道："要不我去打电话吧？"

"不用了，咱们先热热身，聊五毛钱的。"

这五毛钱可让郑锐捅了娄子了。当郑锐猴急地把手上的撒手铜亮出来的时候，米振东没有丝毫的情绪波动，只是用非常嘲弄的眼神看了郑锐一眼："就这？"

关心则乱，一听到米振东说的这俩字，郑锐气血上浮，乱了方寸。

"我告诉你！证据已经在这儿！赶紧给我老实交代！你是怎么杀害徐大发、又嫁祸沈广军的？"

"我不知道您在说什么？"

"你已经看过了！你的左手大拇指出现在了沈广军手机的视频里面！这是怎么回事！"

"说了半天就是一个指甲盖的证据？你这么有把握，不妨把你掌握的所有证据都抖出来我看看啊……"

"我警告你，我的耐心是有限度的！"

"这审讯室也不是你私人开的，摄像机录着，刘管教看着，我没有不配合，你的耐心有没有限度，跟我其实没关系。"

郑锐呼地一下站起来要冲过去，刘铁急忙拉住了他。

"米振东！你别以为老子不知道你他妈的干了什么事情！今天晚上你说也得说！不说也得说！"

"我有什么可说的？就这么一个指甲盖的证据？能说明什么啊？"

"能证明沈广军的视频是你拍的！是你用他的手机从你手机

里拍的！这样你的手指才被拍进了视频里！"

"那又能说明什么？最多也就能说明我拍了这个视频！先不说这手指甲是不是我的，因为也可能是你伪造的证据……就算是真的，那又怎么啦？我拍了一个视频就犯法吗？哪一条规定用手机拍另一个手机里的视频是违法犯罪了？"

"沈广军就算是死都不愿意接受法院判定的结果！就因为徐大发根本不是他杀的！有了这个证据，就能证明徐大发是你杀的！"

"笑话！我拍了条视频，就能证明我杀人了？"

"不在橡树林里面，是不是就拍不了这个视频！"

"怎么拍不了？万一是有人在橡树林里拍了视频，出了橡树林之后手机被别人拿到了，别人再在外面拍的，这种可能性是不是也成立？"

郑锐张了张嘴，居然无法反驳。显然，米振东已经千百次地设想过别人查问时的应对之法，郑锐前脚一句还没说完，米振东后脚反驳的逻辑已经到位。郑锐显得非常幼稚和莽撞，虽然坐在审判席上，但整个气势好像他才是受审者。

"退一万步讲，就算我当时在橡树林里躲着，你也不能证明我杀了人呀！这不是最简单的逻辑吗？你作为一个狱警，好歹也是专业院校毕业的，连这个逻辑都弄不懂？"

郑锐狂吼着，掏出电棍就要扑过去。

"郑哥，不行！不行！"刘铁匆忙按住了郑锐。

"别拦着我！这个狗东西！杀了我妈！我今天非让他撂了不可！今天有他没我，有我没他！"

刘铁被郑锐胳膊肘伤到了鼻子，鼻血长流。

正在审讯室里乱成一锅粥的时候，监狱门口车里熟睡的冯森终于被路边传来的一声大卡车笛声惊醒，他拿起手机看了一眼时间，原来自己睡了两个多小时了。

这个浑小子！

冯森迅速下车，拿着手机拨通了郑锐的手机，手机在响，但没人接听。

冯森边跑边给郑锐发微信：郑锐！鉴定结果如何？马上回答我！千万不要擅自行动！千万千万！

手机是不能带进监狱的，冯森站在监狱入口通道处，火急火燎地给边国立打电话，可边国立却告诉冯森，鉴定结果已经给了郑锐——那已经是一个多小时之前的事儿了。冯森马上小跑到门口掏出证件过门口的安检，进去后迅速直奔监狱二监区。看着冯森心急火燎的着急模样，值班警察生怕监狱里出了什么意外，便急忙给监狱长陈咏打了电话。刚从睡梦中惊醒的陈咏心底发毛，这边穿上衣服，那边又叫上了狱侦科李正虎科长，还有二监区领导，直奔二监区。

二监区里头，冯森在前面跑，李正虎领着狱警跟在后面追，屁股后头还跟着罗劲松、常浩一帮人。可等到冯森一路跑到了二监区审讯室门口，他才绝望地发现，自己还是来晚了。

那里出事儿了。刘铁正在门口擦着鼻子，地上已经流了不少血。

"郑锐呢？啊？郑锐在哪儿？"

"我控制不住他……您赶紧劝劝他……"刘铁一脸着急。

"郑锐！郑锐！开门！别冲动！冲动你就输了！听到没有！"

"郑管教，你不是想过来吗？听说你是散打冠军，你可以过来试试呀！"审讯室里，米振东不停挑衅。

郑锐正气得浑身发抖，极度的亢奋让他随时有可能冲过去对米振东进行致命的攻击。

突然，审讯室的大门被撞开了。冯森第一个冲了进来，手里握着一把枪。

"不许动！"

冯森把枪对准郑锐。后面跟着的一帮人也跟着全进来了。

冯森低头看着地上的血，心里一沉。坏事了，全给这个浑小子搅和了。

"几个意思啊？啊？我正常提审个罪犯，你们都来干吗呀？"

"怎么回事儿？"人群闪开一条道，陈咏从后面过来，低头看了看地上，"这都见血了！郑管教，你搞什么鬼？"

"我们发现米振东身上有事儿！正常提审而已，这地上的血是刘铁的鼻血！"

"你没违规……刘铁怎么会流血？"

"我，我不小心碰到他鼻子了！你们看什么看！我没犯错误！"

"你给我闭嘴！我跟你怎么说的？让你取证之后叫我过来！你自作主张干什么？这是专案组下的命令！你有什么权力私自在这里提审米振东！啊？"

郑锐愣住了，陈咏等人也愣住了。

"各位领导，你们想开会，是不是先让我回屋去？"米振东冷不丁插了一句嘴。

"着急了？"

"冯组长，我不着急，着急的是你们。我只要不犯事儿，不得罪各位，肯定明年夏天就出去了……我急什么？"

"哟，挺有底气的，是吧！"

"对呀。郑管教给我看了一张指甲盖的照片，我还以为是什么大事儿！冯组长，我明年夏天就刑满释放了，还要出去过好日子哪！"

"是啊，傅明月还在海鲜城等你呢！"

米振东的脸色骤变后很快恢复正常。傅明月，是冯森刚刚在外面发现的一条重要线索——米振东的初恋情人傅明月，在得知童小娟和米振东离婚之后，便在橙州镇离监狱不远的地方开了一家海鲜城，专门在那儿陪着米振东坐牢。这对于米振东来讲，也是一个说不出来的心病——米振东认为自己亏待了傅明月、葬送了傅明月一生的幸福，这是他的一个心魔。

"这个世界上最可怕的事情是什么？不是他人已经逝去的如花美眷，而是你已被永远剥夺的似水流年……"冯森轻声念叨着，似乎在耳语，说完之后就认真地看着米振东。

米振东的脸色变得绝望，他竭力控制着自己的情绪。他知道冯森这个家伙到来之后，自己就不会有好果子吃，因为这个他都果断地和童小娟离了婚，以坚定自己斗争到底的决心。可是真的投入战斗之后，冯森的打击力度还是超出了他的想象。

二监区审讯室门口，陈咏吩咐刘铁把米振东押回去。刘铁押着米振东往外走，冯森面带微笑地看着米振东，米振东也回头与冯森对视，直到消失在前方拐弯处。

走在后头的陈咏唤住了冯森。

"冯组长，我有话跟你说。"

陈咏拉着冯森进了审讯室，关上了门。

"冯森！我是监狱长！为什么有行动不通知我？你觉得我也是嫌疑对象，是不是？你们检察院了不起啊？专案组了不起啊？你们父子俩就准备把我们监狱的事儿给包了？监狱一级组织、一级党委，都不如你们父子俩的私事儿重要，对不对？"

冯森喘着气，说不出话来。

"你说话啊！现在你准备怎么收场啊？"

"对不起……我也不知道郑锐会这么冒失！我说过让他等我到场……"

"我问你，郑锐究竟是你儿子，还是我的手下？啊？今天这事儿怎么定性？你告诉我！"

"一切责任在我！与监狱无关！"

"我是在说责任的事吗？我怕承担这点儿责任吗？我说的是办案的程序！你们检察院、专案组究竟是怎么办事儿的？有没有一点儿规矩了？你自以为是神探！一到橙州就以卧底身份出现，打了一个漂亮仗！是，我很佩服，但你也不能一直剑走偏锋吧？我们监狱狱侦科的能力也很强，我也在政法系统混了几十年了！我们监狱全体同志是一个非常能战斗的团体！我们是全国司法系统的优秀监狱、先进典型！取得的成绩有目共睹！你们凭什么全盘否定我们的能力，完全不告知我们？把我们当空气！"

"陈监，你也知道……现在我们内部是有问题的，黄四海随时能与外界沟通，这本身就说明……"

"好，我们内部有问题！那你告诉我，你们这个神秘的专案组成立这么久了，你自己来橙州也这么久了，这么久的时间，即使你不知道谁是坏的，难道你不能确定谁是好的吗？比如说我这个监狱长陈咏！难道你也不能确定我是对党、对人民、对法律忠诚的好人吗？我们监狱连一个可信的人都没有吗？只有你儿子一个二百五是可信的？啊！"

听着冯森暗示内部有蛀虫，陈咏彻底愤怒了。

"我告诉你冯森！我们监狱的工作是合格的！监狱干警是称职的！我们对罪犯的改造也是世界一流的！"

冯森只好点点头。

"中国是世界上重新犯罪率最低的国家之一，多年来一直保持在6%至8%的水平；而西方一些发达国家的重新犯罪率，少则20%、30%，有些高达50%、60%以上！我们监狱的刑满释放人员，重新犯罪率不到3%！这是什么成绩！这是世界一流的成绩！这成绩是怎么来的？是我们监狱干警用无比的忠诚、百倍的心血默默奉献得来的！你有什么资格把我们监狱所有干警都列在嫌疑犯名单上！啊？"

"对不起，陈监狱长，我们以后一定改进工作方法……今天的事情，我会向组织作出检讨，请您原谅。"

陈咏看着冯森，叹了口气，本想说点什么，最终什么都没说出口，扭头离开了。

二十四

冯森和沈广顺在同一天被边国立亲自带走。冯森上了警车之后才知道，边国立因为接到了110的命令（胡雪娥报警说冯森杀了她儿媳妇），不得不前来抓捕冯森——冯森根本不相信边国立这套说辞。

而沈广顺被带走，是因为他十年前从宋丽敏那儿买的获奖彩票有问题：海平旅游彩票每周日开奖，此前一周之内买的彩票有效。28日是星期一，沈广顺买的彩票应该到10月4日星期日才能开奖，领奖就得到10月5日，但沈广顺29日就去领奖了。这就说明，宋丽敏卖给沈广顺的彩票，是上一期的彩票，是已经在27日摇奖公布了的彩票！简单点说，宋丽敏找人高价收了一张已经中了五十万大奖的彩票，两块钱卖给了沈广顺！

说白了，冯森有杀害沈广顺前妻宋丽敏的嫌疑，而沈广顺有参与谋杀冯森爱人郑玮丽的嫌疑！

两人谁都摘不清自己，只能跟着边国立归案。

省委大楼内，张友成的秘书陈明忠把边国立、王志军和一位陪同民警领到政法委小会议室，张友成就在那里办公。

冯森手里紧紧攥着一张纸，对于此时的冯森来说，来见张友成几乎可以说是冯森摆脱眼下被动形势的最后希望。

"张书记，陈秘书应该都跟您说了，我们公安有自己的程序，胡雪娥既然已经举报，冯组长也有嫌疑，我们不得不——"边国立率先开腔。

"事情的核心不就是执法记录仪嘛！冯组长，你能不能交出来？"张友成看着冯森，问道。

"老张，没开机，没录上东西，交出来没有意义啊！"冯森忙不迭回应。

"如果没录上东西，你也原封不动地交上来再说，我们来鉴定是不是没开机嘛！"

冯森不说话了。

"有难度？"

冯森看着张友成，神情变得越来越沮丧。冯森觉得不理解。自己替所有人查案、解谜的时候，跑到橙州卧底、半夜冲到橡树林私下调查、在监狱里打着熊绍峰的名义去激怒黄四海……不按常理出牌干了那么多事儿，从来没有任何人怀疑自己；可一旦为自己爱人的事儿找了一下宋丽敏，怎么所有人就都不相信自己了！

"老张，别的任何事情我都无所谓，就这一件事情，我希望能有一点点自主权，有一点点自己的空间，为什么你们就不能网开一面呢？"

"冯森！你是要把你家的私事、你的情感，包括与我们的关系，凌驾于法律之上吗？你告诉我！这是你作为一名人民检察官的执法理念吗？"

"不是……我……"

"执法记录仪在哪里？"张友成脸色越来越难看，"国立，你马上让人去橙州检察院，全面彻底搜查冯森的宿舍、办公室、车辆，一定要找到那个执法记录仪——让派出所所长王志军陪着去！他的执法记录仪，他熟！"

"是，我马上安排。"

"冯森，我是在替你寻找真相。"

冯森把手心里紧紧攥着的一张纸摆在了茶几上。

"我有真相——这是张一苇提供的重要线索。"

纸上面是一些前言不搭后语的文字，张友成接过去看着。

8月9日中午食堂3号桌啤酒

8月12日下午车间5机床证据无用

8月15日下午植树水池香烟

8月23日晚上阅览室电话

……

"这什么意思？"

"这是张一苇记录的黄四海异常行动的相关资料。第一项是时间，第二项是地点，第三项是事件。"

"第二条的意思，是在车间第5机床那儿，黄四海知道他的杀人证据可能不足的消息，对不对？"

冯森点点头。

"只要去查看监控录像，看看黄四海到那个地点之前，我们的管教干部或者检察室的人有谁去过那儿动过手脚，那个人就是传说中的'甩棍'？"

"对！现在想找到'甩棍'已经非常简单了，只要查看一下监控视频就能发现嫌疑人了……"

张友成沉吟不语。

"张书记，您有什么想法？"

作为领导，案件既然涉及内部的同志，张友成就必须万分谨慎。依张友成的意见，首先得让信得过的同志对相应的监控视频进行梳理，找出重点嫌疑人；重点嫌疑人找到之后，一定不能马上动手，必须抓一次现行，必须抓到他与黄四海关联的铁证，才能定罪。这是抓住"甩棍"的唯一机会。要是抓错了人，既会极大地损伤内部同志的士气，同时也会打草惊蛇，真正的"甩棍"很可能永远不会再浮出水面。

张友成的考量很全面，但执行起来却很难。基于此，冯森的建议是创造条件，即创造一个让黄雨虹认为必须马上通知黄四海的契机，以此来制造抓现行的可能。在这种情况下，检察机关随时监控重点嫌疑人的行踪，捕获"甩棍"。至于如何创造这个条件，冯森认定，张书记必须参与其中。

　　冯森认为，黄雨虹一直拿无双集团和郑双雪的前途、张一苇的安危，还有张友成能不能坐稳政法委书记的位子、能不能进入省委常委这几件事情做文章，所以，张友成身边的筹码是最多的。一旦这些筹码中有部分发生了逆转，黄雨虹一定会调整自己的策略跟进。一旦他要调整，他一定会通过秘密渠道马上通知黄四海，以免黄四海错判形势，在监狱中出现问题。

　　至于人选，冯森推荐了两个人——罗欣然和郑锐。

　　"两个人远远不够！罗欣然作为检察室主任不能单独行动，如果她进监狱巡查，必须得带着至少一个同事前往，那就意味着她必须带着王鹏！"

　　"我倒是想回去……"冯森又插了一句。

　　"不行，宋丽敏的事情没有结果之前，我们不能放你。"

　　"这样吧，人手问题我来解决……冯组长还有什么问题？"张友成开了口。

　　"现在我最担心、最没有把握的案子，不是'甩棍'，而是米振东。"

　　在冯森的逻辑里，米振东是所有这些案子的枢纽。米振东的大拇指指甲盖本来是个很好的线索，如果由有经验的预审人员来运用这个证据，很可能会把米振东犯罪的证据全都导出来，可惜被郑锐给搞砸了。如果米振东死咬着自己没杀人，只是偷拍了沈广军抢救苗苗的视频，他与沈广军两人公说公有理、婆说婆有理，加上徐大发死无对证，可以说，查米振东的切入口越来越少了。

"现在我们唯一的突破口，就是从米振东犯案的时间入手。"

冯森此前翻阅卷宗时发现，检方当初之所以没怀疑米振东，是因为他在"930杀人案"的同一天犯的盗窃案，犯案时间与沈广军所谓的杀人时间在同一时间范围。可是，他犯案的地点，就在离橡树林不到两公里的别墅区里！

"好，这件事情我们会马上跟踪！"边国立答应得很爽快，"不过老冯啊，难得你还这么宽心！宋丽敏的事情你究竟怎么回事儿？你不把执法记录仪交出来，不拿出可信的证据来洗清你，我没法交代啊！"

"那有啥没法交代的？没有证据就不能定罪嘛！咱们对别人都是无罪推定，对我们自己人反而要搞有罪推定啊？"

"张书记您给评评理！"边国立很是无语。

"现在专案组工作到了节骨眼儿上，宋丽敏的意外死亡案就先缓一缓，不用非得马上弄出个结果来……国立，行不行？"

"张书记，胡雪娥为沈广军的事儿闹得满城风雨，她儿媳妇又死得不明不白，胡雪娥这两天还带着她儿子在我们刑侦总队门口守着，这事儿我没法缓……"

"老边，无论如何，请你先给我四十八小时，我们看看事情会不会出现转机！"

冯森迫切需要为自己争取时间。

"老冯，你别跟我玩里格楞！宋丽敏的事情，我可以给你四十八小时！过了这个时间如果还没有找到执法记录仪上的证据，我马上以销毁证据的罪名逮捕你。"

"行！没问题！"

张友成和冯森、边国立商量计策的时候，王志军和边国立手下另一位民警陪同陈明忠已经赶到了橙州检察院。陈明忠作为政法委书记的秘书，他的到来很受橙州检察院的重视，武强亲自前来迎接。

搜查很快开始。陈明忠领着两位警察进入了冯森的宿舍，屋子里的东西被一样一样地搜查，床铺、抽屉、书架全都被打开，屋子里顿时显得乱糟糟的。

王志军和同来的警察很快就失望了，有些沮丧地站在屋子中间。

"怎么样？还是没找着？"陈明忠正站在门口督战。

"执法记录仪挺大一个东西，按道理都不用搜这么细，那东西藏不住！我早就说了，冯森可是经验老到，不可能坐以待毙，很可能早就把东西销毁了。"王志军很无奈。

"冯森可是个老检察官了，他如果真的想藏什么东西，很可能从宋丽敏超市出来之后就把记录仪给毁了，再一口咬定东西丢了，咱们还真没辙！"

"两位，既然宿舍没有，咱们再去办公室找找？"

两人答应着往外走，陈明忠跟在后面，手一直插在兜里，他的兜里鼓鼓囊囊的。

等陈明忠走到了厕所边，直接拐弯进了厕所才探出头来打个招呼。

"王所长，何警官，你们先跟冼主任去，我上个厕所就到。"

陈明忠进了厕所，打开一个蹲坑隔间进去，小心地插好门，然后从口袋里掏出一个执法记录仪，迅速开机并播放里面的视频。记录仪背面的屏幕上，显示的是昏暗的站台超市仓库，能看清站着的人是冯森。

冯森正恶狠狠地指着坐在地上的宋丽敏大喊："你他妈的不说出来，我现在就结果你！老子弄死了你，你都没地方申冤去！没有任何人会相信你！"

宋丽敏的脸看不太清楚，她侧着头，似乎非常害怕冯森。

冯森忽然弯腰扑上去把手伸向宋丽敏的脖子，但因为镜头的原因，只能看到冯森的后背，无法看到宋丽敏的头。从冯森的背影来看，他似乎在非常用力地做着什么事情。

陈明忠震惊地喘着气，紧张至极地看着执法记录仪上的视频。外面有人进来，他手忙脚乱地停止了播放，蹲在坑上，一动不动地等着外面的人撒尿、洗手、离开。再等待片刻之后，外面没有了任何动静，他这才匆匆藏好执法记录仪，冲水，离开厕所。

二十五

熊绍峰再次见到纪检监察组的两位领导时，态度比之前有了巨大的改变。经过长时间的监视居住，他已经非常崩溃，非常急切地想配合对方进行具体调查。奇怪的是，这次谈话相当草率，很快就结束了，对方撂下一句"你回去再好好想想"就离开了。

熊绍峰以为是让他回监视居住的地方再想，就一直在原地等着人来带他走。但没想到等了很久都没人来，他忽然意识到禹组长说的"你回去再好好想想"可能是让他回家去想想。

怎么穿戴、怎么拿回自己东西的，熊绍峰全都不记得了，只知道离开那个可怕的地方出来之后，感觉阳光异常耀眼。

熊绍峰走出了那个没有任何标志的大铁门，刚走两步，他就看到马路斜对面停着一辆红旗车，车门开着，司机小马站在车边，熊绍峰的眼泪顿时流了下来。

"张书记在车里，请您上车！"

熊绍峰上了红旗车，司机小马慢慢地溜达到了别的地方。

车里的人正是张友成。

"熊绍峰同志，这一课教训深刻吧。"张友成脸色严肃。

"张书记，我真的没犯什么错。"

"你是没犯什么错，但是你相信郑双雪那一套，希望从人情世故上、从人际关系网上、从人脉资源上来完成你想达到的目标。但是结果呢，结果变成了黄雨虹的一个棋子，就因为你搞什么新媒体，甚至被鲁春阳之流玩弄于股掌之上。作为橙州检察院的副检察长，你觉得这还是什么光彩的事情吗？"

熊绍峰极其惭愧地低下了头。

"我能信任你吗？"

"张书记！请您相信我！我绝没有干违背原则、违背良心的事情！"

"你在里边的时候，发生了很多事情……形势很不乐观！冯组长因为涉嫌谋杀沈广顺的前妻宋丽敏，现在已经被边队长控制，能不能重返工作岗位都很难说；罗欣然被人追杀，现在受伤了还未出院；邓耀先已经被灭口……"

"什么？"熊绍峰极其震惊。

"绍峰同志！省第一监狱出现的烂窟窿，就全靠你了！你要相信，绝大部分干部都是好同志，但是因为其中有败类，导致所有的人都噤若寒蝉，不敢站出来说话，因为所有人都处在被怀疑的视线之中。在这种复杂的局面之下，我们必须要有值得信任的，同时又富有智慧的、有非常强的行动能力的人来主导这件事情，找出我们内部的败类，彻底清查黄四海违规减刑的案子背后的问题，包括他父亲黄雨虹和他的爪牙做的一切违法乱纪、涉黑涉恶的事情！还要弄清沈广军'930杀人案'里边的玄机，冯森的爱人十年前被杀之谜。这些都需要有人去破解，去解决……我们面对的是多事之秋，急需骨干力量来力挽狂澜！现在，检察官光荣的火炬传到你手上了！希望你能接替前人，继续跑完这段路！"

熊绍峰看着张友成信任的目光，多日来累积的委屈让他终于控制不住自己的情感，一头扑在张友成的怀里，嚎啕大哭起来。

张友成把熊绍峰直接送到了罗欣然所在的医院。渴望投入战斗的熊绍峰找到罗欣然之后，罗欣然也坐不住了，她觉得自己身体恢复得差不多了，执意要跟着熊绍峰一起回橙州。

"冯组长这个人虽然对我不太客气，但是我还是比较敬佩他的。他出事了，我发自内心地痛心啊！我想通了，后面我什么也不想，什么也不干，就一心扑在这几个案子上。咱俩联手，再跟专案组的同志联合起来，把'930杀人案'、平城KTV888包间过失杀人案这两个案子好好复查清楚，不能有任何疑问，一定还人民以正义！"熊绍峰说起话来一套一套的。

罗欣然十分欣慰，熊绍峰总算开始干正事儿了。

到了橙州之后，熊绍峰坚决不休息，要连夜去见武强，希望马上能领受任务。

熊绍峰表了半天决心，但真到了实干的时候，他却根本提不出计划和方案，毕竟他被关了这么久，很多新的消息他都不太清楚了。他只好求助地看着罗欣然。

冯森被羁押以后，案子绝大多数压力都转移到了罗欣然头上。黄四海的案子，冯森虽然已经撬开了一个缺口，但要想翻盘，还远远不够。对于武强来说，只要边国立那边补充侦查没有找到新的证据，那么冯森的推断就只能作为可能性参考，没法肯定。在这种情况下，等待检方的是漫长的调查取证。即使上了法庭，诉讼过程也会非常复杂。而且以黄四海家里的经济实力，他们一定会请最强的律师团来应对。

难！

"小罗、绍峰，这个案子你们可以查，但是必须查得死死的，必须找到确凿的证据。现在公安在重新调查，到时候还得提请法院重新判决，都要经过我这一关，必须说服我，我才会签这个字，否则我这一关就过不了。明白吗？这是一个非常重大的案子，不能儿戏，不能有任何差错。我的建议是，你们主攻'930杀人案'，以那个案子为主，黄四海这个案子为辅，在有多余精力的情况下再查一查这个案子。因为张友成张书记还等着'930杀人案'的结果呢，现在必须给公众一个交代。"

罗欣然和熊绍峰告辞出来，两人到罗欣然房间里又谈了半天。熊绍峰分析案情的时候，忽然说出了一句让罗欣然非常震惊的话："你有没有想过一个问题：冯森在宋丽敏一案上，其实是和黄四海一样，也是故意销毁了监控视频证据，从这一点来看，冯森的行为与黄四海的行为是完全一样的！"

罗欣然忽然有点儿蒙，熊绍峰这个老狐狸一旦恢复水平，看问题的视角马上就不一样了。

"今天下午，陈明忠带着公安在冯森的宿舍、办公室找了一下午，天黑了才刚走。"

"执法记录仪……找到了吗？"

"没有。"

罗欣然陷入了沉思。

刑侦总队一间小小的办公室里，冯森盖着一条毛毯睡在沙发上，他睡得特别香甜放松，一条腿支在毛毯外面。他已经很久没有睡得这么香这么沉了。按照规定，只要找到他的执法记录仪，就能给他的事儿定性。如果最后找不到，虽然很难定性，但他销毁证据、涉嫌杀人的可能性就会被坐实了。这是一个很微妙的时刻，边国立请示张友成之后，把冯森暂时软禁在刑侦总队。

与此同时，边国立下了狠心，派了所有得力干将连夜走访，全面落实与米振东和"930杀人案"有关系的线索。

外面响起了开锁的声音，冯森马上就惊醒了，但他只是睁开了眼睛，并没有动。

"老冯，吃饭了！"边国立拎着一个塑料袋装的早餐进来并放在桌上。

"哎呀……要是天天都能这样睡觉就好了！"

冯森伸了个长长的懒腰，看着边国立憔悴的脸色，问道："又熬了一通宵？"

"米振东的情况已经完全落实。'930杀人案'那天，米振东曾经出现在徐大发家附近的一家洗浴中心。因为他在里面把所有服务几乎都享受了一遍，自助餐吃了三顿，还找了五个不同的按摩小姐帮他按摩，所以过去两年了都还有人记得。"

"这是他知道自己要进去了，所以要好好享受一下外面的生活……你们去过振东施工队了吗？有没有再通过他老婆、孩子、手下的人问一问案发那一天米振东的表现？"

"他老婆童小娟不久前跟他离婚了，现在带着孩子回了老家，要过两天才回来。"

"米振东真够狠的！迟不离婚早不离婚，我把'930杀人案'刚重新掀开了一个口子，他就把婚离了，恰到好处啊！我怀疑他是知道自己出不去了，才把老婆孩子重新安顿好的！"

"这个人很可怕，老冯，你准备怎么对付他？除了大拇指指甲盖的证据，咱们手头能指向米振东的其他证据几乎是一个也没有了。"

"橡树林的事儿，既然米振东那天去过徐大发家附近，那他就有可能是藏在徐大发车里进的橡树林。"

"是。"

冯森站起来，在屋子里来回走动，向边国立描述了自己想象中的案情经过——

在一幢豪华别墅门口，一辆豪华汽车停下，徐大发从车上下来，走到后备厢那儿，打开后备厢，从里面拎着一个大皮箱出来，合上后备厢进屋去。米振东站在不远处的围墙拐角边，手里拿着一个奇特的遥控器。徐大发在进家门之前，把车钥匙对着自己的车按了一下。就在那一瞬间，米振东也对着车按下了自己特殊的遥控器。汽车灯多闪了两下。

徐大发没注意，进了屋。

米振东快步过来，用戴着手套的手掀开后备厢钻了进去，从里面关上了。黑暗的后备厢里面，米振东按了一下手里的特殊遥控器。片刻之后，放好皮箱的徐大发从屋里出来，直接开车离开。

徐大发的汽车驶进橡树林停下，他把窗户摇下来，抽着烟看着手机。后备厢悄悄打开了，米振东从里面翻出来，戴着手套的手里攥着一把改锥，悄悄绕着车身走到了徐大发的司机位外侧。正在看着手机哼着歌儿的徐大发察觉身边有异，他扭过头来看到了米振东，正要喊出来，米振东一挥手，改锥一下子捅进了徐大发的眼睛里。

徐大发死后，米振东戴着手套的手迅速拿过徐大发掉在座椅上的手机，打开微信，找到沈广军的名字，看到里面已经有两条微信：

888——我在老地方，你赶紧过来吧。

沈广军——什么事？

米振东接着用"888"这个号与沈广军对话。

888——少废话，赶紧过来。

沈广军——我现在不太方便，大哥。我有点儿事，脱不开身。

888——马上过来。否则我收拾你。

沈广军——好的，大哥，我马上过去。

做完这一切，米振东把手机扔回徐大发车座上，关上车门，自己再藏到橡树林深处，等他看到沈广军开着车来，这个计划就完成了一半。

"等一下！"边国立这个时候插了一句，"你分析得都很对，但是米振东还得出去，如果直接走出去，就有可能被监控摄像头拍到。他必须让别人隐蔽地捎走他！"

"米振东可能是藏在沈广军车的后备厢里逃出去的，这样就没有任何人看到他进出橡树林了。"

"现在能不能判断是米振东拍的视频？"

"当然没有证据，但应该能推测出是他干的。我们不难想象，沈广军第一次进橡树林的时候，很可能在打电话、发微信之类的。如果沈广军正在使用手机，到了徐大发身边被吓坏之后，手机掉到了地上。"

冯森再次推测他想象的案情——

沈广军停好车，从车上下来，往徐大发的车边走。到了车边，沈广军探头去看车内，然后大叫一声，脸色苍白，一步一步后退，最后忽然转身狂奔起来。米振东从树后探出头来看着沈广军的背影。而在沈广军的车里，苗苗正横躺在后座上睡觉，身上还有安全带缠着。

米振东看到沈广军跑掉了，他就一直在等待，他相信沈广军一定会回来，毕竟车还停在那里，沈广军再傻，也知道回来把车开走，不开走就会留下直接杀人证据了。

"如果是这样的话，你认为米振东知不知道车里躺着一个小姑娘？"

"我不认为米振东是这样的人。如果他知道车里躺着一个无辜的小姑娘，他可能会救小姑娘。"

"奇怪，你居然对米振东这种人有这样的判断？"

"米振东是一个有血性的人，他只是不相信现代文明的力量，不相信法律的力量，只相信个人判断和所谓的忠义。他绝不会坐视一个小姑娘在他的复仇行动中无辜死亡。"

"好，我姑且相信你吧……米振东等着沈广军重新回到橡树林，就用手机拍下了沈广军抢救小姑娘的视频……对不对？"

"应该是这样……"

"拍下沈广军和小姑娘的视频，这也是米振东的设计吗？"

"这个应该是偶然发生的事情。他可能事后发现了沈广军在抢救小姑娘，本能地就用自己的手机拍下了一部分画面。他可能觉得这个会有用，能进一步加深对沈广军的伤害。"

"那他怎么又用沈广军的手机拍自己手机上的视频呢？"

"他总不能把自己的手机塞给宋丽敏作为证据吧？我猜测，沈广军发现小姑娘昏死的时候，很可能试图打电话求救，这样，他的手机有可能在惊慌之中掉在树林里，被米振东拿走了。"

冯森再次描述自己想象的画面——

沈广军浑身湿透，喘着粗气跑了回来，他绕开了徐大发那辆可怕的车，来到自己的车边。

沈广军去拉后车门，没拉开。他急忙打开前车门解了锁，这才拉开后车门，"苗苗！"

从外面能看到，苗苗躺在座椅上一动不动。

沈广军吃惊地扑进去推了推苗苗，苗苗还是不动。

沈广军慌忙坐进去摇晃、按压、拍打苗苗，但苗苗软绵绵的，仍然一动不动。

沈广军整个人都吓傻了，浑身颤抖地抱着苗苗，哭了起来："苗苗……苗苗……你别吓我啊……你别吓我啊……"

沈广军慌忙从口袋里掏出手机来，结果慌乱之中手机掉到了车外。沈广军慌忙把苗苗放好，从车里出来找到手机，慌乱之中几次用手划解锁图案都没成功。

米振东在不远处的树后看着，看清了沈广军的解锁图案是"Z"字形状。

沈广军终于解锁了手机，拨了几个号之后却又扭头看着徐大发车内可怕的场景，他不敢拨号了。沈广军哭着扑进车里抢救苗苗，手机掉在地上也没管。可是沈广军手忙脚乱地给苗苗做心肺复苏和人工呼吸的样子，看起来非常怪异，根本不像专业人士，反而有点儿像猥亵动作。

米振东悄悄掏出手机来拍着这个画面。

"老冯，你有没有想过……沈广军在小姑娘还不能确定有没有死的情况下，居然就把她给埋了，这个我不是很相信……"边国立提出了疑问。

"我在去见宋丽敏之前已经攻下了沈广军，他全都承认了。他的心理也很简单：第一，如果他马上叫人来急救苗苗，也不一定能救活，但杀人现场肯定就暴露了，他跑不了——虽然后来他也没跑了，但当时他还是有侥幸心理的；第二，宋丽敏一直怀疑沈广军这个有狐臭的单身汉对苗苗心存不轨，以前就为这事儿闹得很不愉快，现在出了这件事情，沈广军就算跳进黄河也洗不清！他不敢暴露这件事情，所以他打急救电话都打了一半，最后还是挂断了。所以他犹豫了很久，最后才下决心把孩子埋起来，然后假装说孩子没找到！"

"这个沈广军既自私又愚蠢！要是他为孩子想一想，只要有一丝希望都拼尽全力救孩子，孩子肯定就活过来了……徐大发的案子也不一定会全背在他身上，毕竟有个孩子跟着，我们会大大减少对沈广军杀人的怀疑，很可能就会改变侦查策略，说不定就把米振东查出来了……"

"沈广军的事儿就不说了，我们现在主要是讨论米振东这个家伙。我觉得他离开橡树林，应该是他看到沈广军把误认为已经死掉的小姑娘埋到了树林里，他才趁沈广军返回之前躲到沈广军的后备厢里。这样，米振东就神不知鬼不觉地坐着沈广军的车离开了橡树林，没有任何人或监控设备发现米振东进出橡树林。"

"所以米振东一出橡树林，马上就从后备厢里出来，跑到旁边一个别墅区里偷东西，确保自己被监控摄像头拍下来了。他偷完东西之后出去，用沈广军的手机拍下自己手机拍到的视频，然后把沈广军的手机悄悄塞到宋丽敏的购物袋里。然后，警察查到了他偷东西的视频，直接把他抓了，以盗窃罪判了两年。整个过程天衣无缝，以小罪换大罪，他这一招确实是高啊！我现在真的是头疼，怎么落实米振东这个事儿！"

"我爱人被害的事情，我现在已经肯定是与米振东有关了。即使不是他亲手干的，至少也是他参与策划。但是，没有任何的证据和线索指向他！"

冯森沉默了良久。

"唯一的线索就是宋丽敏。"

"对不起，老冯。"

边国立的电话响了，他接到了一个意外的电话——胡雪娥病危，进手术室之前，她想见见冯森和边国立。

冯森和边国立直奔医院，胡雪娥正躺在病床上打着点滴，看到二人到来，胡雪娥挣扎着想坐起来，冯森慌忙过去坐在床边摁住她。

"大婶儿，您别起来了，您躺着，有什么事儿咱们躺着说。"

"你这个杀人嫌疑犯，还真的能到处跑到处颠儿？当官儿的还真不一样……"

"哪儿啊！我是边队长带着来的，屁股后头还跟着俩特警。您就别笑话我了。这回您这么着急把我们叫来，是为什么事儿啊？"

"您呀，虽然不是好人，但也不算坏人……宋丽敏吧，她自个儿也做过错事儿，您把她杀了，也是为您媳妇儿报仇……我估摸着，我们家要是不给您上点儿供吧，我两个儿子可能都保不住了……"

"大婶儿，您不用说任何事情，我不用您上什么供，我也不是菩萨，也不是贪官，不用您上供！"

"行了，这话就都不说了吧……您瞧，我给您带来了什么？"

胡雪娥说着，从贴身的怀里掏了半天，掏出一个印有"北京 2008 One World One Dream"的记事本，记事本已经破旧不堪。

"冯组长、边队长，这是我给你们作的贡献……你们……看在我要死的份儿上，帮帮我两个儿子吧！"

胡雪娥把记事本颤颤巍巍地递过来，似乎这一个动作就耗费了她全身力气。

冯森接过记事本，翻开，看到上面记的是一些人的名单，后面对应的是钱数。

"大婶儿，这是什么？是谁的收礼清单吗？"

"广顺和宋丽敏是2009年结的婚，这个本子啊，是当时他们婚礼上用来记礼金的……日后别人办事儿的时候，我们得还啊……"

"您觉得这个给我有什么用？"

"你往后翻……到第八页之后，就全是宋丽敏她那边的亲戚朋友了……她父母都没了，亲戚也不多，主要来了一些朋友，几十号呢……那些人跟她可亲了，比家里人还亲……"

冯森翻到第八页，看到上面写的名字和金额，愣住了。第八页上记的名字有十来个，第一个居然是：傅明月3000元。

"傅明月？不是咱们监狱外面那个海鲜酒楼的老板娘、米振东的初恋情人吗？"

冯森和边国立两人急忙往下看，两人陆续看到一些熟悉的名字，忍不住念了起来：

秦胜利 2000元

周伟平 1500元

……

束立可 800元

蒋丽丽 1000元

彭会军 1500 元

……

桂河洲 600 元

江向阳 900 元

沈剑 3118 元

……

杜鹏 1888 元

何晓巍 1200 元

……

常子龙 6666 元

许文渊 300 元

白小莲 19999 元

两人往后翻，最后一页仅有的一个名字更让冯森和边国立呆住了——米振东 9999 元！

"冯组长，你不是一直盯着宋丽敏吗？我也就能作这点儿贡献了……这有用吧，冯组长？边队长？这个有用吧？"

"有用，大婶儿，太感谢您了！您这个名单，让我们把很多事情都想通了。我谢谢您，大婶儿！"

胡雪娥有些欣慰地垂下了眼帘，摆了摆手，以示送客。

从医院里头出来的冯森拉着边国立找了一个小花园。冯森一下委顿在里面一条凳子上，放声大哭起来。

"十年了……我追凶十年，所有的线索都找到了，但就是没有任何办法把这些线索综合到一起，把它们变成证据！现在，这个证据已经出现了！已经露头了！胜利在望了！"

"老冯啊，你别高兴得太早！通过沈广顺这个礼金名单，虽然能判断宋丽敏与米振东、束立可、江向阳、彭会军、常子龙、杜鹏这些人有关系，但想直接得出他们参与了杀害郑玮丽的事实，还是缺少很多证据……很难获得法庭认可啊……"

冯森苦笑了起来。

法庭认不认可，他现在已经不在乎了。冯森在乎的是，为什么是这几个人？他们之间是什么关系？他们作案的基本动机是什么？通过今天这个名单，冯森心里有底了。冯森有了强烈的预感，宋丽敏很可能也是李美娟孤儿院的，白小莲、米振东这些给宋丽敏送礼金的人，绝大部分应该都是李美娟孤儿院的！他们谋杀郑玮丽，就是为了替李美娟报仇！

李美娟的死，米振东认为这笔账应该算在冯森和黄雨虹头上，所以在十年前，米振东指使宋丽敏、束立可一干人设套杀害郑玮丽；又在四五年前，白小莲以网络作家身份进入波动网，挑拨离间让黄四海与肖萌斗殴以致激情杀人，把黄四海给收拾了！而沈广军因为配合徐大发骗保，害死了李美娟的丈夫白继发，所以在两年前，米振东和宋丽敏配合，终于找到了完美的机会，利用沈广军在橡树林私会徐大发的机会，杀了徐大发再栽赃给沈广军——这三起设计完美的报复计划，就是李美娟孤儿院的那些人齐心协力配合的结果！

冯森觉得自己的思路从来都没有这么清晰过。

二十六

海平机场候机楼对面的马路上，一辆出租车开到这儿停下，陈明忠从车上下来，拎着一个巨大的行李箱。

"先生，从这儿到候机楼还有两公里呢，你真要在这儿下？"司机好奇地探出了头。

"就在这儿下。"

陈明忠拉着行李箱，进了马路边的一大片绿化带。绿化带后是一大片树苗基地。无数的树苗密密麻麻地挤着长在一起，陈明忠进来把箱子放倒，坐在箱子上等着。

很快，外面远远的马路边驶来一辆豪华轿车，车上下来的一个人快步往这边走来。这个人就是鲁春阳，他脑袋上还包着纱布，但用一顶礼帽盖着。

"陈秘书，你约的这个地方，很特别啊。"

"我马上要出差，但机场见面不太合适，到处是摄像头，所以约在这里了，鲁总别见怪。"

"这么看来，一定是重要的事情了？"

"郑主席下了死命令，让我想办法跟你们谈判，必须让你们停止对张友成的抹黑和伤害。张书记也下了死命令，不允许我和郑主席有任何工作之外的接触，一旦发现，让我滚回老家当小学老师！我他妈要替我自己想想了！我受不了了！"

"我还是没明白你要做什么？"

"我他妈的就是不想伺候张友成夫妻了！他们俩一个往东，一个往西，两道完全相反的命令同时放出来，我怎么伺候？我都得罪不起啊，我能怎么弄？"

鲁春阳同情地看着陈明忠。

"最重要的是，我无意中在张友成的抽屉里发现了一样东西，这样东西教会我一个道理——能信得过的东西只有一个，钱！"

"你发现了什么？"

"执法记录仪现场拍摄的视频，冯森的杀人证据！张友成居然纵容一个杀人犯帮他捞政治资本！所有人都被他骗了！"陈明忠压低了声音。

"视频……是真的？"

"我马上就能把那张卡给你，你不是带电脑了吗？你马上就能看……还能分析它是真是假……"

"说个数儿吧！"鲁春阳沉思片刻，终于抬起头，说道。

"三千万！我太太带着孩子已经出国，她在境外开了一个户头。这是我们一家人在境外的安家费，这个要求不高吧？"

"不高，我能办到。"

陈明忠伸出手，鲁春阳也伸出手，两只手握在了一起。

"成交。"

鲁春阳当场检查卡里面的视频资料，并马上落实了汇款事宜。陈明忠默默地坐在一边守着，直到这一切办好，他打电话给爱人确认了钱款到位，然后就起身拉着行李箱马上离开。鲁春阳开车要送陈明忠到机场，被他拒绝了。陈明忠自己步行走到航站楼，在鲁春阳的目送之下取票、过了安检。

鲁春阳一直等到陈明忠的那班飞机起飞，他在航站楼内还托关系打听了情况，最终确认陈明忠真的上了国际航班，这才迅速给黄雨虹打电话，通知事情的最新进展。

很快，可怕的结果就显现出来了。

此时，宋志明、张友成等省委班子领导和下属各厅局负责人三十多人在大会议室召开省委常委扩大会，省公安厅厅长严正义、省检察院检察长袁宏伟、省高院院长陈长青等人都在座。

会议室的门突然开了，宋志明的秘书周志斌快步走到宋志明身后，俯身在他耳边小声地说了几句。

"友成同志，你的秘书陈明忠现在在哪儿？"宋志明停下话头，端起茶杯喝了口水。

"他在省检察院帮我整理东西，因为我办公室还一直没有搬干净，还有一些杂物。"张友成有些莫名其妙，回答道。

"据可靠消息，陈明忠全家都已经逃往境外。"

张友成顿时脸色变得惨白。

"今天的会就临时中断一下，大家可以先去吃饭，下午接着开。友成同志，请你马上好好想一想，找相关人员了解一下情况，务必弄清陈明忠外逃的原因和后果，及早做好准备，一个小时之后在我办公室见面。"

"好，我马上办。"

张友成匆匆从会议室出来的时候，看到门口宽大的走廊里，许多刚刚出来的领导干部都在小声地议论着什么，有人在发微信，还有人在打电话，小声地说着什么。张友成一出来，大家马上都不说话了，都用同情但又假装若无其事的目光看着张友成。

张友成穿过人群，走向自己的办公室。黄雨虹恰好迎着张友成的面走了过来。

"张书记，您好！"黄雨虹满脸堆笑。

"黄总？你怎么在这儿？"

"哦，纪委刘书记约我过来谈点事儿，说是配合调查一些官员的违纪违规问题。我正好在附近，就赶紧来了。"

"怎么着？是要到我这儿先坐坐吗？"

"张书记如果愿意跟老朋友谈谈心，雨虹当然求之不得！"

两人进了办公室，黄雨虹坐在沙发前，张友成亲自给他倒茶。

"谢谢张书记，谢谢！折煞我了！"

"黄总别客气，咱们都到这个时候了，有话就直说吧！"

黄雨虹非常诚恳地从怀里掏出一个信封，放到桌上推向张友成："张书记，我们十多年的关系了，虽然你我奋斗在不同的岗位，但当年您在波立市对兄弟的帮助，兄弟没齿难忘。这个，算是兄弟对您的一点儿心意。"

"稍等一下，我打个电话！"张友成打断了黄雨虹，拿起电话拨了一个号码，"喂？办公厅吗？马副秘书长在吧？你让他到我办公室来一下。"

张友成挂了电话："黄总，非常感谢过来找我，这是对我的信任，我很感动。不过呢，请你理解一下，我现在正处在一个敏感时期，私下接受敏感信息有违组织原则，所以我得找个人来见证一下，黄总不会见怪吧？"

"当然当然，应该的。"黄雨虹迅速在心底调整了谈话的策略，他的脸上露出更加温暖的笑容。

外面响起了敲门声，马副秘书长进来了。

"来，我介绍一下，这位是喜由网总裁黄雨虹，大名鼎鼎，你肯定知道。这位是咱们办公厅的马副秘书长。这回黄总要给我送一样东西，麻烦马副秘书长做个见证，打开看一下！"

马副秘书长将信封打开，从里面倒出一张非常小的 CF 卡。

"这是什么？"

"这是冯森执法记录仪里的存储卡，冯森去见宋丽敏的时候做了什么事情，都录在这里面了。"

"冯森的执法记录仪一直没找到，怎么会在你这里？"

"您的秘书陈明忠拿这个东西找我换了三千万，他说是在您抽屉里找到的。"

"你信吗？"张友成一愣，随即淡然一笑。

"当然不信，一个背叛祖国的人，说的话谁能信啊？肯定是他自己不知道从哪儿偷来的。不过，这东西确实是真的……"

"多谢黄总！一会儿我和宋书记见面谈陈明忠的事情，正好可以派上用场。黄总能提供这么及时的帮助，我真心表示感谢！"

"应该的应该的！对了，还有一件事儿，我想实名举报熊绍峰！"

"熊绍峰？他怎么啦？"

"熊绍峰和陈明忠关系密切，好像陈明忠能当上您的秘书，还是熊绍峰举荐的，现在陈明忠出事儿了，熊绍峰的事儿我看也压不住了。张书记，非常抱歉，我今天要是不向您举报，那也得找纪委去举报。"

张友成的脸色有些难看。

"去年7月15日，我到波动网去见鲁春阳谈工作上的事儿，熊绍峰因为在波动网运营一个视频账号，跟鲁春阳也比较熟。当天熊绍峰去找鲁春阳，正好碰上了我，说是要私下找我聊点事儿。熊绍峰就说，我的孩子在他们那儿，一直想着帮上点儿忙。我就说，臭小子自己不争气，受罪活该！只要好好监督改造，其他都无所谓！可熊绍峰说，孩子年轻有为，如果一直在监狱里待着，浪费青春，出来了也不好接班了。最后，熊绍峰表态说有办法让孩子立功减刑，至少能提前一半时间出来。我就同意了。不过，我一直反复强调，一定要合理合法，不能出格！"

"条件呢？"

"一千万元人民币。他还要求，不要直接给钱，要做成他视频点击流量的正常收入，通过网络上的电子币转给他。"

"我记得，袁宏伟他们那儿的纪检监察组调查的就是这个事情，熊绍峰的波动网账户上存了一千万元，对不对？"

"是。据我们推测，这只是熊绍峰通过我们收到的钱，他肯定还通过别的方式收过别人的钱，我们建议纪检监察部门好好查查，把这个害群之马绳之以法。"

"放心，我们绝不会姑息。"

"另外，我个人也要作出检讨。我承认，当时虽然一直强调合理合法，但还是助长了熊绍峰的歪风邪气，他也肯定是用了点儿手段来帮黄四海减刑！我……我在这里表个态，希望撤销黄四海的立功减刑，让他蹲够时间了再出来！除非他真的是靠自己立了功，那到时候再说！"

"黄总，你的高风亮节，让我非常感动！感谢你对我们公务员的监督和举报！感谢感谢！"

张友成伸出手与黄雨虹相握，两人都站了起来。

黄雨虹接着就告辞了。

张友成坐回桌前，短暂梳理了一下思路。这个黄雨虹前来，本来是要与自己进行交易的，但自己当场叫来了马副秘书长，黄雨虹无法说出口了，只好马上改口说出一番冠冕堂皇的话，顺道还举报了熊绍峰，算是彻底地撕破脸了。黄雨虹的狡诈之处在于，他这样做，无论从什么角度来讲都没有破绽：如果陈明忠是假叛逃，黄雨虹作为一个守法公民只是把冯森的犯罪证据上交给了政法委书记，于情于理，都没有任何问题；如果陈明忠是真的叛逃，那当然就更没问题了，但张友成必定受牵连！

一念及此，张友成立刻拿起手机拨通了边国立的手机。

"国立，听着！陈明忠全家叛逃到了境外，这件事情已经在省委常委扩大会上泄露了！黄雨虹马上出现了，刚才直接到了我的办公室，把冯森在站台超市'谋杀'宋丽敏的视频存储卡交给了我，还向我实名举报了熊绍峰受贿的事儿，黄雨虹要对我全面进攻！"

"执法记录仪在黄雨虹手里？"边国立很是震惊地问道。

"执法记录仪是陈明忠先拿到的，他三千万卖给了黄雨虹！这本来是个坏事儿！但黄雨虹因此露头了！这是好事儿！"

"里面是什么？冯森是不是真的杀了宋丽敏……"

"我个人认为，出现这么重大的利好消息，黄雨虹一定会通过他的特殊通道向黄四海传递消息，我们的机会来了！"

"明白了，张书记！我现在就下命令！罗欣然、郑锐、熊绍峰三位同志组成的专案组小分队马上按计划行动！"

挂了电话，边国立看着站在对面的冯森，他还处于被边国立软禁的状态。

"你究竟有没有杀宋丽敏？给我个准话！"

"咱们先给橙州方面布置任务！橙州的任务要是办妥了，你就什么都明白了！"

就在冯森和边国立一起布置诱捕"甩棍"落网的陷阱时，张友成急匆匆地同宋志明见了面，开始了最重要的谈话。

"宋书记，我是这样想的。不管什么原因，陈明忠外逃，我有失察之责！宋书记，现在是不是另外选派别的同志暂时代替我的工作！"

"友成同志，你履新以来，已经遇到了不少事情。但你要知道，组织上对你是充分信任的！你可能会听到不同的声音，工作很可能会遇到更大的阻力，但我相信你有能力让事情水落石出，分辨清浊，维护公理正义。我对你有信心，可你对你自己有信心吗？"

"谢谢宋书记，我是有信心的，而且一定竭尽全力。"

"友成同志，我这里也是有压力的，我对外面可能得有一个交代。"

"一会儿召开的常委扩大会我就不参加了。"

"那专案组的事情，你有什么想法？"

"专案组可能得吸收新鲜血液了，我想让武强同志选一两个人补充进来，弥补橙州方面人手不足的问题……您看？"

两人商量的时候，宋志明办公室门外，不少人从远处悄悄围过来，小声询问秘书周志斌关于张友成的情况。周志斌表示，无可奉告。

片刻之后，常委扩大会重新开始。此前开会的省公安厅厅长严正义、省检察院检察长袁宏伟、省高院院长陈长青等三十多人重新在大会议室就座，一位女服务员匆忙进来，把张友成的椅签拿走了，同时把多出的一把椅子也搬走了。

"同志们，张友成书记因为身体原因，可能要休息一段时间，他负责的工作，暂时由政法委副书记凯丰同志负责。好，我们继续上午的会议，讨论深化扫黑除恶专项斗争的工作，各位都是政法战线、纪检监察战线的负责人，张友成同志不久前提出了'人民的正义'这个热词，现在还是我们东川省的流行语！为了维护人民的正义，为了深化扫黑除恶专项斗争成果，我建议，各位下去之后马上把'930杀人案'相关的案子和人都作个了结！该处分的要处分，该收网的一定要收网，不能一直悬而不决！"

二十七

东川省第一监狱二监区监控室内，罗欣然把一张写着与情报上相同的时间、地点的白纸递给操作狱警。

"马上按这上面的时间、地点调出相应的监控视频，我们要查看！"

很快，8月9日食堂里的监控视频出现在大屏幕上。

"快进！"

画面开始快进，时间码飞快变化，很快就到了11点，画面上出现了罗欣然和王鹏，还有罗劲松和常浩等人，他们是一起进的食堂。

郑锐在罗欣然身后站着，拿手机悄悄拍下了屏幕上的画面。

"这就是三号桌，米振东后面是这张桌子吗？"熊绍峰指着画面上一张桌子。

罗欣然点了点头，对操作狱警说道："快进吧！"

画面马上快进起来，能看到罗欣然和王鹏在里面转悠，王鹏一度还坐到三号桌那里停留了一会儿，和罗劲松、常浩一起聊天。罗欣然和熊绍峰默契地对视了一眼。

画面继续快进，很快就到了12点，大批的服刑人员进来，能看到黄四海坐到了那儿。

"三号桌坐的是黄四海、胡大军那帮人，看来是没错啊……换成8月12日车间的监控视频再看看！"

当熊绍峰和罗欣然在查看监控画面的时候，冯森和边国立正在赶往橙州的车上。两人通过手机不时和罗欣然、熊绍峰、郑锐联系。正常情况下，任何人进了监狱之后都不能使用手机，即使带手机进去，也需要在里面安装一个叫"警务通"的软件，只能使用这个软件进行基本功能的调用。像这种建群操作的情况，必须得到监狱长陈咏甚至更高级别领导的授权才能进行。

郑锐发来了两张照片，一张是王鹏坐在食堂里和罗劲松、常浩聊天的照片，另一张是王鹏、罗欣然、常浩、罗劲松在车间里的照片，两张照片下面分别是文字说明：8月9日中午，王鹏、罗劲松、常浩出现在食堂三号桌；8月12日下午，罗欣然、王鹏、罗劲松、常浩出现在车间5机床。这几次出现在敏感地带的干部，主要是罗欣然、王鹏、罗劲松、常浩，罗欣然是可以排除的，嫌疑人可能就在王鹏、罗劲松、常浩三人之中。下一步就是郑锐、罗欣然、熊绍峰从三个不同的地点去秘密监控，从这三个嫌疑人中间抓现行！

"行动！"

按照监控查出来的情况，熊绍峰等人开始行动了。在空荡荡的监狱食堂里，因为没有到饭点，只有做饭的服刑人员在忙碌，一个戴着口罩、穿着白袍子的服刑人员正背着喷雾器沿着墙根喷洒着杀虫药水。

罗劲松和常浩进来检查工作，两人在操作间转了一圈之后，常浩继续和厨师聊着什么，罗劲松绕着食堂墙根检查着窗户之类的东西，不时伸出手去摸一摸。

杀虫人还在继续喷着药水，罗劲松坐到三号桌前休息，等着常浩。

杀虫人继续工作，但他转过了一个墙角，正面朝着罗劲松的方向了。

　　罗劲松的右手五根手指在桌子上有节奏地轮流轻轻敲击着，看着常浩的方向。

　　食堂门口，沈广军、黄四海所在的二班的全体成员蒯远鹏、胡大军、米振东、马国远、顾烨、韩春明、牛大力等人走了进来。

　　罗劲松、常浩站在门口看着大家，人都进去了，常浩还在食堂里巡视着。罗劲松已经离开了。

　　胡大军、韩春明、牛大力三人在三号桌上吃饭，黄四海端着饭碗不慌不忙地过来了。

　　"黄少，坐。"胡大军慌忙用衣袖擦擦旁边的凳子。

　　黄四海把饭碗放在面前，桌子边上有个不太显眼的"H"。黄四海的手悄悄伸到桌面底下摸到了一个纸卷，便把纸卷放在两腿之间展开，悄悄看了一眼，马上把纸塞到嘴里嚼着，就着汤咽下去了。

　　黄四海脸上的笑容难以抑制。

　　不远处的杀虫人看到了这一幕，起身悄悄离开了。

　　"黄少，怎么啦？"胡大军小声道。

　　黄四海控制住情绪，开始吃饭，一边吃一边笑出声来。

　　旁边的人都不解地看着他。

　　"冯森杀了宋丽敏，证据被我们掌握，张友成已经完蛋了，咱们兄弟以后日子好过了。"

　　"冯森杀了谁？"邻座的米振东听到只言片语，急忙探过头来，问道。

　　"宋丽敏啊！沈广军的嫂子！"

沈广军离得远，没听到这话。但米振东的脸色突然变得惨白。片刻后，米振东起身把碗里剩下的饭菜全倒了。

服刑人员吃完饭，罗劲松、常浩、刘铁一起带着人到了二监区。罗劲松准备离开监狱到外面宿舍睡个午觉，但他刚出监狱大门就发现熊绍峰、罗欣然、王鹏都在那儿等着他。

"罗监区长，咱们一块儿去检察室吧，正好聊点儿你们监区的事情。"熊绍峰笑着开口。

"你们工作这么积极啊？不吃饭了？"

"咱们先聊着嘛！一会儿让王鹏去买点儿。"

熊绍峰一行人到了派驻省第一监狱的检察室内，几人还没落座，郑锐和李正虎两人就从外面进来了，郑锐身上还穿着白大褂，口罩还挂在耳边——他就是刚才食堂里的杀虫人。

"嚯，你俩也来了？郑锐，你小子就是刚才那个喷药杀虫的啊？"

"是啊，我帮食堂做点事儿，不好意思啊，刚才没跟您打招呼。"

罗劲松有些吃惊了。

郑锐拿了一个凳子放到中间："请吧，老罗。"

罗劲松愣住了。

"请坐，罗监区长。"熊绍峰再次邀请，语气已经有点儿不客气了。

"你们……这是……"

"按照规定，咱们不能这么多人参与审讯。不过，大家都很好奇，想看看'甩棍'究竟是个什么样儿。"

罗劲松有点儿站不住了。

"罗主任,您来主持吧。"

"事到如今,我们的计划都可以明着跟你说了。小郑……"

郑锐把手机解锁,调出罗劲松刚才在三号桌坐着时候的视频,能看到罗劲松在那儿坐着,手指轮流敲击着桌面,一会儿手就迅速翻到桌子底下做了个动作,很快就缩了回来。

罗劲松的脸色白了。

郑锐播放完视频,又打开一张照片,只见这照片上是一行文字:

冯杀宋丽敏、证据在我们手中、张要倒台、对抗结束。

罗劲松看着照片,顿时脸色煞白。

"行了,罗劲松,这就是你传递给黄四海的纸条,郑管教在黄四海拿到之前就提前拍下来了。人赃俱获,老实交代吧!大家都很熟了,也不用再来什么套路了吧?直接说吧!你和黄四海之间是什么关系?"

罗劲松哭丧着脸,扭头看着众人,似乎在寻找一个帮他说话的人。

"我告诉你,罗劲松!今天你不老实交代,我熊绍峰绝对不会放过你!老子被纪检监察组逮进去的时候就想过,是谁陷害我熊绍峰的?我这辈子都不会放过他……"熊绍峰说着说着就急了,"先抽你几个大耳刮子再说……"

郑锐、王鹏拉着愤怒的熊绍峰出了审讯室,罗欣然继续打量着罗劲松,叹了口气。

"老罗,大家都是同事,当前的形势你已经很清楚了,多余的话我就不说了，你自己权衡一下，早说还是晚说，多说还是少说，对日后的量刑是完全不一样的……"李正虎苦着脸说。

罗劲松似乎已经绝望："你们让我说什么？"

"说什么？你自己心里没数吗？谁是'甩棍'？是你，还是另有其人？"

"我要是'甩棍'……还能亲自去干这事儿吗？"

"你不是'甩棍'，谁是？痛快说吧。"

"远在天边，近在眼前……"

罗欣然和李正虎下意识地凑了过去。

"'甩棍'……就是……熊绍峰！"

在检察室门口的熊绍峰、郑锐、王鹏靠在门边听着里面的动静，这句指控听得是清清楚楚，明明白白。熊绍峰顿时就炸了，撞开门就冲了进去，疯狂地扑向罗劲松。

"熊绍峰！熊绍峰！你冷静点儿！"郑锐和王鹏把熊绍峰按在椅子上。

"罗劲松……你他妈的……诬蔑一次，还敢诬蔑两次……你他妈的……"熊绍峰两腿斜伸着靠坐在椅子上喘气。

"熊哥……我可保留着你和我的所有聊天记录啊！我干的所有事情……都是你发微信让我干的……"

"放屁！老子什么时候给你发过微信？"

"当然有！你现在怎么能抵赖？你不是有两个微信吗？我也有两个微信！我，我切换给你看！"

罗劲松切换手机微信另一个账号，输入密码，很快就登录上去了。大家围着看上面，发现微信里全是一个名叫"熊检V5"的账号与罗劲松在交流，最后两条赫然是：

熊检V5：马上告诉黄少：冯杀宋丽敏、证据在我们手中、张要倒台、对抗结束。

罗劲松：好的！

"我查过这个账号，就是你的邮箱注册的！而那个邮箱，就是你的身份证注册的！千真万确，就是你！"

"怎么可能？怎么可能？我他娘的刚刚被鲁春阳陷害收了一千万元的赃款……现在你小子又想栽赃我？"熊绍峰完全失去了理智。

"冷静！冷静！我认为，不排除有人偷用熊绍峰的身份证去注册的邮箱、微信账号……"罗欣然急忙上前劝解道。

"那肯定的呀！肯定！大家想一想啊，罗劲松现在是在使障眼法！他不可能和'甩棍'没有线下交流，他一定见过'甩棍'！"熊绍峰恢复了一点儿理智，重新上阵了。

"我真没有……我真的以为就是熊绍峰……"

"怎么可能呢？我跟你天天在一起，但从来没跟你说过、做过任何违规的事情，怎么可能在微信上就是另一副面孔呢？"

"这不是你说的吗？我们要两副面孔演戏！在生活中，你完全公事公办，假装跟我没有任何私下的关系！而私下里，就是合作关系！你还答应我两年之内让我挣五百万！还有半年就要兑现了！"

"给你五百万？你个王八蛋！老子给你五百个耳光！"

郑锐再次搂住了熊绍峰。

外面传来一连串的脚步声，李正虎急忙开门，发现武强、冼友文、陈咏等人正快步从走廊尽头走过来，站在门边的王鹏、李正虎连忙迎了上去。

"武检、冼主任，你们过来了？来得正好，里边打起来了！"

"里边怎么回事？"陈咏直接问李正虎。

"罗监区长出事了。"

"出什么事了？"

"熊绍峰和罗主任他们假装查米振东的事情，实际上是查谁是私下给黄四海传消息的内奸，结果……"

"他妈的，我就说熊绍峰没安好心！还找我去配合！"陈咏咆哮了起来。

"他也没想到是罗劲松啊……"

"证据确凿？"

"确凿！确实……确实抓了个现行。"

"罗大炮！老是一副愤世嫉俗的样子，没想到他妈的都是装的！熊绍峰干得好！要不我这个监狱长还一直重用他！李科长啊，你怎么就没想到把罗大炮揪出来？这是咱们的失职！"

审讯室里，处在兴奋之中的熊绍峰还在向领导们眉飞色舞地介绍这次专案组行动，不曾想却被武强直接打断了。

"绍峰同志，罗劲松的事情我们自然会处理。陈监狱长，你先把他带走收押，下一步专案组来处理吧。这次我过来，是来找你的。"

"找我？"

"我刚刚接到袁检察长的电话，黄雨虹和鲁春阳实名举报你向他们索贿一千万元，目的是为黄四海减刑。纪检监察组的同志马上就到，请你配合一下。"

屋子里顿时一片寂静，大家全都看着熊绍峰。

"武检，这事儿不是结束了吗？张书记亲自接我出来的，我的问题已经解决了，我是被冤枉的啊！"熊绍峰脸色苍白极了，一次又一次的密集打击，真让他快崩溃了。

"熊绍峰，上面刚刚下来通知，张友成书记的秘书陈明忠已经逃到境外，我暂时取代冯森同志加入专案组担任副组长，和边国立同志一起负责专案组后续工作。绍峰同志，你和陈明忠的关系很不一般，加上黄雨虹的举报，还有刚才罗劲松交代的情况。我们确实要对你的问题进行重新调查，请你配合一下。"

"我……"

武强扭头看向罗欣然，直接打断了熊绍峰，说道："罗主任！上级的意思，是让你先配合专案组调查，也正好趁这个机会休息休息，你的工作就暂时由冼主任代替……"

"我也被怀疑了？"罗欣然很惊讶。

"小罗，你别激动，毕竟你和熊绍峰一直走得都比较近，在黄四海减刑案件中，你是直接负责人，纪检监察组的同志还找你调查过，他们认为你并没有说实话——这些问题都没查清楚，里面的原因当然要深挖。这个问题不难理解吧？"武强说完，扭头看着陈咏，"陈监狱长，你们那边的事情由你来宣布吧，我就不多说了。"

陈咏点点头，过去拍拍郑锐的肩膀，说道："小郑啊，你也先休息一段时间吧！冯森的执法记录仪找到了，里边的存储卡已经被上交。存储卡里面的画面能非常清楚地看到冯森暴力审讯宋丽敏的过程。视频很容易就能证明，冯森为爱人报仇心切，逼供宋丽敏未果，最终失手杀害了对方！"

正说着，外面走廊突然传来喧闹声。

门开了，冯森和边国立兴冲冲地进来，冯森还嚷嚷着："罗劲松呢？让我瞧瞧这大名鼎鼎的'甩棍'……"

"冯组长！我就是帮着传个信儿，跑跑腿，根本不知道什么'甩棍'，真正的'甩棍'是熊绍峰！刚才武检都已经宣布了，您也是杀人犯，已经坐实了。你们都比我厉害多了，我算老几？您就别在这逗我了！"罗劲松阴阳怪气地说道。

"怎么？我的事定了，我怎么不知道？"冯森瞪着罗劲松质问道。

所有人都静静地看着冯森，李正虎拽着罗劲松把他带走了，关上了门。

冯森一会儿看看这个，一会儿看看那个，最后干笑两声，目光转到了边国立脸上，问道："边队长，刚才高速公路上你下车尿尿，我看你接电话接了好半天，说了啥呢？是不是有什么瞒着我？"

"我接到了公安厅严厅长的电话，说张书记的秘书出事了，熊绍峰被黄雨虹和鲁春阳实名举报，罗欣然也因为有牵连暂停检察室主任的职务。你的执法记录仪找到了，里边有你审讯宋丽敏的过程，严厅长吩咐，马上对你实施逮捕。刚才没说，是想让你来看一眼谁是'甩棍'，毕竟这次行动是你设计、指挥的。现在已经看到了，咱们走吧！"

边国立朝屋外挥了挥手，两个刑警走了进来，直接给冯森戴上了手铐。

冯森看着周围的人，举起手铐看了很久。

"这也不错，报应轮回，命运循环！干了二十多年检察官，让好几千人戴上这'银镯子'，今天终于给自己戴上了。我冯森这算是圆满了，圆满了……"冯森举起双手朝大家拱手，"先走一步，先走一步。"

"儿子，再见了。"冯森走到郑锐面前，还专门念叨了一句。

"爸！你太糊涂了！"

冯森低着头往外走，武强、冼友文、陈咏、郑锐、罗欣然、熊绍峰、王鹏、边国立这一大群人也跟着从楼上下来。

一辆检察院的车从外面驶进来，停在停车场，禹时进和庞伟两人下了车，走到熊绍峰面前。

"熊绍峰同志，关于你收受波动网贿赂一千万元人民币的事情现在有了新的证据，请你跟我们去接受调查。"禹时进说道。

"波动网通过视频点击给我分了一千万元，就能判我违纪吗？你们不是已经查过了吗？每一笔钱都是根据点击量发到我的账户里的，我发的视频也是我自己的劳动，我自己的劳动支撑起巨大的流量，巨大的流量获得巨大的点击量，点击量又带来了广告效应，广告效应就给我分成了！那一千万元里边有哪一分钱是有问题的，请问？那都是我的劳动所得！就因为黄雨虹一张嘴，我就变成是受贿了？"

"绍峰同志，我们并没有确定，所以才找你去调查……"禹时进接着说道。

"好，我跟你们回去，但是我要把一句话放在这儿！波动网送给我的那一千万元，我是在完全不知道的情况下收到的，我可以用我的生命，用我的家庭，用我的党性来发誓，我完全不知道！另外，这一千万元到了我的账户上，我也愿意随时把它捐献出来！如果任何人试图证明我是'甩棍'，是贪腐分子，那就请你们查出除了一千万元以外的任何一笔不义之财！只要你们能查出我熊绍峰贪污了国家或者是老百姓的一分钱，就算是枪毙，我也无怨无悔！要是查不出来，对不起，我坚决不认罪！我会用生命来与诬告、栽赃我的人斗争到底！"

"好！"

罗欣然喊了一句，并开始拼命鼓掌，郑锐也跟着鼓掌，大家都跟着鼓起掌来。

"把人给我带走！"掌声中，禹时进脸色阴冷。

熊绍峰被纪检监察组带走的时候，被刑侦总队直接扣住的冯森已经到了三峰看守所。

"冯组长，欢迎欢迎！"所长刘顺平和冯森也是老熟人了。

"戴上这玩意儿了，不能叫冯组长了……"

"叫顺嘴了，一时改不过来。请进吧！"

冯森身后，重重的铁门落下。

二十八

无双集团办公大楼里灯光暗淡。焦头烂额的郑双雪正在四处打电话求助，希望有人能救救她"失踪的丈夫"。在没有任何人敢答应她的请求的时候，她办公室的门开了，省委书记宋志明和秘书周志斌站在门口。

"宋书记？"郑双雪几乎不敢相信自己的眼睛。

"怎么？不欢迎吗？"

"欢迎欢迎！宋书记，真是没想到！这么晚了，您还亲自到我这儿来！我这都……有点儿不知道说什么了……"

"小周打你电话一直占线，我们就直接过来了。"

"我……我一直打电话呢……咳，这事儿闹的……"

郑双雪急忙关上门，转身跟着宋志明，几乎有点儿手忙脚乱地去倒水，差点儿把水杯摔了。

郑双雪停下了手里的动作，眼泪马上就涌了出来，边哭边说道："宋书记，不瞒您说，老张这一出事儿，我的天就塌了……我们家，谁出事儿都不要紧，就是老张不能出事儿啊！他也不该出事儿啊！他对自己和家人要求到苛刻、绝情，如果这样的人也是假的、是贪官，或者这样的人被坏人害了，组织上也不给他支持……那我真的会失去信仰的！我受不了这种打击……"

郑双雪说着，开始呜咽起来。

"我今天开了一天的会，小周早就跟我说了，说你想见我。这会一开完，我就马上过来了。"宋志明端起水杯喝了一口，说道，"双雪同志，你也是老党员了，这次发生的事情，是我们东川省扫黑除恶专项斗争中一次重要的、决定性的行动，里面的斗争非常激烈，很多事情的难度已经超出了我们的想象，所以，有人会受些委屈，比如友成同志。"

"可陈明忠的事情，真的跟老张没关系！"

"双雪同志，我今天过来，不能向你透露太多具体的信息。我只能告诉你两件事情：第一，你此前的许多言行是不太妥当的，涉嫌妨碍公务、妨碍司法，明白吗？"

郑双雪一下愣住了。

"只不过，程度不是很严重，也未造成什么严重后果，我个人认为，应该不会上升到司法层面，但是批评教育还是应该有。今天，我就算是代表组织来提醒你了……"

"我……我接受批评！之前我们无双集团出现经营困难，还有黄雨虹他们和老张的关系，我确实想过一些办法……"

"你的身份是很特殊的，省政法委书记的爱人，一言一行都代表着特定的态度，会让外界有很多解读，明白吗？"

"是，宋书记说得对。只是……当时老张完全不管我和我的公司，不管我们的儿子，甚至也不关心他自己的脸面，我实在有点儿伤心……"

"人同此心，心同此理，天下父母都是一样的，我也有爱人和孩子，知道你的心情。但是，我们的家庭是特殊家庭，在这种情况下，我们不受委屈谁受委屈？"

郑双雪眼神里有着些许不甘。

"你能不能答应我不要再用任何形式去干涉司法、妨碍公务了？"

"宋书记，我明白了，我答应您。只是，我们家……"

"下面，我要告诉你第二件事情。"宋志明打断了郑双雪，"第二，请你一定要相信组织，相信我们共产党人的智慧。有了这种信任，不管是你的丈夫，还是你自己，你所担心的一切都不会存在。"

郑双雪愣住了。

"明白了吗？"

"我……明白了。"郑双雪脸上，慢慢绽开了笑容，"宋书记，太谢谢您了。我明白您的意思了，我以前老自作聪明，其实，组织上可能早有安排，什么都考虑到了！老张管的是政法委，公检法全都兼顾，下面具体的案子一点儿纰漏都不能出；上面还得对省委负责，要把'人民的正义'这几个字作为核心讲好他的法治故事；他一定有许多不方便透露的秘密，不到该公开的时候是不能公开的。我要做的，就是相信组织，相信党，做好自己的工作，耐心等待最后的结果就行！"

"双雪同志，你能认识到这一层，我就放心了，我今天没白来！"

"谢谢宋书记的关心，谢谢！我今天能睡个好觉了！"

"朗朗乾坤，只要无愧于心，我们每个人都能睡好觉，都不怕半夜敲门声！我现在可以坦率地告诉你，在我们谈话的时候，我们的队伍已经开始行动了！"宋志明胸有成竹地说道。

波动网楼下，两辆警车驶过来停下，边国立带着两组全副武装的刑警从车上下来进入楼里，直接抓捕了正在调情的鲁春阳和白小莲。与此同时，另一拨人抓捕了参与高速公路车祸案的常胖子和杜鹏。

刑侦总队审讯室里，常胖子一直抵赖，坚决否认，说什么都不认，完全滚刀肉一个。但边国立略施小计，就让杜鹏摞了——毕竟他是开着货车去撞邓耀先和罗欣然的人，高速公路上的监控已经把这一幕拍下来了，他知道自己迟早会被抓，只不过不知道会被如何判。这样的人，边国立作为一个老刑侦，很轻松就拿下了。因为杜鹏的交代，常胖子受到牵连，就算他再死扛，也架不住人证在一边直接指证他。常胖子终于也交代了，他和杜鹏交代了自己的上线：白小莲——他们开车撞人都是白小莲直接打电话下的命令。

边国立最后拿出了胡雪娥提供的宋丽敏婚礼礼金单，当上面的姓名和金额出现时，常胖子和杜鹏都崩溃了。他们交代，米振东、傅明月、宋丽敏、束立可、江向阳、彭会军、秦胜利、周伟平、蒋丽丽、桂河洲、沈剑、何晓巍、许文渊……这名单上的六十多人除了第二页的马军、"灯泡王"之外，其他人都是李美娟孤儿院的。那里面混得好的，都不理他们，各奔各的前程去了。混得不好的就都聚在一起，全都听米振东的，在振东施工队讨口饭吃。而米振东的上头也有一个"领导"，那就是白小莲——因为她是李美娟和白继发的亲生女儿。

当这些情况汇总到白小莲面前时，她的脸色变得苍白，手开始颤抖。她竭力让自己平静下来，告诉边国立说自己下的命令都来自鲁春阳——鲁春阳既是她的情人，也是她签约的波动网总裁。而边国立找鲁春阳核实情况的时候，鲁春阳拿出微信记录，表示自己只是暗示白小莲想办法让邓耀先闭嘴，根本没有直接下令杀人灭口。

当边国立把鲁春阳的辩解告诉白小莲后，白小莲急了，说鲁春阳在和她通完微信之后，直接用一个卫星电话给她打了电话。在这个电话里，鲁春阳详细指导她如何制造车祸。但鲁春阳坚决否定，说这个情况完全不存在，他坚称自己根本没有用过什么卫星电话。

边国立立即调查白小莲的通话记录，截取那个卫星电话的号码之后，马上调查它的拥有者。结果令人震惊，那个卫星电话登记在童小娟——米振东的前妻名下。

鲁春阳还交代了一个情况：有一次半夜，他醒来，发现白小莲不在身边。他悄悄走到客厅，发现白小莲穿着一件睡衣正站在客厅外面的阳台上，手里拿着电话正在和一个叫米振东的人通话。她正在劝米振东别太高调，万一被人发现了要加刑什么的……当时听到这个电话，鲁春阳还不知道是什么意思，后来经过调查才对应上，才知道白小莲在偷偷和囚犯米振东通话。鲁春阳当时非常纳闷儿：这个米振东在监狱里服刑，怎么会有电话呢？

当鲁春阳交代的信息传达到白小莲这儿时，白小莲完全傻眼了，她顿时全都明白了，尖声叫着："这是他们设计的圈套！我中计了！边队长！因为我害了黄四海！他们要报复我！"

原来，因为黄雨虹当年在拆迁时害死了李美娟，白小莲发誓要报仇，于是想尽办法接近黄四海，最终挑拨他与肖萌发生矛盾，最后导致黄四海杀了肖萌并锒铛入狱——黄雨虹因此设下毒计报复白小莲和李美娟孤儿院长大出来的孩子们，包括米振东在内。

现在，白小莲涉嫌谋杀邓耀先的事实，已经很难洗清了。即使真的是鲁春阳指使的，白小莲也脱不了干系。她第一次感觉到了法律即将带给她的命运。

在极其阴暗的复仇心理的支配下，白小莲最后决定豁出去反咬一口："边队长，我要作证……我亲眼看到黄四海把刀藏在怀里……故意杀了肖萌……"

"除了你亲眼看到，还有别的证据吗？"边国立询问道。

"我亲眼看到还不行吗？我可以作证！"白小莲非常郑重地说道。

"不行……你们现在闹对立，你的证词法庭很难采信，除非你有录音、录像、文字之类的资料证实你刚才讲的事情……"边国立开始普法了。

"不……我两只眼睛都看到了！这就是事实！事实！他是故意杀人！故意杀人！"白小莲嚷嚷到最后，声音凄厉，几近绝望。

"这就是法盲的后果！不懂法，还以为自己干得挺高明，结果被人家设的套儿套得死死的。这样的事情我们已经见得太多了。"边国立无奈地给白小莲下了定论。

白小莲绝望地哭泣着，再也说不出什么。

二十九

刑侦总队走廊里站着六名全副武装的刑警，看到边国立出来之后大家都转头看着他。边国立一挥手："该逮下一拨人了！出发！"

大家一起跟着边国立下楼，边国立上了车之后，马上在微信群里发出新的指令。

正在等待消息的郑锐、罗欣然和刘顺平听到微信提示音，都急忙打开手机查看。

大家的手机画面上，都显示着"'甩棍'落网群"里边国立刚才发的那条微信：

1. 已经证实宋丽敏礼金名册上的米振东、白小莲、傅明月、常子龙、杜鹏、束立可、江向阳、彭会军等六十四人都是李美娟孤儿院的人，但除了这几位之外，孤儿院其他五十多人都有正当职业、过上了正常生活，跟他们拉开了距离。

2. 杜鹏、常子龙已经承认参与杀害邓耀先之事，现有证据已经能定罪。

3. 已经查实白小莲是邓耀先谋杀案的主谋，鲁春阳证明自己并未授意白小莲杀人。鲁春阳举报白小莲是受米振东指使杀人，以便陷害黄雨虹。白小莲举报黄雨虹、鲁春阳设计陷害她成为谋杀邓耀先的主谋，但无有效证据。

4. 我们下一步工作去华泰商场抓捕杨洪涛、去振东施工队抓捕束立可等三人。请各位结合上述情报，按既定计划开始你们的行动！

"冯组长，有进展了！你赶紧看看！赶紧！"刘顺平匆匆进来，把手机推到了冯森面前，一脸喜色。

穿着号服的冯森拿起手机，看着"'甩棍'落网群"里边国立发出的那四条意见，脸上也露出了笑容：自己总算可以开始工作了。

冯森和刘顺平直奔预审室。预审室里的沈广顺一瞧见冯森走了进来，眼珠子里就喷出了怒火。

"沈广顺，今天找你谈话，是有一些重要的消息要通报你……"

冯森把桌上的记录本打开，露出里边胡雪娥给他的记事本。

沈广顺的眼光一下子凝固了。

冯森把记事本翻开到第八页，然后举起来对着沈广顺，开始一页一页地往后翻。

"米振东、傅明月、束立可、彭会军、江向阳、杜鹏、常子龙、秦胜利、周伟平、蒋丽丽、桂河洲、沈剑、何晓巍、许文渊、白小莲……这些人的名字，你熟悉吗？"

"这是哪儿来的？这是哪儿来的？"

"这是你母亲胡雪娥交给我的。她的良苦用心，你应该是可以体会到了……"

"放屁！我妈不会这样的！我没有罪，我没有罪！我妈不用把这个给你！"

"既然你没有罪，看到这个东西，你又紧张什么呢？"

"是啊，我又紧张什么呢？"沈广顺恍惚间有些茫然。

"我来告诉你，你紧张的是什么！"冯森举起那个记事本，"你啊你……你知道吗？你们一家人的悲剧，全都是你最初的选择造成的！明白吗？沈广顺！这本子上记的人，是一个以李美娟孤儿院人员为基础的犯罪团伙！你成了他们的道具！你以为自己和他们是同盟，其实你太傻了！人家是要借刀杀人！而且要借的是仇人的刀！你们家也是他们的报复对象！你被人卖了，还帮人数钱呢！"

沈广顺沉默了很久，没有答话。

"你难道就没有想过那彩票的真相？"

"真相早就告诉你了！"

"这五十万元，宋丽敏就在那儿等着送给你呢！你和宋丽敏有感情在先，所以你以为她是真的爱你，她说的什么话你都信，你都帮她去做！你在一直自我催眠的过程中拿到了这五十万元，这五十万元对于你来说是一笔巨款，这五十万元又吸引了宋丽敏的眼光，甚至吸引了宋丽敏的爱情！很快，你们结了婚，过上了幸福的生活，这种幸福生活更加催眠你，让你更加坚信你的幸福生活源于大师的预言……"

沈广顺浑身发抖，他尽力控制着自己。

"你在不断地催眠自己，让自己忘掉十年前9月28日那天的惨案……当你有了心爱的女儿苗苗，这种催眠就更严重了……你太幸福了，而这一切幸福都是建立在算命大师的预言上的！

你不断地强化它，让自己完全相信了幸福来自大师预言这件事情……直到沈广军的'930杀人案'爆发，苗苗失踪，沈广军被判死缓，你的父亲去世，你母亲得癌症，宋丽敏被杀……你建立在预言大师基础上的幸福生活土崩瓦解，你受到了末日审判！"

沈广顺浑身颤抖，喉头吞咽困难，他费力地扭动着喉咙部位，不断做着干咽的动作，但咽不下口水。

"'930杀人案'是你的第一次末日审判，宋丽敏之死是你的第二次末日审判！你到现在为止，还不敢直接面对那张彩票，你还坚信是算命大师的预言给你的幸福。我现在告诉你，算命大师的预言确实给了你一切幸福，但现在他把这一切又拿回去了！"

"别跟我说那些玄的！郑玮丽是被别人的车撞死的，跟我有什么关系？我都离开地下停车场了，她被别人撞跟我有个狗屁关系！你们这是栽赃陷害！退一万步讲，就算彩票是宋丽敏送给我的，那又怎么了？犯法了吗？就算她是事先买的上一期的中奖彩票，那又怎么了？她喜欢我，她看上我了，她愿意自己掏钱买那张彩票，假装是我自己中的奖，她就用这种方式给我自尊心，让我觉得是自己运气好，而不是花了她辛辛苦苦挣来的钱，怎么了？就这点事儿，你们有本事判我啊！判我死刑啊！"沈广顺终于开口说话了。

"沈广顺，我一上来就给你看了这个记事本，我已经把宋丽敏接受礼金的那些人的名字都念了一遍。你还不知道我说的是什么意思吗？"

"不知道是什么意思，我也不想知道。"

"经过我们公安部门最近的调查，已经认定这些人全都是十多年前李美娟孤儿院收养的孤儿。当然，这些人被收养的时间和从孤儿院离开的时间都不一样，李美娟孤儿院非常不正规，没有档案资料登记，这些人的来源和去向外人很难知道……但我们还是通过特殊途径查实了这个孤儿院的关系网……宋丽敏和刚才说的那些人——已经证实了——都是李美娟孤儿院的孤儿。所以在宋丽敏结婚的时候，这些人都来向你们表示祝贺，还都送了礼金。我说的对吧？"

"我不知道。"

"好，我可以假设你过去不知道，你现在知道了，有什么想法？"

"没有想法。"

冯森举起记事本，指着上面的名字："米振东……你认识吗？"

沈广顺不抬头，也不说话。

"这个你没法撒谎，米振东参加过你的婚礼。即使不是很熟悉，至少在婚礼上见过面，能说不认识吗！"

"认识又怎样？"

"认识又怎样？我告诉你怎样！米振东现在和沈广军关在同一个监狱同一个监舍，每天二十四小时生活在一起。你知道吧？"

沈广顺不说话了。

"上次宋丽敏把沈广军的手机交出来之后，我们在上面发现了一枚大拇指的痕迹。这件事情你知道吧？这个大拇指就是米振东的。"

沈广顺一下愣住了。

"沈广军和徐大发合伙利用车祸骗保，暗中害死了李美娟的丈夫白继发……米振东为了替白继发报仇，他在橡树林杀了徐大发之后再引诱沈广军去见徐大发，沈广军因为突然看到凶杀现场，恐惧之下直接跑出橡树林回到家里，导致留在车上的苗苗窒息而死……当这一切发生的时候，米振东就站在树后悄悄地看着，甚至还用手机拍下了视频，甚至还把这个视频交给了宋丽敏，骗她说是沈广军在猥亵苗苗……"

冯森详细地讲着自己推理出来的米振东复仇故事，沈广顺一直木然地听着，似乎并无触动，但他放在下面的手明显在颤抖。

"这是你认识的老朋友米振东吗？"照片被推到了沈广军面前。

"不可能，不可能……"

"我们已经查证了：米振东和宋丽敏都是李美娟孤儿院的，这些逻辑都没有问题的，你自己心里清楚。"

"不可能！"

"下面我要告诉你最后一个答案，宋丽敏是死在米振东手上的。"

"狗屁！宋丽敏是你杀的！她是你杀的！你别想赖在别人身上！"沈广顺蓦地抬起头，死死瞪着冯森。

"你仔细想想啊，沈广顺！这件事情安在我身上，是绝对不可能的！为了找到我爱人被害的真相，我找了十年！好不容易找到了唯一的线索宋丽敏，真相就在眼前，何况当时派出所所长王志军就在门外，我怎么可能杀掉她！我杀宋丽敏，完全没有任何理由！"

"因为宋丽敏不愿意出卖别人、诬陷别人，而你不愿意接受郑玮丽就是普通车祸致死这个结果！所以在你逼着她诬陷别人的过程中杀死了她！"

"我告诉你一个可怕的现实！宋丽敏对你的爱，是真的！但是她对米振东和孤儿院这个团伙的忠诚，也是真的！她是米振东派到你身边的卧底，目的就是要干掉沈广军，为白继发报仇！你明白吧？"

"卧底，卧底？"沈广顺笑出了眼泪，"姓冯的，你太逗了。我他妈的一个穷得叮当响的家庭。我是一个修车的，我弟弟是一个卖保险的。兄弟俩勉强挣口饭吃而已，居然会有人在我们家卧底，卧底干什么？"

"你家的悲剧就在这里！你自己相信了美好的爱情，相信了大师的预言，相信了五十万元的飞来横财……但你不知道，这一切，都是来夺命的！宋丽敏卧底，不是图财，是来夺沈广军的命的！她是糖衣炮弹！你吃了糖衣，得到了短暂的甜蜜，但结果是家破人亡！"

沈广顺彻底蒙了。

"沈广顺啊，你是个成年人了！你再仔细想一想，如果没有宋丽敏的配合，米振东怎么能那么精确地把徐大发和沈广军凑到一起？又怎么能拿到有沈广军指纹的改锥作为凶器？这都是需要非常精确的计算的！需要长时间对相关人员生活习惯的了解，才有可能做到的！她嫁给你的代价，就是必须当卧底！否则米振东这帮人不可能同意她嫁给你！我完全可以想象，在振东施工队的关公像底下，米振东和宋丽敏两人曾经谈过关于你的事情！"

"你倒是会编。"

"那我就再编一段……我可以想象，宋丽敏准备嫁给你的时候，米振东一定认为，她背叛了养育她十几年的养父养母，为了一个人的幸福嫁给仇人……而宋丽敏并不这样认为，她认为自己嫁的是你沈广顺，不是沈广军！但米振东担心她慢慢融入你们沈家，成为你们的家人，会从你们的利益角度着想，最后渐渐背叛孤儿院的大家庭——这种可能性是有的吧？"

"哼。"沈广顺嗓子里传来模糊的声音。

"我相信，宋丽敏和米振东之间会有激烈的争论！比如说，宋丽敏坚持认为这是两码事！她会分得清楚！但米振东逼问她能不能配合报复沈广军的时候，她为了证明自己的爱情符合'忠义'二字，必然会说全力配合报复沈广军！她会把你和沈广军完全分开，全力报复沈广军，全力来爱你！当然，她肯定也会表态：如果出了意外，她会用命来保护米振东和孤儿院的兄弟姐妹——这是她为了爱情而付出的代价！她是一个了不起的女人！为了你，她付出了难以想象的代价！"

沈广顺脸色木然，看不出他内心的波动。

预审室内，冯森继续着自己的推理。

"宋丽敏对你的感情也是真诚的，但即使再真诚，她也是为了报复沈广军而来！那是首要目标！爱你，是其次的！所以，她的本意只是去陷害沈广军，让沈广军为了白继发的死付出代价就行了，只是她完全没想到会波及苗苗……"

沈广顺呆在那儿，脸上依旧没有任何表情。

"最后，当我们要查出真相的时候，当沈广军为了活命，在监狱里向我交代宋丽敏就是卖彩票的人的时候，宋丽敏感到自己无法再坚持下去了，所以，她最后的自杀，是为米振东、为孤儿院的团伙尽忠而死！"

沈广顺像木头一样愣在那儿。

"你明白吗？如果苗苗还活着，宋丽敏还有可能选择活下去，因为有她和你爱情的结晶支撑着她，她会选择活下去！但是苗苗没了，这个世界上只有两样她在乎的东西了。第一样，是你跟她的爱情；第二样，是米振东孤儿院团伙的亲情。宋丽敏必须选择一方，如果选择你，她就要出卖米振东；如果选择米振东，她只有去死，把一切秘密都带到地下，这样，米振东和他的团伙才能逃脱法律的制裁！"

"你杀了宋丽敏，你杀了宋丽敏！姓冯的，我跟你不共戴天！你说破天也没有用……我绝对不会听的……绝对不会听的……"沈广顺两眼茫然地看着前方，嘴里喃喃着。

"刘所长，那就让他看看视频吧。"

刘顺平点点头，敲了一下面前的电脑键盘，然后把电脑屏幕转向沈广顺。

"这是冯组长进入站台超市之后，执法记录仪上录下来的画面，你看仔细了。"

沈广顺看着电脑屏幕上的画面，那是站台超市的仓库，画面晃动剧烈，忽然间前方出现了吊在房梁上的宋丽敏！

画面里，冯森惊恐地喊了起来："宋丽敏！宋丽敏！"

镜头向前推进，能看到宋丽敏的脚上挂着十几件可乐饮料，沉重地坠着她的身体，正面是一个倒掉的凳子。一双手进入画面，凳子被扶起来，一双脚站上去，镜头从下往上对准了宋丽敏，十几件可乐饮料被解了下来。

画面里传来冯森的呜咽声："宋丽敏啊……你这是何苦呢！"

冯森的手从上面解下宋丽敏，发现宋丽敏的脖子已经完全断掉了，头耷拉到了一个可怕的角度。宋丽敏被抱着放到旁边的墙角。

冯森痛哭流涕地喊着："……我他妈的……都没法救了……你为什么对自己这么狠啊？啊？宋丽敏你怎么这么糊涂啊！"

预审室里，冯森仿佛又回到了现场，忍不住泪流满面。一旁的沈广顺也像狼嚎一样哭泣着。

"你看看……就应该明白，这个完全是造不了假的……我进入站台超市仓库也就十来分钟，根本不可能把一个活蹦乱跳的人挂到那么高的房梁上，还在她脚上挂可乐饮料……"

沈广顺捶打着椅子，继续哭着。

"后面这一段视频，才是我伪造的，是为了欺骗某些人用的……你可以看看……"

沈广顺缓慢地转动着脖子，朝电脑屏幕看去。

电脑画面上显示的仍然是站台超市仓库里，冯森开始假装逼供宋丽敏："你他妈的不说出来，我现在就结果你！老子弄死了你，你都没地方申冤去！没有任何人会相信你！"

宋丽敏的脸看不太清楚，她侧着头，似乎非常害怕冯森。

冯森忽然弯腰扑上去把手伸向宋丽敏的脖子，但他的手根本没碰到宋丽敏，只是在墙边用力做着假动作，从后面看去，似乎在用力地晃动着宋丽敏的头。

画面消失了。

"你看出来了吗？后面这段视频，是我故意录的，是为了骗人的……让别人以为我杀了宋丽敏，犯了死罪……所以我现在才在看守所里，跟你关在一起！"

"你如果没杀宋丽敏……为什么要骗别人？为什么要骗我！骗我妈！你为什么不直接告诉我，宋丽敏是为米振东而死！啊？"

"我就实话告诉你吧！为什么不告诉你宋丽敏自杀的实情？第一，是怕你知道之后报复社会，你很有可能去杀米振东的家人或者朋友！你会不会？啊？"

"会！我早就活腻了！我现在就想去杀了童小娟和她女儿！我不要太多，我只要一报还一报，公平合理！"

"第二，宋丽敏的案子是个引子！我们需要让对手认为我们完全失败了！满盘皆输了！只有这样，对手才会接管我们的工作，才会在工作中不自觉地露出破绽、露出他们的倾向性，被我们逮住！明白吗？"

"对手？"

"我们在跟非常厉害的对手斗智斗勇……这个就不跟你细说了。之前不跟你说，是因为不能抓你！现在有了彩票这个线索，所以可以抓你了！把你抓到我们看守所来，你就不能泄密了！在我们的计划完成之前，你得一直待在这儿！刘所长一会儿会安排你住单间，让你什么也不能泄露出去……知道吗？"

"知道了。"

"我该说的……都说完了……作为专案组的检察官，我的任务已经完成了。至于你想不想说点儿什么，我也管不了了……"

沈广顺静静地看着冯森，似乎还在犹豫。

经过这一番激烈的舌战，冯森的神经已经处于崩溃状态，他扶着桌子颤颤巍巍地起来，准备离开。冯森走到门口，正伸手拉门把手，背后的沈广顺喊了起来。

"冯组长……"

冯森停住没动，但也没回头。

沈广顺看着冯森的背影，"扑通"一声跪下，嚎啕大哭。"冯组长！我有罪！我有罪啊——"沈广顺跪在地上爬过来，"冯大哥，我对不起你……我一直在骗自己……明知道一开始就是错的……我还骗自己得到了幸福……"

冯森看着沈广顺。

"冯大哥，我也帮不上你太多忙……我现在什么都没有了……女儿没了，爸爸没了，老婆没了，妈妈也快没了……我……我把我知道的全告诉你……就当是赎罪吧……对不起……冯大哥……"

冯森泪眼迷离地看着沈广顺。

"2009年9月28日，我中了那张彩票之后，马上就去找了宋丽敏，我说，宋丽敏！你他妈的是不是害我！我车一开出来，后面就出了车祸！一个女的被车碾死了！宋丽敏说：'又不是你碾的，你怕什么？'我当时就发了狂，我骂她：'你他妈的当我傻呀？团伙作案我看不出来？'她……她……她就开始跟我撒娇……那么漂亮的一个姑娘……叫我顺哥……我傻了……但我还是嚷嚷：'你告诉我，拉电闸的，收费的，这些人是不是都跟你一伙的！啊！'"沈广顺脸上露出了神经质的笑，"她……她忽然就扑进了我的怀里……我完全糊涂了……我一个臭修车的……哪见过这个呀……"

两人的情绪都已经到了一种极限状态，泪眼相对之下，居然无语良久。

"'930杀人案'发生之后，你找宋丽敏和她的同伙要说法了吗？"冯森终于恢复平静，打破了沉默。

"我……差点儿要了他们的命……"

"同伙都有谁？现在能说了吗？"

"能说，我都说……就跟您讲的一样，我确实什么都清楚……但当时我已经爱上了宋丽敏，她又对我来那一套……我受不了……就接受了她……后来，我们结婚了，在婚礼上，我看到了束立可、江向阳、彭会军三个人，他们三个，我都在地下车库开车的时候见到过……当时我心里就明白了，宋丽敏就是跟这三个孤儿院的同伙配合，利用我这个傻子，一起杀了郑玮丽……后来，广军出事儿之后，我还以为是您报复我……去找束立可他们……让他们帮忙……那一次，他们三个其实就相当于完全默认了谋杀郑玮丽的事情……"

"我谢谢你。本来，我都已经不抱什么希望了，但现在有了你作证，我就能把杀害郑玮丽的罪犯绳之以法了！我终于可以跟地下的爱人道声一路走好了，可以让她安息了……广顺，我问你，你愿意上法庭作证吗？"

"愿意，我已经没什么可失去的了。"

"你可以指证束立可等三人参与了对郑玮丽的谋杀，对不对？"

"是。"

"能指证米振东吗？这一切都是他设计的！"

"我不能……因为我没有办法证明是他干的……我不能撒谎……"

冯森伸出手，两个哭泣的男人的手紧紧相握在一起。

三十

边国立带着警察直接闯进了华泰商场经理杨洪涛的会议室。正在开会的人看到警察进来，顿时作鸟兽散。杨洪涛是个灰人，看着挺横，但边国立几句话下来，他就交代了。

杨洪涛承认电梯踩踏事故是振东施工队的三个小伙子干的，也承认他的公司是被黄雨虹收购的，但他不承认三个小伙子是他授意去干的。边国立拿出杨洪涛故意多给振东施工队几乎三分之一工钱的证据，认为这是变相地豢养打手的黑钱，杨洪涛给出了一个令人万万没有想到的答案：童小娟跟他是情人关系，所以他故意多给振东施工队工钱。

边国立和助手直奔着立着关公像的神秘院子核实情况——童小娟和女儿已经从老家回来了。

"童小娟！我们怀疑你们施工队相关人员参与了郑玮丽谋杀案、胡大军母亲伤害案、傅明月的老公费书平谋杀案，请你让束立可、江向阳、彭会军三人出来协助调查！"

在童小娟身后，束立可、江向阳、彭会军三人从屋里出来了。

"边队长，您给我们安了这么多罪名，有证据吗？"

"我没证据跑来做什么？吃饱了撑的？我告诉你！你们干的所有事情，我们都有了人证、物证、书证，一大堆！根本不需要你们再交代！你们一会儿接受审问，只是对你们态度的考验！你们说不说话，你们干的事儿都已经被全部掌握了！"边国立朝后面特警示意一下，束立可等三人迅速被抓走了。

眼瞧着警察大动干戈，一旁的童小娟心里发虚得厉害。

"边队长……你……你还要抓谁？"

"我想跟你谈谈。"

"我……我让我女儿回避一下，行吗？"

"没问题。"

边国立跟着童小娟进到里屋，小米正戴着耳机在看着平板电脑上的儿童节目。童小娟轻轻摘下了小米的耳机，一旁的中年妇女带着小米出去了。边国立率先开口："童小娟，有些情况，我们必须告诉你。最近发生的一些案件，包括我们正在进行的扫黑除恶专项斗争，很可能都与你们施工队的人、包括你丈夫米振东有关系，这对你们很不利，你要有思想准备。"

"我们遵纪守法，没有干任何对不起良心的事情。束立可他们做的事情我不清楚，跟我们施工队没关系，请边队长不要牵连我们！"

"可能不是那么简单，我们查了一下，你们施工队这一两年跟华泰集团合作比较多，从他们那儿拿的钱也不少，一共应该有五千多万元了吧？"

"是，我们和华泰一直保持合作关系。"

"你有没有觉得，他们给你们的钱太多了？超出了一般标准？"

"没有……我们施工队的施工质量绝对超出一般施工队太多，我们值这个价钱。"

"杨洪涛可不这么说，他非常害怕跟你们施工队有关系，所以他说出了你们俩之间的秘密！"

"我和他……有什么秘密？"童小娟开始紧张起来。

"情人关系，他拿出大量证据，证明你们之间有暧昧关系，因为这个关系，他才调高了你们的价格，故意多给你们钱！"

"没有这样的事！"童小娟的声音在颤抖，"我自己本来就不干净，被坏人欺负了……是振东救了我，收留了我，给了我第二次生命，我不可能为任何事情背叛他，辜负他……"

"可杨洪涛交代说，因为米振东被捕入狱，你失去了经济来源，无法养活施工队几十号人，为了让施工队不至于散伙，你才主动找到他！"

"我不可能做这样的事情。他为了跟我们施工队撇清关系，我可以理解，但他找的这个理由太荒唐了。我童小娟有可能做任何事情，但绝不可能干这个！"

"杨洪涛可是早有准备的，他把你和他单独在家里、酒店、公司约会的情况全都记下来了，时间、地点明确，也没有第三人在场。你看看，这是他列的表。"

边国立说着，从包里拿出几张纸来递给童小娟。

童小娟看着，上面密密麻麻写着各种地点以及时间。

"有问题吗？"

"没问题……所有的时间、地点都是真的，我真的都在这些时间、这些地点单独见了他……但绝对不是干什么见不得人的事情，只是谈业务……"

"杨洪涛说了，说你们俩商量好了，对外就说是谈业务。还订下了攻守同盟，把每一次要谈的业务都统一了口径。"

"不是攻守同盟，是真的谈业务！"童小娟尖声喊了起来。

"童小娟，我也很想相信你。不过，杨洪涛还有别的证据——"边国立叹了口气，"他说他拍下了你的一些视频和照片。"

"什么照片？"

"不便公开的……"

童小娟坐得笔直，但身体已经僵硬，两行清泪直直流下来。

"我要说……他偷拍了我，我也知道了……我还为这个跟他吵过架……你们能相信我跟他没有暧昧关系吗？"

"我并不会因为这个就确定什么，只是，别人如果发现杨洪涛手上有你这些东西，你却仍然和他保持密切的生意合作，他还故意给你开高价。这个给别人的想象空间就非常大了。"

童小娟沉默了许久。

"有没有什么证据证明杨洪涛给你们高价的原因？这件事情如果说不清楚，一旦让在监狱里服刑的米振东知道了，对他的打击可是非常大的！"

"有证据，你们等一下，我进屋拿给你们看。"童小娟脸上分明掠过一丝绝望。

边国立点头，童小娟起身进了里屋。边国立坐在椅子上支棱着耳朵听，忽然听到里面童小娟似乎在跟谁说话。

边国立二话不说，站起来直接往里屋扑去，一进去就看到童小娟正拿着一把刀顶着自己的脖子。

"童小娟！别干傻事儿！"边国立喊了起来。

"我只能死！用死证明给你们看！"

边国立狂叫着扑过去，但童小娟两手把着刀，狠狠在脖子上深深地划了下去。边国立纵身跃起，一拳打在童小娟脸上，童小娟整个人都摔出去了，撞倒了梳妆台。鲜血飞溅得到处都是。

"救护车！叫救护车！"

边国立抱着童小娟出来，拼命摁着她的脖子，即使这样，鲜血仍不断往外喷涌。

院子里的小伙子们全都傻了，但片刻之后，这些人全都疯狂了，都操起院子里的铁棍、铁锹等各种工具冲了出来。外面的特警们如临大敌，举枪对准这些人，空气一时间凝固了。没过多久，救护车匆匆赶来，医生急忙跳下车推着担架车把童小娟放上去进行急救。

"放下……都放下……"边国立喘着气，慢慢走到对峙阵营中间，举起手劝解双方。特警们放下了枪，施工队小伙子们却还紧紧拿着武器。

"你们千万不要冲动！你们的大哥、大嫂……还有刚才的束立可那几位，都涉嫌重大案件，你们也涉嫌参与黑恶犯罪组织，你们现在的任何举动，都有可能让自己的罪名坐实……知道吗？"边国立看向小伙子们，说道。

"我们不管别的！你为什么要害童小娟嫂子？"一个小伙子嚷了起来。

"我怎么可能害童小娟？你动动脑子！我就算想干什么，完全可以把她带回刑侦总队去审查的时候再大大方方地干，有什么必要在你们这里对她动手？"

施工队的小伙子们犹豫了。

"她是自杀的！"边国立沉痛无比地宣布。

小伙子们全都傻眼了。

三十一

纪检办公室里，对熊绍峰的审讯仍未结束。熊绍峰呆呆地坐在椅子上，一动不动。坐在对面的庞伟不时打着哈欠。就在这个时候，冼友文拿着两个饭盒进来换班了。

纪检的同志出去后，冼友文马上开始推心置腹了。

"熊副检察长啊，我说句不好听的，现在都到这个地步了，我觉得您就别撑着了！这情况您也不是不知道，头上最大的那个倒了，那底下肯定要拿掉一批的，对不对？您是张书记线上的，张书记倒了，您这肯定受牵连了，是不是？您现在呢，要是不坦白，过几天真的查出证据来了，那更麻烦！您自己看情况说上那么一两件吧，让专案组把这个事情办好了，那人家一高兴觉得您也挺配合，您也少遭罪！这不就你好我好皆大欢喜嘛！"

熊绍峰吃惊地看着冼友文，忽然间哈哈大笑起来。

"怎么，我说的不对吗？"冼友文反而有点儿慌了。

"不对，不光不对，我还觉得恶心极了……我他妈的没违纪没犯事儿，到哪儿去挑几件事儿交代？妈的！"熊绍峰站起来狠狠地看着冼友文，"平时没看出来！一副逆来顺受，一棍子打不出个屁来的家伙，居然他妈的跟我玩这套！你这说客当得真他妈的恶心！我现在算是领教了，这老实人犯起坏来真是让人受不了，自己是个蠢货在那儿掩耳盗铃，还以为自己在玩花样滑冰非常优雅潇洒呢……"

被轰出来之后，冼友文马上臊眉耷眼地去了武强的办公室，陈咏也在那里。

"冼主任？怎么样，熊绍峰那边有什么动静了吗？"武强很关心工作进展。

"没有……脾气挺冲的。我劝了劝他，被他好一顿骂……"冼友文叹了口气。

"武检，既然边队查出了米振东的线索，我们现在是不是去落实一下？我倒是非常好奇，米振东的卫星电话是怎么带进监狱的？又藏在哪里？"陈咏向武强发问。

"那这样吧，冼主任，你带着王鹏进二监区查一下米振东的卫星电话，我和陈监、禹组长还有事儿要谈。对了，你顺便看看检察意见箱，说不定会有什么人举报熊绍峰、罗劲松！"武强拍了板。

冼友文、王鹏在二监区教导员常浩的带领下，直奔服刑人员仓库，边上跟着的是刘铁带着的米振东。一行人走到二班的铁架子前面。

"把你的箱子打开。"刘铁示意米振东。

"刘管教，我……我犯什么事儿了？"

"让你打开就打开，我们例行检查！"

米振东打开了箱子，里面是一些衣服、书籍之类的生活用品和杂物。冼友文在箱子里翻找了起来，又把箱子里的东西一样一样捏个遍。他忽然用力撕开了箱子里的衬布，从里面拿出了一部海事卫星电话。

"这是什么？"

米振东完全傻眼了。

一帮人很快把米振东带到了审讯室。素来胸有成竹的米振东这次却格外情绪激动。

"米振东，你要明白，我们是掌握了非常多的人证物证之后，才来跟你谈话的，所以，你不要有什么侥幸心理，要好好交代自己是怎么利用这个卫星电话，遥控指挥监狱外面的犯罪行动的。"冼友文温柔地开了口。

"这个电话不是我的！是有人诬陷！"

"证据在此，谁也诬陷不了谁……米振东，我提示你一下，你们振东施工队已经出了很多问题，我们已经掌握了多起谋杀案、伤害案，还有一些经济犯罪，都和施工队有关……而这些犯罪行为，全都指向一个共同的主犯，那就是你！"

"你们把我想得也忒厉害了！别说我没这个电话，就算我有，我怎么遥控外面杀人？我一天24小时都有人看着，到处都是摄像头，我什么时候有空打电话？你们太逗了！从没见过你们这么搞笑的逻辑！"

"打电话的机会是有的，你看看，沈广军当时把胳膊弄断那件事情，你不也在场吗？当时就是监控摄像头拍不到的地方吧？你们24小时在监狱里面，肯定早就把这些空档、死角都搞清楚了，别说你没时间、没地方打电话，这个是站不住脚的……"

"电话不是我的，我没有遥控外面！"

"如果不是这样，那童小娟为什么因为这个问题而畏罪自杀了呢？"

"什么？"

"我们边队长在施工队，问到童小娟怎么跟你用卫星电话联系的时候，童小娟畏罪自杀了，现在还在ICU里躺着，能不能救过来还不好说……"

"不会的！不可能！绝对不可能！"

"稍安勿躁，稍安勿躁，你要这样不配合，说不定还会发生更多可怕的事儿……"冼友文抬起头，眯起了眼睛。

冼友文示意王鹏打开视频。王鹏打开了电视，电视上是边国立抱着童小娟跑出来抢救的画面。米振东顿时泪流满面，傻了。

"这样吧，你先清醒一下，认清形势……我们专案组基本认定，你就是海平市最大的黑恶犯罪组织的头子，证据确凿，无法抵赖……如果你要抵赖的话，我们也不着急，我们会慢慢把证据收集到位的……明白了吗？"

"就是说，不管黑恶组织的头子是不是我，都得让我认？对吧？如果我不认，家人朋友就会倒大霉，对不对？"

"我们有证据在那儿呢……这样吧，你先消化一下，平复一下心情，等一会儿我们再聊。"冼友文干笑了起来，"常教导员，米振东刚刚听到这些消息，情绪波动可能会比较大。我个人建议啊，不要让他跟大家在一起了，先在禁闭室里控制一下，二十四小时看着他，以免出现意外……"

"行，没问题。"

"好，一会儿要看《新闻联播》了！王鹏，咱们去看看检察意见箱，溜达溜达……"冼友文和王鹏出了门，身后传来米振东痛苦的呜咽声。

二监区走廊里，二班的服刑人员蒯远鹏、张一苇、马国远、黄四海、胡大军、牛大力、顾烨、沈广军等人整齐地排好队，在狱警刘铁的带领下缓缓走进电视房。冼友文和常浩站在一旁看着，一副胸有成竹的模样。

"米振东是有点儿疯了……不过现在已经平静下来了，在禁闭室里头呆坐着。"常浩低声告诉冼友文。

"他会认的，他不承认可不行。"冼友文暧昧地笑了起来。

对于冼友文而言，胜利似乎只差临门一脚，唾手可得了。为了宽慰服刑人员积极提供证据线索，冼友文对着服刑人员拍胸脯表态，鼓励大家积极行动起来，提供黑恶势力、腐败分子、"保护伞"的证据和线索。

"咱们监狱的管教干部罗劲松、检察院那边的干部熊绍峰，这些都是大家很熟悉的人，他们现在涉嫌贪腐，但还缺乏有效的证据……希望大家能够勇敢站出来，把他们干的坏事检举揭发出来！当然，如果你们认为他们是好人，没有干那些坏事儿，我们也欢迎给出证据和线索！在这里，我可以负责任地告诉大家，这些人上面的'保护伞'已经被我们发现了，专案组一定会把这股黑恶势力和他们的关系网、'保护伞'整个端掉，所以大家不用担心什么受到打击报复，只要能勇敢地站出来检举揭发，拿出具体证据，保证会给大家加分作为立功表现，大家明白没有？"

"明白！"

冼友文很满意。

一会儿，《新闻联播》结束了。"解散！"狱警刘铁大声宣布。服刑人员纷纷起立，带着自己的马扎，以班为单位离开电视房。屋子里顿时空空荡荡的。刘铁正要转身离开，忽然看到地上有一个小小的纸团。刘铁本想把它扔到垃圾桶里，可在最后时刻，他下意识地把纸团打开看了一眼，然后马上愣住了。

"怎么啦？"一旁的常浩注意到了刘铁异常的表情。

"有人举报了！"

冼友文急忙接过纸团，打开看了一眼，脸色骤变："这是谁扔的？"

"不知道，就在电视房的地上……"

"具体哪个地方？几班坐的位置？"

"理论上应该是五班坐的地方，但看完电视之后大家解散，会把这个纸团踢来踢去，所以纸团最初掉的地方肯定不是五班那儿了……"

"估计是怕打击报复，不敢让人知道。不过，还是要暗中查一查看是谁扔的这个纸团！冼主任，刘铁在这里查谁扔的纸团，咱们赶紧去找监狱长汇报情况吧！"常浩向冼友文建议。

"好，这个情报非常重要！向监狱长和武检汇报情况！"

案子有了新情况，在专案组办公室里，冼友文和常浩在陈咏、武强、柴明楚、李正虎面前展开了纸团，上面是用报纸上剪下的铅字贴成的一句话：熊绍峰赃款藏在长龙健身中心332储物柜。

"这个你们核实了吗？"武强兴奋得声音都有点儿发抖。

"检察长，您是专案组副组长，我们当然要等您来一起商量再行动……"

"这件事情现在有几个人知道？有没有泄密？"

"检察长，这事儿刚刚发生，就我和常浩教导员、刘铁刘管教三个人知道，现在还有你们几位知道……我们没有向任何人泄露这个秘密……"

"好，那我们现在马上行动，马上到长龙健身中心！"

三十二

罗欣然和郑锐两人骑着自行车来到了傅不急海鲜城门口，停好自行车之后，两人走入海鲜城。傅明月本来是结过婚的，但她的丈夫费书平在滨海浴场游泳时溺水身亡。罗欣然和郑锐两人这次过来，是以专案组名义调查费书平之死——他们怀疑此事与米振东有关。

"我再提醒你一下吧！跟你一起出现在宋丽敏婚礼上的那三个男人，也出现在费书平淹死的那个滨海浴场！边队长他们刑侦总队的人已经在滨海浴场的购票记录上，查到了束立可用支付宝购买的三张入场券，他们买票的时间正好是费书平刚刚进入滨海浴场的时间……二十分钟之后，费书平就淹死了……据我们对当时在浴场的其他证人的走访求证，证实费书平在水中不断地呼救时，前去救他的人，就是束立可、江向阳、彭会军三人！"郑锐非常严肃地向傅明月介绍案情。

"他们去救人……有什么错啊？"

"傅明月，你不会真不明白吧？"罗欣然有些不耐烦了，"我们详细考查过了！当时费书平在防鲨网附近游泳，即使出现了问题，他只要抓着防鲨网的绳子就能浮在水面上，根本不需要别人去救！束立可他们三人说是去救他，实际上是去杀他的！傅明月，他们是为你报仇去的！你还想说你完全不知情吗？你知不知道法律上有包庇罪、窝藏罪、共同犯罪的罪名？"

傅明月哭了起来："你们不能这样诬陷我……你们还有没有良心啊……费书平的死跟我有什么关系？束立可他们去滨海浴场游泳，那游泳的人多了去了……你们刚才说的……都是自己编的……费书平就是自己淹死的……"

罗欣然往前探了探，看着傅明月说："傅明月，我们都知道，你是米振东的初恋女友，当初你们在孤儿院一起长大，本来你们是天生一对儿，可米振东出于自卑，不敢和你在一起，结果把你推向了火坑……你嫁给了天天对你家暴的费书平……"

傅明月眼泪不断地流下来，显然，这让她回忆起了那些痛苦的往事。

"你向米振东哭诉了费书平对你的暴行，米振东受不了了，这才替你设计了报复计划，收拾了你那个禽兽丈夫费书平，对不对？"

傅明月只是哭，不说话。

郑锐、罗欣然同情地看着傅明月。

"傅明月，我们非常同情你的遭遇，但你的悲剧是米振东造成的……现在沈广顺、束立可、江向阳、彭会军、杜鹏、常子龙等人都已经落网，童小娟自杀未遂，还躺在 ICU 里观察……你可以说自己什么都没干，什么都不知道，只要你愿意这样，我相信那些已经落网的同伙也会对你讲义气，不会把你供出来……"

傅明月哭得更厉害了。

"只不过，你不出来承担责任，他们就要承担更重的责任，判得更重……傅明月，我刚才不是说了吗？你来这儿开海鲜城忏悔真是早就设计好的呀！这么多人因为你进去了，你不在这儿守着，确实有点儿过意不去……"罗欣然耐心地做着思想工作。

"你别激我了……是我干的！"

郑锐和罗欣然震惊地看着傅明月。

"姓费的太不是人了，费书平天天打我，嫌我不是处女，自己却天天在外面搞破鞋、嫖娼……是我说的，我回了振东施工队，我说：'你们帮我杀了那个禽兽！'"傅明月声嘶力竭地喊完最后一句话之后，虚脱一样坐在那儿，不动了。

"我现在就跟你们走。"片刻之后，傅明月站起来，伸出了双手。

郑锐和罗欣然怀着极其复杂的心情铐走了傅明月。郑锐第一时间把有关傅明月的消息传递给冯森。这个消息令冯森兴奋不已——傅明月是米振东的初恋情人，她的悲惨遭遇一定会大大刺激米振东，让其心智大乱，最终出现漏洞，这样冯森寻找最后的真相和为爱人复仇就有了机会。

边国立亲自到看守所来接冯森，二人迅速赶往橙州。

收网的时候到了，冯森和边国立都感到莫名的兴奋。

高速路上，警车在飞驰。边国立和冯森坐在后座上，边国立唏嘘感慨："老冯啊，你太缺德了！我从来就不相信你会真的杀宋丽敏！可你们瞒着我搞这一套，弄得我很被动啊！到现在我才知道真相！"

"兵不厌诈嘛！这件事情涉及的人和事太重要、太重大了，能瞒就尽量瞒，实在瞒不住了再说！当时只有我、陈明忠和张书记三个人知道……我也请示了张书记，在我们突破了沈广顺，黄雨虹一干人露出狐狸尾巴之后，我第一时间就把宋丽敏案的真实情况告诉了你！不过，结果是什么，现在还不好说啊。但愿这封举报信能给我们提供线索。"

"是啊，在涉及'保护伞'的问题上，毕竟这是第一次出现具体的线索……这个非常重要！"

"只要有具体的线索，就会有具体的破绽！我绝对相信这个！罗欣然和郑锐也到位了吧？"

"我已经通知他们秘密前往长龙健身中心，等我通知！"

"好！"冯森摩拳擦掌，真相马上就要被揭开了。

深夜的长龙健身中心，一辆依维柯警车驶过来停下，武强、冼友文、陈咏、禹时进四人从车上下来，后面有两个全副武装的警察押着熊绍峰下车，大家一起往健身中心走去。

"绍峰同志，都到这个地步了，你就配合一下吧……"武强扭头看着熊绍峰，把举报信展开递到熊绍峰眼前。

大家来到健身中心储物柜前，熊绍峰别别扭扭地输入密码打开了528号，里面空无一物。但当冼友文要求他打开332号时，他不干了。

"对不起，我没有租332那个柜子，我租的是528号。"熊绍峰苦笑了起来。

"熊副检察长，都这时候了，您就别抱侥幸心理了……我们来之前已经跟健身中心经理核实过了，您确实是租了528号和332号两个储物柜，都是用您的身份证租的，人家这儿的经理刚才专门核实过了……"

"你核实过了，那就让经理来开呗，反正我打不开，我不知道密码。"

"熊副检察长，要不您就试试528号上的密码吧！万一打开了呢？"冼友文在一旁干笑着，说道。

"冼友文！你开什么玩笑呢？你怎么不拿你的密码试一试啊？"

"我哪有什么密码，这地方多贵呀，我租不起……"

"熊副检察长，你不是一直觉得委屈吗？如果真的是受了冤屈，你也不在乎输一串密码吧？如果里面真的有赃款，而且能证明是你的，那咱们前面做的那一切都没有冤枉你啊，你这些表演也就够了，没有必要了……如果打开以后还跟这个528号储物柜一样，里面什么也没有，那咱们这个调查就告一段落了！你就可以解脱！在找到新的举报线索之前，你就可以回到工作岗位了！对不对？"

熊绍峰犹豫着。

"配合纪检监察组调查是每一个党员应尽的义务，你这样抵触，其实是对自己不负责任！"

"禹组长说得很对！绍峰同志，咱们都是老熟人了，你就输个密码，把大家都解脱了吧！谁也不想为了这个事情一直耗着！大家都还有工作要做的！这都深更半夜了，咱们从橙州大老远跑到这城里来也不容易……"武强不停劝说。

熊绍峰铁青着脸走过去，终于输了一遍自己的密码。

"啪"的一声，柜子门开了。熊绍峰的脸顿时变得苍白。332号柜子里边，从上到下码放着满满的、十万元一捆的百元钞票。

禹时进马上掏出手机，对柜子里的钞票和熊绍峰的状态进行录像，熊绍峰伸出颤抖的手挡着摄像。

"禹组长，不是我的！我被人害了，有人陷害我！这绝对不是我的！"

"你们看看那里面还有信封，你看里边是什么东西！"冼友文又插了一句。

武强伸手从上面把里边的十几个信封拿了下来，信封全是不同颜色不同型号不同花样的，有的甚至又脏又破，上面还粘着很多灰尘和脏物。

禹时进把镜头对准了那些信封，武强随便抽出其中一封。那是一张印刷非常粗糙的信纸，上面写着歪歪扭扭的文字："尊敬的熊主任，请您收下辛苦费十五万元，拜托您让我弟弟在监狱里好好表现，争取立功减刑，我们全家当菩萨供着您，每年都会来给您上供烧香。谢谢您了，我弟弟的名字叫李六一，外号李大嘴。多谢您多谢您。李五一。2015年3月8日……"

所有人都转头看着熊绍峰。

"有人陷害我！他们设下的毒计！"熊绍峰咆哮不停。

"绍峰同志，这个李大嘴的事情，冯组长和罗主任一起去调查过，李大嘴当时亲口说，你收了他十五万元的贿赂，当时我们全都不相信……可现在这件事情落实了，剩下还有这么多封信，还有这么多钱，应该是其他的服刑人员的家属给你行贿用的吧……我们还需要一封一封地念吗？"

"不用了……不用了……"

"那你就是认罪了吧？"

"不，我绝不认罪，这些钱、这些信都是伪造的！"

冼友文悄悄地用胳膊肘捅了捅熊绍峰："熊副检察长，算我求你了，你现在态度好一点儿，赶紧认了罪，法院能给你轻判。你现在还这样顶着有什么意义呢？你想想，你每天都到这里健身，这柜子也是你租的，用你的身份证租的，那密码也是你的密码，这里面写的行贿的信也是给你的……万一这个钱数和上面写的钱数也对得上……还有，如果那些服刑人员家属都出来作证，都说是给你的，那你还怎么抵赖？"

"冼友文，我×你妈！橙州检察院什么时候轮到你来秀智商了？这里面唯一能证明我有问题的就是这些书信！老子现在敢肯定，这些书信肯定是假的！不可能有这么多服刑人员家属。他们根本都没见过老子，就给老子指名道姓地写信送钱！老子真要收钱，早就把这些信全都烧了毁了！还会留在这里让人查证？！"

"熊副检察长，你伪装得太好了，没想到自己会暴露吧？再说，这信的真假，不是秃子头上的虱子——明摆着的吗？不管是因为你自己大意了，放在这儿的，还是因为你说的所谓有人害你的，我都觉得这些信是真的。因为书信笔迹很容易鉴定的，谁那么傻，为了陷害你弄个假的书信放在这里，等到拿去专业机构一鉴定就能鉴定出是假的，那害你的人不也白害你了吗？这信肯定是真的……"

熊绍峰看着冼友文，终于绷不住了，马上就要委顿在地。后面两位警察架起熊绍峰，把他拖到旁边的长条凳上坐下。大家都围过去，静静地看着他。

"你们，你们真的都相信，这是我干的？"熊绍峰眼泪流下来了。

武强、冼友文、禹时进、陈咏四人同情地看着熊绍峰。

禹时进关掉了录像："绍峰同志，你可能把自己也催眠了，你相信自己是一个清官，没有收过任何人的钱……可是，另外一个你悄悄地背着现在的你干了这些勾当，干完之后，作为清官的你马上就把这些都忘掉了……"

大家震惊地看着禹时进。

"我们查过一个案子，抓到了一个贪官，所有的监控视频都证明他干了某一件坏事，但是他确实真的不记得，连测谎试验也证明他没有说谎……他是真的说服自己把那件事情忘记了……绍峰同志，我非常相信你觉得自己是无辜的，但那不是客观事实，那是你的大脑虚构出来的一个事实……现在，到了你面对客观真相的时候了……"

熊绍峰看着禹时进关切的目光，终于抬起双手捂着脸，嚎啕大哭起来。

武强、冼友文长长地舒了一口气，两人对视一眼，都露出了会心的微笑。武强一挥手，两名警察带着绝望的熊绍峰上了警车。

武强、冼友文、禹时进、陈咏在后面慢慢出来了。

"边队长什么时候到？"禹时进有些着急。

"已经通知他了，应该马上就能到吧。"

"这么一大笔钱，我们应该马上清点取证，别到时候出什么问题，这个时候我们还是需要刑侦总队的同志的，他们在这方面比较专业。"

正说着，边国立的警车驶过来停下，他从车上下来。

"武检、陈监、禹组长，你们都在啊，情况怎么样了？"

"已经落实了！初步估计应该有两百多万元赃款，全部藏在健身中心的储物柜里……边队长，剩下的工作就是你带人和禹组长一起把这个证据清点、固定好，别出什么意外……"

"放心，我马上让监委的同志带着点钞机过来……"

"我建议，要加强警戒。这个地方不是什么保密机要部门，几百万现金藏在里面，万一有什么心怀不轨的人想干点儿什么就麻烦了。"

"放心，有我们刑侦总队和禹组长的纪检监察组人员在这里监督，加上我们会全程录像，您就放心吧！"

"好！总算大功告成了！辛苦边队长了！明天我还有会，我和冼主任就先走了，剩下的任务就交给你们了！"

大家告别，武强、陈咏、冼友文上了车离开。

"边队长，下面就看你的了……你准备怎么安排工作？"禹时进一脸兴奋地看着边国立。

"先让冯组长他们过来，把所有证据全部拍照取证之后，再让我们刑侦的同志入场走正常流程……"

"你说，冯组长和张书记他们真的有把握……翻过这个盘来？"禹时进有些担忧。

"禹组长，黑恶势力的关系网无所不在，'保护伞'是谁无法确定，张书记和冯组长他们这么办，实在是出于无奈啊！"一旁的边国立说话了。

"我非常理解！同时，我也非常骄傲！张书记、冯组长和你，对我们纪检监察组给予这么大的信任，我们一定配合好，抓出真正的黑恶势力'保护伞'！不放过一个坏人，也不冤枉一个好人！"

边国立伸出手，与禹时进相握。

片刻后，驶来一辆汽车，很快到了面前停下，冯森、罗欣然、郑锐三人下了车，精神抖擞地站在边国立和禹时进的面前。

"三位晚上好，该你们上了！"禹时进笑着打了声招呼。

边国立、冯森、罗欣然、郑锐一起来到了长龙健身中心储物柜前，在冯森的指挥下，大家一起把十几封向熊绍峰行贿的信一封一封打开铺开了放在地上，一个警察正拿着专业相机一封一封地拍着。

"信封也拍下来，不放过一切信息。"冯森在一旁一边仔细端详，一边指导着。

罗欣然和郑锐、边国立正配合着把里面一捆一捆的钱搬出来，将每一沓钞票第一张的冠字号拍下来留存。

"小罗，钞票太多，咱们没法一张一张拍，每一沓拍一张冠字号就行，天亮之后再去银行查证……"

"好。"

大家都忙碌着，冯森在旁边一会儿看看这儿，一会儿看看那儿，琢磨着。罗欣然等人拍完一沓钞票的冠字号之后就放到一边，很快，那边的钞票就堆积如山，钞票捆侧面的扎钞纸上有银行柜台工作人员盖的名章。

"边队长，冯组长，所有的信和信封都拍完了。一共十五封信，十五笔钱，最早的一笔钱是五年前送的，信里提到的钱数加起来一共是二百一十三万五千元。"边国立的手下向他和冯森汇报。

"好，我们该取证的都取证完了……剩下的工作，就是回去排查、分析、甄别里面隐藏的信息……"

"这样吧，现在时间不早了，天都快亮了，你们三位就别回橙州了，就到我们单位里面找几间房休息，休息好了之后接着研究……我呢，现在就布置监委的同志上手清点，天一亮就让大伙儿去走访这些行贿的罪犯家属，还有相关的银行，把这些人和钱一一落实对应……到时候咱们到总队再一起讨论，怎么样？"边国立看向冯森。

"好！干吧！"冯森重重点了点头。

三十三

这是一个不眠之夜。刑侦总队里面，冯森的临时宿舍中，十五封受贿信的照片被打印出来摆在桌上，冯森、郑锐、罗欣然三人一封一封看着，研究着。窗户渐渐白了，三人一边看，一边讨论，一边打着哈欠。直到天完全亮了，三人仍然在不断地分析、讨论。

当阳光照进窗户，投射在地面上时，冯森、郑锐、罗欣然三人都睡着了，罗欣然在床上，冯森在沙发上，郑锐趴在桌上。桌上、地上全是那些打印出来的信，墙边还立着一个白板架，上面的白板被各种颜色的笔写满了分析的内容，还画着各种箭头之类的东西。白板旁边是一个大屏幕电视，上面显示着一张行贿信的放大特写。

这时门开了，边国立出现在门口。

"啊……你们来了？几点了？"冯森突然被惊醒。

"下午两点了！你们睡好了吗？"边国立笑了起来。

"都两点了啊？哎哟，你们查得怎么样了，罪犯家属、银行方面？"冯森急忙爬了起来。

"全部核查到位，十五封信中的当事人，我们全都派人去核查了，所有钱的数目全部属实，总数也没错……银行方面，我们也一一去罪犯家属当时取钱的银行核实了，这十五笔钱全都没问题，数字都对得上，大部分钱上的冠字号也对上了……但有一部分因为时间久，银行的冠字号记录没保存……但没冠字号的，大部分有监控录像为证……总的来说吧，基本可以认定，这十五笔钱确实是那十五个罪犯的家属取的钱，钱数也全对得上……"

"熊绍峰那儿呢？"

"熊绍峰方面也落实了，这十五笔钱大部分都是放在当时的橙州检察院门外一个固定的垃圾箱里，熊绍峰确实在罪犯家属提供的交款时间之后去了那个垃圾箱附近。这一点，熊绍峰自已也承认了，只是他不承认去垃圾箱那里是取钱，他说是去扔垃圾……另外，熊绍峰也证实，这十五次送钱的时间，他在去过垃圾箱之后，确实进城到长龙健身中心去了，只是他不承认是去藏钱，他说他就是纯粹健身去了……可以说，熊绍峰这件事情如果没有特别意外的情况，就真的坐实了，因为不可能那么巧合……连他自己都糊涂了……五年时间，十五笔钱，一年三笔，时间、地点、人物、事件、经过、结果，所有证据完美形成链条，熊绍峰好像已经快崩溃了……"

一旁的罗欣然眼神黯淡了下来："不对，我还是不相信熊绍峰是这样的人！"

"可他自己都快要承认了。"

大家都不说话。就在这个时候，冯森突然打破了沉默："漏洞已经有了，只是无法证实。"

边国立等三人都期待地看着冯森。

"我们昨晚分析了一个通宵也没结果……我睡觉都一直在想这个问题，天亮的时候，我突然想到了一个漏洞，你们看是不是这么个逻辑——熊绍峰与罪犯家属的交易、收款都是非常谨慎的，用的都是间谍的手法，又是信箱，又是垃圾箱什么的，对不对？"

三人点头。

"可见，熊绍峰是个极其谨慎的人，很有心机，把这个过程控制得非常好！直到现在，罗劲松、黄雨虹、鲁春阳虽然指控他了，他也完全不承认！"

"对呀，熊绍峰就是做得非常巧妙！天衣无缝！罗劲松和黄雨虹的指控看似确凿，但实际上这种微信记录和波动网的视

频账号获利都是电子证据，都是有伪造的可能的，法庭不一定
采信……"

"那我就要问一句了，如此谨慎、聪明的一个人，为什么在
藏钱的时候又这么傻？所有的钱都藏在一个地方，还把十五封
行贿的信都原封不动地留着，这是为什么？"

一旁的郑锐也点了点头。

"我们昨天刚发现这些钱和信的时候，也想过这个问题。"

"这个问题，怎么回答都是对的，也都是错的……我们完全
可以说，熊绍峰就是大意了，或者就是得意忘形了……但是，如
果你听到这样的答案，结合前面那些人举报熊绍峰受贿的狡诈、
抗拒程度，是不是会觉得前后两件事情不像一个人干的呀？"

三人都频频点头。

"如果熊绍峰不是'甩棍'，那'甩棍'一定是对熊绍峰非
常了解的人！"

"对！如果不是特别了解，不可能把这些事儿这么完美地安
在他身上！"

冯森抬起头，看着边国立："你们调查银行、罪犯家属的记
录，有吗？"

边国立点头："有啊，当然有。"

"我要最详细的记录。连一个标点符号都别落下，全都
要……我要看……如果真是有人陷害熊绍峰，在这些钱、这些
信的转移过程中，一定会留下那个人的信息，无论他做得多巧
妙，一定会留下某种信息的……我们现在的任务就是找到这样
的信息！"

刑侦总队小会议室里的桌子上分两排排开三十本文件，十五

本是罪犯家属的调查记录，另外十五本是银行的调查记录。冯森、郑锐、罗欣然、边国立四人进来。冯森开始翻看那些文件。他一本本地看着罪犯家属记录，看了两本之后，又转到银行调查记录去对照着看。其他人都静静地看着冯森，期待着出现奇迹。

整整一天过去了，所有的人都疲惫至极。天黑了，一辆警车驶入，伸缩门自动关上。总队楼上的灯陆续关了。在刑侦总队的小会议室里，冯森一个人委顿在地上，桌上、地上到处是被他翻开的文件，有几本还被他撕烂了。

冯森满脸绝望地坐在地上，双眼发直地看着一片漆黑的前方。小会议室门口的走廊里，边国立、罗欣然、郑锐或坐或蹲或站在那儿，脸色非常阴沉。旁边放着一个小桌子，上面放着几盒盒饭，但一看就知道根本没人吃过。

忽然，屋子里传来冯森嘶哑的声音："请问，你是朱亚雯吗？"

边国立一把推开门冲进去，罗欣然、郑锐也跟在后面。他们三人进来后看到冯森正坐在地上打电话，他拿电话的右手在颤抖，几乎拿不住电话；而他的左手，紧紧抓着一份银行的调查报告，也在发抖。

"朱小姐，我是'930杀人案'专案组的冯森，我看到今天上午刑侦总队的人去找您调查了，有这事儿吧？"

"是啊，他们已经找过我了，我都说了。请问您还有什么事儿？"

"我就想问一件事儿：您说您在 2015 年 3 月 8 日给一个名叫李五一的人取了十五万元现金，当时您在工商银行滨海支行工作，对不对？"

冯森问完这一句，打算把手机的免提打开。但他的手还在抖，几乎完不成这个动作，罗欣然想过去帮他，他也不让。他推开罗欣然，把手机放到腿上的那摞文件上。

"是，当时我在滨海支行工作，给这个李五一取了十五万元现金，没错，这都有记录的。2016年我已经调到怀来路支行了，不在滨海支行工作了……"

冯森脸上露出极其紧张的表情，他僵硬地坐直了，几乎是用乞求的口气低头看着手机问："那我请问您——您认识滨海支行的赵语迟吗？"

"赵语迟……这个人……哦，这个人我不认识，但我知道他……他是今年……2019年刚刚分来的。前不久，我跟过去滨海支行的姐们儿聚会的时候，听说来了这么一个小伙子，长得挺帅，就是话不多，所以才叫赵语迟嘛（笑）……但挺擅长吹口哨，在联欢会上还表演过……"

"好……好……谢谢……谢谢您……再见。"冯森的眼泪顿时流了下来。

对方道了再见，挂了电话。

冯森抬起头，一脸无助和无辜的表情看着边国立等三人，呜咽着哭了起来。边国立、罗欣然和郑锐都吓了一大跳。

"冯组长，你整哪一出啊？莫名其妙啊！"

"成了……这事儿成了！"冯森抖着手上那份银行调查记录，"这十五笔钱……从罪犯家属到银行记录……全都没有任何破绽……完美无缺啊……都是搞政法的人设计的……高啊！高明啊！真是业内高手啊！"

"老冯，你又卖关子了！快说吧！急死我们了！"

"唯一的破绽，是多了一个叫赵语迟的人！"

冯森掏出手机，打开昨天拍下的照片。那是所有的钱都摆上之后，他最后拍下的一张照片。冯森把高清照片放大，再放大，然后左右挪动寻找着，终于在一捆钱的侧面扎钞纸带上，大家看到了一个有点儿模糊的名章：赵语迟。

"这啥意思？这不就是银行柜台工作人员盖的章吗？"

"是啊！这十五笔钱，是不是得有十五个银行工作人员取给罪犯家属？每一个工作人员都会在自己放出去的捆钱扎钞纸上盖上自己的名章，对不对？"

众人点头。

"李五一取的这笔钱，你们调查的结果，是刚才那位朱亚雯在柜台取给他的……但是，我在这些钞票的扎钞纸上，找不到朱亚雯的名章……其他所有钱上的名章都与你们调查的银行工作人员是同一个人，只有这一笔十五万元的钱，本应该盖2015年的朱亚雯的章，但盖的是2019年刚刚来上班的赵语迟的章！这说明什么？啊？哈哈哈哈……"

"对了，对了……背后陷害熊绍峰的人，因为某种原因挪用了其中十五万元，因为没想到熊绍峰事发，他需要马上把这些陷害熊绍峰的赃款补充够，所以就用2019年新取来的钱，替换了2015年取的钱……而这个新取钱的人，很可能会给我们留下破绽！我马上安排，连夜到怀来路工商银行去调查！"边国立一拍大腿，站了起来。"这个我得去！我得亲自去！"

众人怀着极度欣喜的心情，飞快地赶到了怀来路工商银行门口。

"我们已经查过了，赵语迟最近办理的取款业务中，有三笔是取十五万元现金的……我们查了你们刚才发过来的钞票冠字号，你们关注的那笔业务应该是十天前办理的……"

"十天前的……应该有监控视频记录吧？"

"有！"

大家又兴冲冲地赶到银行监控室，保安去电脑上寻找相关监控记录。

"十天前那笔钱，赵语迟是给谁取的？"

"您看一下，这是那笔钱相关账户的情况……"

冯森拿过去看着文件，边国立等人也凑过来看着，只见账户名写着：汪苏媛。

"汪苏媛……你们认识吗？"

罗欣然死死盯着名字，忽然挠头道："我怎么觉得有点儿印象呢……这名字好像在哪儿听过……"

"好好想想……"

"监控找到了！"一旁的银行保安喊了起来。

冯森等人急忙伏下身去看着屏幕。电脑屏幕上是银行大厅，画面已经被保安暂停了。保安启动画面，大家看到一个黑影进来坐在柜台前取款。办完之后，那个黑影拎着一个包起身离开，在离开的一瞬间，黑影下意识地看了一下摄像头方向。

"停！放大！放大！"

画面停止，黑暗的面部被截取下来放大、放大，最后，这个人的面部轮廓基本出现在屏幕上。

冯森、边国立、罗欣然、郑锐都愣愣地看着那个模糊的脸，四人都轻声念叨着："谁呢……这是谁呢……我怎么觉得这张脸很熟悉啊……是熟人啊……"

"我记起来了！"罗欣然忽然尖叫了起来，"汪苏媛……是冼主任的爱人！是他爱人的名字！"

"冼友文！"众人异口同声。

"马上去监狱！马上！冼友文这个阴险的家伙！老好人！王八蛋！装老好人的王八蛋！"

大家争抢着跑出了银行，郑锐开着警车飞速驶向橙州。

八十公里，只用了不到一个小时的时间就到了。接到通知的监狱长陈咏、狱侦科科长李正虎从监狱值班室出来，看着边国立、冯森、罗欣然、郑锐及另外两名全副武装的警察从两辆警车上下来。

"边队，究竟出什么事儿了？这大半夜的把我们叫起来？"陈咏迎上去，一扭头又看到了冯森，"冯组长也来了？"

"对，我冯森又活过来了……"

陈咏感慨地伸手拍了拍冯森的肩膀："好！我就知道你这个老狐狸没事！"

"冼友文还在里面吧？"

"对，他和王鹏还在二监区突审米振东……怎么了？"

"好！陈监，麻烦你们配合一下，我们需要马上控制冼友文……"一旁的边国立脸色绷紧。

"明白了，跟我来。"陈咏一愣，马上明白了。

冯森连同边国立直奔审讯室，这时，王鹏迎面走了过来。

"王鹏，冼主任呢？"

"禁闭室的监控摄像头坏了，我让刘管教过去找人修，他还没回来，冼主任让我去看看……"

"真费劲！我问你，冼主任呢？"

"啊，在禁闭室和米振东谈话，米振东一直不交代……"

"禁闭室那边就冼友文一个人了？我们管教干部还有人吗？"冯森脸色有些变了。

"人……没有了，刘管教去找人修监控没回来……"

冯森、边国立不再理王鹏，快步往前小跑而去，陈咏也有不祥的预感，快步跟着跑去。三人一起来到二监区禁闭室门口，因为门没有关，大家都能听到里面传来"噼噼啪啪"的电击声。三人站在门口，看着里面的景象，都愣住了。屋内，冼友文正拿着两根电棍，一根顶在米振东的脖子上，另一根顶在米振东裆部，正在疯狂电击。米振东只穿着裤衩躺在地上，被电击得不停地抽搐。

"胳膊想拧过大腿？米振东，我告诉你！你认也得认！不认也得认！卫星电话也找到了！你施工队的人也都交代了！你就是黑恶势力头子！铁证如山！"

冼友文感觉到屋外有人，转过头来，当他看到外面站着的冯森、边国立、陈咏三人的表情时，他脸上的快感顿时凝固了。

边国立和陈咏两人上前一步，一把扭住冼友文，把他拽了出来。冯森急忙进屋去查看米振东，米振东口吐白沫，已经快虚脱了。冯森把米振东抱了起来放在床上，米振东已经非常虚弱，靠在冯森怀里，两眼无神地看着冯森。

"米振东，你可不能出意外，咱俩还有很多话没说完呢！"冯森一把搂住了米振东。

米振东脸上露出绝望的神情。后面进来的王鹏急忙和陈咏、边国立一起张罗着把米振东抬出来，从外面赶来的常浩和刘铁急忙接手，把米振东送往监狱医院。

派驻省第一监狱检察室前面的走廊里，边国立、陈咏两人扭着冼友文从电梯里出来，冯森走在最后。他们四人一出来，完全都呆住了。从电梯口到检察室门口，密密麻麻地站着监狱和检察院的几乎所有工作人员，包括武强、罗欣然、郑锐、王鹏、柴明楚、李正虎、常浩、范思良等。所有人都用极其愤怒和震惊的眼神看着冼友文。冼友文被押着经过这条通道，他的脸色越来越苍白，走到一半的时候，他的腿就软得站不住了，边国立和陈咏只得架着他。走到检察室门口的时候，冼友文尿裤子了。

检察室内，冼友文坐在中间的椅子上，面如死灰。冯森、边国立、陈咏、武强四人坐在上面瞪着冼友文，尤其是武强，表情凝重得可怕。

"武检，你是专案组副组长，又是冼友文的直接领导，要不你来主持这次谈话？"边国立扭头看向武强。

"冼友文，我是一千个一万个没想到，你怎么会扯到熊绍峰的事情上去？啊？我们不是已经认定熊绍峰受贿两百多万元的事实了吗？那里面怎么会有你从银行取出来的十五万元呢？我真是百思不得其解！"武强眼睛里要喷出火了。

冼友文一张嘴就哭了起来。

"别哭了！你还有脸哭！我最痛恨的就是你这种人！永远装老实、装可怜，实际上干着最可恨的事情！我问你！长龙健身中心柜子里那十五万元是不是你弄的？你先确认这个！"

"武检……我对不起你，对不起你的培养……我错了，我错得太离谱了……"

"行了，我们现在不稀罕你认错！我们想知道两件事：第一，你是怎么栽赃熊绍峰的？第二，既然你那么想把米振东包装成黑恶势力头子，那我还真想知道是谁让你这么干的！你的后台是不是真正的黑恶势力头子？想找米振东来背锅？"

"武检……冯组长说的这些……我不知道是什么啊……我……我……"

"别我我我了！你先讲！那十五万元是怎么回事儿？怎么会有你的十五万元混进熊绍峰的钱里？是不是你们合伙受贿的？"

"是是是……武检，只有那十五万元是我的……我……我是找熊绍峰借过十五万元钱……借了之后又还给他的……这才造成误会了……"冼友文顿时眼睛亮了，他长舒了一口气，抬起手来擦着头上的汗和眼泪。

"你找熊绍峰借十五万元？什么时候，在哪儿借的？为什么不直接从卡上转账，要付现金？"

"啊……我得想想……"

"冼友文，你就别想了！前面坐的每一个人都比你聪明多了！你想现编词儿？别逗了！你编得圆吗？这都什么时代了，借钱还钱还都是现金啊？熊绍峰插上毛比猴儿还精，又是学法律的，你觉得他借钱给你既不打借条、也不从卡上划转，有可能吗？另外，如果你还给他十五万元现金，他有什么必要专门千里迢迢拿到健身中心去藏起来？他又不是脑子有病……"

冼友文呆呆地瞪着冯森，忽然眼睛一翻白，倒了下去。

武强急忙起身过去摁着冼友文的人中："快叫医生！医生！"

武强摁了一会儿，冼友文还是没动静，武强手上还弄上了冼友文嘴里的白沫。

"我洗洗手去！"

武强一阵恶心，甩了甩手往外走去，大家静静地等了半晌，冼友文还躺在地上。

"叫个屁医生！"冯森起身嚷嚷了起来，"把电棍拿来！他不是电别人电得挺起劲儿的吗？老子让他也试试！"

一旁的陈咏急忙拦住："冯组长，这个不行……"

冯森冲陈咏、边国立使个眼色，把电棍打开了，噼啪作响伸到冼友文耳边："我可不管那一套，我都是杀人犯了，还怕这个，我去你的——"

冯森作势要去电冼友文，冼友文忽然一下坐了起来。

"冼友文，你这是最下三滥的手法了，在我们面前是瞒不过去的……赶紧坐好，老实交代问题！"冯森大笑了起来。

冼友文哭丧着脸爬起来，颤抖着坐在椅子上，他看到武强坐的椅子空了，脸上露出更为绝望的表情来。

顺着冼友文的眼神，陈咏注意到一旁武强的位置空了。

"武检呢？"

"他不是去洗手了吗？"边国立立刻站了起来。

冯森"呼"地一下站起来，快步往外跑去。边国立也跟着跑了出去了。

"陈监、罗主任、郑锐，冼友文交给你们了！"

冯森和边国立跑到了监狱门口，冯森大声喊来了门口的值班员："武强是不是走了？"

"刚才开车往海边走了！"

"老边，快打电话！快！通知你们的人！给我追！"

天已经亮了。海面上，武强的游艇在海上飞驰。武强身后不远，一艘海警船和两艘快艇正驶来，快艇速度很快，很快就驶到了武强的游艇前方，强行拦住了它。后面的海警船也渐渐驶来，停在游艇后方。

三十四

海面上，一艘海警船、两艘快艇和一艘游艇从外海驶向海岸线。

游艇上有一间非常朴素的、全木装修的屋子，一扇窗子都没有。木板墙上挂着一幅"两袖清风"的书法作品，底下是一张练书法的桌子，上面放着文房四宝，有厚厚一叠练书法的宣纸铺在一边，上面还有不少写着"两袖清风""天下为公"之类的书法作品。

冯森、边国立两人带着武强进到屋子里，三人坐下，武强很自然地坐在了被审讯的位置。边国立把执法记录仪放在能拍到武强的地方架好。

冯森看着那幅"两袖清风"的字，眉毛皱了起来，问道："武强，我就不客气了，你好意思把'两袖清风'挂这儿吗？"

"冯组长，我……我原来是当得起这幅字的……"武强哽咽着，"我终于知道后悔的感觉是什么样儿的了。"

冯森过去一把扯下那幅字，武强顿时脸都白了。

只听到一阵马达轻微的响动，房子四壁和墙顶的木板都开始自动打开，令人震惊的景象出现了——房子四面和屋顶上，全都密密麻麻地塞满了成捆的十万一扎的钞票！这就是个钞票房！

武强举起戴着手铐的手，捂住了脸。冯森和边国立两人看着屋子里的钞票墙和墙顶，都愤怒起来。

"拿钞票盖房子！你就住在钱屋里！武强，你这个道貌岸然的家伙！平时比谁都会讲道理！背地里搞这一套也他妈挺有创意的啊……说吧！这一共是多少？"

"一千九百二十一万五千元整。"

"这账还记得挺清楚的啊！"一旁的边国立冷笑。

"熊绍峰被冼友文栽赃受贿二百一十三万五千元，你这儿藏的这一千九百二十一万五千元和他的那个数字加起来，正好是两千一百三十五万元，这个数字是熊绍峰的十倍……这是不是说明，你是按照自己受贿金额的十分之一来给熊绍峰栽赃的，对吧？"

"冯组长，我真的服了你了！遇到你，也真是活该我倒霉！"武强抬头看着冯森，说道。

"是不是吧？"

"是……冼友文是我们检察院的办公室主任，很多事务性工作都是他管的，所以他有机会拿到熊绍峰的身份证……包括熊绍峰在波动网签约的事儿、在长龙健身中心租储物柜的事儿，都是冼友文悄悄给熊绍峰办的……我们商量好了，按照十分之一的比例，从我们收的钱里秘密分配给熊绍峰，以确保把他栽赃成'甩棍'……"

"外面关于'甩棍'的传说是怎么回事儿？"

"主要是通过罗劲松往外传播的，因为我们假冒熊绍峰的微信与他联系，他在往外说的时候有意无意就透露出熊绍峰是'甩棍'的事情了……尤其是他往罪犯里面传播，这个效果非常好。"

"罗劲松怎么这么蠢？他没见过你们真人，就靠你们假冒的那个熊绍峰的微信号，他就能干那么多坏事儿？"

"他不是蠢……他确实遇到事情了，人就懵了。当时他女儿生了一种怪病，整个人瘦得像只猴儿，随时会死……他们一家都快疯了……这个时候，冼友文发现了他的窘况，才做了个熊绍峰的假微信勾搭他……他为了给女儿治病，就上了勾……这一下就搂不住了，成了我们在监狱一线的秘密帮手……"

"乘人之危，你们太缺德了！"边国立拍案而起。

"罗劲松确实非常可怜……我……我……我真的对不住他……他女儿后来也没能留下来……"武强眼泪流了出来，"对不起……一掉进坑里，就真的丧失了良知，什么都不管了……对不起。"

"我问你，你们陷害熊绍峰下了多大的功夫？"

"熊绍峰这个人性格比较浮夸，好大喜功，比较适合用来当背锅的。我们要收钱的时候，主要是罗劲松打前站，把事儿都谈妥了，再约定具体交钱的时间、地点……冼友文再根据这个时间、地点把熊绍峰引到相应的位置……比如说监狱门口斜对面那个垃圾箱就是个重要的点，熊绍峰从监狱里出来之后经常会到那儿站着吸会儿烟，就光这个动作，我们就可以设计成他去取赃款的在场证据……大概就是用这种方式，我们每年会给熊绍峰三笔左右的钱，都是罪犯家属写好了信、准备好了现金放在适当的位置……"

"也就是说，罗劲松通过微信与假熊绍峰交流留下电子证据，冼友文通过现实生活中的监控侦查留下熊绍峰的取赃、藏赃行动线索，并在健身中心留下铁证，让他完全无法分辨……只需要熊绍峰来当炮灰，就可以从波动网电子账户那里动手，从那十万电子代币开始查，一环扣一环，让熊绍峰自己都以为是真的……"

"是这样的，就算从他那儿查出了我们，那也有一个时间差，我们要走都来得及。"

"真是够狠、够专业！"

"波动网的十万电子代币，你是没法操纵的……黄雨虹、鲁春阳跟你是一伙的？"

"当然，黄四海入狱之前，黄雨虹、鲁春阳就找到了我，他们给钱是最痛快的……这艘游艇就是他们送的，以报答我的救命之恩……"

"这么说，黄四海过失杀人案的真相你是清楚的？"

"我怎么对熊绍峰的，就会怎么对黄雨虹，毕竟搞政法工作的，对取证还是有一定心得的，在这种关系中我都是会留下所有证据的。黄四海是故意杀人，我有铁证，回去就交给你们……"

"黄雨虹在我们这几个案子里面都是相当有存在感啊！除了熊绍峰的事情之外，和米振东、白小莲、振东施工队都有千丝万缕的关系，你是不是也给我们解解惑啊？"

"其实说起来也很清晰：米振东、白小莲都是李美娟孤儿院的人，李美娟的死让他们发了毒誓，一定要报复相关的人，冯组长、黄雨虹都是他们最想报复的人。冯组长的爱人郑玮丽不就是因为这个死的吗？黄雨虹因为成了'首富'，报复起来麻烦一点儿……白小莲亲自出马牺牲色相，挑动黄四海在激情之下杀了肖萌，终于将黄四海送进了监狱……"

"黄雨虹察觉这一切之后，把白小莲也送进了监狱？对不对？"

"是，冯组长分析得很对。黄四海案件之后，黄雨虹查到了白小莲的背景，也知道她做了什么……黄雨虹不动声色地利用波动网的平台优势，让鲁春阳放手和白小莲玩猫鼠游戏……白小莲这个人有虚荣心，既要报仇，又要享受网络作家创作带来的快感和收入，就非常希望能更火……这种虚荣让她从黄四海和肖萌之间的玩物转化成了鲁春阳的玩物，鲁春阳把白小莲包装成一个网络作家，让她出名……可惜她自己的天赋和能力有限，说实话姿色也有限，可以炒作的话题不够……所以，虽然鲁春阳花了非常大的气力去包装她，但是她始终是不温不火，写的几本小说想改编成影视剧也始终没做成……"

"你是说，白小莲参与犯罪，确实是鲁春阳使的坏？"

"冯组长，我既然倒了，就会知无不言，请你相信我……因为这种非常渴望成功、出人头地的虚荣心……最终鲁春阳利用白小莲日常生活中的各种细节，给她设置了各种陷阱，并利用录音、录像、拍照及其他方式，把白小莲包装成为多起谋杀案、伤害案、经济案的策划者、参与者……更可怕的是，鲁春阳利用杨洪涛使用振东施工队的机会，悄悄用童小娟的身份证号登记了卫星电话，再用卫星电话在合适的时间与白小莲通话，最后再让冼友文把电话悄悄藏到米振东的储物箱里……这样，就完美地把米振东和外头联系上了……"

"这都是你帮忙出的主意吧？没有你的设计和配合，我相信黄雨虹他们想不出这么缜密和狠毒的点子……"边国立问道。

"边队说得对，我是参与了，但只是大的战略层面，具体的事情，比如邓耀先被杀的事情，这样的事情我是一点儿都没沾的……简单说，黄雨虹的策略是：既然米振东和白小莲带着振东施工队一起来向我黄雨虹复仇，那我就将计就计，不光玩儿了你们李院长的女儿白小莲，还用高价利用振东施工队或孤儿院的杜鹏、常胖子之类的人替我做些违法犯罪的事情，比如借他们的手杀邓耀先……这样，把他们包装成黑恶势力，再把米振东包装成遥控外面施工队实施犯罪行为的黑恶势力头子……"

"你这是何苦呢！过去你嘴上讲的那一套，难道自己一点儿都不相信吗？我还记得你当时生病了，没去参加'十大法治人物'表彰大会，但你写的发言稿是罗欣然代你念的，我现在都记得你说的话，不忘初心对于一个政法人来讲，就是永远牢记公平正义，牢记'人民的正义'……张友成书记后来讲的'人民的正义'，都是受你的发言稿启发而来……你是怎么弄的？从一个检察系统的先进人物变成了黑恶组织的'保护伞'？"

"对不起，冯组长、边队长，让你们失望了，我其实很早就知道自己毁在什么上了……这是个致命的原因……冯组长，你身上也是存在的，就看你能不能控制好它……"

"是吗？我身上也有？是什么啊？"

"刚才我说到白小莲的时候，就说过这个词……"

"虚荣？"冯森眯起了眼睛。

"果然瞒不过冯组长……美国电影《魔鬼代言人》是让我非常震撼的一部电影，里面有一句撒旦说过的话：'虚荣，是我最爱的原罪……'"武强叹了一口气，"我能坐到现在这个位置，能被评为'十大法治人物'之一……甚至袁检察长、张友成书记在不久前和我的谈话中，都暗示我还会有长足的发展空间……我心里是清楚的，我在这个行业里，有非常强的能力，足以支撑我走向现在不敢想象的职场高位……"

"既然这么清楚自己的前途，为什么不控制一下自己呢？虚荣这个东西，有那么大的杀伤力吗？"

"边队长，那是因为你没有那么强的虚荣心。我，武强，当年以东川省文科高考状元的身份考入政法大学，从本科四年到研究生毕业，一直处在对同学碾压级别的优势之中……毕业之后，我主动要求到一线基层检察院充当公诉人，成为法庭上绝对的明星……当时还有人说我离开省城海平，想再回来就难了……但是，我到波立市检察院工作两年之后，就因为取得的成绩马上被省检察院看中了，当时的公诉处处长杨云波一直想把我调到他手下……"

"这件事情我很清楚，我当时也在波立市。"

"是啊……我一直是骄傲和目中无人的，我的心中只有法律，只有真理，我认为自己是掌握了真理并能在我国体制之中娴熟运用它的人……而且，我自恃信仰笃定、意志坚强，认定自己百毒不侵，一直非常骄傲，把自己放在远远超越常人的层次来定位，诱惑普通人的那些东西如金钱、美女，根本就不在我的视野范围之内，我追求的东西，远远超越了这些……"

"这可矛盾了哈，武强，你这一屋子的钱……"

"这是发展到最后阶段出现的……并不是我真心追求这个东西……"

"你这故事还挺曲折，接着讲吧。"

武强从旁边拿过一幅"天下为公"的字，苦笑着："我第一次沦陷，其实就是因为这个……当我成了法庭上绝对的明星之后，无数惹上官司的人开始找到我，试图用各种方式来突破我的防线，让我为他们服务。因为在他们的眼中，只要我愿意，无论对方是否有罪，我都能让他们无罪，或者极大程度地减罪减刑……我毫不例外地一一拒绝……"

"不用讲那么细了，简单点儿讲，就是有人利用了你的书法爱好进行腐蚀，对不对？"

"是。在一次书法交流会上，有人发起了一次有奖猜谜活动，奖品是仿制古代的圆洗，谜题是猜测一幅被盖上的字是哪位大家的，一开始只露出一个字，如果没人猜中，再露第二个……如此类推，看谁最先猜出……结果刚露出一个字我就猜中了，是米芾的《知府帖》……"

"厉害！厉害！"冯森竖起大拇指。

"厉害的不是我……是背后设局的人。猜中有奖，这本是一个小游戏，我以为自己有本事，也认为自己拿这么一个小奖无伤大雅……但谁也没想到，我拿到的那个仿制的奖品……不是仿制的，它是真的北宋汝窑制品，估价少则千万，多则上亿啊……我对书法有钻研，但对文物是一窍不通啊……等我发现真相的时候，一切都已经晚了……"武强捂着脸哭了起来，"从那以后，我……我就放弃了……"

"是谁设的局？"

"黄雨虹……那是 2005 年，阿里巴巴收购雅虎中国全部资产的时候。当时，黄雨虹的喜由网因为违规经营，遇到了巨大的危机，面临倒闭的风险，能不能在法庭之上赢得多起诉讼，是黄雨虹入狱还是成为'首富'的关键……他下了血本给我设局……而我，一个最有能力、最骄傲的公诉人，因为一个小小的瓷盘子，不得不与他成为同盟……"

"你完全是可以挣脱这种命运的，以你的聪明，以你的法律知识，你完全明白的。"

"不……黄雨虹设的局是全方位的。他通过电话录音等方式，在我不知情的情况下，录下了一些莫名其妙的话，后来我才明白过来，这些话很容易解读出我同意收下那个价值连城的汝窑圆洗……我说不清楚了……如果真的撕破了脸，我虽然不至于坐牢，但至少会在我的职业生涯中留下严重的污点，会直接让我此前奋斗的一切都付之东流……"

"你太自信，导致你过于低估组织的智慧……这种情况完全是可以说清楚的……"

"是啊，现在我也明白，是说得清楚的……可当时就认为说不清楚……你说得对，我低估了组织的智慧，有你、边队长、张书记这样的人，我……我真应该……"武强绝望地看着窗外。

"武强，我有一个感觉，你没有自己想象的那么聪明。你把别人、把组织都当作一个不明事理、不讲道理、没有智慧的对象去看待。说白了，还是你自己的智慧不够……"

"边队长说得对……这也是我这两年感觉到幻灭的原因……我以为自己是最聪明的，可后来我发现自己因为那么一件小事就可以错得这么远，那我怎么能证明自己是最聪明的？仔细一想，原来我也就是一个庸人而已……想到这一层，我是非常绝望的……这一切发展到这个地步之后，我才知道，自己是多么愚蠢！多么荒唐！因为那一件事情，我破罐子破摔，收下了两千多万的钱……我其实一分都没花过……我根本没必要攫取这些纸片儿！没有任何意义！你们的生活，才是真正的有意义……我现在想明白了，我……我太后悔了……现在看看你们……身上没有任何包袱，可以放心大胆地追求真理、追求公平、追求正义，那是多么美好的、伟大的事情……我非常非常羡慕你们，你们脸上的表情都跟我不一样，你们脸上自带着正义的光芒，这就是信仰的力量……尤其是冯组长，你爱人死得那么惨，你都能一直忍着，一直在帮别人排忧解难、维护正义……我……我太后悔了……我多希望能继续跟你们一起战斗……真的……"

武强说到这里已是痛哭流涕。

冯森静静地看着武强，待对方情绪稍微稳定一点后，缓缓开口："现在我要问最后一个问题，关押着几千人的监狱，拥有那么多尽职尽责的干警，只有一个罗劲松配合你，你觉得有可能完成这么多暗箱操作并不被发现吗？"

武强抬起头，脸上露出苦笑，他小声地说着："来了，来了，终于说到这儿了。"

"那就把最后那个人说出来吧。"

武强脸上带着奇妙的笑容，他看着冯森请求着："我能站起来吗？"

冯森点点头。

武强站了起来，伸出手到那堵钞票墙上一拉，那一堵钞票墙马上就垮塌下来，露出挂在背后的一幅书法作品，上面赫然是遒劲的隶书——天地有正气。

"这不是你的字！"冯森吃惊地说。

武强点点头，缓缓地说："是啊，这不是我的字……这是老监狱长王剑鸣的字。我做的这一切，如果没有他的配合，根本是不可能完成的……我的这些钱，包括游艇，所有这些身外之物，都是他和我共有的……我们其实没法享受这些钱和奢侈品，我们唯一的享受，就是时不时地来看看它们，知道它们的存在……"

冯森板着脸看着武强，轻声地说："据我所知，王剑鸣因为癌症卧床已久，生命垂危，前不久已经进入深度昏迷了……"

武强哈哈大笑起来，笑得眼泪都出来了。笑完之后，他看着冯森说："我知道的东西都说了……王剑鸣还有什么秘密，第一监狱里面还有没有他的人，我就不知道了，你只能去问他了……"

冯森站起来，心情沉重地来到门口，让警察把武强押出去。游艇已经到码头了。戴手铐的武强从房间里出来走到了甲板上，停下脚步站住了。

"怎么？还舍不得走啊？"一旁的边国立拍了拍武强的肩膀。

"除了痛悔之前犯的错之外，在这个世界上我已经没有任何舍不得的东西了……我只是有点儿好奇，我们设计得完美的应对策略，怎么冼友文就非要故意露出一个破绽呢？这是我百思不得其解的一个问题……他想要挪用那十五万元的现金，完全可以找我要啊……"武强皱起了眉头。

"陈监狱长和禹时进他们已经审完冼友文了，他什么都说了……他在内心深处把长龙健身中心那两百多万元看成自己的小金库了……就像你把这游艇看成自己的小金库一样……他根本没想到会真有用到那些钱的一天……没想到突然熊绍峰事发，需要马上落实栽赃的时候，里面缺了十五万元，他只好临时去取了十五万元，留下了破绽……"冯森笑了起来。

"那十五万元究竟是做什么用了？"

"他觉得对不起他老婆，平生买了唯一一件奢侈品——一个爱马仕的包，作为送给老婆三十八岁生日的礼物。可惜啊，他不敢说那是真货，他老婆就以为是假货，整天用那个包买菜、装狗粮，让小狗拖在地上蹭……把冼友文心疼坏了……"

武强放声大笑起来，笑声充满了悲凉。站在一旁的武警很快把武强带下了船。

冯森和边国立走向游艇栏杆，看着远处的大海，神情舒展。

"该去找米振东谈谈了吧？"

"其实米振东即使什么都不说，我们掌握的人证、物证也已经足够给他定罪了……不过，我还是很想跟他谈谈……"

冯森怀着放松的心情来到省第一监狱门口的时候，刚一下车，就听到一个激动得变调了的声音传过来："冯组长！"

冯森转过头，看到熊绍峰、禹时进、庞伟三人正站在他身后。

"熊副检察长，恭喜你！我们过去都错怪你了！你是好同志！"

"谢谢！谢谢你！老冯，我自己都开始不相信自己了，是你救了我……谢谢！谢谢！"

熊绍峰上前来一把抱住冯森，眼泪流个不停。

冯森眼圈也红了："绍峰同志，是我对不起你……我和张书记、陈明忠设的计策，主要是为了把'甩棍'和黄雨虹这些家伙逼出来，但这个过程中不能公开我们的想法，所以让你受了委屈，我非常过意不去……"

"我熊绍峰经受住了考验，对不对？"

"当然，当然！我刚才已经说了，你是好同志！24K的好同志！"

大家一起笑了起来。

三十五

冯森、罗欣然、郑锐三人来到了二监区门口。

"准备好了吗？"

"我没问题。"罗欣然点了点头。一旁的郑锐也点点头，没说话。

"按照我们掌握的证据，拿下米振东已经没问题了。为什么还要提审他？小锐，你知道吗？"

"为了让他亲自认罪！"

"这是一方面……更重要的是，作为一个执法者，我们能不能在拥有利用国家机器剥夺他的自由、甚至是他的生命的这种不对等权力之时，让他认同我们的执法理念？让他真的心服口服？让他放弃他自己坚持要维护的所谓的'忠义'，而认同我们讲的'人民的正义'？"

"我明白了，我会控制情绪，配合您的。"郑锐郑重地看着冯森。

"那我们开始吧。"

三人来到审讯室坐好，对面坐着双眼微闭、似乎已经入定的米振东。

"米振东，冼友文、武强已经落马，这对于你来讲，可能是一个好消息，否则，他们一定会把你栽赃成黑恶势力的头子，让你替黄雨虹背上这个锅，明白吗？"

"明白，冯组长，我很感谢你除掉了你们内部的害群之马，让我可以少受点儿罪。"

"那我们是不是有一个可以交流的平台了？"

"那看要交流什么话题了。"

"说实话，米振东，追了你十年，终于弄清了你布下的重重迷雾，也知道了你的用心……在某种层面上，我其实还是挺佩服你的。"

"多谢冯组长谬赞。"

"只可惜，我们不是同一个宇宙。你还生活在古代，一种讲究快意恩仇的侠义江湖时代；而我是政法大学培养出来的专业人员，又经过政法机构的长期实践，做事情完全是依法办事，不可能像你那样痛快行事……"

"那你现在应该知道，什么样的方式是最有效的了吧？"

"有效，可能是你说得痛快了。但是，如果手上有了审判大权，轻则拘禁或伤人，重则夺命或灭门，那就不能只讲痛快，而是要尽可能给更多的人公平正义……你说对吧？"

"冯组长讲的所谓'更多的人'……可能不包括我们这样的小人物吧？"

"法律有点儿像老子说的'天地不仁，以万物为刍狗'，它的威慑和温暖是笼罩所有人的，并不会区分大人物或小人物……它不讲感情，也不会冲动……"

"冯组长跟我讲法律理论，我显然是讲不过了，这是您的专业。您不能怪我不配合，是您不给我这个交流的平台。"

"好，我拿具体事件来论证我说的话吧……比如说鲁春阳联合武强、冼友文等人，煞费苦心地想把你包装成黑恶势力头子，把你的施工队包装成黑恶势力，你爱人为了对你忠诚，甚至不惜以死为证……这种情况下，如果没有法律机构出面，你觉得靠你的快意恩仇，靠你的江湖规矩能解决得了吗？"

"我解决不了。黄雨虹已经是'首富'，他能动用的资源，完全是我无法想象的。"

"你瞧，我们给你解决了……不管你和你的施工队还有没有别的事情，至少我们不会把你当成黑恶势力头子了。"

"这一点我确实比较佩服，通过我的观察，这些年国家的法治建设确实有了许多进步，在一些影响比较大的事件上能够快速解决……另外，因为有了网络这个武器，老百姓也可以比较方便地行使舆论监督的权利了，现在的维权环境比过去强多了。但具体到黄雨虹的事情，其实与大环境没有关系，是因为有了你这样的……这样的同盟……"米振东皱起了眉头。

"什么同盟？"

"因为你和张友成是同盟，而黄雨虹试图用资本架空张友成的权力，你们当然要灭掉他了……就像当年，我养母李美娟影响了黄雨虹、你和张友成的利益，你们当然也要灭掉她的孤儿院……不过，无论是出于什么原因，在这件事情上，你还是帮了我。你刚进来的时候我就表示过感谢了，现在再次谢谢冯组长。"

"法治进步、舆论监督进步，这两点我是同意的。但黄雨虹的问题并不是因为他触犯了张友成的权力，而是因为他确实犯罪了，明白吗？"

"如果现在是黄雨虹掌权，他也能说出同样冠冕堂皇的话来。因为这十多年来，你们对李美娟的黑化也是很严重的，说她是碰瓷儿，说她拿着办孤儿院的钱去国外整容什么的……这都是一个套路。"米振东一脸不以为然。

"为什么你就不能相信政府和法律呢？当年李美娟的势力其实是非常小的，现在黄雨虹的势力是非常大的，这两个人没有什么可比性……但最后法律都给了他们一个公平的定性。怎么在你这儿就都变成利益之争了？不搞阴谋论就没法讲话了吗？哪怕这种可能性只有万分之一，你也要给政府万分之一的机会来解释和澄清吧？"

"我养母李美娟因为黄雨虹的推土机窒息而死，我养父白继发被徐大发设计车祸陷害而死，沈广军帮助保险公司出具虚假证明，让他在九泉之下无法瞑目……怎么叫我没给政府万分之一的机会解释？白继发车祸致死的时候，交警事故科不是政府的吗？他们并没有查出真相就给认定了车祸的事实……李美娟的事情你就更清楚了，你是当时的公诉人，是你亲自认定黄雨虹无辜的，你不是代表政府吗？你给我们这种小人物申冤的机会了吗？你要么就坐在严严实实的武警守门的机关大门里，要么就是站在法警把守的法庭大堂上，高高在上，无法接近，谁敢靠近就收拾谁，你哪有什么万分之一机会的说法？是我们需要这万分之一的机会去申冤吧？"

"执法机构为了确保正常运行，当然要设立门岗了，但门岗旁边不是有接待室、信访室吗？"

"你现在要把球踢到另外一帮人那里去吗？"米振东哈哈大笑起来。

"没有那个意思。就事论事，白继发的案子是徐大发、沈广军长期利用车祸骗保、证据做得非常到位，导致事故科没有查出问题来，这是我们的工作失误，是可以提起重审的，只不过，徐大发已经死了，沈广军也已经受到了惩罚，重审也没有太大意义……但是，李美娟的案子没有问题，这是我经手的，法律上没有任何问题……"

"我同意你的说法，法律上没有任何问题。但我也请你理解我的情感，我必须为李美娟复仇。同理，我也要为白继发复仇。"

"这么说，你是承认自己参与了徐大发和郑玮丽谋杀案？"

"冯组长，你一到橙州，对沈广军的案子一出手，我就知道自己走不掉了。不过，这是我自己的心理预期，并不代表我会轻易放弃自己的生命……我刚才也讲了，我必须为养父养母复仇，但能不能让我亲口承认，还得考考冯组长的功力，万一冯组长是个草包呢？那我可能就要出去了。"

"草包？我当了十年草包了。"

"十年前我就想过可能会有一天，要和你有这么一次对谈，现在终于盼到了，当然不能浮皮潦草直奔结果了，对不对，冯组长？"

"当然，你藏了十年，我追了十年，如果你现在直接交代结果，那就像一部百集电视剧刚播个开头，你就告诉了我结尾，那岂不是大煞风景？"

两人对视，同时哈哈大笑。

罗欣然和郑锐没笑，两人静静地看着冯、米二人。

笑声停下，屋子里陷入一片寂静。

冯森看着米振东，深吸一口气："沈广顺、束立可、江向阳、彭会军等人与郑玮丽谋杀案的关系，束立可等三人和傅明月关于费书平谋杀案的关系……你应该都清楚了吧？"

"当然……你们肯定已经做足了功课才到我这里来的。这一点我是相信你的。"

"沈广军的'930杀人案'你就更了解了，不用我多说了。"

"是……我们是先从郑玮丽的案子开始吗？你费了这么大的气力，不就是想为你爱人复仇吗？只要你能给我足够的理由，我一定会满足你的。"

郑锐脸上露出急切的神情，张嘴想说什么。

冯森按住了郑锐。

"郑管教，等不及了？"米振东扭头看向郑锐。

郑锐看一眼冯森，不说话了。

"郑玮丽的案子不急，反正已经等了十年……我们是'930杀人案'专案组的成员，当然首先要聊'930杀人案'了！"冯森笑了起来。

"冯组长，举贤不避亲，破案也可以不避亲嘛！郑玮丽是十年前死的，按时间顺序来讲，不也是挺好的吗？"米振东嘴角也跟着露出微笑，"冯组长可以接受吗？因为先谈郑玮丽有可能让你情绪出现波动……"

"无所谓！宋丽敏、沈广顺、束立可、江向阳、彭会军五个人合伙杀害郑玮丽的案子已经成立了，虽然宋丽敏已经死了，但沈广顺和另外三人的供词已经足够了。"冯森哈哈一笑道。

"你的目标不是我吗？你拿什么来证明我与此案有关？"

冯森头往前凑了一下，说："拿你的信仰。"

米振东一愣。

"你的姐妹宋丽敏因此案而死，你的兄弟束立可等三人也因此案入了大狱，也有可能判死刑……你的信仰不是'忠义'二字吗？你会眼睁睁看着他们为你而死？"

"我想打听一下……如果他们三人真的参与了谋杀郑玮丽的

事情，法律真的能判他们死刑吗？他们只不过当保安、电工、物业工作人员，他们并没有亲自做任何伤害郑玮丽的事情，这样也能判死刑？"

"以我对法律的了解，如果只是郑玮丽一个案子，他们三个死不了。但是，你的初恋情人傅明月的丈夫费书平之死，性质就比较严重了……"

米振东脸上掠过了不安的神情。

"他们在滨海浴场以假装救人的方式淹死了费书平，这个性质是非常恶劣的。如果再加上郑玮丽谋杀案，还有策划、指使华泰商场伤害胡大军母亲案，数罪并罚，他们三个中间，至少有一到两名主犯有可能判死刑……他们表现很好，很讲义气，没有任何人说这些事情跟你有关系……所以，这就涉及你的信仰了，如果你讲'忠义'二字，那你就要问问你的良心，你是不是要看着他们被枪毙，自己无罪释放？"

"好，我确实无法让自己兄弟为我而死，你赢了。杀死郑玮丽，全是我出的主意，宋丽敏去骗的沈广顺，束立可他们三个根本不知道我要做什么，他们只是在莫名其妙的情况下执行我的设计，他们是无辜的……他们现在交代的，只是后来我给他们解释的那个设计……另外，费书平被淹死，也跟束立可他们三个没关系，他们确实用支付宝买票进了滨海浴场，但我为这件事情专门学会了潜水，我是背着氧气罐从防鲨网外围潜到浴场里，从海底拉着费书平把他淹死的……束立可他们三个是真的在救费书平，他们没有任何一个动作是在伤害费书平，因为一切都是我在水下完成的，他们完全没必要……这两个案子，我都能提供非常详细的策划细节和具体的物证，包括当时我从费书平游泳裤兜里掏出来的浴场储物柜号牌和钥匙……"

"米振东，你刚才提供的证词，在郑玮丽一案上，能大大减轻束立可三人的罪行；但费书平案中，他们三人并不像你说的那样无辜，他们虽然做的动作完全是救人，但他们的目的是阻止其他人来救人，以便让你有足够的时间和空间完成杀人动作……从这个角度来讲，他们三人还是有罪的……"

"但罪不至死，对吧？"

"刚才这两个案子，如果你真的能提供具体物证和各种更深入的真实细节，以证明你是这两起案件中的主犯，那束立可三人的罪行会大大减轻，很可能刑期会在二十年以内……"

"那我就值了。"

"'930杀人案'是不是也可以揭开谜底了？"

"不，我早就不怕死了，所以，现在的乐趣不在于我能不能争取活下来，而是在于你有没有办法说服我？我很期待。"米振东玩味地看着冯森。

"那你还想再听一遍大拇指指甲盖的事情吗？"

"你要愿意，可以一直重复那点儿可怜的证据。"

"放心，我们还有别的证据……公安机关已经查明：案发当天，你曾经出现在被害人徐大发家附近！只不过你经过精心伪装，逃过了所有的监控设备，然后偷偷钻进了徐大发的汽车后备厢，跟着车一起进了橡树林！然后再从后备厢里出来，杀了徐大发！杀完人之后，引诱沈广军到来，再经过沈广军一系列的举动后，你又藏到沈广军汽车的后备厢里逃出橡树林，因此没有在任何监控探头上留下记录！而且你出了橡树林，马上就跑到附近一处别墅区实施盗窃！这样，就再也没人怀疑你去过橡树林了！对不对？"

"冯组长，其实我挺同情你，因为无论你怎么说，还是没有实证。大拇指指甲盖的证据是这样，刚才你说的这一段话还是这样。就算大拇指留在视频里，也只能证明我拍了视频，而无法证明我杀了人。同样，就算我真的通过徐大发车子后备厢进了橡树林，又通过沈广军的汽车后备厢出了橡树林，还是无法证明我杀了人。您说是不是？"米振东扭头又看看罗欣然、郑锐，"罗主任、郑管教，你们说呢？"

郑锐哼了一声。罗欣然冷笑了两声："米振东，今天是冯组长要提审你，本来我今天不想说话，既然你问我意见，那我可就不客气了！"

"愿闻其详！"

"要我看，你就是个彻头彻尾的懦夫！"

"戴帽子没用，您得说具体的。"

"米振东，你口口声声说你是为了复仇，其实在我看来，你不是复仇，你做的一切，其实是为了成就自己！你是一个极度自私的家伙，你做的事情并没有带给任何人幸福、希望，也并没有主持任何正义！你只是一个打着正义旗号的嗜血狂魔！沉浸在变态折磨他人的快感中，享受着毁掉别人家庭的快感，你也不敢享受自己的爱情！你爱傅明月，可你真给了她爱吗？你觉得自己出身卑微不能给她幸福，就把她推向了火坑！在傅明月遭受家暴时，你又用极端手段毁了她全家……"

"您这是搞正能量演讲吗？这不像一个检察官说的话呀！"米振东脸色有些苍白，但他仍然保持微笑。

"检察官该怎么说话，用不着你教！我告诉你：你的人生完全是错乱的！你心里住着一个怯懦、自卑的魔鬼，而你拜的却是忠义英雄关羽。你以为拜谁就会成为谁？错了，你内心的交战，最终是魔鬼战胜了天使，你没有成为关羽。你成了嗜血狂魔！成了贴着关老爷标签的冷血杀手！你在复仇过程中，虽然完成了所谓的报复行动，但涉及的无辜远远超过了你想主持的正义：郑玮丽、苗苗、宋丽敏，你还害了傅明月和童小娟。可以说，你是一个专门假借正义之名残害女性的阴暗小人……其实，你是一个懦夫，为了克服自己内心的怯懦，不敢去面对真正正义的法律，也不敢直面加害你的人，只敢在阴暗角落里偷袭对方，或者偷袭对方身边弱小的亲人……最有代表性的事情，是你把心爱的初恋情人傅明月送上了家暴之旅，最终又靠这种手法去杀人报复。如果当初你克服内心的自卑，勇敢地与傅明月结为夫妻，这一切都不会发生，你现在一定是一个非常幸福的男人……而你和童小娟结婚，是你从那些侠义故事里吸取到的封建糟粕造成的！童小娟只不过是因为她被人侮辱了，你认为这样的女人低人一等，你可以驾驭得了这个关系，因为对方有了缺陷，你的自卑才得以承受……"

听到这里，米振东忽然哈哈大笑，声震屋瓦。罗欣然不说话了，静静地看着米振东。

冯森敲了敲桌子，米振东安静下来。

"怎么？说到你的痛处了？"罗欣然问道。

"三位，你们仔细看看我的脸，看到痛的感觉了吗？"

三人看着米振东，米振东一脸泰然。

"没有。"冯森开口了。

"还是冯组长了解我……刚才罗主任说得不错，我在执行复仇计划的时候，确实伤害到了一些人……因为罗主任的性别，所以她专门从女性视角进行了总结，说我伤害的全是女人，包括我的恋爱、婚姻，全都是扭曲的、残缺的，是封建糟粕……对此，我只想骄傲地说，我们这种不入流的底层小人物确实是糟粕，但我跟我爱人、傅明月是有真感情的，她们愿意一辈子陪在我身边，不像某些人，三十好几了谈个男朋友，结果不光被人家白玩儿了，还差点儿送掉命……"

"米振东！你老实点儿！别以为没办法收拾你！"罗欣然脸色变得苍白，郑锐一拍桌子站起来。

"当然，你们不就会这一套吗？这就是你们的正义？你们骂我可以，我说几句不好听的实话，你们就要收拾我了？郑管教，电棍要拿来吗？我奉陪……"

郑锐气得胸部剧烈起伏，罗欣然拉着他坐下。

郑锐、罗欣然两人脸色都不好看，只有冯森一直笑眯眯的。

"看来，你对自己做的一切非常骄傲，对你和你的伙伴们付出的代价，也觉得是值得的，是有理论依据的，是吧？"冯森笑着点点头。

"当然……上下五千年，我们的历史上曾经出现过多少这样的仁人义士！尤其在复仇这件事情上，可以说有辉煌的历史，极其动人……就是这些义士，鼓舞着我们这种升斗小民，敢于拿起自己的武器，向那些无法接近的势力发出我们的怒吼！"

"能举一个例子吗？"

"我最佩服的，是春秋战国时期的晋国人豫让！豫让作为谋士，曾经给范氏当过家臣，又给中行氏当过家臣，但都没有受到重用。后来他给智伯当家臣，受到重用，他非常感激智伯……

后来智伯被赵襄子所杀，他就用尽一切办法去刺杀赵襄子……"

"是，豫让不惜吞炭毁了嗓子，还故意在身上涂漆导致全身长满了癞疮，弄得人不人鬼不鬼的，这样才去伏击赵襄子……"

米振东脸上露出崇敬的神情："古人对于知己者尚能如此，我米振东被养父养母收留悉心照料，我的命都是他们给的，他们被人害了，我当然不顾一切，不管付出什么样的代价都要为他们报仇！养父白继发死的时候，我们还很稚嫩，也没想到好办法，就容忍沈广军和徐大发这一对奸人先活着；但在仇恨的煎熬中，我们每天都在思考如何复仇的问题……结果，养母李美娟又被活活埋在墙下窒息而死，这超越了我们的极限，也让我们在绝望中迸发出无穷的智慧，所以我才从日本作家的小说中得到了灵感，设计杀死了郑玮丽……"

"我们国家的历史上，确实有很多动人的英雄事迹。但是，你觉得你真的明白他们会流传下来的原因吗？比如豫让？"

"当然。"

"那你知道智伯被杀、头盖骨被漆成酒器放在桌上之后，豫让曾经应聘赵襄子家的仆人，他完全可以慢慢获得赵襄子的信任之后再刺杀的……为什么他不那么做，非要把自己弄得人不人鬼不鬼之后再去野外行刺？"

"为什么？"

"当刺客复仇并不是豫让最动人的地方，最动人的地方是，他因为受了智伯的欣赏才决定为智伯报仇，但他不愿意套取赵襄子的信任之后再刺杀，因为他觉得用获得一个人信任的方式来杀他，是不仁不义之举……所以他用了最痛苦、最艰难的办法去行刺……"

"是这样的吗？"米振东很诧异。

"当然……而且，他也并没有追求那个复仇的执念……更没有为了保全自己而宁可更多地伤害无辜……他最后的选择是用剑刺了赵襄子的衣服三次，然后自杀身亡……《史记·刺客列传》原文是：'襄子大义之，乃使使持衣与豫让。豫让拔剑三跃而击之，曰：吾可以下报智伯矣！遂伏剑自杀。'意思是，赵襄子佩服豫让侠义，就让人把自己的衣服拿给他，豫让多次跳起来击刺衣服，然后说九泉之下他可以报答智伯了……"

米振东呆呆地看着冯森，但眼光已经发散。

"豫让是真正的舍生取义，你们不是，你们是苟且私刑。两相比较，如日月之于爝火，如天地之于蝼蚁，根本没有任何可比性……现在，你还觉得自己是正义之举吗？"

"我承认，以前我们没有想到舍生取义，只想要先自保，再复仇……但那也并没有错，你不能要求我们一起去送死！我们不能一起举着菜刀冲到仇人家门口去，那样会死得很快……我们虽然是蝼蚁、小人物，但我们也有追求幸福的权利，我们不想鸡蛋碰石头，我们选择以蝼蚁的方式，在我们的洞穴里，悄悄观察仇人及其相关的人露出破绽，然后出手偷袭……这是我们无奈的选择……但现在，你不能再指责我了，我已经承担了全部责任，我自认为自己仍然是正义之举……我为自己做的事情付出代价就行了……而且，我这条命还能换回兄弟们的命……我是光荣的，没有辜负'忠义'二字……至于你反复提到的郑玮丽这样的无辜之人，我认为你不能苛求我们……在那种情况下，我们能怎么样？当我们求告无门、没有任何路径可走的时候，当我们无力伤害更强大的对手的时候，我们只能躲在阴暗角落里，用间接的手法，去间接地给你们造成伤害，从而达到复仇的目的——你能说这是非正义的吗？"

冯森反问道："这么说，只要自己受了冤屈，就可以开车在广场胡乱撞人，冲到商场里无差别地杀人，守在幼儿园门口屠杀幼童……这些就都是正义之举了？"

"这不是一码事儿。"

"没有本质不同啊。"

"既然这样，那我就要说，郑玮丽之流并不无辜。"

郑锐恨恨地瞪着米振东。

"她怎么不无辜了？就因为她嫁给了我吗？"

"不……因为我们没有能力向你、张友成、黄雨虹这样的人复仇，我们甚至无法接近你们，或者有办法接近你们，向你们复仇会付出非常惨重的代价……但我们作为最底层的普通老百姓，心头那一口气必须出出来！实在没有选择的情况下，只能发泄在你们的家人身上……这与幼儿园杀孩子完全是两码事，杀幼儿园陌生孩子的人是疯子，他们只是制造事件引发社会关注，我们是完全不同的……因为你的爱人毕竟与你不是陌生人，她的任何事情都能直接作用在你身上……我们选择她，也是万般无奈之举……"

郑锐已经泪流满面，他的情绪已经控制到了极点。

"你的养母出了事，我只是按照法律办事，维护了法律赋予的公平正义，你就杀了我爱人。按照你的逻辑，我爱人完全无辜被杀，我是不是也要去杀了你的爱人？"

"是你害我养母李美娟在先，是你的错，你不能再报复我的家人。"米振东感觉有点儿不对劲，但还是本能地反驳。但说完这句话之后，他也有点儿发愣。

"这么说，一个人该不该死，这个标准就掌握在你一个人手中了？"

"冯组长，你没必要上纲上线，我只是从很朴素的角度出发，为自己的养母报仇而已，不能扩大到什么标准上去……别的事情我不记得，我只记得每天晚上，我都能梦到养母被压在墙下窒息而死的喘息声，我实在无法入睡……这个仇必须要报啊！"

"窒息而死的喘息声……窒息而死的喘息声……那个声音……也一直在我的梦里出现，你说我该找谁去复仇呢？"

"郑玮丽并不是窒息而死的。"米振东很诧异。

"可苗苗是窒息而死的，她是被活埋的！"

米振东一脸震惊："什么？"

"苗苗和小米年龄相仿，你的女儿是你的心头肉，沈广顺和宋丽敏的女儿却因为你窒息而死……你觉得一个完全无辜的孩子的死，和一个碰瓷的李美娟的死，究竟哪一个更应该去复仇？"

"不可能……不可能……"

"9月30日那一天，只要你在橡树林，无论你有没有杀人，你都是凶手！都应该被复仇！根据你刚才的逻辑，沈广顺完全有理由杀你的妻子、杀你的女儿，那是完全正义的行为！"

米振东脸色苍白，手指发抖。

"你在橡树林杀人现场拿着手机录像，你为什么不制止沈广军活埋苗苗？那你不就是帮凶吗？"

"不……不……这不可能。我米振东绝不可能帮他杀孩子……沈广军跑出树林之后，我并不知道他车上有人……后来，他又跑回来到车上救人的时候，我才知道车里藏着一个人！"

我……我承认当时犹豫了……本来我应该出来帮忙救人，甚至打电话叫救护车的……但是徐大发……就死在旁边，我不能打电话……而且，我心存侥幸，觉得沈广军在那里给苗苗做人工呼吸，在抢救……那样应该能救活……"

"你还有心情给他录像，这可不像是一个讲江湖道义的人做的事情！你回家去问过供在你客厅里的关老爷了吗？这样做对吗？如果你当时就出手救人，苗苗就不会被活埋了！"

米振东眼泪流了下来。

"苗苗死了……这是压死宋丽敏的最后一根稻草，她无法承受与你共享的秘密，这个秘密害得她家破人亡，她为了忠诚于你，只能选择自杀……所以，你不光害死了苗苗，也害死了自己的同盟宋丽敏……"

米振东哽咽着哭了起来，说道："这么多年，我一直在想着，身体发肤，虽然来自不知名的人，但我米振东的人生，全都是白继发和李美娟夫妇赐予的……为他们所受的不公主持正义，为他们的死进行任何形式的复仇，我认为是一种光荣！无论出现了什么失误，付出了什么代价，我认为自己做的一切都是值得的……这是身为人子必须尽的道义……这就是人间最大的爱——孝道！如忘此道，人与禽兽又有何异？慈父的教诲仍在耳边，慈母的笑容历历宛在，但他们或于车轮之下惨死，或于瓦砾之间窒息而亡……这种惨烈的记忆时时刻刻浮现在我眼前，日日夜夜在提醒着我不要忘记人间正道……复仇是我的使命，复仇是我的宿命，我米振东如果不行此'忠义'之事，有何脸面苟活于人世间……"

冯森、罗欣然、郑锐静静地看着米振东。

米振东忽然用头使劲儿撞着椅面："为什么？为什么？为什么这些支撑我复仇的想法全都不对了？为什么我以为对的事情……会有这样的后果……我追求的是正义，我没错啊！为什么现在错了？为什么？为什么啊……"

米振东哀泣起来。

"正义……一个多么美好的词！多么令人向往！一个社会如果想正常运行，公平正义是必不可少的基本原则！人民的正义，是每一个'我'的公平！但是，不是每一个'我'都能私下制定标准！如果每一个'我'都以自己的标准来追求正义，哪有真正的正义可言？正义的标准，怎么可能自说自话？你想为养父养母复仇，就私设公堂搞地下审判，滥杀无辜！黄雨虹想为儿子复仇，就把你米振东的施工队变成黑恶势力，把你老婆逼得自杀，把你们的小公主白小莲包装成杀人犯……这就是你们滥用私刑的结果！米振东，你有没有想过，如果真的都这样下去的话，社会就会完全崩溃，完全不可收拾，大家都回到丛林世界，只有适者才能生存！可我们现在是二十一世纪了！不是冷兵器时代了！必须有现代的法治意识了！说白了，世界存在不公之事，必须由最大多数人制定出一个标准，再由国家机器来监督执行！"

米振东颓然靠在椅子上，不敢再看冯森。

"每一个人心里都有一个魔鬼，一个天使……他们每时每刻都在交战之中！如果不能控制心魔，你自己就会成魔！一个好的执法者，更应该严格要求自己，每日必三省吾身！否则随时可能走火入魔！我爱人被害，我花了十年时间来调查……我早就知道是谁杀了她！每一个参与者我都查到了，这十年的时间，我只要稍微放纵内心的魔鬼，完全可以利用公权力，让这些人一个一个合理、合法地从人世间消失！可是，我控制住了！今天，我可以骄傲地宣布，我是一个合格的执法者！我没有辜负法律赋予我的光荣！我，一直为人民主持正义；今天，人民也给我主持了正义！这，才是真正的'人民的正义'！"

冯森说完，郑锐、罗欣然忍不住鼓掌，两人都眼含热泪。

米振东含着忏悔的眼泪，抬头看着带铁栏杆的窗户，仿佛在那里看到了回忆。在一种绝望之后的平静里，米振东居然露出了一丝笑容。

"米振东，你还有什么要说的？"

"我来过，我见过，我努力过……现在，我是四大皆空，静待轮回吧！"米振东轻声呢喃。

冯森慢慢站起来，转身往外走去。罗欣然、郑锐也跟着起身离开。

米振东安静地坐在椅子上，眼睛微闭，似乎已经入定。

三十六

米振东经检察机关审查起诉，人民法院以故意杀人罪判处死刑，剥夺政治权利终身，与前罪所判刑罚，数罪并罚，决定判处死刑，剥夺政治权利终身。

黄四海经检察机关依法抗诉，人民法院再审改判，以故意杀人罪，依法判处死刑，剥夺政治权利终身；以故意伤害罪，依法判处有期徒刑十年，数罪并罚，决定判处死刑，剥夺政治权利终身。

黄雨虹经检察机关审查起诉，人民法院以组织、领导黑社会性质组织罪、故意杀人罪、故意伤害罪、诬告陷害罪、行贿罪数罪并罚，依法决定判处死刑，剥夺政治权利终身，并处没收个人全部财产。

鲁春阳经检察机关审查起诉，人民法院以组织、领导黑社会性质组织罪、故意杀人罪、故意伤害罪、诬告陷害罪、行贿罪数罪并罚，依法决定判处死刑，剥夺政治权利终身，并处没收个人全部财产。

常子龙经检察机关审查起诉，人民法院以参加黑社会性质组织罪、故意杀人罪、诬告陷害罪数罪并罚，决定判处死刑，缓期二年执行，剥夺政治权利终身，并处没收个人全部财产，限制其减刑。

杜鹏经检察机关审查起诉，人民法院以参加黑社会性质组织罪、故意杀人罪数罪并罚，决定判处死刑，剥夺政治权利终身，并处没收个人全部财产。

束立可经检察机关审查起诉，人民法院以故意杀人罪、故意伤害罪数罪并罚，依法决定判处死刑，缓期二年执行，剥夺政治权利终身，并处罚金人民币二十万元，限制其减刑。

江向阳经检察机关审查起诉，人民法院以故意杀人罪、故意伤害罪数罪并罚，依法决定判处死刑，缓期二年执行，剥夺政治权利终身，并处罚金人民币二十万元，限制其减刑。

彭会军经检察机关审查起诉，人民法院以故意杀人罪、故意伤害罪数罪并罚，依法决定判处死刑，缓期二年执行，剥夺政治权利终身，并处罚金人民币二十万元，限制其减刑。

杨洪涛经检察机关审查起诉，人民法院以组织、领导黑社会性质组织罪、故意伤害罪数罪并罚，决定判处有期徒刑十五年，剥夺政治权利五年，并处没收个人财产五百万元。

罗劲松经检察机关审查起诉，人民法院以包庇、纵容黑社会性质组织罪、受贿罪、徇私舞弊减刑假释罪数罪并罚，依法决定判处有期徒刑二十五年，剥夺政治权利八年，没收个人全部财产。

武强经检察机关审查起诉，人民法院以包庇、纵容黑社会性质组织罪、受贿罪、徇私舞弊减刑假释罪、巨额财产来源不明罪、诬告陷害罪数罪并罚，依法决定判处死刑，缓期二年执行，剥夺政治权利终身，并处没收个人全部财产，在其死刑缓期二年执行期满依法减为无期徒刑后，终身监禁，不得减刑、假释。

冼友文经检察机关审查起诉，人民法院以包庇、纵容黑社会性质组织罪、徇私舞弊减刑假释罪、受贿罪、巨额财产来源不明罪、诬告陷害罪数罪并罚，依法决定判处无期徒刑，剥夺政治权利终身，并处没收个人全部财产。

沈广军经检察机关依法抗诉，人民法院再审改判，以保险诈骗罪、过失致人死亡罪数罪并罚，决定判处有期徒刑十六年，剥夺政治权利六年，并处罚金人民币十五万元，追缴个人违法所得人民币一百三十万元。

白小莲经检察机关审查起诉，人民法院以参加黑社会性质组织罪、故意杀人罪、诬告陷害罪数罪并罚，依法决定判处有期徒刑十五年，剥夺政治权利五年，并处罚金人民币十万元。

童小娟认罪认罚，态度较好，为正确贯彻宽严相济刑事司法政策，切实保障民营企业生产经营，经检察机关审查起诉，并提出量刑建议，人民法院以窝藏罪判处有期徒刑三年，缓期五年执行。

傅明月经检察机关审查起诉，由于其认罪认罚、故意杀人情节较轻，经检察机关量刑建议，人民法院以故意杀人罪，判处有期徒刑三年。

沈广顺行为不构成犯罪，检察机关依法作出不起诉的决定。

仍然是召开"东川省十大法治人物表彰大会"的那个大礼堂，仍然是原来那些人马（只是少了武强、冼友文、罗劲松这三个隐藏的蛀虫），在这里召开了关于"930杀人案"、黄四海杀人案、黄雨虹黑社会性质组织案、米振东犯罪团伙案、武强贪腐案的总结大会。曾经在这里喊出"人民的正义"口号的省政法委书记张友成，在会议结束之后，怀着复杂的心情带领同志们在门口留影。

令人震惊的是，胡雪娥再次捧着那面绣有"高义大善"的锦旗出现在人群中，这可把何树国吓坏了。罗欣然、熊绍峰、边国立下意识地就想扑过去阻止，而在外围等待张友成的郑双雪、张一苇、乔逸也惊着了，他们可不想再折腾一次了。只有冯森没有惊讶，他带着微笑，推开了拉着他的郑锐，慢慢走到胡雪娥面前。胡雪娥把锦旗的另一面翻过来的时候，所有人都充满喜悦地轻呼了一声。锦旗另一面绣着：人民的正义。

胡雪娥把锦旗交给了冯森，冯森动情地拥抱了这个饱经磨难、充满正义感的老太太。现场响起了热烈的掌声，但这掌声很快平息了，因为礼堂侧面的大屏幕上，正在播放黄雨虹的临刑忏悔。

所有人都围了过去，静静地看着屏幕上的黄雨虹。他正在记者面前痛哭流涕地说着："我最后悔的事情，就是当年在李美娟案上，张友成、冯森用法律给我主持了正义的时候，我没有顺着他们给我指的正道前进，反而自以为能钻法律的空子去捞偏门，以为法律奈何不了我……现在看来，我错得太离谱了，我罪有应得……我害了自己的儿子……"在痛哭声中，黄雨虹低下了头。

画面切换到米振东，这个人仍然是一脸平静。他面对记者的镜头，没有任何表情，只是轻声地说了一句："朝闻道，夕死可矣。我不后悔。"

画面再次切换到了这次会议的场面，大屏幕上出现礼堂前的情景。记者在画外报道着此次大会的盛况："所有罪犯都已经认罪服法。这次总结大会上，省政法委书记张友成再次提到了'人民的正义'这个热词。他说：'所谓人民的正义，就是每一个人的正义……'"

镜头追着冯森过来了，冯森搀扶着胡雪娥来到张友成面前，张友成站到胡雪娥另外一侧，三人一起把"人民的正义"锦旗捧在面前。在众人的掌声中，三人在大屏幕上定格。

半小时之后，张友成、冯森、罗欣然、边国立、熊绍峰和郑锐六人来到了人民医院一个有警察站岗的特殊地方，那里面有两间病房。一间住的是被犯罪分子报复、已成植物人的原橙州地区刑事执行检察院检察长关敏涛，另一间住的是因为癌症陷入深度昏迷的原第一监狱监狱长王剑鸣。令人充满不解的是，王剑鸣被查出癌症并入院治疗的时间，正好是关敏涛受伤入院的第二天；王剑鸣陷入深度昏迷的时间，精确到了冯森给工商银行怀来路支行员工朱亚雯打完电话之后的五分钟。另外，关敏涛受伤的当天，刚刚跟王剑鸣在海边单独钓了一天的鱼。

现在，六个经历过考验的战友站在两间病房之间的走廊上静静地等待着什么。张友成站在前面喃喃自语着："我真想知道，他们那天钓的什么鱼。"

"这事儿，我们和老边一块儿弄，肯定能给你一个满意的答案。"冯森的声音从后面飘了过来，"不过，我猜你可能不想见到这个答案。"

"一切为了人民的正义，只要依法办事，我们就能面对任何情况。"张友成坚定地看着冯森。

冯森脸上露出狡黠的笑容，他打量着大伙儿，似乎在作战前动员："怎么样？上级都不怕，咱们怕什么？如果大家同意，咱就整呗。"

"同意。"其他几位参差不齐地回应着。

图书在版编目（CIP）数据

人民的正义 / 余飞著 . —北京：东方出版社，2020.12

ISBN 978-7-5207-1624-6

Ⅰ . ①人… Ⅱ . ①余… Ⅲ . ①长篇小说－中国－当代 Ⅳ . ① I247.5

中国版本图书馆 CIP 数据核字（2020）第 130111 号

人民的正义

（RENMIN DE ZHENGYI）

作 者：余 飞

责任编辑：胡孝文 何伟华 阳 光

责任校对：曾庆全 赵鹏丽

出 版：东方出版社

发 行：人民东方出版传媒有限公司

地 址：北京市西城区北三环中路 6 号

邮 编：100120

印 刷：环球东方（北京）印务有限公司

版 次：2020 年 12 月第 1 版

印 次：2020 年 12 月北京第 1 次印刷

开 本：880 毫米 ×1230 毫米 1/32

印 张：12

字 数：200 千字

书 号：ISBN 978-7-5207-1624-6

定 价：49.80 元

发行电话：（010）85924663 85924644 85924641